世界神话大全

［西］马里萨·贝尔蒙特·卡蒙娜
玛格丽特·布格尼奥·加列戈 ◎ 著

韩近雯 ◎ 译

海南出版社
·海口·

Enciclopedia Illustrada de Mitologia

版权合同登记号：图字：30-2018-007 号

图书在版编目（CIP）数据

世界神话大全 /（西）马里萨·贝尔蒙特·卡蒙娜，（西）玛格丽特·布格尼奥·加列戈著；韩近雯译. -- 海口：海南出版社，2021.8（2023.11 重印）
ISBN 978-7-5443-9843-5

Ⅰ. ①世… Ⅱ. ①马… ②玛… ③韩… Ⅲ. ①神话－作品集－世界 Ⅳ. ①I17

中国版本图书馆 CIP 数据核字 (2021) 第 052477 号

世界神话大全
SHIJIE SHENHUA DAQUAN

作　　者：［西］马里萨·贝尔蒙特·卡蒙娜　［西］玛格丽特·布格尼奥·加列戈
译　　者：韩近雯
出 品 人：王景霞
责任编辑：张　雪
执行编辑：于同同
封面设计：MM末末美书 QQ:974364105
责任印制：杨　程
印刷装订：北京雅图新世纪印刷科技有限公司
读者服务：唐雪飞
出版发行：海南出版社
总社地址：海口市金盘开发区建设三横路 2 号　　邮　　编：570216
北京地址：北京市朝阳区黄厂路 3 号院 7 号楼 101 室
电　　话：0898-66812392　　010-87336670
邮　　箱：hnbook@263.net
经　　销：全国新华书店
版　　次：2021 年 8 月第 1 版
印　　次：2023 年 11 月第 2 次印刷
开　　本：787 mm × 1 092 mm　1/16
印　　张：25.5
字　　数：250 千字
书　　号：ISBN 978-7-5443-9843-5
定　　价：228.00 元

译 者 序

非常高兴受出版社邀约为《世界神话大全》撰写译者序言。在看到原书的第一眼，我就对这本书产生了极其浓厚的兴趣。事实证明，翻译本书的过程不仅让我体会到了翻译之乐，也让我感受到了文化漫游之趣。

这本《世界神话大全》收录了世界各地、不同文化的神话传说，比较系统地介绍了不同神话体系内的重要内容，勾勒出了不同文化中的神话形象。在翻译本书的过程中，我既像穿越时空，回到远古时代体味古人的爱恨情仇，了解他们的所思所忧，又像是环游世界，从古希腊的奥林匹斯山巅漫游至非洲的广袤草原，从九州大地远渡重洋，探索神秘而繁茂的美洲丛林。自然环境孕育了人类，也孕育了丰富多彩的神话故事，各式各样的文化传统就此诞生了。通过阅读神话，我们能感受到人类祖先对于自然的敬畏与好奇；透过古人的双眼，我们看到一草一木、飞鸟走兽皆有灵。

本书除了收录各地著名的神话故事，还介绍了许多文化知识，并配以大量精美的图片，让读者仿佛置身于一座移动博物馆。阅读本书的过程，就像一边欣赏壁橱里陈列的文物，浏览墙壁上展出的名画，一边听着讲解员将作品背后的故事娓娓道来。

对一本书的翻译而言，不可或缺的是译者对原文的充分理解。在翻译本书的过程中，我花费了大量时间在理解故事本身上。有时即使一个故事的字字句句都已用译文呈现出来，但故事的寓意或是某个神话人物的行为逻辑却仍可能让人摸不着头脑，这大概是文化语境的差异造成了理解上的困难。为了更好地帮助读者跨越文化屏障，作为译者，我希望能通过对文字的梳理，尽量还原故事的本来面貌，同时努力减少读者的阅读障碍。

要对故事背景加深了解，就要对人物和内容进行查证。例如：在这本包罗万象的神话全书里，一些经典的西方神话人物和故事已经经过前人的大量研究与分析，不会造成太大的翻译困难；但是对于其他文化中的神明，人们常常感到陌生，网络上的文献资料也比较少，所以，对这些信息进行搜索查证便是不可或缺的了。每值此时，我总感觉自己既是个翻译，又像个侦探，一边查找资料，一边飞快地在脑海中推理、分析，将各种蛛丝马迹连点成线；我又好似一个厨师，只盼望文本经过加工过后也能保留故事的原汁原味。

通过阅读这些各具特色的神话故事，读者一定能发现不少有趣的地方，比如许多文明都有图腾崇拜，而同一种动物在不同文化之中可能象征迥异。小到爬行的甲虫和蜘蛛，大到野牛和猎豹，都曾为人类所崇拜并被赋予了一定的意义。通过神话，我们能感受到人类无穷的想象力：无数的生灵，人们为它们书写动人的故事；巍峨高山、潺潺流水，人们赋予它们人格与神性。

除了具备良好的知识性与可读性，我认为《世界神话大全》最具价值的地方莫过于其文化多元性与包容性。读者不仅可以通过阅读本书重温经典的希腊和罗马神话，还能透过这扇“文化之窗”领略亚洲、美洲与非洲等地的文化之美，感受不同文明的智慧，拓宽我们的视野。在全球化遭遇逆流的今天，我们正需要这样开放包容的心态来应对挑战。作为译者，如果我的工作能够帮助读者更好地享受“美人之美、美美与共”的快乐，那便是我最大的荣幸了。

韩近雯

2020 年 11 月 10 日

编者序

打开世界神话的大门

神话是一个民族的集体历史记忆，体现了一个民族的世界观和价值观，对于一个民族来说它更像是一种灵魂般的存在。而神话故事的价值在一个民族的文明发展中是不容小觑的。近年来神话故事更是被翻拍成影视剧，制作成动漫、游戏，受到越来越多人的喜爱。神话故事可以看作是一个民族的密码，对中国人来说《西游记》《封神演义》这类神话故事哪个不是人们心中的经典之作？女娲、盘古、玉皇大帝、姜子牙、哪吒哪个不是人们耳熟能详的神话人物？而宙斯、雅典娜、波塞冬、普罗米修斯、奥德修斯的故事也是大家津津乐道的。不同的国家、不同的地区都有各自的神话体系，如果我们能把这些神话体系进行梳理，使其系统化，让更多人读到这些有趣的故事，那真的是一场世界神话的盛宴！

神话故事能帮助我们回顾历史，追寻人类发展的轨迹

神话故事代代流传而来，带着先民的信仰、梦想、力量、激情……变成文字、绘画、陶罐，到了今天它们愈发显得珍贵而美丽。无论人类在文明之路上走多远、走多久，无论人类进化成什么模样，我们对祖先的祭拜仍然保留着神圣的仪式感，对曾经发生的一切我们仍会频频回顾，有时候甚至不会放弃一丝蛛丝马迹。神话故事恰好就成了一种历史记载。你不能说神话都是假的，全然不足为信。因为我们能撩开故事的

表面去寻找故事背后的真相。我们可以想象一下，在远古部落里，人们口耳相传的事件成了神话的萌芽；先民对于自然图腾的崇拜仪式是神话最初的样子；早期文明开拓者的勇敢探索成了史诗故事；随着人类社会的进步，神话曾转化为宗教工具；现如今神话回归到其原本的状态，退隐为一种文化标志。神话讲述的就是人类自己的故事，那些活灵活现的人物形象、荒诞无稽的情节、纷繁复杂的关系无不是在告诉我们曾经的人类是怎样的心理状态和生活状态。有人说，神话其实就是诗意的历史，可供历史学家研究，可供艺术家继续创造，可供普通人传阅。人类越往前走，越不能丢掉几千年累积的文化，即使它已经缩小为一个微小的符号，也足以标记人类的历史。

神话故事是认识世界的窗口

世界上那么多的地区、那么多的民族在不同的时空中创造着属于自己的精神文明。人不能画地为牢，要勇于打破藩篱，勇敢地敞开怀抱，去了解、去接纳、去吸收。即使我们之间有很多不同，有时是分歧，甚至是对立，但是我们仍然需要互相包容与欣赏。如今神话故事已不只是一种简单的文学形式，还是承载着世界各地人民文化精髓的宝库。作为不同的地域文化中最具代表性的神话故事无论从流传度还是趣味性无疑是最吸引人的，也是最能让“外人”了解自己的一扇窗口。神话故事是大众喜闻乐见的艺术形式，流传度又高，因此是我们了解外来文化的一个重要载体，也是世界了解中国文化的一种重要方式。对世界神话集中整理并出版成书是最能展现各地区人民精神风貌的形式，必然会受到人们的欢迎。

神话故事是取之不尽用之不竭的文化艺术宝藏

神话故事是艺术的源头之一，是人类文化史上一个伟大的成就。神话故事是艺术的必要条件和原始材料，它是艺术作品得以生长的土壤。有人说，神话就是世界，就是土壤，唯有植根于此，艺术作品始可吐葩争艳、繁茂兴盛。艺术家们根据神话故事和英雄传说结合史实演绎出波澜壮阔的史诗，创作出具有永恒魅力的造型艺术珍品。戏剧、诗歌、雕塑、绘画等都在绵绵不绝地从流传于世的神话中汲取新的营养成分，神话故事成为文艺再创造的重要源泉。

在绚丽多姿的世界文化史中，神话故事如同一串闪闪发光的珍珠。奇特的情节、多样的风格以及丰富的内容等全面体现出神话故事无穷的艺术魅力。这些神话故事流传至今已有几千年之久，且显示出独特的魅力。它们纯真的艺术形象和朴素的风格，吸引着一代代人去阅读，去欣赏。《世界神话大全》这本书就是为了让大家读到原汁原味的世界神话故事而引进出版的。

《世界神话大全》所选辑的故事，都是世界五大洲神话故事中最有代表性的作品——从希腊、罗马到克尔特和北欧神话，从埃及、印度到中国、日本，还有美洲、非洲、澳大利亚等地区的神话。其内容丰富、情节跌宕起伏，包括了神话人物介绍、神族关系、神的故事、人类的起源、英雄传说等。有感于读者反映的希腊罗马神话故事人物关系比较复杂，《世界神话大全》的编辑们还精心制作了一幅希腊神族关系图，把纷繁复杂的神族关系一一厘清，让读者一图读懂希腊罗马神话，这也是我们为读者呈现的一个独一无二的创新之举。同时，作者还选取了300余幅与文字内容相契合的精美图片，包括世界名画、壁画、雕塑、陶瓷等艺术品，让大家边读故事边欣赏艺术。本书的内容在编排上设置为三大板块：神话故事、艺术品介绍、知识点解读，将一个浪漫动人的神话世界全方位、多层次地展现在读者面前，让读者在阅读故事时获得轻松的阅读体验，带领读者进入一个迤逦梦幻的神奇世界。

序 言

家、祖先和坟墓，这些词的原始意义本身就具有神话性质，它们是永恒的。
而富于变化的词语是引导我们走向他人、走上旅途、走向世界的史诗。
——卡洛斯·富恩特斯

神话传说是什么？我们又能从中找到什么呢？原始文化发展至今，人类一直在寻找那些与生活息息相关的东西。因此，我们不难发现，世界各个文明的神话传说皆与死亡、美、仇恨、爱情、友情、战争、疾病等主题有关。

这些神话传说中的问题或争议至今仍保留在人们的集体记忆中。试问，如果将吉尔伽美什①、赫拉克勒斯②、圣乔治③与超人相提并论，对他们是不是一种亵渎？对知识渊博的学者来说，答案大多是肯定的。但是在世俗的认知中，他们皆可被称为“英雄”（如今西方文化的英雄多见于影视或者漫画）。

本书收录了各种文化中的英雄故事和神话传说，既囊括了希腊和北欧那些已经消亡的文化，也包含了非洲和亚洲那些如今依然鲜活的文化。对不同文化的着墨意在表现我们对各种宗教信仰的尊重，因此当我们提到“神明”这个词时，希望不会冒犯到

① 吉尔伽美什：在美索不达米亚神话中，吉尔伽美什是拥有超人力量的半神，他建造城墙，保护人民免受外来攻击。（以下注释没有特殊标记均为译者注）

② 赫拉克勒斯：希腊神话中最伟大的半神英雄，男性的杰出典范，是宙斯与阿尔克墨涅的孩子，因其出身而受到宙斯的妻子赫拉的憎恶。他神勇无比、力大无穷，其后裔统治了迈锡尼文明时期的伯罗奔尼撒联盟。

③ 圣乔治：基督教著名的殉道者，经常以屠龙英雄的形象出现在西方文学作品中。

任何一位读者。

为了对以上问题进行解释，我们构思出这本《世界神话大全》。这本书不是对神话故事的简单拼凑，因为我们既要展现家喻户晓的神话故事，也要兼顾那些鲜为人知的传说。不同文明中的神话故事所占据的篇幅大小取决于它们在历史演变中的地位以及它们是否得到后人的尊重并获得完美的传承。

最后，向包容我们的家人致谢，我们忙于写作，缺席了很多家庭聚会，甚至一些重要场合。向容忍我们的坏脾气和唠叨，并对本书不吝赐教的朋友们，致以由衷的感谢！

目　录

英雄史诗和奇闻逸事 / 047

克尔特和北欧神话 / 138

克尔特诸神 / 138

克尔特传说 / 162

北欧诸神 / 175

北欧神话故事 / 186

中东地区神话 / 200

亚洲神话 / 226

美洲神话 / 268

引　言

本书将介绍世界神话故事中出现的重要神明，并为我们提供认识宇宙起源学说的多重视角，让我们能够了解不同文化下的大千世界，了解不同文化中的宇宙概念是以何种形式存在的。虽然各种文化对于宇宙起源的表述不尽相同，但是其中依旧存在一些相似之处，诸如各种文化对创世与人类诞生的时间的表述，以及所有文化中都包含的对世界性大洪水的记载。

除了神话，本书也收录了一些类似传说或者民间故事的作品，虽然它们带着不同文化的印记，但无一例外都具有道德教化的性质，惩恶扬善是它们的一贯主旨。

书中还介绍了火、玉米、马黛茶、咖啡等与人类生存密切相关的事物的来历，它们的出现都伴随着一个个神奇的故事。

为了方便读者阅读，全书共分为以下六章：

希腊和罗马神话

克尔特[①]和北欧神话

中东地区神话

亚洲神话

美洲神话

其他地区的神话

① 一译“凯尔特”。古罗马作家称之为“高卢”。系主要分布在欧洲中西部地区的庞大部落集团。

每章都罗列了该地区文化中最重要的神明和神奇生物，收录那些广为人知的神话和传说。此外，每章都有许多被重复提及的重要人物或事件，它们既可归类为神话，又可归类为传说。神话与传说这两个概念很容易混淆，这要归因于宗教传统与世俗传统之间不可分割的联系，而我们对世界的解释就是基于这种联系而产生的。

本书的注释所提供的或具趣味性或具补充性的信息都将使本书的主体结构更加完整。

希腊和罗马神话

由延续至今的经典文化与拉丁语共同组成的泛欧洲文化，至今仍是人类文明的重要财富。

克尔特和北欧神话

该类神话故事鲜为人知。前者的内容与战争相关，后者则以动物作为主角。

中东地区神话

该类神话也许是最为奇奥隐秘的神话，因为它们是从古老的语言和象形壁画中流传下来的。

亚洲神话

提及佛教、印度教及日本神道等，就不得不提到中国、印度和日本。这三个国家备受瞩目，在东方文化中留下了浓墨重彩的一笔。

美洲神话

北美、中美和南美作为美洲的三个组成部分，拥有着新大陆的巨额财富、丰富的文化以及多样的仪式典礼。

其他地区的神话

本章分为两个部分：一是非洲的神话传说；二是作为土著民族之典型的波利尼西亚与澳大利亚地区的神话传说。

桑德罗·波提切利《维纳斯的诞生》

希腊和罗马神话

▲ 亚历山大·卡巴内尔《维纳斯的诞生》，1863 年，油画，225 厘米 ×130 厘米，巴黎奥塞美术馆。

奥林匹斯山众神

| 阿芙洛狄忒 / 维纳斯

克洛诺斯在阉割了他的父亲乌拉诺斯后，把乌拉诺斯的性器官沉入海中，激起了白色浪花，浪花之上诞生了爱神阿芙洛狄忒。阿芙洛狄忒拥有绝世美貌，她是希腊神话中代表爱情、美丽和性欲的女神。荷莱依将她从水中捞起，随后带她去了奥林匹斯山。阿芙洛狄忒光彩夺目、楚楚动人。众神被她的美貌所吸引，争相向宙斯求娶她。然而众神之王宙斯却把这份幸福赐予了他的儿子赫菲斯托斯。

尽管阿芙洛狄忒爱的是阿瑞斯，但她还是听从宙斯的命令嫁给了赫菲斯托斯，然而她和阿瑞斯经常幽会。一天早晨，她正在和阿瑞斯幽会，没想到被赫里阿斯发现了，他将整件事情告诉了赫菲斯托斯。

赫菲斯托斯编织了一张无形的网。一天晚上，他趁阿瑞斯与阿芙洛狄忒缠绵之时，慢慢地将网收紧，于是俩人落入了他的陷阱之中。怒气冲冲的赫菲斯托斯还叫来了诸神，将这桩丑事公之于众。阿芙洛狄忒女神只能羞愤地逃去了塞浦路斯，而阿瑞斯也逃去了色雷斯。即使对此感到羞愧，阿芙洛狄忒也没有因此拒绝与阿瑞斯及凡人之间的欢好。她和阿瑞斯非常相爱，共育有五个孩子：德莫斯、福波斯、哈耳摩尼亚、安特罗斯和厄洛斯（罗马神话中称为丘比特）。厄洛斯是她最宠爱的孩子，她去人间游历的大部分时间里都由他陪伴。

阿芙洛狄忒其他的情人还有美少年阿多尼斯和特洛伊人安喀塞斯。阿多尼斯后来被妒火中烧的阿瑞斯变成的野猪杀死，而安喀塞斯与阿芙洛狄忒育有一子，名为埃涅阿斯。特洛伊沦陷后，埃涅阿斯带着圣火逃离了那座城市并定居在拉齐奥，即后来建立的罗马城所在地。这也是拉齐奥人，尤其是茱莉亚家族，自诩为神之后裔的原因。

阿芙洛狄忒

阿芙洛狄忒是希腊神话中的爱神与美神。她激发了无数艺术家尤其是雕塑家的创作灵感，例如卡利马科斯、利西波斯和普拉克西特列斯。

阿波罗

阿波罗在希腊神话中是一个手抚琴，头戴月桂冠的少年。他常驾着四匹白马拉动的金车在天空中奔驰。

阿波罗／福玻斯

阿波罗是音乐与诗歌之神，同时也是预言之神。他是狩猎女神阿耳忒弥斯的孪生弟弟，万神之王宙斯与勒托之子。

勒托怀孕时，嫉妒她的赫拉曾下令禁止众神给她提供庇护之所。因此，勒托不得不四处流浪。最后，她在一座名为提洛的贫瘠的浮动小岛上安身。

痛苦的分娩持续了九天九夜，除了赫拉和她的女儿助产女神伊利梯亚，所有的女神都赶来看望她。听到勒托撕心裂

▼ 科内利斯・德・沃斯《阿波罗追逐达佛涅》，1636—1638年，油画，193 厘米 ×207 厘米，马德里普拉多博物馆。

肺的叫声，众女神不忍，纷纷请求赫拉让伊利梯亚为勒托助产。作为答谢，她们将送给赫拉一条九肘长的黄金琥珀项链。最后，赫拉允许伊利梯亚赶去提洛岛帮助勒托分娩。首先出生的是阿耳忒弥斯，随后她帮助母亲接生了弟弟阿波罗。

或许是受到父亲宙斯的影响，阿波罗也与许多仙女和凡人有过露水情缘。有一次，阿波罗狩猎时经过色萨利，在珀纽斯河畔看见一位美丽的少女。其实她是宁芙[①]达佛涅。达佛涅喜欢穿着华美的皮衣在寂静无人的地方散步、打猎。阿波罗对清丽的达佛涅一见钟情，但是当他试图靠近时，达佛涅却匆忙逃走了。当阿波罗快追上她时，她直接坐在地上呼喊："噢！大地母亲！请你救救我，让我回到你的怀抱吧！"

▲ 驾驶着金车的阿波罗每天从天空中驶过。

▼ 雅克－路易·大卫《被维纳斯解除武装的战神马尔斯》，1824年，油画，308厘米×265厘米，比利时皇家美术博物馆。

话音刚落，达佛涅就僵硬倒地而死。她的头发变成了茂密的树叶，头变成了树冠，双臂变成了长长的树干，双脚则变成树根扎进泥土。阿波罗在达佛涅变成的月桂树下说道："达佛涅，今后你就是我的树。我会戴上月桂花环，它也将成为勇士及体育竞技、诗歌和歌唱领域优胜者的装饰！"

① 宁芙是希腊神话中次要的女神，有时也被翻译成精灵和仙女，也会被视为妖精的一员，出没于山林、原野、泉水、大海等地。——编者注

丨阿瑞斯／马尔斯

关于阿瑞斯的出身有好几种说法。有人说他是宙斯与赫拉的孩子，除此之外还有一个特别有趣的传说。

任何与宙斯有关的事情都能引起天后赫拉的猜忌。理性与智慧之神雅典娜出生后，赫拉很苦恼。于是她决定从奥林匹斯山消失一段时间。她找到了单纯、贴心的花之神克洛里斯，并在她的神庙里住了下来。克洛里斯为感谢赫拉对她的信任，决定送一份礼物给赫拉，那就是阿瑞斯的降生。一天，克洛里斯请求赫拉去一个名叫奥雷诺的花园里摘取一朵最美丽的花。赫拉正准备采花时，却惊讶地看见那朵花里出现了一个漂亮的小男孩，他就是后来被称为战神的阿瑞斯。

普罗米修斯与厄庇墨透斯的一个兄弟负责这位年轻的神明的教育。阿瑞斯从他们那里习得了运动技巧和舞蹈艺术。

虽然阿瑞斯性情粗暴狂野，但他俊美无双的外表还是让他俘获了无数情人的心。在他爱上阿芙洛狄忒后，他们便拥有了一段刻骨铭心的恋情。但不久他们的私情就被阿芙洛狄忒的丈夫赫菲斯托斯发现了，众神的审判将他逐出了奥林匹斯山。

阿瑞斯负责制定战争①规则，他用铁锻造武器。在被囚禁期间，他还制定了攻击与防御的战术和策略。尽管阿瑞斯骁勇善战，但他还是被奥林匹斯诸神的敌人（巨人）艾伦斯、奥图斯与厄菲阿尔忒斯所擒，并置于酒罐中达一年半之久，后被赫耳墨斯所救。

虽然阿瑞斯在希腊神话中的地位十分重要，但关于他的神话传说却非常有限。因为希腊民族是一个自视和平的民族，他们更偏爱那些阿瑞斯被雅典娜打败的传说。因为希腊民族认为雅典娜和阿瑞斯可以形成一个理性与力量的二元对立。

阿瑞斯

阿瑞斯在希腊神话中通常被描述成一个年轻强壮的男子。他驾驶着巨大的马车，左手持矛，右手持盾，脚边有公鸡相伴。他的姐妹厄倪俄与不和女神厄里斯经常陪伴在他的身旁。有时恐惧之神德莫斯和恐慌之神福波斯也会和他一起出现。

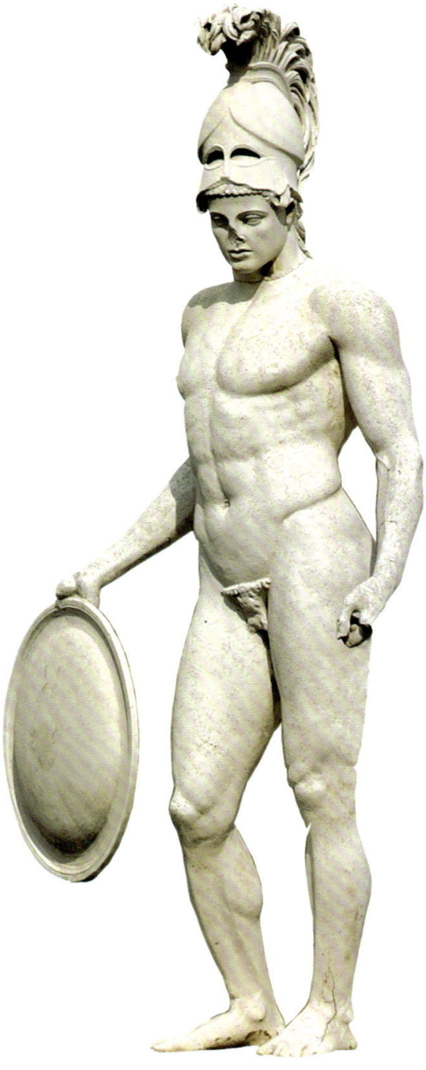

▲ 希腊神明的代表——阿瑞斯

---

① 即癸干忒斯战争，也称为巨灵族战争，是希腊神话中继泰坦战争之后最伟大的神明战争。克洛诺斯阉割了乌拉诺斯后，乌拉诺斯喷出的鲜血被盖娅吸收，因此生下了癸干忒斯。后来，癸干忒斯起义反抗宙斯的统治，与奥林匹众斯神进行了激烈的战争，最后巨灵族战败。

阿耳忒弥斯

她额上有一个新月印记，穿着猎人装，身上总是挂着弓和箭袋。她身上的披肩刚好遮住她裸露的双腿，手里牵着一只猎狗。女神比她身边的宁芙们高，因此格外引人注目。此外，人们常把女神描绘成卷发、裸胸的女性形象。

在罗马神话中与阿瑞斯对应的是马尔斯。古罗马有一个名叫帕拉蒂尼祭司的团体，负责守卫神庙，在代表战神之月的三月里举办庆典。为了庆祝节日，祭司还需要以战神马尔斯的名义用剑与盾对战。除此以外，还有三个与战神马尔斯有关的传统节日：五日节①、第比利斯蒂利姆节②和赛马节。节日期间，罗马人会骑马游行和举办战车比赛。

阿耳忒弥斯 / 狄安娜

阿耳忒弥斯是代表狩猎、野兽、原野的女神，她是万神之王宙斯与勒托之女。她比孪生弟弟阿波罗早出生一些时间，一出生就帮助母亲勒托接生了阿波罗，这展示出她的果敢和力量。

▼ 加斯东－卡西米尔·圣－皮埃尔《猎人狄安娜》，油画，196 厘米 ×129.5 厘米，私人收藏。

希腊城邦流传的故事不尽相同，但是从它们的相互联系中可以得知，阿耳忒弥斯往往被描绘成甜美纯洁的少女、熊或丰收女神的形象。在许多传说中，人们会给她献上一年中最早收获的果实，所以她常被当作谷神，对应罗马神话中的农业和丰收女神色列斯。由于她还是月亮守护神，人们也常把她与月亮女神塞勒涅相混淆。

阿耳忒弥斯还是处女神之一，是少女们的守护神，然而有时候她也要求人们献祭少女以平息自己的愤怒。伊菲革涅亚就是一个例子。希腊人杀了她作为祭礼，以期船能安全地驶向特洛伊。但是为了维护阿耳忒弥斯的好名声，他们不得不说是阿

① 五日节：节日在三月十九日至二十三日。第一天是祭祀战神、阖家团圆、女性占卜的日子；后四天人们会进行决斗，罗马政府会给底层人民发放礼物。

② 第比利斯蒂利姆节：音译，节日在三月二十三日，古罗马人认为三月是一年中开始征战的日子。在这一天，人们会为战神献上一只羊，清洗战争的号角，同时，战神庙的祭司会到街上载歌载舞。

耳忒弥斯救了她并把她带走了。[1]

女神的贞洁并不妨碍她成为妇女分娩时的守护神。在希腊和罗马，即将成为母亲的年轻妇女会向女神献上鲜花，请求女神保佑她们顺利分娩，或者在悲剧发生时安详地死去。

虽然女神希望永葆贞洁，但她看到令她心仪的男子时也会心动。

传说女神爱上了一个名叫俄里翁的猎人。他身体强健，俊美无比。但阿波罗曾屡次阻止她与俄里翁相爱。这也许是出于嫉妒，因为他觉得姐姐爱上俄里翁之后对他的爱就会减少；又或许是因为高傲，阿波罗认为俄里翁配不上他们家族的高贵血统。

他的劝阻并没有成功。于是他想出了一个除掉俄里翁的恶毒方法。有一天他看见俄里翁在水中行走，但从岸边看去只能看见一个模糊的点。他装出怀疑女神箭术的样子，诱导姐姐射向那里。阿耳忒弥斯自尊心极强，她随即拿起箭射向目标。当她发现被射死的是爱人俄里翁时，她悲痛欲绝。她的眼泪打动了宙斯，应她的请求，宙斯把俄里翁变成了猎户座。从此以后俄里翁就待在天上，身边跟着他的猎犬（即大小犬座）。人们时不时能听到从星空中传来的犬吠声。

为了一雪自己与所爱之人的耻辱，她对所有得罪过她的人进行了疯狂的报复。尼俄柏就是一个悲惨的例子。尼俄柏生有六男六女，个个都拥有无与伦比的优雅与美丽。但她到处吹嘘自己是一个伟大的母亲，以此嘲讽勒托只有两个子女。这惹怒了阿耳忒弥斯，她和弟弟阿波罗用箭射死了尼俄柏的十二个孩子。

| 阿斯克勒庇俄斯 / 埃斯科拉庇俄斯

阿斯克勒庇俄斯，古希腊神话中的医药之神，也是古希腊时期的医师及所有巫医、治疗师的守护神。他是阿波罗与

阿斯克勒庇俄斯

阿斯克勒庇俄斯的形象通常是这样的：留着络腮胡，手持蛇杖，脚边站着一只象征“监视者”的公鸡。他的儿子波特利诺和马克翁特既是伟大的医师，也是勇敢的战士。

▲ 希腊神话中的医药神——阿斯克勒庇俄斯的雕像。

① 这个故事发生在特洛伊战争期间。

雅典娜

雅典娜是希腊神话最重要的女神之一，也是三大处女神之一。有一天，众神之神宙斯头痛难忍，只好招来火神赫菲斯托斯用一把大斧头劈开他的头颅，已经成人的雅典娜就从中跳了出来。盾牌是雅典娜的主要标志。

▲ 古希腊女神雅典娜雕塑。

一个叫科洛尼斯[①]的凡人的儿子。虽然是天选之人，科洛尼斯却对阿波罗不忠。愤怒的阿波罗杀死了她，然后把刚出生的阿斯克勒庇俄斯交给著名的半人马族的智者喀戎[②]照顾。

喀戎把他当成自己的孩子来抚养。不仅如此，还传授给他各种关于药物的医疗知识。他智慧超群，长大后竟比喀戎还优秀。后来他离开家乡，加入到伊阿宋和阿耳戈号英雄"寻找金羊毛"的行动中[③]。

在寻找金羊毛的途中，阿斯克勒庇俄斯偶然发现了将死人复活的方法，这让他觉得自己可以凌驾于众神之上。随着死人不断被复活，冥界的人数越来越少，这激起了冥王哈得斯的愤怒。

哈得斯请求宙斯在冥界消失之前介入此事。宙斯决定用他的雷电结束这位医师的性命。后来在阿波罗的哀求下，宙斯让他成为医药之神。

雅典娜 / 密涅瓦

伟大的建筑师凯克洛普斯[④]在阿提卡半岛的中央建造了一座新城。雅典娜和波塞冬为了争夺这座新城的归属权相持不下。最后众神裁定，谁能给新城一个最有用的东西，新城就归谁。

波塞冬用他的三叉戟敲了敲地面，地面便生长出一匹象征战争的战马；而雅典娜则让土地生长出一棵象征和平的橄榄树。众神认为和平对于这座城市更为重要，于是便用雅典娜的名字来命名这座新城，雅典

① 科洛尼斯：忒撒利国王佛勒古阿斯的女儿。

② 喀戎：多位希腊英雄的导师，也是医药之神阿斯克勒庇俄斯的老师，后被宙斯升上天空，成为人马座。

③ 在希腊神话中，有一只会飞、会说话的名叫克律索马罗斯的公羊。金羊毛便是它身上的羊毛。传说宙斯把金羊毛给了阿瑞斯，阿瑞斯把金羊毛放在圣林里，让一只火龙看管。

④ 凯克洛普斯：上半身为留有胡须的男性，下半身则为蛇。他是雅典城之王，被视为半神而为雅典人民所崇拜。

娜从此成为新城的守护神。

同大多数女神一样，雅典娜的性格特点是对那些冒犯她的人施以雷霆万钧的报复。她摧毁了本应从特洛伊战争中归乡的希腊船队，因为他们胆敢在特洛伊城被攻破时强奸藏于雅典娜神庙中的卡珊德拉。另外，她也会除掉那些挑战她的能力的凡人，例如阿剌克涅。

人们用不同的方式对女神雅典娜表达敬意：其一是雅典人在马拉松战役中赢得胜利后，将胜利女神奈基与雅典娜联系在一起；其二是赋予她帕拉斯·雅典娜的名字，将她与战争联系在一起。在癸干忒斯战争中，她打败了奥林匹斯神的敌人帕拉斯，并活剥了他的皮。

喀尔刻

喀尔刻是太阳神赫里阿斯及大洋女神珀耳塞伊斯的女儿。她从小就对有毒植物、树根、动物遗骸等用于制作药剂和药膏的材料表现出极大的兴趣。夜里，她就用这些材料偷偷地制作药物。她的独特嗜好使她发明了消除人类意志的药物，甚至研究出了可以把人类变成动植物的巫术。

虽然喀尔刻灵魂阴暗，但是她拥有绝世容貌，因此嫁给了沉溺于美色的萨尔马提亚国王。但喀尔刻并不满足于当王后，她决定杀死自己的丈夫以获得王国的唯一统治权。然而她没有得到人民的支持，不仅如此，他们还把喀尔刻逐出了城。后来她逃到了意大利半岛的伊特鲁里亚地区[1]。喀尔刻喜欢用巫术诱惑船员到她的岛上，

▼ 约翰·威廉姆·沃特豪斯《喀尔刻向奥德修斯敬酒》，1891 年，油画，92 厘米 × 149 厘米，私人收藏。

① 伊特鲁里亚地区：古代的一个城邦，位于今意大利半岛西北部。

克洛里斯

克洛里斯在神话中通常被描绘成一个头戴花冠、身着花裙的少女。

然后施加魔法，把他们变成保留人类意识的动物。这些传说构成了古代史诗的重要组成部分。

然而，女神也有陷入爱情的时候。特洛伊战争结束后，奥德修斯（尤利西斯）和他的船员启程返乡，途中经过女神居住的伊特鲁里亚的海岸。在这里除了听从了赫耳墨斯建议的奥德修斯，其他人都被喀尔刻变成了猪。当奥德修斯要求女神解除他们的魔法时，女神被他深深地吸引了，决定和他一起统治这里。她用药剂使奥德修斯忘记了之前的事情，并与他一起生活了一年。但后来，奥德修斯掌握了复活特伊西亚斯的方法，在他的指引下，奥德修斯成功地避开了幻术的影响，重新踏上了回家的旅程。

克洛里斯 / 福罗拉

▲ 威廉－阿道夫·布格罗《福罗拉和泽费罗斯》，1875 年，油画，直径 185cm，米卢斯博物馆。

克洛里斯在现实中备受崇拜，尤其是在古罗马。在古罗马，每年都有许多纪念她的节日，年轻女子会在那天载歌载舞。

克洛里斯是鲜花与花园之神，她永远不会衰老。西风神泽费罗斯被她的美所吸引，强行将她掳去做了妻子。雅典娜出生后，她为逃离奥林匹斯的赫拉提供了庇护之所，并恳求赫拉去摘取花园里最美的那朵花，而后从花中出现了伟大的战神阿瑞斯。

克洛诺斯 / 萨图恩

众所周知，宙斯打败了他的父亲克洛诺斯后统治了诸神，但实际上我们不知道，克洛诺斯也做过同样的事情。克洛诺斯是天神乌拉诺斯与大地女神盖娅的小儿子，奥林匹斯诸神的先辈——提坦神族的十二提坦之一，是第一代提坦十二神的领袖。克洛诺斯有众多兄弟姐妹，其中，拥有五十个头的百臂巨人被乌拉诺斯关在一个隐秘的地方。盖娅因此很痛苦。其他的提坦和独眼巨人不敢帮她，于是她让小儿子克洛诺斯独自推翻了父亲的统治。克洛诺斯用镰刀阉割了他的父亲，推翻了乌拉诺斯的残暴统治。盖娅为表感谢，决定劝长子放弃统治权，让克洛诺斯来统治宇宙。大提坦同意了，条件是克洛诺斯必须杀死自己的孩子，以保证有一天大提坦能重获统治权。

克洛诺斯

作为时间的象征，他的形象通常被描绘为一个悲伤和沮丧的老人。他可能携带不同的东西——从沙漏到镰刀，作为时间毁灭一切的象征。他以吞食其子的形象闻名于世，这也意味着时间会扫荡一切。

克洛诺斯和他的妻子瑞亚（同时也是他的姐姐）生育了许多奥林匹斯神：波塞冬、哈得斯、赫拉、宙斯以及得墨忒耳等。最后，他被奥林匹斯神宙斯逐出了众神居住的奥林匹斯山。随后，克洛诺斯不得不四处飘零，直到拉齐奥地区的王以教育他的人民为条件才答应收留克洛诺斯。

▲ 伊万·阿基莫维奇·阿基莫夫《萨图恩（克洛诺斯）割掉丘比特的翅膀》，1802 年，油画，44.5 厘米 ×36.6 厘米，莫斯科特列季亚科夫画廊。

德莫斯

德莫斯负责为父亲阿瑞斯驾驶马车。每每出现在战场，他都会释放出令人战栗的恐怖气息。德莫斯及其兄弟福波斯是美神阿芙洛狄忒和战神阿瑞斯爱情的结晶。

得墨忒耳 / 色列斯

得墨忒耳是奥林匹斯十二主神之一。她是克洛诺斯与瑞亚之女，宙斯、赫拉、哈得斯等神的姐妹。得墨忒耳及她与宙斯所生的女儿普西芬尼（普罗塞尔平娜）[1] 都是自然

① 普西芬尼：古希腊神话中冥界的王后，因她在地下为死神，在地上为丰产女神，所以兼具二者的特征。

▲ 保罗·委罗内塞《赫拉克勒斯和色列斯》(局部),1575年,油画,309厘米×328厘米,威尼斯学院美术馆。

女神,是四季和谷物的守护神。普西芬尼的形象是一个抱着麦穗的和蔼可亲的女性。

普西芬尼与她的异母姐妹雅典娜、阿耳忒弥斯和宁芙们居住在一起。然而,她的年轻貌美引起了冥神哈得斯的注意,他决定在取得宙斯的同意后,将她掳走做自己的妻子。一天,普西芬尼正独自漫步,她远远地看见一朵美丽的花。正当她要停下来细细观赏时,地面突然裂开,驾着巨大马车的哈得斯出现了,一下子就把惊慌失措的普西芬尼劫走了。

当得墨忒耳发现女儿被劫时,恼怒万分。但众神都害怕与哈得斯交恶,便没有出面帮助她。她觉得,既然这样,她也没有继续行使女神职能的必要了。于是她决定离开奥林匹斯山,让大地颗粒无收,直到普西芬尼归来。

她乔装成一个老太太在人间四处奔走,不眠不休地寻找女儿的下落。有一天,她来到阿提卡地区一个叫厄琉息斯的小城邦。当地的一个富贵家庭收留了她,并让她做了孩子的保姆。

然而,她离开奥林匹斯山后造成了季节的改变,大地陷入了永久的冬季,庄稼不再生长,不断有人饿死。于是宙斯要求哈得斯立刻放了普西芬尼。

愤怒的哈得斯逼迫普西芬尼吃下冥界的石榴,因为只要吃了冥界的东西,她就要永远留在那里。这样,普西芬尼就不得不留在冥王的身边。宙斯为了让双方都满意,便采取了一个折中的方法:让普西芬尼在每年三分之二的时间里和得墨忒耳待在一起,剩下的时间则返回冥界陪伴她的丈夫。

寻回女儿后快乐的得墨忒耳使繁花遍野,谷物重新生长,树木也开始生长。

安托万－让·格罗《巴克科斯和阿里阿德涅》，1821年，油画，90.8厘米×105.7厘米，渥太华加拿大国家美术馆。

| 狄俄尼索斯 / 巴克科斯

狄俄尼索斯是二次出生的神。他是诸神之神宙斯与忒拜公主塞墨勒之子。年轻的塞墨勒疯狂地爱上了宙斯。一天晚上，两人躺在一起，塞墨勒哀求宙斯为她展现神的形象。宙斯为了取悦爱人就答应了她。他警告爱人要离他远远的，因为他很清楚，他的真身会对凡人造成伤害。当宙斯以神圣雄伟的形象出现时，塞墨勒却忘了宙斯的警告。她激动地奔向爱人，就在那一瞬间她被雷电劈中，燃烧身亡。

宙斯连忙跑过去救她，然而已经太迟了。但是她肚子里六个月大的孩子得以幸存。宙斯把孩子缝在自己的大腿上，使他能继续生长。过了四个月，一个健康的婴儿从宙斯的腿里出生，这就是狄俄尼索斯。宙斯唯恐婴儿遭到善妒的赫拉的迫害，便让赫耳墨斯为婴儿找了一个藏身之所。

赫耳墨斯将婴儿托付给奥尔科美诺的国王抚养。即便如此，赫拉还是找到了小狄俄尼索斯，然后逼疯了他的乳母。宙斯决定把小狄俄尼索斯带到一个远离希腊的地方。宙斯找了好多地方，直到他来到一个小城市尼萨，他把狄俄尼索斯

狄俄尼索斯

狄俄尼索斯接受的独特教育赋予了他神性。他变成了葡萄酒和植物之神，教人类种植葡萄和酿酒。从此以后，如果还有人用谷物酿酒，这种行为就会被视为粗鄙的行为。除此以外，狄俄尼索斯还能影响季节变化，传说他会在冬天死去，在春天重生。

▲ 狄俄尼索斯

厄倪俄

厄倪俄在神话中的形象通常是一个骁勇善战的强壮女性。在一些浮雕作品中，人们会看到女神正在战斗，她仿佛是战场中最英勇的战士。

▲ 桑德罗·波提切利《维纳斯的诞生》（局部），1484 年，蛋彩画，278.5 厘米 ×172.5 厘米，佛罗伦萨乌菲兹美术馆。

留在那里。一群宁芙在西勒诺斯和萨堤尔①的帮助下，保护并且抚养狄俄尼索斯长大。

酒神狄俄尼索斯在希腊和罗马地区广受崇拜，由此衍生出一些通常多由女性参加的纪念节日。在举行庆祝活动或游行时，妇女们会离开家，走上街头狂欢。在罗马地区她们被称为巴克坎忒斯，意为“酒神的狂女”。另外，节日期间人们也会表演戏剧，这样就把希腊戏剧与狄俄尼索斯联系在一起，因此，人们把狄俄尼索斯当成希腊戏剧的守护神。

厄倪俄 / 柏洛娜

厄倪俄是阿瑞斯的完美搭档，如果说阿瑞斯是战神，厄倪俄就是战争女神。实际上，阿瑞斯和厄倪俄被认为是兄妹。厄倪俄负责为阿瑞斯准备战车，他们经常一同出现在战场上。

罗马人对阿瑞斯和厄倪俄的崇拜广泛且历史悠久。不论是在罗马城还是在其他地方，人们为他们贡献的祭品与为罗马战神柏洛娜贡献的差不多。罗马城里的厄倪俄神庙常用于举行元老院与外国使臣的会晤，以达到一种军事威慑效果。同时，它还是传令官②对外宣战的地方。

祭司团体负责主持纪念厄倪俄的庆祝仪式，这是一支基本上由男性构成的祭司队伍。他们会在那天组成游行队伍，一边穿越城市，一边做出自残行为，以求获得女神的青睐。

埃俄罗斯

风神埃俄罗斯和他的孩子住在一个小岛上，这个小岛可以自由地沿着伊奥利亚移动。因为宙斯赐予了他平息和激起风浪的神力，所以他主司风暴。

---

① 萨堤尔：拥有人类的身体，同时亦有部分山羊的特征，例如山羊的尾巴和耳朵，以懒惰、贪婪、淫荡、嗜酒而闻名。

② 传令官：军队出身的祭司团体。

众神习惯于向他求助，以摧毁敌人的船队。比如天后赫拉曾经试图阻止埃涅阿斯在特洛伊登陆；智慧女神雅典娜出于对希腊军队侮辱卡珊德拉的愤怒，借风神的力量摧毁了他们半数的船队。还有一些英雄也希望得到他的护佑。奥德修斯就曾经去拜访过他，希望埃俄罗斯能助他的船队一臂之力。埃俄罗斯喜爱并且同情在外漂泊多年、返乡心切的奥德修斯，所以奥德修斯启程时埃俄罗斯送给他一阵和风和一个装有各种风的囊袋，并叮嘱他小心使用。没想到，他的船员途中不小心打开了囊袋，所有的风都吹向了伊奥利亚。生气的埃俄罗斯便决定不再帮助他。

埃俄罗斯

埃俄罗斯在神话中通常以一个成熟的男性形象出现。他手握权杖，这使他看起来更加威严，他所到之处必起大风。

厄俄斯

厄俄斯年轻貌美。她的形象与阿波罗类似：身着金衣，驾着一辆由四匹白马拉动的车在天空奔驰。

厄俄斯 / 奥罗拉

年轻、貌美、忧郁，这些是厄俄斯最常见的形象特点，她还是赫里阿斯的信使。只要她出现，所有黑夜的神明都会逃走，诸如许普诺斯和莫耳甫斯。因为厄俄斯是希腊神话中

▼ 圭尔奇诺《奥罗拉》，1621 年，壁画，罗马邦孔帕尼－卢多维西别墅博物馆。

▲ 画有奥罗拉和提索奥努斯的酒罐，希腊。

的黎明女神，是每天最早出现的神。每天她都亲自为赫里阿斯掀开东边的天门，让他乘日车进来，开启他在天空中的朝发夕至之旅。女神所到之处露珠消失，繁花盛开。

厄俄斯是提坦神与忒亚[①]的孩子，太阳神赫里阿斯、月亮女神塞勒涅的姐妹。虽然厄俄斯是前奥林匹斯诸神时期的老一代神明，但她仍活跃于奥林匹斯诸神时代。

她的情人是普里阿摩斯[②]的兄弟提索奥努斯。当时，女神对温柔英俊的凡人提索奥努斯一见钟情。为了能与他长相厮守，她恳求宙斯赐予她的爱人“不死之身”，宙斯答应了她的请求。然后她却忘了为情人请求“永恒的青春”。厄俄斯看着他逐渐老去，直到有一天衰老得不成人样。厄俄斯无可奈何，只得把他变成了一只蚱蜢，让他从痛苦中解脱出来。

然而不久，她原本破碎的心又再次为爱而猛烈跳动。这次，她与战神阿瑞斯相恋。但是与此同时阿瑞斯又与阿芙洛狄忒热恋。阿芙洛狄忒发现后诅咒厄俄斯变得风流成性。从此以后，厄俄斯就开始在不同的情人之间穿梭，其中比较出名的是：侍酒师伽倪墨得斯、刻法罗斯、杜卡利翁、阿斯特赖俄斯。

| 厄里倪斯 / 孚里埃（欧墨尼得斯）

厄里倪斯

厄里倪斯的头上长满毒蛇，眼里流着鲜血，令人害怕。

古希腊人和罗马人对厄里倪斯充满畏惧。厄里倪斯是大地之母盖娅与天空之神乌拉诺斯的三个女儿的统称。她们生活在哈得斯的冥界，只有在惩罚发生在人间的罪孽时才来到地面上。违背誓言、偷窃或者杀人都会受到女神的严厉惩罚。

“提西福涅”意为“向凶手复仇”；“阿勒克托”意为

---

① 忒亚：原文误写为 Gea（盖娅），她是盖娅和乌拉诺斯之女，光明女神。
② 普里阿摩斯：特洛伊战争中的特洛伊王，最后战死了。

“永无止境”；“墨盖拉”意为“嫉妒”。

▲ 威廉-阿道夫·布格罗《厄里倪斯追逐俄瑞斯忒斯》,1862年，油画，227厘米×278厘米，诺福克克莱斯勒艺术博物馆。

神话中提及厄里倪斯时就涉及她们给人们带来了恐惧。这不仅由于她们面目可憎——头发由蛇缠绕而成，双眼流出鲜血——还因为她们不接受辩解，不死不休地追缠罪犯，并折磨他们，直到把他们逼疯。

其中最著名的是俄瑞斯忒斯的神话。俄瑞斯忒斯是底比斯的英雄，他犯下了弑母重罪。整个事件的过程如下：阿伽门农为了战争的胜利而杀死女儿伊菲革涅亚并向女神阿耳忒弥斯献祭。这招致其妻克吕泰墨斯特拉的仇恨。愤怒的克吕泰墨斯特拉杀害了她的丈夫。在阿波罗的建议下，俄瑞斯忒斯为父报仇杀死了母亲。杀害血亲对于女神厄里倪斯来说是不可饶恕的重罪，她们不停地折磨俄瑞斯忒斯，直到智慧女神雅典娜的出现才帮他逃过了一劫。

| 厄里斯（厄里德）/ 不和女神

不和女神厄里斯喜欢引起纷争，她乐见神明争吵。因她是赫拉之女，众神有所顾忌，便很难将她赶出奥林匹斯山，但是由于她引起了太多矛盾，最终还是被放逐。

海洋宁芙忒提斯和色萨利国王珀琉斯[①]为了避免婚礼上引起争吵，没有邀请厄里斯参加。厄里斯得知后怀恨在心，想出来一条诡计。她将一个写着“给最美丽的女神”的金苹

① 珀琉斯：宙斯的孙子，埃阿科斯（宙斯与河流女神埃癸娜之子）的儿子，阿喀琉斯的父亲。

厄洛斯

厄洛斯是一个阳光英俊、双眼被遮住、背部长有翅膀、手持银弓的少年。他手中的弓箭会射向任何一个他所遇到的人。希腊人对于爱神的崇拜流传到罗马后，罗马人为他保留了爱神的特征，但是却把他描绘成了一个顽皮的小男孩的形象，他对捉弄奥林匹斯诸神乐此不疲。

▼ 威廉－阿道夫·布格罗《掳走普赛克》，1895年，油画，209厘米×120厘米，私人收藏。

果带到宴会上，想送给赫拉、雅典娜及阿芙洛狄忒三个女神之一。女神们拿着金苹果争执不下，最后决定让特洛伊的王子帕里斯裁断，而帕里斯陷入阿芙洛狄忒的诱惑便裁定她是最美的女神，这直接引发了特洛伊战争。

厄里斯通常会被描绘成头上缠绕着毒蛇，一手持火炬，一手握蛇的形象。

厄洛斯／丘比特

阿芙洛狄忒和阿瑞斯生育了好几个子女，其中最著名的是爱神厄洛斯。如果说阿芙洛狄忒是爱与美之神，厄洛斯就是使人恋爱之神。他是罗马人喜欢的神，罗马人把他描绘成一个背着箭囊、手中持弓的调皮的小男孩。厄洛斯射出的箭会使神明和人类陷入爱恋之中。

他出生时，他的母亲为了不让宙斯发现他，便把他藏了起来，所以他是在丛林深处长大的。长大后他用白蜡树和柏木制作了弓箭，边狩猎边练习箭术。

福波斯

作为战神阿瑞斯和美神阿芙洛狄忒的儿子，他一方面继承了父母的美貌，另一方面也继承了父亲对于战争的热爱。福波斯和他的兄弟德莫斯代表了古代世界中的负面情感：恐慌和恐惧。他通常与父亲阿瑞斯和兄弟德莫斯一同出现在战场上，毫无怜悯之心地享受折磨敌人的过程。

盖娅

盖娅是希腊神话中的大地女神，大量出现在古代文化中。太初，她从混沌中诞生，随后生下了山神乌瑞亚、天空之神乌拉诺斯和海洋之神蓬

◀ 威廉－阿道夫·布格罗《大地母亲（地母盖娅的思虑）》，1883 年，油画，230.5 厘米 ×139.7 厘米，私人收藏。

托斯[1]。

为了创造其余的生物，盖娅与她的儿子乌拉诺斯结合生下了十二位提坦神、三位独眼巨人、三位百臂巨人。然而，过多的生儿育女使盖娅疲惫不堪。当她看到乌拉诺斯把巨人关在深渊中时，十分愤怒，便请求克洛诺斯推翻乌拉诺斯的统治。最后，克洛诺斯用镰刀把乌拉诺斯的生殖器割了下来，扔入大海。此举激起了浪花，并从中生出了阿芙洛狄忒。

---

① 蓬托斯：盖娅所生的原始海神，后与盖娅结合，生下了表征海的各种属性的诸多儿女。

精灵

精灵

在神话中，善良的精灵通常是一个长着翅膀的少年，他头戴花冠，手拿丰饶角。邪恶的精灵则是一个长胡子的短发老人，他身边常有猫头鹰相伴，是不祥的征兆。人类的守护精灵被赋予蛇形。此外，女性精灵和赫拉经常被混淆。

▼ 汉斯·巴尔东·格里恩《和谐（美惠三女神）》，1541—1544年，油画，151厘米×61厘米，马德里普拉多博物馆。

在神话中，精灵是从人刚出生起就与人紧密相连的小守护神。没有人可以摆脱他们，他们甚至会对人的行为方式产生影响。事实上在古罗马，每个人都会有两个守护精灵：一个善良，一个邪恶。

不只人类有自己的守护精灵，每个文明元素或自然生物都有其对应的守护神。

一般来说，不论是出生、结婚还是死亡，人们都必须在特定的日子里祭拜守护精灵。后世子孙须拜家神和灶神来表示对守护精灵和祖先灵魂的尊敬。祭拜时，人们会贡上植物、食物和一些不流血的小祭物。

守护精灵有多种形象，但最常见的是一同出现的头戴花冠、手持丰饶角的少年和由猫头鹰陪伴的老人。

美惠三女神 / 卡里忒斯

卡里忒斯是宙斯和海洋女神欧律诺墨之女，是姐妹三人的统称。她们分别为：阿格莱亚、欧佛罗叙涅和塔利亚，合称美惠三女神。她们分别代表着喜悦、美丽和魅力。①

卡里忒斯在某些方面和缪斯女神非常相似，她们喜欢游戏和舞蹈，因为这些能激发她们绝妙的灵感。另外，她们还能给人们带来快乐、智慧，甚至有时候在守护神的帮助下拥有激发人们的艺术天赋的能力。

女神居住在奥林匹斯山，她们经常陪伴在缪斯女神、阿芙洛狄忒、阿波罗和厄洛斯的左右。一般情况下她们都是以这样的形象出现的：三个绝美的女神在阿波罗的长笛声中翩翩起舞。但是为了突显美与丑的差别，在一些艺术作品中她们也会和法翁、萨堤尔②一起出现。

① 此处的表述与中国《辞海》有出入，出于尊重原著的考虑，保持原文内容。——编者注

② 法翁和萨堤尔在神话中都是半人半兽的形象。——编者注

美惠三女神总是待在一起，从不单独出现。

哈得斯 / 普路托

哈得斯是冥界之王、地下世界之王和死者之王，是克洛诺斯和时光女神瑞亚的儿子，宙斯和波塞冬的兄弟。当哈得斯和他的兄弟姐妹将父亲克洛诺斯赶出奥林匹斯山后，他们决定分治宇宙。宙斯统领大地，波塞冬管辖海域，哈得斯则统治冥界。就这样，哈得斯成了黑暗世界的主人。

黑暗的哈得斯在古希腊神话中着墨不多，值得一提的是，他掳走了自然女神得墨忒耳的女儿普西芬尼，得墨忒耳伤心欲绝，导致当时大地绝收。对于哈得斯来说，这是找到一个妻子与他共同统治冥界的唯一办法。整个地下世界被分为两个地区：亡灵最先到达的地方——厄瑞玻斯；提坦神的居住

美惠三女神

在希腊文明中，她们最初穿着精美的长裙，但在后来的艺术表现中，她们通常为裸体。有时候她们会与面目可憎的萨堤尔一同出现，警示人们不能以貌取人，美丽的心灵可以弥补外貌的不足。

哈得斯

冥王哈得斯是克洛诺斯和瑞亚的儿子，宙斯和波塞冬的兄弟。

▼ 尼古拉斯·米尼亚德《掳走普西芬尼》，1651 年，油画，116 厘米 ×141 厘米，私人收藏。

赫柏

赫柏是一个美丽、单纯、谦恭的年轻女子。

地——塔尔塔洛斯（地狱深渊）。

在通往地狱的路上，首先得经过几条河流，一个叫卡戎的老人在此摆渡。他会收一枚硬币作为船费，因此希腊人通常会在死者坟墓里放一枚硬币。接着就来到了厄瑞玻斯的入口，拥有蛇尾的三头犬刻耳柏洛斯在此看守，它是被赫拉克勒斯抓来的。

一进入地狱，冥王和冥后的宫殿就会映入眼帘。那是一个黑暗阴沉的地方，有许多门窗供亡灵进进出出。当死者的灵魂受审之后，善良的灵魂会进入至福乐土，反之则会被打入塔尔塔洛斯。

▼ 加文·汉弥尔顿《赫柏喂朱庇特的鹰》，1767 年，油画，127 厘米 ×94 厘米，斯坦福大学艺术博物馆。

赫柏

青春女神赫柏是宙斯和赫拉之女，在神话中通常被描绘成一个活泼可爱、纯真美丽的年轻女子。她主要负责给诸神斟她最爱的仙馔蜜酒，以防诸神口渴。

在与英雄赫拉克勒斯结婚后，赫柏不顾母亲赫拉的反对，毅然放弃了为诸神斟酒的任务。斟酒的任务最后落到了英俊的特洛伊王子伽倪墨得斯身上。他被变成鹰的宙斯掳走后，代替赫柏为诸神斟酒。

赫柏的母亲赫拉负责所有的婚礼。赫柏被描绘成一个年轻的女人，她拥有简单的外表，快乐而又美丽，她也被看作是适龄女子学习的楷模。

赫卡忒／特里维亚

黑暗女神赫卡忒是佩耳塞斯（提坦神）与阿斯忒瑞亚的女儿，她通常穿着一袭黑衣，颈上盘绕着蛇，身边跟着一群目光阴沉又锐利的狗。赫卡忒也是掌管三岔路口的女神。她和狗群总会出现在鬼魂前往冥府时必经的三岔路口。

尽管魔法女神是喀尔刻，巫师和术士却用狗和黑羊羔祭拜女神赫卡忒。这是因为巫师所用的魔法和药水深受赫卡忒的黑暗力量的影响。

赫卡忒

赫卡忒在冥界拥有强大的法力和权能。在艺术作品中她被描绘成三位一体的女神：一头三体或者三头一体，脖子上有毒蛇缠绕。

虽然赫卡忒与罗马神话的特里维亚相对应，但是她们的共同点并不如其他相对应的神话人物之间的共同点那么多。

| 赫菲斯托斯 / 伏尔甘

赫菲斯托斯

赫菲斯托斯是火神、金属冶炼（铁）之神，也是优秀的工匠和金属冶炼者的守护神。他还是一个身体健壮却跛足的神，经常躲在锻造厂里大汗淋漓地工作。

关于赫菲斯托斯的诞生，坊间流传着好几个版本。有人说他和阿瑞斯一样，是天后赫拉自己生的。但是流传最广的一个说法是，他是宙斯和赫拉结合所生。他生而丑陋，并且有无法治愈的脚疾，赫拉厌恶他，把他从奥林匹斯山上扔了下去。赫菲斯托斯被赶出奥林匹斯山后，便在利姆诺斯岛落脚，在那里，作为工匠的赫菲斯托斯展现出了极大的天赋。他开始为众神锻造甲胄、武器和珠宝，并在西西里岛的埃特纳火山下开办了自己的工匠铺。为了能顺利地回到奥林匹斯山，他制作了一个金王座，上面有隐形的锁链，谁要坐上去就会永远被束缚在那里。做好后，他将王座送给了母亲赫拉。赫拉看到如此精致的王座，喜不自禁，冲上去坐下。但她一坐下就被王座上的锁链锁住了，诸神也束手无策。

除了赫菲斯托斯，无人知晓解开锁链的办法，众神只得派人去请赫菲斯托斯。他们把这个任务交给深得宙斯信任的酒神狄俄尼索斯。狄俄尼索斯无法说服赫菲斯托斯，便不得不把他灌醉。所以当赫菲斯托斯骑着驴来到奥林匹斯山的时候，已经完全醉了，然而他还是解开了束缚在赫拉身上的锁链。最后，众神让赫菲斯托斯留在了奥林匹斯山。

▼ 迭戈·委拉斯开兹《火神的锻造厂》，1630 年，油画，223 厘米 ×290 厘米，马德里普拉多博物馆。

当美神阿芙洛狄忒出现在奥林匹斯神殿时，赫菲斯托斯向万神之王宙斯请求娶她。宙斯答应了，于是他们结为了夫

▲ 安东·拉斐尔·门斯《正午的化身——赫里阿斯》，1765年，油画，192厘米 ×180厘米，马德里蒙克洛亚宫。

赫里阿斯

赫里阿斯是一个年轻健壮的神。他每天驾着四马（弗莱贡忒、埃尔东、皮罗伊斯、艾奥）金车自东向西行驶。

▼ 天空中，驾驶着四马金车的赫里阿斯。

妻。这也再次证明了阿芙洛狄忒的美使众神盲目，以至于大家都忽视了她的品德。美神阿芙洛狄忒为了自己的情人多次抛弃了赫菲斯托斯，给他带来了许多麻烦。

赫里阿斯

赫里阿斯在前奥林匹斯诸神时代就已经成了太阳神。他是提坦神许珀里翁和忒亚的儿子，月亮女神塞勒涅和黎明女神厄俄斯的兄弟，所以说他也是一位提坦。太阳滋养万物，所以太阳神的地位可想而知。后来，也有人把阿波罗当成太阳神，但是太阳神赫里阿斯依然在神话中占有重要的位置。提坦之战爆发时，宙斯允许他居住在奥林匹斯山。但后来宙斯和他的兄弟分治宇宙时，赫里阿斯决定去一个名叫罗德的小岛定居，因为他在那里的统治可以不受外界干扰。罗德岛一直由太阳神赫里阿斯守护，后来受西西里岛和科林斯卫城管辖，这增加了它在古希腊的知名度。赫里阿斯在那里与宁芙罗德相恋、结合并生下了几个非常聪慧的孩子——赫利阿得斯[①]。虽然赫里阿斯已与宁芙罗德结合，但是他后来还是背叛了他的爱人。他与宁芙卡吕普索还有他的女儿帕西淮、喀尔刻等都有过露水情缘。

赫里阿斯曾与宁芙克吕提厄[②]相恋，但后来他抛弃了她，喜欢上了一个叫琉科忒亚的公主。为了报复善变的赫里阿斯，克吕提厄向琉科忒亚的父亲俄耳卡摩斯告发了他们的关系。俄耳卡摩斯是个严厉的父亲，他得知女儿与赫里阿

① 赫利阿得斯意即“赫里阿斯的女儿们”。——编者注

② 克吕提厄：古希腊神话中的海仙女，大洋神女之一，也是向日葵神女。她是大洋河神俄刻阿诺斯与海洋女神泰西斯之女。赫里阿斯与克吕提厄分手后，克吕提厄一连九天不吃不喝，凝望着赫里阿斯驾驶着太阳车东升西落，日渐憔悴，最终化为一株向日葵。

斯的关系后挖了一个深不见底、连阳光也无法抵达的洞，并将女儿活埋了。最后俄耳卡摩斯悲伤地死去。赫里阿斯得知此事后彻底断了与克吕提厄的来往。

奥林匹斯诸神认为赫里阿斯是一个公正严明并且能洞察一切的神灵，所以经常来找他帮忙，他的姐妹月亮女神塞勒涅也常常帮助他。例如：赫菲斯托斯为了证实对妻子阿芙洛狄忒有外遇的怀疑，请求赫里阿斯帮忙监视阿芙洛狄忒。最后，他的所有猜疑都得到了证实。

赫拉

赫拉在艺术作品中通常是这样的：一个美丽的女神坐在王座上，头戴王冠，手执权杖，脚边孔雀相伴，或者驾着孔雀车，身后升起一片彩虹。

赫拉／朱诺

赫拉是克洛诺斯和瑞亚之女，宙斯之妻，是古希腊神话中的天后，奥林匹斯众神中地位与权力最高的女神。她和宙斯育有赫柏、赫菲斯托斯和伊利梯亚，自己独自生育了阿瑞斯。赫拉最突出的特点就是对所有与宙斯有染的女神、宁芙、凡人的嫉妒和毫无节制的报复。这种仇恨也殃及宙斯的私生子。她的这一特点不为宙斯所喜。闻及情人与子女的哭诉，宙斯曾不止一次惩罚过赫拉。宙斯甚至把赫拉绑在铁砧上，然后吊在空中以示惩罚，直到后来赫菲斯托斯怜悯她才将她放了下来。被羞辱以后，赫拉变本加厉，宙斯的情人、私生子没有不遭到她的报复的。

有时候，赫拉的愤怒不是源于宙斯的背叛而是其他原因，例如特洛伊战争。特洛伊王子帕里斯没有选择赫拉作为最美的女神，这招致了赫拉对特洛伊的报复。

赫拉最残酷的一次报复应当是她把特伊西亚斯变成了瞎子，而原因仅是他没有支持女神的看法。有一次赫拉和宙斯之间起了争执，宙斯坚持认为在性行为中女人会比男人得到更多的快感，而赫拉的想法则与之相反。两人争执不下，最后决定去问特伊西亚斯，因为他既当过男人又当过女人。特伊西亚斯毫不迟疑地说是女人。这个回答使得赫拉勃然大怒，便把他变成了瞎子，但是后来雅典娜又赋予了他预言的能力。

▲ 赫拉雕像。

诺尔·夸佩尔《朱诺和赫拉克勒斯》，1688年，油画，180厘米x132厘米，凡尔赛宫。

赫耳墨斯 / 墨丘利

赫耳墨斯

赫耳墨斯是一个年轻、爱笑的神，拥有好几对可爱的“翅膀”，通常手执带翅双蛇杖。蛇杖既代表他是宙斯意志的全权执行者，也象征着他温和包容的性格。

赫耳墨斯是主神宙斯和提坦阿特拉斯之女迈亚的儿子。他遍游世界，所有做过的工作都非常完美。他司体育与智慧、牧民、艺术与文字等。然而他又并非完全掌管这些领域，因为这些领域都有各自的守护神。

赫耳墨斯非常聪慧，所以被带到奥林匹斯山充当诸神之间的信使。由于他工作出色，宙斯特地赐予他帽子、插翼凉鞋、金色带翅双蛇杖[①]作为礼物。除此之外，赫耳墨斯还是亡灵的接引神，能帮助亡灵到达冥界。

赫耳墨斯是带来好运和财富的神，但不值得信赖。因为他同时也是盗贼的守护神，是一个圆滑机灵的骗子。总而言之，赫耳墨斯是信使之神、口才之神、商人之神和教导之神。

赫耳墨斯一出生就非常漂亮，并且强壮无比，以至于他

① 双蛇代表谨慎，翅膀代表轻捷，为和平、和睦、商业和医学的标志。

▲ 赫耳墨斯的雕像。

非常自大、顽皮、任性。他用计偷走了爱神厄洛斯的箭囊。受到那些爱开玩笑的神明鼓励后，他一转眼又偷走了战神阿瑞斯的剑、海神波塞冬的三叉戟、美神阿芙洛狄忒的腰带、宙斯的权杖，甚至差点儿偷走了宙斯的闪电。

少年时期的赫耳墨斯和哥哥阿波罗因品行不端被逐出了奥林匹斯山，一起在色萨利牧羊。他偷了阿波罗的羊群，但是当他把亲手制作的里拉琴送给阿波罗后，俩人又和好了。无论如何，赫耳墨斯从不承认他偷了任何东西。

| 赫斯提 / 维斯塔

赫斯提是家庭女神，因为在祭礼和一些与她有关的作品中经常出现火把，所以有人称赫斯提为火的守护神。但实际上，她是希腊神话中的灶神。她是克洛诺斯和瑞亚的长女。

阿波罗和波塞冬都曾追求过她，女神却请求宙斯让她永远保持贞洁。此外，宙斯还授予她特殊的荣誉：在凡人的家中以及神的庙宇中她都是被供奉的神，并优先享受每一份祭品。不同于其他诸神来来往往，赫斯提总是待在奥林匹斯山，正如住宅是人类家庭的中心一样，赫斯提也是神明的住所奥林匹斯山的中心。

与赫斯提对应的罗马神话女神是维斯塔。在罗马，由于“维斯塔贞女”传播维斯塔崇拜，使得女神维斯塔比赫斯提更为有名。众所周知，所有的神明都有侍奉他们的祭司，这些祭司负责照看他们的神庙。毋庸置疑，其中最有名的一个祭司团体就是维斯塔贞女——一群献身于女神维斯塔的年轻女子。

随着时间的推移，维斯塔贞女的人数从四人变化为六人。起初由国王决定女祭司的甄选，后来权力移交给了大祭司。甄选的要求极为严格：女祭司年龄应在六至十岁，出身高贵、身体健康并且外表美丽。一旦被选中，女祭司就要剪掉长发，着白色长袍，工作时还要佩戴各式面纱。

维斯塔贞女的任务是守护维斯塔神庙中的圣火不被熄

赫斯提

不论是赫斯提还是维斯塔在神话中都很少被提及。她通常以身着长袍、头覆面纱的形象出现。时而手中拿着灯或者火炬，时而拿着飞镖或丰饶角。

▲ 卡尔·弗里德里希·德卡勒《摆弄常春藤花圈的维斯塔贞女》，1870年，油画。

灭，因为这代表着帝国的未来。一旦圣火熄灭，女祭司就会受到毒打。不仅如此，帝国的人民会陷入对未来的极度沮丧和恐慌之中，直到祭司取得阳光再次点燃圣火。

维斯塔贞女应当保持自身绝对的贞洁，无论是通奸的女祭司还是那些强奸她们的人都会被处以死刑。然而对女祭司的刑罚与他人不同：在召唤恶魔的可怕仪式中，女祭司走入她自己的坟墓，坟墓里有一盏灯、一些油、面包、水和牛奶，随后她会被关在里面直到饿死。

尽管制度严苛、责罚残酷，但是那些完成任务的女祭司将获得无上的荣耀。走在路上，所有的平民甚至所有的行政长官都会为她让道；在法庭上她的话拥有公信力，例如，在抢劫案件中，她的话可使罪犯从嫌疑人的名单上去除；她可以获取所有的国家机密；竞技场会为她保留最好的位置。除此以外，她的一切开销皆由国家承担。

在神庙服侍满三十年后，女祭司就可解职或者结婚。但是青春已逝，她们大多数会留在神庙，由新来的女祭司照顾。

许门

许门

在艺术作品中，许门常以一个美貌少年的形象出现。他头戴玫瑰花和香神木花冠，手持火炬和一支长笛，着装得体。

许门司婚姻，负责主持所有的婚礼仪式。有记载说，他是阿波罗和阿芙洛狄忒的儿子，也有资料显示他是狄俄尼索斯和缪斯女神卡利俄珀的儿子。在他成为神之前，“许门”的原意为“贺婚诗”。后来这个词语成了“婚礼”的同义词，尤其是在古卡斯蒂亚语[①]中得到了广泛使用。

举办婚礼时，人们吟诵各种各样的婚礼赞歌，但在副歌部

① 卡斯蒂亚语：即西班牙语。

◀ 许门，马赛克画。

分会反复吟唱“许门”。据说这是由一群年轻女性发起的，为了感谢许门将她们从海盗手中解救出来，后来成为一项传统。

在许门的祭礼上，祭祀之人应避免取出被屠杀的动物的内脏而使胆汁流出。这如同神对夫妻的警示：在婚姻中要尽量避免不好的情绪，不能侮辱对方，否则将致婚姻不幸、家庭不和。

关于许门有三种不同的说法：一说他在自己婚礼的当天死去，后来被医神阿斯克勒庇俄斯复活；二说他是在狄俄尼索斯和阿里阿德涅的婚礼上死去，后被复活；三说是一群海盗欲在婚礼上劫掠一群美貌的女子，而由于他过于美丽，被海盗当成女子抓走了。

许普诺斯 / 宋努斯

睡神许普诺斯是黑夜女神尼克斯之子，死神塔那托斯的兄弟。许普诺斯的宫殿修建在遥远的西方，那其实是一个阳光无法抵达的洞穴。那里没有唤醒大地的鸡鸣，许普诺斯得以生活在一片宁静之中。

“遗忘之河”勒忒河穿过他的洞穴，河流两岸生长着罂粟花和许多助眠植物。潺潺的水声和助眠植物能帮助人们进入睡眠。宫殿正中央放着一张美丽的黑檀木床，黑色的床帏下是正在休憩的许普诺斯。他躺在柔软的羽毛上，眉目平和，似乎在做着美梦。他的儿子梦神莫耳甫斯守在床

许普诺斯

在艺术作品中，许普诺斯通常被描绘成一个手拿罂粟、熟睡的年轻男子。

▼ 睡神许普诺斯

▲ 弗里德里希·克斯廷《荷莱依和阿波罗》，1822年，油画，96厘米×69厘米，居斯特罗市博物馆。

前，防止有人吵醒他。

除了莫耳甫斯，许普诺斯还有两个儿子：伊刻洛斯和方塔苏斯。许普诺斯的神力能让人类和神明都进入睡眠中。但他只是睡神，制造梦境的任务则由他的儿子莫耳甫斯负责。

荷莱依

对于荷莱依，人们众说纷纭，有些说法甚至是矛盾的。荷莱依被认为是宙斯和忒弥斯的女儿，司正义和一年三季[1]，后来又掌管一天的时辰。也有作品说荷莱依司气温。

在一定程度上，荷莱依与大地的繁荣富饶联系在一起。除此以外，荷莱依还负责为太阳神套马车，抚育幼时的赫拉，陪伴从海上出现的阿芙洛狄忒，陪伴狄俄尼索斯、潘和普西芬尼。最重要的是，荷莱依还负责凝聚和驱散奥林匹斯山的云雾，看守奥林匹斯神庙的入口。

荷莱依，也叫作时序女神，一共有三位：和平女神伊瑞涅，正义女神狄刻，秩序女神欧诺弥亚。然而，古雅典人喜欢将荷莱依与大地万物的生长联系在一起，他们认为时序女神应当为：司开花的荷莱依塔罗，司植物生长的荷莱依奥克索，司丰收的荷莱依卡尔波。

时序女神（荷莱依）

时序女神拥有永恒的青春和无与伦比的美貌。在艺术作品中，她们常高高撩起裙子跳舞。有时人们会因此把她们和美惠三女神混淆。

伊利梯亚

伊利梯亚是古希腊神话中的分娩女神。她是宙斯和赫拉的女儿，赫柏、阿瑞斯和赫菲斯托斯的姐妹。她对赫拉非

伊瑞涅

女神伊瑞涅的形象特点是：头戴花冠，手持橄榄枝和丰饶杯。

① 三季：即春天、夏天和秋天。

常忠诚，是赫拉报复计划的执行者。比如她曾听从赫拉的命令，帮助勒托生下阿耳忒弥斯和阿波罗，但也阻止宙斯的情人阿尔克墨涅[①]生下赫拉克勒斯。

有一些诗歌会把伊利梯亚描述成天才的助产团体。

▲《女神伊瑞涅怀抱着普路托》，慕尼黑古代雕塑展览馆。

伊瑞涅（厄瑞涅）/孔科耳狄亚（帕克斯）

伊瑞涅是时序女神中的和平女神，宙斯和忒弥斯的女儿。古希腊和罗马都盛行对和平女神的崇拜。

女神在希腊备受尊崇，因为古希腊文化十分推崇和平。在很多时候，女神阿芙洛狄忒的鸽子被看作是和平或和平女神伊瑞涅的象征。

罗马皇后小阿格里皮娜[②]在掠夺了耶路撒冷神庙的金银财宝后，修建了罗马帝国最具标志性的建筑之一——和平女神庙。这座神庙装饰精美，被修建在地势独特的神圣大道上。

伊里斯

在一些作品中，彩虹女神伊里斯被描述为提坦神陶马斯和大洋神女厄勒克特拉的女儿。因为她是天后赫拉的信使，所以也有人推测她是赫拉所生。

伊里斯能以风速飞行，还可以到达除了深海和冥界以外的任何一个角落。无论赫拉身在何处，她都会陪在她身边。

▼ 老米歇尔·科尔内耶《伊里斯和朱庇特》，1701 年，凡尔赛宫。

① 阿尔克墨涅：珀尔修斯的孙女，梯林斯和迈锡尼国王厄勒克特律翁之女，底比斯国王安菲特律翁之妻，大力神赫拉克勒斯之母。宙斯曾化身为安菲特律翁的形象，与阿尔克墨涅结合，后来生下赫拉克勒斯。

② 小阿格里皮娜：全名为尤利亚·维普桑尼亚·阿格里皮娜，古罗马皇后，暴君尼禄的生母。她是罗马帝国早期最著名的女性之一，也是罗马史上最有名的投毒者之一。

▲ 伊阿诺斯半身像，梵蒂冈博物馆。

伊阿诺斯

伊阿诺斯是罗马的本土神明。他象征着开始，主要负责看守大门。对于罗马人来说，伊阿诺斯的寓意是一个好的结局。但在希腊神话中没有与他对应的神。

伊阿诺斯本是拉齐奥地区最古老的王。他为被逐出奥林匹斯山的克洛诺斯提供了庇护之所，并以此作为交换，得到了控制时间的能力，因此他能够看到过去、现在和将来发生的事情。

摩摩斯

摩摩斯是许普诺斯与尼克斯或者厄里斯所生，是希腊神话中的嘲弄、谴责、讽刺之神，也是作家和诗人的特别守护神。他喜欢用讥讽的语气评价人类甚至诸神。

有一次，他嘲笑了波塞冬、赫菲斯托斯和雅典娜。他嘲笑波塞冬把牛角放在了一个错误的位置；他调侃赫菲斯托斯忘记在人类的胸口上开窗，使得众神无法获知人类的想法；至于雅典娜，他更是冷嘲热讽，说她造的房子太过笨重，导致那些因为邻里关系而搬家的人无法搬走一栋建筑。也有人说他嘲笑阿芙洛狄忒是长舌妇，并将她“嘎吱嘎吱”作响的鞋子作为笑料。

诸神再也无法忍受摩摩斯的嘲讽，便把他赶出了奥林匹斯山。

▼ 皮耶尔－纳西斯·盖兰《莫耳甫斯及伊里斯》，1811 年，油画，圣彼得堡艾尔米塔什博物馆。

莫耳甫斯

梦神莫耳甫斯负责在人的梦中幻化成不同的人形。除此以外，他还须在睡神许普诺斯的床前看护，保证没有人吵醒他。

◀ 尤斯塔奇·勒苏尔《缪斯女神卡利俄、欧忒耳珀和塔利亚》，1652 年，油画，130 厘米 ×130 厘米，巴黎卢浮宫。

缪斯

缪斯是宙斯和女神谟涅摩叙涅所生，主司艺术、科学和文学。女神们在皮耶罗峰出生，先后居住在迪利孔、维奥蒂亚和马其顿。每个女神对应不同的领域：

- 卡利俄珀负责护卫史诗，所以她的手中常拿着《奥德赛》《伊利亚特》《埃涅阿斯纪》之类的史诗。
- 克利俄主司历史，负责分析世界发生的大事。女神手中常握一卷书。
- 埃拉托负责启发抒情诗和爱情诗的创作。有时候，她被描绘为手拿里拉琴的形象；有时候，又被描绘为一个头戴玫瑰和爱神木花冠的女神。
- 欧忒耳珀司音乐，她手中常拿着长笛。
- 墨尔波墨涅主管悲剧。她穿着朴实无华，但打扮得像一个演员：一手拿悲剧面具，一手持棍棒，仿佛

缪斯

她们是年轻貌美的女神。在艺术作品中，她们喜欢围成一个圈，坐在棕榈树或月桂树下。

▲ 爱德华·约翰·波因特《诗歌女神埃拉托》，1870 年，水彩画，私人收藏。

在暗示人们，悲剧的创作需要打磨和天赋。

· 波吕许谟尼亚是最善思考的女神，她沉思的姿态似在思考颂歌和哑剧。

· 塔利亚司喜剧，她的特点是身着奇装异服来逗乐。

· 忒耳西科瑞主司舞蹈，常与司音乐的欧忒耳珀一起出现。

· 乌拉尼亚负责天文学，她一手持地球仪，一手拿比例规。

很多时候，缪斯的艺术才能使她们容易遭受小人的迫害或者被迫接受他人的挑战。

女神们遭受的第一次陷害来自国王比利牛斯。那天，女神们独自在离家很远的地方游玩，突然间风雨大作，比利牛斯谎称给女神提供落脚之处，随后就将她们锁在了自己的宫殿里。然而在他实施暴行前，女神们长出翅膀逃离了那里。暴君比利牛斯不停地追逐女神，但后来他死在了路上。

马其顿国王皮耶罗生有九个女儿，她们自认为其才能在缪斯女神之上。于是，她们用一大片土地做赌注，要与缪斯女神在歌唱和诗歌方面一较高下。她们首先合唱了一首关于宙斯和提坦巨人之战的歌，然而歌曲既无音律之美，也无和谐之感。缪斯女神随后歌唱了赞美宙斯的神力和描述得墨忒耳发现女儿失踪后绝望的歌。最终负责裁判的宁芙们判定缪斯女神为获胜方。然而国王的九个女儿并不服气，她们愤怒地向缪斯女神扑去。就在这时，天神把她们变成了喜鹊，这样一来，她们的坏脾气和长舌妇的特点保留了下来。

涅墨西斯

涅墨西斯生有双翅，戴有头纱。翅膀（的扇动）表明惩罚降下的速度很快，而女神的头纱使人联想到天谴的不可捉摸——她会突然来到罪人身边。女神的形象特点是一手持长矛，一手握酒杯，而杯中装着提升人类品德的酒。

| 涅墨西斯（阿德刺斯提亚）/ 复仇女神

涅墨西斯是黑夜女神尼克斯之女，她是复仇女神，也是正义女神的执行者。值得一提的是，人们不应将涅墨西斯同复仇女神厄里倪斯混淆，因为二者有明显差别。厄里倪斯会对所有犯罪的人施以惩罚，而涅墨西斯是以诸神的名义向那些破坏人类正义但未被惩罚的人复仇。

涅墨西斯是诸神意志的完美执行者，她会对那些傲慢无礼、藐视神威和冒犯法律的人进行惩罚。

尼克斯 / 黑夜女神

尼克斯是混沌之神卡俄斯之女，也是命运之神帕耳卡、睡神许普诺斯和死神塔那托斯等黑暗神明的母亲。

和祭祀厄里倪斯、帕耳卡一样，在尼克斯的祭礼上人们会用黑山羊和公鸡献祭，因为鸡鸣能打破黑夜的寂静，唤醒大地。

俄刻阿诺斯

大洋河神俄刻阿诺斯是乌拉诺斯和盖娅之子，是前奥林匹斯诸神时期最重要的神明之一。诗人荷马认为他是一切事物的始祖。所谓大洋河是希腊人想象中环绕整个大地的巨大河流。人们认为地平线在大洋河面结束，大洋河孕育了太阳和月亮。后来他和海洋女神泰西斯结合并生下了三千个儿子和三千个女儿。他的儿子是世界上所有河流的神，他的女儿是大洋河的宁芙，是世界上所有河流、湖泊、泉水的女神。俄刻阿诺斯在提坦之战后失去了他的权力，后来被波塞冬取代。

在提坦之战中，瑞亚将小赫拉托付给他照顾。

潘

牧神潘是赫耳墨斯和一个宁芙的儿子，出生于阿卡迪亚。他在罗马神话中也被称作“潘”。潘是半人半动物的神，他有山羊的腿、角和耳朵，这使他更加强壮，但是这无疑也让他更加丑陋，因此被很多宁芙拒绝。他最喜欢出没于山间、洞穴和杂草丛生的地方。

潘是一位天才的音乐家，在林间和平原，他经常陪伴

▲ 威廉－阿道夫·布格罗《黑夜女神》，1883 年，油画，208 厘米 ×107 厘米，希尔伍德博物馆。

尼克斯

尼克斯头戴罂粟花冠，身披一件闪耀着星光的黑色纱衣，坐着马车在夜空中巡视大地。

俄刻阿诺斯

在艺术作品中，俄刻阿诺斯是一个坐在海浪上的老人。他手持一支长矛，脚踩神奇动物——形似一条龙。他的象征物是丰饶杯、权杖和网。

潘

潘有着山羊的角和腿、扁平的鼻子、凌乱的胡子和头发。

▲ 威廉–阿道夫·布格罗《宁芙和萨堤尔》，1873 年，油画，260 厘米 ×180 厘米，克拉克艺术中心。

在宁芙身边。宁芙们唱歌时，他就会吹排笛伴奏。据说排笛是由潘发明的。传说有一天他正在追逐一个宁芙，为了将她困在身边，潘把她变成了芦苇，并将这棵芦苇制成了排笛。

海吉雅

治疗神海吉雅是阿斯克勒庇俄斯和厄庇俄涅的女儿。她能够用草药和药膏治愈一切疾病，她继承了父亲医神和祖父阿波罗的衣钵——阿波罗也参与了这些活动。在古代，希波克拉底派的医生在宣读医师誓词时，除了向阿波罗与阿斯克勒庇俄斯宣誓外，也向海吉雅宣誓。

摩伊赖 / 帕耳开

摩伊赖是希腊神话中决定人的生命与命运的三个女神。一些专家学者并不认为她们是决定命运的女神，而是命运之神的执行者。有的神话认为命运之神是卡俄斯和尼克斯之子，他手上拿着决定人类命运的罐子。摩伊赖是忒弥斯所生的三个女儿，分别叫克洛托、拉克西斯和阿特罗波斯，她们居住在冥界。她们会给每个人分配人生的幸运和厄运（有时人们窘迫的处境反而会使厄运增加）。

命运女神的决定无法改变，即使是诸神，也必须服从命运的安排。

克洛托是三姐妹中最年轻的。她手上常拿着线和布料，这些材料的类型取决于人的命运。丝绸和金线代表那些人生幸福美满的人；羊毛和麻线则代表不幸的人。

拉克西斯是负责移动生命纺锤的人。

阿特罗波斯是最年长的命运女神，她负责用一把长剪刀剪断人的生命线。

摩伊赖

摩伊赖的形象是三个在昏黄的灯光下纺织的面容严肃的老妇人，或者是忧郁的少女。

▲ 彼得·保罗·鲁本斯《维尔图努斯和波莫那》，1617—1619年，油画，120厘米×200厘米，私人收藏。

波莫那

波莫那是古罗马神话的种植女神，负责农业和牧业，所以她常常与田园生活联系在一起。女神终生献身于工作，以独立于世而闻名。许多神都追求过她，她不胜其扰，就在房子的四周修建了围墙，这样就没有人能穿过了。

女神对其他的追求者从未动过心，而唯一的特例就是维尔图努斯，女神被他的坚持所打动。维尔图努斯为了追求女神，变成了牧羊人、农民、刈割者等，但遭受了一次次的拒绝。然而他并没有放弃，有一天他变成了一个老妇人，与女神谈论家庭生活中的美德问题。求爱成功后，他又变回了原来的样貌。

波莫那

波莫那的形象通常是这样的：她坐在草地上，旁边放着一个装有水果和花朵的篮子；她站在草地上，手里或怀里有一个装有苹果的篮子。

波塞冬／尼普顿

波塞冬是克洛诺斯和瑞亚之子。他年轻的时候企图篡夺宙斯的王位，后被宙斯发现。宙斯将他变成了凡人，放逐到大地上受刑。他曾效力于特洛伊王拉俄墨冬，听从拉俄墨冬的命令为特洛伊修建堤坝。不久之后他与宙斯和解，又因为

波塞冬

艺术作品中常把波塞冬描绘成一个蓄胡子的庄严神明。他手持三叉戟，身边总有海豚相伴。每次出行，他都会坐在由海洋动物驾驶的战车上，身边围绕着一群人鱼，他们会吹响海螺，为波塞冬开道。

他在海域不知疲倦地工作，获得了宙斯的信任。

波塞冬是海神，同时也是河流、湖泊、泉水和其围绕的岛屿的神。他力量巨大，神力可以覆盖大地的任何一个角落。

有一天，波塞冬看上了女神安菲特里忒，但是安菲特里忒并不爱他，尽管波塞冬竭尽全力地讨好她也无济于事。后来，波塞冬的圣兽海豚用海神的荣耀与财富诱惑她，她才同意嫁给波塞冬。

安菲特里忒婚后不久就生下了儿子特里同[①]。但是波塞冬爱好美色，拥有无数情人。他和泉水宁芙生育了俄里翁和以野蛮残酷著称的独眼巨人波吕斐摩斯，又与蛇发女妖墨杜萨生育了著名的飞马珀伽索斯。此外，他在阿芙洛狄忒与赫菲斯托斯的事件中站在了阿芙洛狄忒这边，并借此机会与女神阿芙洛狄忒发展了一段感情。

波塞冬是希腊神话中一个重要的神。譬如，他与女神雅典娜争夺雅典城的故事家喻户晓。此外，他还帮助特洛伊国王拉俄墨冬修建城墙，最后拉俄墨冬竟拒绝支付约定的费用。愤怒的波塞冬派出一个恐怖的海怪摧毁了特洛伊城。也因为这样，波塞冬在特洛伊战争中站在了希腊人这边。

瑞亚（库柏勒）/ 奥普斯

瑞亚是众神之母，生育了奥林匹斯主神。她是希腊神话中的十二位提坦神之一，被称为时光女神。她是乌拉诺斯和盖娅之女，也是克洛诺斯的妹妹和妻子。克洛诺斯被宙斯打败后，瑞亚跟着他被逐出了奥林匹斯山。

纪念瑞亚女神的节日是由纪念阿提斯的节日衍生出来的。阿提斯原是弗吉尼亚地区的一名牧羊人，瑞亚对他非常好，让他负责祭祀，条件是阿提斯不能娶任何人。然而

① 希腊神话中的海之信使，他一般被描述为人鱼的形象：上半身是人，下半身是一条鱼尾巴。

后来阿提斯失信了，他和一位宁芙结婚了。瑞亚为了惩罚他，便杀死了宁芙，并诅咒阿提斯不停地移动，以及疯狂地伤害自己。但是当瑞亚看到阿提斯欲拿起剑自尽时，她动了恻隐之心，把阿提斯变成了松树。从此以后，这棵松树就成了瑞亚的圣树。

▲ 这张图片把库柏勒描绘成一个年轻健壮的女人。她通常驾着由狮子或马拉的车，看上去英姿飒爽。

塞勒涅

塞勒涅是前奥林匹斯众神时期的月亮女神。提坦之战后，阿耳忒弥斯出生并顶替了她的位置。

关于塞勒涅的出身有许多不同的说法。她可能是提坦神许珀里翁与忒亚的女儿，也有可能是帕拉斯[①]或者赫里阿斯所生。还有人认为她是赫里阿斯的姐妹。

尽管塞勒涅和恩底弥翁的爱情更广为人知，但她仍被人们认为是潘的情人。塞勒涅和恩底弥翁育有五十个女儿，象征着古希腊历法中一年的五十个星期。

塞勒涅

塞勒涅通常以驾驶两匹马或者两头牛拉的车的形象出现。

西勒诺斯

西勒诺斯是森林之神，但他的出身存在争议。有人说他是赫耳墨斯之子，也有人认为他是潘与宁芙或者盖娅所生。还有一个鲜为人知的说法：克洛诺斯阉割了乌拉诺斯后，鲜血四溅，从中孕育了西勒诺斯。

西勒诺斯似乎来自尼萨或者马来亚。他是酒神狄俄尼索斯的导师，负责保护并照顾小狄俄尼索斯，传授给他所有的知识。酒神长大后，西勒诺斯陪伴他经历了一次又一次的冒险，他们之间情谊深厚。有一次，西勒诺斯受到了弗里吉亚国王弥达斯的热情招待，为了表示感谢，狄俄尼索斯赐予弥达斯点石成金的本领。他们俩从印度回来后，西勒诺斯最终

西勒诺斯

西勒诺斯长得矮小但很彪悍，他双耳肥大且秃顶，头戴月桂花冠。驴、酒囊、瓦罐和豹是他的象征。

① 利比亚特里托尼斯湖的水泽神女。雅典娜在和她玩战争游戏时，她因长矛的一击被宙斯用神盾挡住而分心，被雅典娜失手杀死。雅典娜非常悔恨，因而改名为帕拉斯·雅典娜。——编者注

▶ 安东尼·范·戴克《西勒诺斯的胜利》，1617 年，德累斯顿国家艺术收藏馆。

决定在阿卡迪亚定居。因为开朗大方的性格，他在那里受到了农民的热情款待。西勒诺斯长相丑陋，可能有些畸形，通常有一头驴子吃力地驮着他出行，他的身边常围绕着一群萨堤尔。

提坦之战中，西勒诺斯加入了奥林匹斯神的队伍，杀死了巨人恩克拉多斯。此外，他的驴在战争中也起到了一定的作用，因为巨人们害怕驴刺耳的叫声。西勒诺斯经常喝醉，但是他智慧超群。诸神十分欣赏西勒诺斯的才华，总是邀请他参加各种宴会。但诸神又厌恶西勒诺斯的长相，不过他诙谐风趣，知识渊博，总能为大家带来许多乐趣。

西勒诺斯善占卜，能知晓过去和未来发生的事情，甚至能知道周围人的想法。然而他并不喜欢占卜，只有当他喝醉了，人们逼迫他的时候他才会进行占卜。西勒诺斯好享乐，喜欢歌唱，喜欢参加祭祀酒神的仪式。

塔那托斯

塔那托斯的形象通常是这样的：形如枯槁，身披黑色斗篷，右手握镰刀或剑，左手拿着用来计时的滴漏。他身旁飞着一只蝴蝶，象征着新生命。

▼ 约翰·威廉姆·沃特豪斯《睡神和死神》，1874 年，油画，70 厘米 ×91 厘米，私人收藏。

塔那托斯

塔那托斯是死神，也是黑夜女神

尼克斯之子，他住在冥界最黑暗的地方——塔耳塔洛斯。希腊人将他奉为神，将紫杉和柏木作为他的祭品。但是他们从不为他建神庙，也没有专门的祭司。

忒弥斯／正义女神

忒弥斯是乌拉诺斯和盖娅之女，也是命运三女神和时序三女神之母。她从前一直生活在大地上，但是到了铁器时代，因为罪恶充盈着大地，让人心生恐惧，所以她搬到了天上黄道带的室女宫去住。她是司法律与正义的女神，也是众神意志的执行者。

阿斯特赖亚是忒弥斯的女儿，人们常将母女二人相混淆，因而两人一起构成了一个唯一的女神形象。时序女神伊

忒弥斯

忒弥斯一手持剑，另一只手拿着天平。以布覆眼，意在说明正义和法律不受限于阶级、财富和特定利益。女神脚下是一头狮子，表明正义与力量的紧密联系。

▼ 约翰·萨德勒《忒提斯和珀琉斯的婚礼》，油画，24 厘米 ×33.5 厘米。

▲ 正义女神忒弥斯的雕像。

瑞涅和狄刻[①]同样是忒弥斯的女儿，狄刻也与正义之神的象征有关。

泰西斯

海洋女神泰西斯是乌拉诺斯和盖娅之女，也是十二提坦神之一、大洋河神俄刻阿诺斯的妹妹和妻子。她是世界上所有河流和海洋宁芙的母亲。女神喜欢驱赶人鱼拉动的华丽车子周游各地，她的手中或持权杖或怀抱小帕雷蒙[②]。

宙斯 / 朱庇特

宙斯是奥林匹斯诸神的王，是至高无上的天神。虽然他并非造物主，但因为他是宇宙的管辖者和保护者，所以被视为众神和人类之父。如前所述，宙斯是天空、云雨之神。雷霆是奥林匹斯山最强大的武器之一，宙斯坐在金王座上，从那里降下闪电，从而控制云雨。宙斯的武器是神盾埃癸斯，有时他会把武器借给女神雅典娜。他的圣兽是雄鹰，他的圣树是栎树，这些动物或植物都是力量的象征。此外，宙斯还拥有延长动物寿命的力量，因此他也被称为“延长动物寿命者”。

宙斯是提坦神克洛诺斯和瑞亚之子，同时也是波塞冬、哈得斯、赫斯提、得墨忒耳、赫拉等重要神明的兄弟。

宙斯为诸神建造了住所，并且开创了奥林匹斯众神时代。他的地位曾遭到巨人和阿罗达斯的挑战。其中一次战争被称为“癸干忒斯战争”，即“巨灵之战”，是长有五十个头、五十只脚的巨人反抗宙斯统治的战争。

在很长一段时间内，巨人们在战争中处于优势。后来，除了酒神狄俄尼索斯外，奥林匹斯诸神均从埃及的避难处返

宙斯

宙斯通常被描绘成一个坐在金宝座上的王者。他一手持权杖，一手握雷电，脚边站着张开双翼的神鹰。

① 希腊神话中的狄刻就是罗马神话中的正义女神朱斯提刻。——编者注

② 帕雷蒙是一个海神。

回，并在赫拉克勒斯（并非我们所知的那个英雄赫拉克勒斯）的帮助下，不懈斗争，终于战胜了巨人族。

然而接下来大地又进入了一段黑暗时期。人类的暴君进行残暴的统治，罪恶充盈着大地。为了惩罚人类，宙斯降下了一场世界性的大洪水。在这场大洪水中只有杜卡里翁和他的妻子活了下来。后来他们不断繁衍，大地才又重新恢复生机。

▲ 宙斯半身像，雕塑。

宙斯的诞生是希腊神话中最著名的故事之一，人们据此进行了无数次的艺术创作。他的父亲克洛诺斯害怕自己的统治会被子女推翻，于是一旦有孩子出生，克洛诺斯就将他们吞入腹中。然而他们的母亲瑞亚不忍心看到子女死去，便拿石头伪装成刚出生的宙斯，包裹在襁褓内。克洛诺斯吞下石头后，将石头连同宙斯的兄弟姐妹一起吐了出来。宙斯联合他的兄弟姐妹对抗父亲和提坦神族，后来宙斯获得了胜利。提坦神族被宙斯关押在地下深渊塔尔塔洛斯。自此以后，宙斯、波塞冬和哈得斯分治世界。

英雄史诗和奇闻逸事

阿喀斯和伽拉忒亚

伽拉忒亚是一位长相甜美的海洋宁芙，她爱上了阿喀斯——一个居住在附近的牧羊人。然而巨人波吕斐摩斯也对伽拉忒亚抱有强烈的爱意，他时常给伽拉忒亚送礼物，竭尽所能地讨好她，却没有得到宁芙的回应。某一天，阿喀斯和伽拉忒亚在海边散步，碰巧被波吕斐摩斯撞见了。波吕斐摩斯怒火中烧，号叫着向他们跑去。

伽拉忒亚不想跟他发生冲突，便藏到了水下，而她的爱人阿喀斯则藏到了芦苇丛中。波吕斐摩斯怒发冲冠，他找到

▲ 拉斐尔《伽拉忒亚的胜利》，1511 年，壁画，297 厘米 ×225 厘米，罗马法尔内西纳别墅。

阿喀斯后拿起一块石头砸向他的头部，阿喀斯当即死亡。伽拉忒亚得知后悲痛欲绝。宙斯不忍心见她继续伤心，便将她变成了一汪泉水，把她的爱人阿喀斯变成了一条河。这条河至今仍流淌在意大利的西西里岛，仿佛在诉说着他对伽拉忒亚永恒的爱恋。

奥孔斯奥和西迪贝

奥孔斯奥和西迪贝就像神话版的罗密欧与朱丽叶，不过他们的故事结局更加奇特。

奥孔斯奥和西迪贝

奥孔斯奥不仅年轻英俊，而且足智多谋。奥孔斯奥深深地爱着一个名叫西迪贝的女孩，然而他们之间存在着巨大的阶级差异，他甚至无法接近她。

有一天，西迪贝和她的乳母来到阿耳忒弥斯女神庙里祭祀，奥孔斯奥趁机向她扔了一个苹果，这在当时是青年人表达爱意的惯用方式。上面写着“我向女神阿耳忒弥斯发誓，我不会和奥孔斯奥外的任何一个人结婚”。当西迪贝念出这句话后，她的命运就被改写了。虽然西迪贝并非有意为之，但在这个神圣的地方发出这样的誓言，她也必须履行。

几周后，西迪贝的父亲着手准备女儿的婚事——西迪贝从小定下的。但奇怪的是，即将要举行婚礼仪式时，西迪贝突发重病，直到家人宣布取消婚礼她才痊愈，婚礼办了三次都是这样。她的家人因此惶恐不安，跑去特尔斐神庙求助，并从那里得知了这件怪事的原因。

与此同时，奥孔斯奥来到了西迪贝的家乡雅典，也得知了这件事。尽管奥孔斯奥出身并不高贵，但考虑到他也算是个体面人，西迪贝的父亲最终决定将女儿嫁给他。最后婚礼顺利举行，他们幸福地生活在一起。

阿克特翁

阿克特翁是阿里斯泰俄斯和奥托诺厄的儿子。他在半人马智者喀戎的教导下成了一名出色的猎人，不幸的是他后来英年早逝。

一天，女神阿耳忒弥斯和她的宁芙们在森林中沐浴，想

▲ 朱塞佩·塞萨里《狄安娜与阿克特翁》，1602—1603 年，油画，50 厘米 ×69 厘米，布达佩斯美术博物馆。

借此消除打猎的疲惫，没想到被阿克特翁看到了。为了惩罚他，女神扬起溪水，将他变成了一头鹿，并冷笑道："现在你可以宣扬你看到我的裸体了！"随后，变成鹿的阿克特翁被自己的五十条猎狗撕咬成块，痛苦地死去。在另一部作品中这个悲剧的起因是这样的：阿克特翁吹嘘自己的狩猎技能超过了女神阿耳忒弥斯，以期得到女神或与她随行的宁芙的爱慕。女神勃然大怒，遂将他折磨致死。

阿多尼斯

阿多尼斯是密拉与他的父亲忒伊阿斯乱伦所生，这一切都源于女神阿芙洛狄忒对密拉的惩罚，所以阿芙洛狄忒对阿多尼斯心怀愧疚。阿芙洛狄忒把阿多尼斯装在箱子里，随后把箱子交给了冥后普西芬尼。

阿芙洛狄忒没有对孩子的来历多加解释。普西芬尼收

阿多尼斯

为了纪念阿多尼斯，人们创立了阿多尼斯节，节日历时八天。前四天举办葬礼，后四天进行狂欢，以此纪念阿多尼斯，以表达人们对阿芙洛狄忒的爱人阿多尼斯的崇拜。

到箱子后，发现了里面的孩子，就自愿承担起照顾这个孩子的责任。阿多尼斯逐渐长大，长成了一个极具魅力的绝美少年，深深地吸引着普西芬尼，所以他一成年女神就把他变成了自己的情人。

然而阿芙洛狄忒在看到阿多尼斯裸睡的姿态后，也深深地爱上了这个美少年。她求宙斯帮助她从普西芬尼手中抢走阿多尼斯。宙斯得知其中的缘由后将这件事情交给了缪斯卡利俄珀裁决。

卡利俄珀做出了裁决：阿多尼斯每年三分之一的时间和阿芙洛狄忒在一起，三分之一的时间和普西芬尼在一起，剩下的时间由阿多尼斯自己安排。这样安排是因为阿芙洛狄忒拯救了小阿多尼斯的生命，而普西芬尼一直照顾他长大成人。

时间悄然流逝，等到阿多尼斯自己独居的时候，阿芙洛狄忒用各种方式取悦他并向他求爱，于是这段时间阿多尼斯会陪伴在阿芙洛狄忒身边。普西芬尼对此十分嫉妒，

▼ 卢卡·焦尔达诺《美少年阿多尼斯之死》(《创造人类》的局部图)，1684—1686 年，壁画，佛罗伦萨美第奇－里卡迪宫。

▲ 彼得·保罗·鲁本斯《维纳斯和阿多尼斯》，1610年，276厘米×183厘米，德国杜塞尔多夫艺术宫博物馆。

并且对阿芙洛狄忒违反协议非常不满。普西芬尼设法找到了居住在远方的阿瑞斯，并把一切都告诉了他。阿瑞斯也是阿芙洛狄忒的情人，得知此事后他勃然大怒。一天，阿多尼斯正在狩猎，阿瑞斯变成了一只野猪，趁机向他扑去。阿芙洛狄忒本想赶过去救他，没想到却被树木绊倒在地，只能眼睁睁地看着美少年阿多尼斯被咬成了碎片。

阿多尼斯死后会永远待在冥界，这也就意味着他将一直和冥后普西芬尼在一起。嫉妒的阿芙洛狄忒再次请求宙斯帮忙。这一次，宙斯想出了一个好方法：阿多尼斯在繁花盛开的上半年和阿芙洛狄忒待在一起，下半年则和冥后一起居住。阿多尼斯有好几个孩子：刻尔克、伊斯塔斯贝、萨利安德烈和贝罗尔。①

据神话记载，女神阿芙洛狄忒被树木绊倒后溅出了鲜血，染红了旁边的白玫瑰，自此便有了红玫瑰。而阿多尼斯的身体散发出的芳香催生出了银莲花。

阿尔刻斯提斯和阿德米都斯

阿尔刻斯提斯是色萨利地区俄尔卡斯国国王珀利阿斯之女。她拥有花容月貌，所以前来提亲的人络绎不绝。珀利阿斯为此事伤透了脑筋，后来干脆说谁能驾驭由两只野兽拉动的车，他就把女儿嫁给谁。

阿德米都斯则是斐赖的国王，他也是阿尔刻斯提斯的追求者，此前他曾经保护过阿波罗。为了报答他，阿波罗帮助他完成了国王珀利阿斯的要求。就这样，他驯服了狮

① 也有神话说阿多尼斯没有孩子。——编者注

子和野猪。当他驾着车来到公主面前时，公主毫不犹豫地嫁给了他。

好景不长，婚后不久阿德米都斯就生了一场重病。神谕说，如果有人能代替他死去，他就能得救。深爱着他的阿尔刻斯提斯决定代夫赴死，她喝下了毒药。阿德米都斯复原当天，赫拉克勒斯恰好来到了这个地区，并受到了阿德米都斯的礼遇。得知此事后，为了报答阿德米都斯的殷勤，赫拉克勒斯下到了冥界，与冥界众神激战一番后救出了阿尔刻斯提斯。所以，阿尔刻斯提斯和阿德米都斯又重新幸福地生活在了一起。

▲《阿尔刻斯提斯与阿德米都斯》，古罗马壁画，166 厘米 × 145 厘米，赫库兰尼姆出土，那不勒斯国家考古博物馆。

亚马孙人

亚马孙人是一个由女战士组成的民族。据说她们是战神和女神哈耳摩尼亚的后代，居住在卡巴多西亚地区的忒耳摩冬河两岸。亚马孙人会定期选出一个女王来治理国家。后来她们的领土甚至扩张到塔奈斯河（今顿河）流域。然而亚马孙人粗鲁的性格不为女神阿芙洛狄忒所喜，她们不得不迁回卡巴多西亚地区。

这个国家没有男人，为了延续种族，亚马孙人一年会与外乡男人结合一次以繁衍后代。生出男孩则杀死，在极少数情况下她们会将男孩送回到父亲身边；若生出的是女孩，她们会被割下或烙去一个乳房，以方便使用弓箭。亚马孙人在希腊语中意为“没有乳房的女人”，这也印证了这种奇特风俗的真实性。

亚马孙人的存在有一定的历史依据。她们尤其崇拜女神阿耳忒弥斯。

神话记载中关于亚马孙人的事件有：侵略利西亚（小亚细亚古国），后被柏勒洛丰击退；侵略弗里吉亚（小亚细亚

亚马孙人

亚马孙人会将女儿培养成杰出的战士。

▲ 彼得·保罗·鲁本斯《亚马孙人的战争》，1616—1618 年，油画，121 厘米 ×165 厘米，慕尼黑老绘画陈列馆。

古国）；因赫拉克勒斯偷走女王希波吕忒的腰带而引起的战争；特洛伊战争中，女王彭忒西勒亚领兵支援特洛伊国王普里阿摩斯；远征蛇岛；等等。此外，也有人认为亚马孙人建造了西姆、以弗所、伊兹密尔、帕福斯等城市。

安德洛墨达

安德洛墨达是依索匹亚国王克甫斯和卡西奥佩娅的女儿。她的母亲竟吹嘘安德洛墨达的美貌胜过所有的海洋宁芙，这激怒了海神波塞冬。波塞冬在依索匹亚引发了一场可怕的大洪水，并派出海怪不停地骚扰他们。

国王和王后束手无策，只好去请神谕。神谕显示，唯有将他们的女儿安德洛墨达献给海怪，王国才能免遭厄运。国王和王后不忍，然而当他们看到大洪水下的人间惨剧时，他们不得不答应这个条件，用铁链把安德洛墨达锁在海边的岩石上。

安德洛墨达

在安德洛墨达和珀尔修斯的订婚宴上，安德洛墨达的叔叔菲纽斯和她的前任情人带兵前来，差点毁了安德洛墨达和珀尔修斯的婚礼。

海怪正准备袭击安德洛墨达，恰巧被英雄珀尔修斯撞见。珀尔修斯刚刚砍下了墨杜萨的头颅，正欲返乡，此时瞧见美丽的安德洛墨达，顿时惊为天人。于是他向国王和王后提亲，他们毫不迟疑地答应了，前提是珀尔修斯必须先击败海怪救出安德洛墨达。珀尔修斯杀死了海怪，然后和安德洛墨达幸福地生活在一起。安德洛墨达死后在雅典娜的帮助下升上天空，变成了仙女座。

▲ 提香《珀尔修斯与安德洛墨达》，1556 年，油画，183 厘米 × 199 厘米，华勒斯典藏馆。

安菲阿拉俄斯

安菲阿拉俄斯是一位预言家，同时也是一名战士，还当过将领。在阿耳戈斯国王阿德拉斯托斯的建议下，他与其他六个英雄[①]率领军队远征忒拜，这也就是著名的“七雄攻忒拜”的故事。

事实上安菲阿拉俄斯并不想参加这场战争，因为他认定，面对敌人坚固的城墙，他们必死无疑，于是他躲了起来。然而波吕尼刻斯对这场战争势在必得，他找到了安菲阿拉俄斯贪婪的妻子，用一条黄金钻石项链诱使她说出了丈夫的藏身之处，因此安菲阿拉俄斯不得不领兵出征。出征前他叮嘱儿子，只要得知他的死讯，就立刻杀死他的妻子厄里费勒。

没多久悲剧就发生了，宙斯的一道闪电将安菲阿拉俄斯击落到了大地最深处。另外一边，他的儿子用厄里费勒的血为他祭奠。此战之后，安菲阿拉俄斯被尊为神圣的英雄。人们为他建了一座神庙，对安菲阿拉俄斯神谕的崇拜甚至等同于阿

安菲阿拉俄斯

请安菲阿拉俄斯的神谕不是一个简单的事情，须斋戒一日，忌酒三日，还要宰杀一只绵羊。将羊皮铺于地上，请神谕的人睡在上面，即可在梦中得到神谕。

▲ 根据“七雄攻忒拜”的故事创作的艺术品。

① 其他六人分别是：阿耳戈斯国王阿德拉斯托斯、波吕尼刻斯、堤丢斯、帕耳忒诺派俄斯、国王之侄卡帕纽斯以及国王之兄弟希波墨冬。

安提戈涅

安提戈涅的悲剧激发了悲剧作家索福克勒斯和许多现代作家的创作灵感。

提卡地区对特尔斐神谕的崇拜。

安提戈涅

安提戈涅是忒拜国王俄狄浦斯和伊俄卡斯忒的大女儿，她是唯一一个在父亲俄狄浦斯出走后，跟随在父亲身边的人。她在俄狄浦斯死后回到了忒拜。

俄狄浦斯一死，王位的继承权就落到了他的两个儿子厄忒俄克勒斯和波吕尼刻斯手中。厄忒俄克勒斯单方面宣布建立政权，波吕尼刻斯不甘心，决定召集七雄攻占忒拜，抢夺政权。

▲ 弗雷德里克·莱顿《安提戈涅》，1882 年，油画，58.5 厘米 ×50 厘米，私人收藏。

一番激战后，两人都在战争中死去，王位由伊俄卡斯忒的兄弟克瑞翁继承。克瑞翁以英雄的名号厚葬了厄忒俄克勒斯，而以背叛国家为理由，不准他人为波吕尼刻斯安葬，并将他的尸体留在了战场上。

除了安提戈涅，没有人敢违抗新王的命令。为了能使波吕尼刻斯入土为安，安提戈涅捡回了波吕尼刻斯的尸体，对其做了防腐措施后就埋葬了他。

违抗国王命令是重罪，克瑞翁下令将她活埋于家族的墓地中。然而她选择悬梁自尽，她的爱人、克瑞翁的儿子——海蒙闻讯也自杀殉情了。

阿喀琉斯

阿喀琉斯

著名的“阿喀琉斯之踵”来源于《伊利亚特》中记载的阿喀琉斯的死亡。

阿喀琉斯是海洋宁芙忒提斯与色萨利国王珀琉斯之子，是远征特洛伊的希腊联军中的一员。他一出生忒提斯就捉住他的脚踝将他浸泡在冥河的水里，因此除了脚踝，阿喀琉斯全身几乎刀枪不入。

阿喀琉斯在皮立翁山的山坡上被半人马智者喀戎抚养长大，在喀戎的教导下他学会了战斗和狩猎，也练习音乐和辨认草药。

阿喀琉斯九岁时，预言家卡尔卡斯预言，没有阿喀琉斯的帮助，希腊联军将无法攻下特洛伊城，但是阿喀琉斯若参战，最后会死于特洛伊城下。忒提斯知道后，将阿喀琉斯交给了斯库罗斯岛的国王吕科墨得斯，让他将阿喀琉斯藏在宫中并以女孩的身份养大成人，希望借此改变阿喀琉斯的命运。当希腊联军整装待发时，他们派遣奥德修斯去寻找阿喀琉斯。

▲ 希腊酒罐，描绘了英雄阿喀琉斯和他的堂兄弟大埃阿斯。

面对奥德修斯的询问，吕科墨得斯一口否认阿喀琉斯在宫中。由于阿喀琉斯长得非常美丽，和国王的女儿站在一起根本分辨不出来，狡猾的奥德修斯想出了一个方法：他先拿出了许多珠宝首饰，这令国王的女儿们双眼放光；然后又拿出了盾和长矛，吹响了战争的号角，喜好武器的阿喀琉斯喜不自禁，一下子就扑了过去，他的身份因此而暴露。最后阿喀琉斯加入了希腊联军。

在特洛伊战争中，阿喀琉斯身先士卒，战功赫赫。据说他在陆地上夺取了敌人的十二座城，在海上攻陷了十一座城。在对这些城市进行劫掠后，阿喀琉斯俘获了一个名叫布里塞伊斯的年轻女人。他爱上了布里塞伊斯，并与她住在一起。后来阿伽门农（希腊联军的首领）俘获了阿波罗神殿里的祭司克律塞伊斯。这令阿波罗勃然大怒，对希腊联军降下箭雨，希腊人伤亡惨重。

▼ 科孚岛阿喀琉斯宫里的阿喀琉斯雕像。

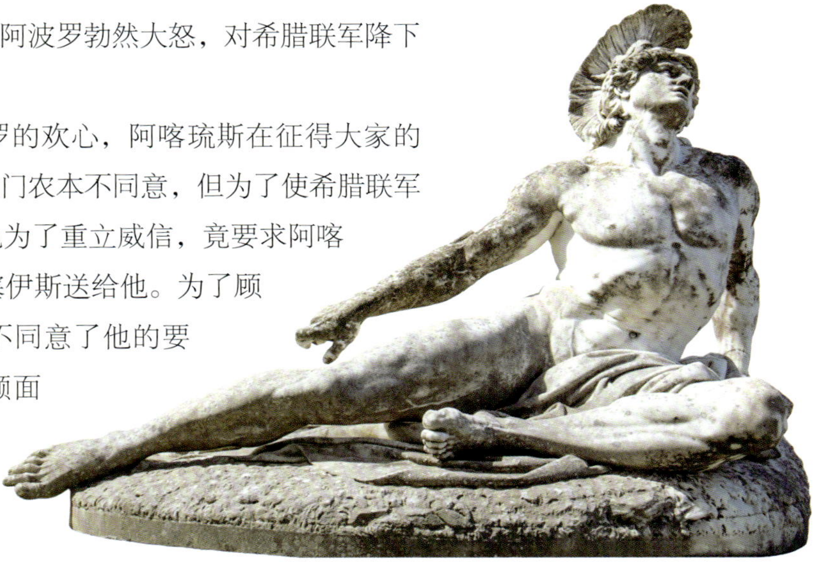

为了重新获得阿波罗的欢心，阿喀琉斯在征得大家的同意后将祭司归还。阿伽门农本不同意，但为了使希腊联军满意，仍释放了祭司。他为了重立威信，竟要求阿喀琉斯将自己的女奴布里塞伊斯送给他。为了顾全大局，阿喀琉斯不得不同意了他的要求。但是阿喀琉斯觉得颜面受损，愤而离营。

英雄阿喀琉斯不上战场的消息使特洛伊

▲ 本杰明·韦斯特《忒提斯为阿喀琉斯拿来甲胄》，1804年，油画，68.6厘米×27厘米，洛杉矶郡艺术博物馆。

人大受鼓舞，他们开始突围反击，逼得希腊人步步败退。尽管希腊人多次恳求阿喀琉斯上战场，甚至连阿伽门农也同意归还布里塞伊斯，但阿喀琉斯仍不为所动。

最后，阿喀琉斯的挚友帕特洛克罗斯披着阿喀琉斯的铠甲上了战场，希望以此打击敌人的士气，没想到他却被赫克托耳[①]杀死。阿喀琉斯悲痛欲绝，他披上铠甲重返战场，誓为挚友报仇。希腊军队士气大增，阿喀琉斯带着十人英勇杀敌，最终杀死了赫克托耳。阿喀琉斯拖着赫克托耳的尸体绕着特洛伊的城墙转了好几天，心中的愤怒与悲痛蒙蔽了他的理智，他拒绝将尸体归还给赫克托耳悲伤的家人，这使得赫克托耳不能下葬。众神对阿喀琉斯的行为非常不满，对他予以警示，他这才意识到自己对死者的不敬。最后，赫克托耳的老父亲普里阿摩斯用高价赎回了儿子的尸体，并为他举行了葬礼。

然而，阿喀琉斯并没有时间享受他获得的巨额赔偿金。在一场特洛伊城附近的战斗中，阿喀琉斯对阵特洛伊王子帕里斯。帕里斯受女神阿芙洛狄忒庇护，他知道了阿喀琉斯的弱点。帕里斯向英雄阿喀琉斯射了一箭，这支箭被嫉妒阿喀琉斯的阿波罗所控制，径直射向了英雄身上唯一的弱点——他的脚踝，阿喀琉斯遂一命呜呼。

后来，阿喀琉斯成为希腊神话传说中最勇敢的英雄之一。

① 赫克托耳是特洛伊王普里阿摩斯的儿子、帕里斯的哥哥。他是特洛伊第一勇士，被称为“特洛伊的城墙”。

阿刺克涅

阿刺克涅居住在克洛丰，是一名技艺高超、远近闻名的绣娘。她会收到来自世界各地的订单，人们争相拜访她。年轻的阿刺克涅初生牛犊不怕虎，竟向女神雅典娜发起了纺织技艺的挑战。雅典娜十分愤怒，誓要与她争夺“最优秀的绣娘”的名号。

女神雅典娜的织物非常完美，阿刺克涅的作品也无与伦比。阿刺克涅活灵活现地织出了神话中一系列的风流秘事，其中最精美绝伦的当属宙斯化身金雨与达那厄交合的场景。

雅典娜则在作品中竭力展现奥林匹斯众神的光辉形象。阿刺克涅的作品对神的不敬显然冒犯了雅典娜，但除此之外，雅典娜却找不到一丝瑕疵。恼怒之下，雅典娜撕碎了阿刺克涅的织物，将她囚禁在丝线之中，阿刺克涅差点儿被丝线勒死。也有说法是阿刺克涅看到自己完美的作品毁于一旦，痛苦地想自尽。后来雅典娜心生怜悯，把阿刺克涅变成了终日吐丝织网的蜘蛛。

哈耳皮埃

有人在她们身上能看到那些时常侵扰爱奥尼亚海岸的海盗的影子。

▼ 艺术作品中哈耳皮埃的形象。

哈耳皮埃

根据一些说法，哈耳皮埃是波塞冬的女儿；根据另一些说法，她们是盖娅与蓬托斯之子陶玛斯的女儿。她们是丑陋的怪兽，拥有老妪的头和胸部，又长着秃鹫的身体、翅膀和爪子。哈耳皮埃身上散发着令人恶心的臭味，不仅如此，凡是她们触碰过的食物都会腐烂。哈耳皮埃数量很多，其中值得一提的有三个：以快速飞行为特点的风暴阿伊洛、极其邪恶（如乌云般黑暗）的刻莱诺、极其凶残的俄克皮特。

哈耳皮埃的居住地存在争议。有说她们住在爱奥尼亚海的斯特洛法得斯岛上（也称为回归岛），也有说她们居住在克里特岛的地下洞穴里。哈耳皮埃总是疾速

▼ 琼·伊拉莫斯·格里涅斯《哈耳皮埃的追踪》（局部），1630年，油画，99厘米×98厘米，马德里普拉多博物馆。

希波墨涅斯和阿塔兰忒

马德里著名的库柏勒雕像上拉车的狮子是希波墨涅斯和阿塔兰忒夫妇。他们因为亵渎神灵而被惩罚只能背对着对方。

飞行，再加上她们的邪恶所带来的影响使得人们将她们视为“暴风”。由于性格邪恶和长相畸形的特点，人们常将哈耳皮埃与塞壬、蛇发女妖及灰巫女格赖埃相混淆。

哈耳皮埃的历史渊源极为复杂。有说法认为她们是蝗灾的化身。历史上曾有一场严重的蝗灾摧毁了整个小亚细亚地区，使希腊遭遇了严重的食物短缺，饿死了很多人。

阿塔兰忒

传说阿塔兰忒是伊阿索斯和克吕墨涅的女儿，也可能是俄斯科内奥之女。阿塔兰忒的父亲想要一个男孩，所以她一出生就被抛弃在山林间。幸运的是，她被母熊喂大，也得到了当地猎人的照顾。就这样，阿塔兰忒在自然环境中长成了一个体格健壮的青年女子，并掌握了疾走和打猎的本领。这两样本领使得她从半人马族的控制中逃脱，并且成为第一个刺伤卡吕冬野猪的人。

她到了适婚年龄后，许多追求者爱慕她，试图征服她，但她对婚姻毫无兴趣。此外曾有神谕显示，如果她结婚，就会发生不好的事情，这使她心生畏惧。然而迫于父亲的压力，

▶ 雅各布·彼得·高《希波墨涅斯和阿塔兰忒》，1636—1637年，油画，195厘米 ×180厘米，马德里普拉多博物馆。

阿塔兰忒不得不答应与跑赢她的人结婚，因为她自信没有人能跑赢她。阿塔兰忒的父亲规定，参加挑战的人要么赢，要么死。很多年轻人因此而死去，一时间人心惶惶，没有人敢再来挑战。

直到一个叫希波墨涅斯的年轻人的出现才打破了这个局面。希波墨涅斯是海神波塞冬的后裔，他非常聪慧，做事也是不达目的誓不罢休。他非常清楚自己无法跑赢阿塔兰忒，于是便想出了一条计谋，他先向女神阿芙洛狄忒求得了三个赫斯珀里得斯花园里的金苹果。

比赛当天观者如云。比赛中，每当阿塔兰忒要超过他时，他就抛下一个金苹果。阿塔兰忒被美丽的金苹果所吸引，情不自禁停下来捡，希波墨涅斯就设法超越她。这样重复了三次，希波墨涅斯最终获胜。阿塔兰忒对希波墨涅斯的智慧感到惊讶万分，不由得心生爱意，最后两人喜结连理。

他们生下了帕耳忒诺派俄斯[①]。婚后不久，有一次夫妻俩跑到了女神得墨忒耳的神庙交欢。面对这种亵渎神明的行为，女神降下惩罚，将他们变成了狮子，负责驾驶女神的车，这恰好印证了神谕。

阿特拉斯

阿特拉斯是提坦神伊阿珀托斯与宁芙克吕墨涅的儿子，普罗米修斯的兄弟。在提坦大战中，巨人阿特拉斯和其他提坦神族一起与奥林匹斯诸神对战。提坦神族战败，阿特拉斯被罚用双肩擎起天穹，这带给了他无尽的折磨。与他相关的一个著名故事是他帮助赫拉克勒斯获取侄女赫斯珀里得斯花园里的金苹果。另有版本认为，阿特拉斯是赫斯珀里得斯、普勒阿得斯和许阿得斯的父亲。

后来珀尔修斯去探访阿特拉斯，然而阿特拉斯对他十分无礼。于是珀尔修斯拿出了墨杜萨的头颅，阿特拉斯看到了

阿特拉斯

跪着背负重物是巨人阿特拉斯常见的形象。这个形象在很长一段时间里出现在地图集的封面上，所以现在人们也称地图集为“阿特拉斯”。

▼ 阿特拉斯的雕像。

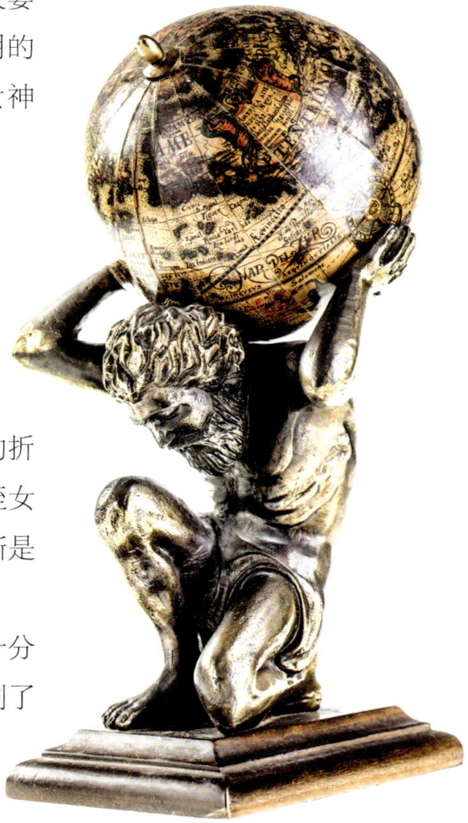

① 即远攻忒拜的七雄之一。

墨杜萨的眼睛，立刻变成了一座山。

有趣的是，古典主义建筑风格流行以男性雕像来装饰支柱，这种建筑结构被称为“阿特拉斯”。

| 巴托

巴托是一个牧羊人，在涅莱乌斯国王的森林里放牧。赫耳墨斯年少时偷了阿波罗的羊群，而巴托是唯一的见证者。赫耳墨斯担心他说出真相，便送了他一只牛犊，要求他保持沉默，巴托愉快地接受了约定。

然而赫耳墨斯是一个极为小心谨慎的人，他一直疑心巴托会出卖他。于是赫耳墨斯变化了样貌，假装用一头公牛与巴托交换赫耳墨斯的秘密和藏匿羊群的地方。

巴托毫不犹豫地就把一切抖搂了出来。不懂得保守秘密的巴托就像一块试金石，只要用金属表面与其摩擦，这块试金石就会暴露金属的属性。赫耳墨斯怒不可遏，将巴托变成了一块试金石。

| 柏勒洛丰

柏勒洛丰

在柏勒洛丰事件后，人们把那些对信使不利的信件称为“柏勒洛丰信件”。

柏勒洛丰是波塞冬和麦加拉国王之女欧律诺墨所生。他的原名是希波诺，但他更为人所知的是“英雄柏勒洛丰”的故事。

当时科林斯的国王柏勒洛被秘密杀害，希波诺被认定为凶手，他因此得了“柏勒洛丰”的绰号，意为“杀害柏勒洛的凶手”。后来，柏勒洛丰无法忍受这种耻辱，离开科林斯到梯林斯王国定居。

然而麻烦并未远离他。柏勒洛丰定居的梯林斯由普洛托斯统治，王后安忒亚对柏勒洛丰一见钟情，并试图引诱他。柏勒洛丰对国王十分尊敬，便断然拒绝了她。为了报复，安忒亚倒打一耙，对普洛托斯说柏勒洛丰试图勾引她。

国王轻信了她的话，怒火中烧，决定报复柏勒洛丰。普洛托斯让柏勒洛丰送一封信去吕基亚给安忒亚的父亲伊俄巴忒斯，柏勒洛丰毫不犹豫地答应了。柏勒洛丰不知道的是，普洛托斯在信中说他试图侮辱安忒亚，这封信就是他的死刑判决书。

到了吕基亚后，这个热情好客的亚洲人（伊俄巴忒斯）对他以礼相待，送给他各种各样的礼物。宴会持续了九天九夜，之后国王伊俄巴忒斯才打开了女婿的来信。看完信，他吓得倒抽一口冷气，十分惶恐，然而他并没有勇气直接杀死柏勒洛丰，于是他派柏勒洛丰去完成一个不可能实现的任务：杀死怪兽喀迈拉。喀迈拉是一头恐怖的怪兽，有的传说认为它头似狮子，脊背如龙，腹部像覆满鳞片的山羊；还有的传说说它有三个头，凡是接近它的人，都会被它吐出的气息烧死。

看到这个年轻人遭遇不公，奥林匹斯诸神决定帮助他。女神阿芙洛狄忒送给他飞马珀伽索斯。他骑着飞马，带着白刃英勇地挑战喀迈拉。他先在怪兽身上刺了几刀，然后往怪兽嘴里塞了一块铅。喀迈拉嘴里的热气熔化了铅，然后烧焦了它的内脏。柏勒洛丰杀死了喀迈拉，并割下它的头颅和尾巴，将其作为战利品献给了国王伊俄巴忒斯。

伊俄巴忒斯看见柏勒洛丰胜利归来，对他十分佩服，但也没有忘记女儿受到的耻辱。他又交给柏勒洛丰几个任务：战胜残暴的索吕默人，与亚马孙人作战，打败吕基亚王国最强大的生物。柏勒洛丰完成了所有的任务，安然无恙地归来，伊俄巴忒斯肃然起敬，这才意识到柏勒洛丰是神的宠儿。为了嘉奖他，国

▼ 亚历山大·安德烈耶维奇·伊万诺夫《柏勒洛丰出发去杀死喀迈拉》，1829 年，油画，140 厘米 ×100 厘米，莫斯科特列季亚科夫美术博物馆。

▲ 人们根据神话传说创作的喀迈拉的艺术形象。

王把女儿菲洛诺厄嫁给他为妻，并将王位传给了他。

在取得如此多的功绩后，柏勒洛丰获得了战神的称号，个人荣誉也得以恢复。又因为拥有飞马，他变得高傲起来，便以凡人之躯拜访神的居住地奥林匹斯山。如此傲慢的态度激怒了宙斯，宙斯给他降下惩罚：一只牛虻叮了飞马，飞马狂奔而起，把他摔进了灌木丛里，他因此而双目失明，几乎瘫痪。柏勒洛丰羞愧难当，从此再没有靠近过诸神和人类。另外一边，安忒亚对当时的愚蠢行为一直愧疚不安，后来自杀身亡。

特洛伊木马

希腊人对特洛伊城的围困已经持续了好几年，还是无法攻下这座城。尽管在战争中投入了不计其数的人力和物力，希腊联军也只是打赢了一些小规模的战斗，这至多算是“局部胜利”。

▼ 雅克－路易·大卫《帕里斯和海伦》，1788 年，油画，144 厘米 ×180 厘米，巴黎装饰艺术博物馆。

战事胶着，战士们已经数年未能返乡，奥德修斯不愿再忍受思乡之苦，献上了一条“木马计”：他打造了巨大的木马，里边藏着英勇的希腊士兵。其他人则烧毁了军营，扬帆出海，佯装撤退。但其实他们躲到了不远处的博兹贾岛上，在那里等待攻城的时机。

特洛伊人出城查看情况，发现希腊人离开了，他们欣喜若狂。城外只剩下巨大的木马和一个叫西农的希腊人。西农向他们讲述了自己的不幸：希腊人本想把木马献祭给女神雅典娜，以求得女神的青睐，保佑他们回家途中一帆风顺。幸亏他藏到了献给女神的木马中，才成功逃过一劫。

特洛伊人听闻此事非常震惊，毫不怀疑西农所说的话的真实性。就这样，他们忘记了一些预言家曾说过要他们保持警惕的建议，将木马运回了城内。夜幕降临，西农登上了塔楼，在那里挥动火炬，向博兹贾岛的希腊人发出暗号。随后他跑到广场上的木马旁边，砸破了木马，将里面的希腊士兵放了出来。

木马里的希腊士兵出来后，冲向城门口杀死了哨兵，并打开城门，让其他希腊士兵进城。这场旷日持久的战争积累的愤怒和怨恨终于在特洛伊城爆发了。希腊联军劫掠了整座特洛伊城，城里的女人被奸杀，而男人和孩子则被无情地屠杀，最后希腊联军又放火烧了整座城。只有极少数女人活了下来，其中一个就是海伦，城破时她及时回到了丈夫墨涅拉俄斯身边。此外，埃涅阿斯在女神阿芙洛狄忒的保护下，带着父亲安喀塞斯和儿子逃出了特洛伊城。

特洛伊木马

特洛伊人不听劝阻拉木马进城时，海神庙的祭司拉奥孔发出了一句著名的感慨：“即使希腊人带着礼物来，我也怕他们。”这句话后来被古罗马诗人维吉尔写进了《埃涅阿斯纪》。

卡斯托耳和布鲁克斯

双子座是由两个从不会同时出现的星宿组成的：一个出现在天空，另一个就会消失。

卡斯托耳和布鲁克斯

▼ 彼得·保罗·鲁本斯《卡斯托耳和布鲁克斯正在劫掠留西帕斯的女儿》，1616—1618年，油画，222厘米×209厘米，慕尼黑老绘画陈列馆。

卡斯托耳和布鲁克斯是一对孪生兄弟，是斯巴达国王廷达柔斯和王后勒达的儿子，也是海伦和克吕泰墨斯特拉的兄弟。因为他们也是宙斯的儿子，所以又被称作“狄奥斯库洛伊兄弟”，在古希腊语中意为“神之子”。

关于卡斯托耳和布鲁克斯的出生众说纷纭。一种说法认为，宙斯爱上了王后勒达，于是变成天鹅与她交欢。然而就在同一天，廷达柔斯也占有了她。一段时日后，勒达生下了两个蛋：一个蛋孵化出了宙斯的子女布鲁克斯和海伦，另一

卡律布狄斯

卡律布狄斯在现实中的确“存在”，不过不是传说中的海怪，而是用来描述当地海岸凶险的地理特征。

个蛋则孵出了廷达柔斯的子女卡斯托耳和克吕泰墨斯特拉。

也有其他说法认为勒达只生下了一个蛋：其中卡斯托耳、布鲁克斯和海伦是宙斯的子女，而克吕泰墨斯特拉是廷达柔斯的女儿。

卡斯托耳和布鲁克斯少有自己独立的神话故事，他们大多出现在其他著名的神话故事里，如随伊阿宋乘阿耳戈号去寻找金羊毛。最后俩人升到了天上，变成了第一星级的恒星，被人们称为“双子座”。

▲ 劳伦特・德・拉・海尔《格劳科斯和斯库拉》，1640 年，油画，57 厘米 ×14 厘米，洛杉矶保罗・盖蒂博物馆。

卡律布狄斯

卡律布狄斯是一头恐怖的海怪，与海妖斯库拉一同住在墨西拿海峡（意大利半岛和西西里岛之间的海峡）。卡律布狄斯住在岩石下面，她会张开大口吞吐海水，这样的动作一天要进行三次，过往船只、水手、鱼都会被她吞入腹中。有时候它会制造一个大漩涡，所有被卷进去的东西都会消失。这个漩涡常被浓雾笼罩，过往的船只无法预知她的到来。唯有传说中的英雄奥德修斯曾两次成功避开。

卡律布狄斯并非生来就是海怪。她原是波塞冬和盖娅的女儿，因为企图偷盗赫拉克勒斯从巨人革律翁处得来的牛群而被宙斯惩罚，宙斯把她变成了邪恶丑陋的海怪。

卡珊德拉

卡珊德拉是特洛伊国王普里阿摩斯与王后赫卡柏的女儿，她从阿波罗处获得了预言的能力。当时，阿波罗爱上了这个美丽的少女。面对阿波罗的求爱，卡珊德拉一口答应，条件是阿波罗赐予她预言的能力。

卡珊德拉

卡珊德拉与拉奥孔曾试图阻止特洛伊人把木马运到城里。

然而当阿波罗兑现诺言后，她却出尔反尔，拒绝了阿波罗的求爱。愤怒的阿波罗诅咒她，她可以预知未来发生的事情，但是没有人会相信她。

战争开始，拉奥孔和卡珊德拉曾无数次为特洛伊人预言——从战争的爆发到死亡，再到特洛伊木马——他们曾多次警示特洛伊人将要发生的灾难。然而没有人相信卡珊德拉的预言，人们甚至认为她是疯子。

特洛伊陷落后，卡珊德拉躲到了雅典娜女神庙中，没想到仍被希腊人小埃阿斯俘虏至希腊军营。随后她被当成战利品送给了国王阿伽门农，成了他的奴隶和情人。

卡珊德拉曾预言说，如果阿伽门农回到希腊就会被人杀害，然而这个傲慢的国王并未理会。他回到家乡迈锡尼后，被妻子克吕泰墨斯特拉杀死，这印证了卡珊德拉的预言。

▲ 艾弗林・德・摩根《卡珊德拉》，1898 年。

克吕泰墨斯特拉

克吕泰墨斯特拉是斯巴达国王廷达柔斯和王后勒达之女，阿伽门农的妻子，也是海伦、卡斯托耳和布鲁克斯的姐妹。有说法认为，克吕泰墨斯特拉是四个兄弟姐妹中唯一的凡人。

克吕泰墨斯特拉原先是坦塔罗斯的妻子，并与他育有一子。后来迈锡尼国王阿伽门农看上了她，为了迎娶克吕泰墨斯特拉，他毫不犹豫地杀死了坦塔罗斯和他的儿子。

克吕泰墨斯特拉与阿伽门农生下了四个子女：伊菲革涅亚、厄勒克特拉、俄瑞斯忒斯和克律索忒弥斯。

当阿伽门农带领希腊联军向特洛伊出发时，尽管希腊全境风平浪静，但希腊人的船队却无法航行。焦急的希腊人只好去请特尔斐神谕。神谕显示，要想获得诸神的支持，须得献祭阿伽门农的长女伊菲革涅亚。

起初阿伽门农不忍心，但禁不住将士们的哀求，他最终

还是决定献祭长女以换取航行的顺利。克吕泰墨斯特拉得知此事后对他恨之入骨。

特洛伊战争期间，克吕泰墨斯特拉成了埃癸斯托斯的情人，两人一起统治迈锡尼。阿伽门农回国后被克吕泰墨斯特拉和埃癸斯托斯谋杀。一同被杀害的还有特洛伊的公主、阿伽门农的情妇卡珊德拉。阿伽门农死后，克吕泰墨斯特拉嫁给了埃癸斯托斯，但她完全没有想到这会遭到儿子的报复。后来，阿伽门农的儿子俄瑞斯忒斯为了给父亲报仇，杀死了母亲克吕泰墨斯特拉和埃癸斯托斯。

▲ 皮埃尔 – 纳西斯・盖兰《克吕泰墨斯特拉和埃癸斯托斯正准备刺杀阿伽门农》，1817 年，巴黎卢浮宫。

达那厄

达那厄是欧律狄刻和阿耳戈斯国王阿克里西俄斯的女儿（这里的欧律狄刻并非俄耳甫斯的妻子），她青春貌美。阿克里西俄斯得到神谕，说达那厄生的儿子将导致他的死亡。他为了避开厄运，将达那厄关在一座塔楼里。塔楼由砖块修建，高大雄伟，并且有巨大的门和青铜锁。然而宙斯被达那厄所吸引，他化身金雨进入塔楼，与她交合，并使达那厄怀孕。

阿克里西俄斯得知达那厄怀孕后，气愤地要达那厄说出奸夫的名字。达那厄向他陈述实情，然而他并不相信达那厄的话，反而认为孩子的父亲是他的孪生兄弟、达那厄的追求者普雷托。他怀疑普雷托进入了塔楼，奸污了达那厄。

达那厄生下珀尔修斯后，阿克里西俄斯将他们母子二人锁进船里，任他们在海上漂流。阿克里西俄斯本以为他们会死在海上，没想到他们在宙斯的帮助下活了下来。他们流落到了塞里福斯岛上，被一个叫狄刻提斯

▼ 扬・戈萨尔特《达那厄》，1527 年，油画，95 厘米 ×114 厘米，慕尼黑老绘画陈列馆。

的渔民收留。狄刻提斯把他们带到国王波吕得克忒斯面前。起初，国王对他们礼遇有加，但不久，国王便开始勾引达那厄，幸亏被珀尔修斯阻止了。

丨杜卡里翁和匹娜

杜卡里翁是普罗米修斯之子，是色萨利地区皮提亚的国王。当时大地上充斥着罪恶，人类道德败坏，宙斯决定降下大洪水以惩罚人类。

暴雨持续了九天九夜，洪水淹没了大地，只有杜卡里翁和他的妻子匹娜幸存下来，因为大地上只有他们俩品行正直并遵循神的规则行事。夫妻二人造了一艘船，然后乘船到达了帕纳塞斯山。特尔斐神谕要求他们拿着母亲的骨头向后抛。起初他们十分抗拒，因为他们这种行为是对祖先的不敬。但是当他们明白“骨头”指的是生命的起源“石头”后，便马上照做了。

匹娜抛的“石头”变成了女人，而杜卡里翁抛的“石头”变成了男人。就这样，一个新的人类种族出现了，大地重新焕发出生机。

杜卡里翁和匹娜

虽然“大洪水”在希腊神话、阿兹特克神话、美索不达米亚神话和希伯来神话（挪亚方舟）中都有记载，但似乎每个故事的历史背景都不同。

丨俄狄浦斯

俄狄浦斯是个不幸的忒拜王子，为忒拜国王拉伊俄斯和伊俄卡斯忒所生。在他们结婚前，特尔斐神谕显示，他们的儿子将杀死自己的父亲并迎娶自己的母亲。

为了避免厄运，拉伊俄斯把刚出生的儿子交到了一个他信任的人手里，并要求他杀掉这个婴儿。这个人原本对国王唯命是从，但是他对杀死婴儿这件事十分恐惧。于是他刺穿了婴儿的双脚，然后把他吊在一棵树上等死。

科林斯国王的牧羊人福尔巴斯恰好路过此地，他听到婴儿的哭声后循声找去，发现了吊在树上的婴儿。福尔巴斯赶紧把婴儿救下来，并把他托付给国王波吕波斯照顾。王后珀利贝亚非常喜欢他，对他视如己出，并赐予他“俄

俄狄浦斯

弗洛伊德发现并提出了“俄狄浦斯情结”（1897—1902）：儿子恋母。

▲ 弗朗索瓦·泽维尔·法布尔《俄狄浦斯和斯芬克司》，1800年。

狄浦斯”的名字，意为“脚肿的人”。

俄狄浦斯十四岁时，就已经展现出极大的运动天赋，在各类竞技比赛中独占鳌头，获得了许多将领的赞赏。大家都认为他是当士兵的好材料。俄狄浦斯的一个同伴嫉妒他的天赋，为了羞辱他，当面嘲笑他不过是被收养的野孩子。从那时起，俄狄浦斯就一直怀疑自己并非国王的亲生儿子，便时常追问珀利贝亚他到底是从哪里来的。珀利贝亚担心俄狄浦斯无法承受残酷的真相，就一直骗他说他是自己的亲生儿子。

然而俄狄浦斯并不相信珀利贝亚所说的，为了寻找真相，他求助于特尔斐神谕。神谕显示他将弑父娶母。此外，神谕还建议他不要回到自己的出生地，以免预言成真。

得知真相后，为避免神谕成真，俄狄浦斯便发誓自己永远不会回到自己的出生地。于是他离开了科林斯（因为他以为自己是在科林斯出生的），踏上了前往福基斯的旅程。在路上，他遇到了两件不幸的事。第一件事发生在一个岔路口，他遇到了一位驾着马车的旅人，他不小心害死了这个旅人（俄狄浦斯不知道，死者正是他的亲生父亲拉伊俄斯）。接着他遇到了怪兽斯芬克司。

斯芬克司拥有少女的头、脸和手，男人的嗓音，狗的身体，蛇的尾巴，鸟的双翅以及狮子的爪子。它伫立在山顶上，抓住每一个过路的人提问：“什么动物早晨用四条腿走路，中午用两条腿走路，晚上用三条腿走路？”如果对方无法解开它的谜语，就会被杀死。

已有数千人不幸遇难。为了摆脱困境，忒拜的新王、伊俄卡斯忒的兄弟克瑞翁宣布，能解开谜题者可获得王位并迎娶伊俄卡斯忒。

俄狄浦斯带着对荣耀的渴望，调动无限的智慧，回答斯芬克司说："人在婴儿时期用四肢在地上爬，长大后用双腿走路，年迈时需要拄着拐杖走路，拐杖就是人的第三条腿。"斯芬克司听到答案后暴怒，头撞岩石当即死去。

▲ 弗尔奇兰·让·哈里特《俄狄浦斯在科罗诺斯》，1798年，油画，157厘米×134厘米，克利夫兰艺术博物馆。

俄狄浦斯就这样在毫不知情的情况下迎娶了伊俄卡斯忒，继承了王位。这俩人幸福地生活了很多年，并生下了埃忒俄克洛斯、波吕涅克斯、安提戈涅以及伊斯墨涅。后来，忒拜全境暴发了可怕的瘟疫。无奈之下俄狄浦斯只好求助于特尔斐神谕，神谕说，只有找出杀害拉伊俄斯的凶手并且将他驱逐出境才能免去灾祸。俄狄浦斯作为一个负责的国王，开始认真地调查真相。结果他发现原来自己是伊俄卡斯忒的儿子，并且是他杀死了自己的父亲拉伊俄斯，这印证了先前的神谕。

得知真相的伊俄卡斯忒自杀身亡，而俄狄浦斯则陷入了巨大的痛苦与悔恨中，他自认为不配再见到阳光，随即拔出剑刺瞎了双眼。后来他被两个儿子逐出了忒拜，流落到阿提卡地区，露宿街头，行乞为生。

所幸他的女儿安提戈涅一直陪伴着他，帮他寻找食物，这多多少少抚慰了他痛苦的心灵。一次，他们来到雅典城附近的科罗诺斯，女神厄里倪斯的圣殿掩映在浓密的树林中，神圣庄重，不容亵渎。当地居民认出了俄狄浦斯，想要杀死他，多亏安提戈涅能言善辩才解救了他。

后来他被好心的雅典国王忒修斯收留，在雅典城度过了剩下的时光。另有说法认为他死在了科罗诺斯。死前阿波罗承诺他说，此地将成为他的圣地，并且将福泽雅典。

斯库拉

斯库拉

斯库拉是墨西拿海峡（位于西西里岛和意大利之间，是沟通第勒尼安海与爱奥尼亚海的海上通道）里一块被神化的礁石，坐落在卡律布狄斯漩涡对面。

斯库拉是一个恐怖的海妖，拥有女人的头和躯干，鱼的尾巴。斯库拉是赫卡忒和福耳库斯或者提丰和厄客德娜所生的。

斯库拉的下肢长着狗头，其叫声像小狗，但是斯库拉反应非常迅猛。除此之外，斯库拉还有十二条腿、三个头（也可能是六个），每个头都长着三排锋利的牙齿。斯库拉同卡律布狄斯一起居住在墨西拿海峡。后来她被众神变成了一块岩石，对于途经的船只来说是极其危险的存在。

斯库拉并非生来就是个怪兽，她原先是一个长相甜美的少女。

有一天，斯库拉在海岸上嬉戏。藏在一个阴暗海湾里的格劳科斯看着她用清澈的海水洗她美丽的双脚，顿时心生爱意。他向她游过去，殷勤地向她问候。然而格劳科斯让斯库拉既害怕又厌恶：他的下半身不是腿而是一条巨大的鱼尾，并且头发还杂乱不堪。他不停地向斯库拉吹嘘，他之前只是一个普通的农夫，偶然间吃了一棵神奇的草，变成了神。这更使斯库拉感到厌烦。

▼ 巴塞洛缪斯·斯普兰热《斯库拉和格劳科斯》，1580—1582年，油画，110厘米×81厘米，维也纳艺术史博物馆。

格劳科斯无法忍受这样的轻蔑，他找到了巫师喀尔刻，希望借用魔法的力量得到斯库拉的爱。然而喀尔刻并不愿意帮他，因为她已经深深爱上了眼前这个男人。她试图劝服格劳科斯将爱托付给更值得爱的人，言下之意是向他求爱。但是格劳科斯并没有理会她，迫于压力，喀尔刻只好假意答应他，给了他一瓶药水。拿到药水后，格劳科斯就赶到了斯库拉常去的海湾，将药水倒了进去。

斯库拉正在海里戏水，突然看到一群狗朝她扑过来。她大惊失色，正准备避开它们，却发生了一件让她不寒而栗的事情：这些狗长在了自己的腰上！格劳科斯一直在远处偷窥，当他看到斯库拉变成这个样子时，顿时失去了兴趣，便神色郁郁地离开了。

▲ 彼得·保罗·鲁本斯《劫走欧罗巴》，1628—1629年，油画，182.5厘米 ×201.5厘米，马德里普拉多博物馆。

欧罗巴

欧罗巴是泰尔[①]国王阿革诺耳和阿赫奥柏或者忒雷法莎之女，也有说法认为她是阿革诺耳的儿子福尼克斯的孩子。欧罗巴美艳绝伦，肤若凝脂（一些学者把她白皙的肤色与欧洲人的肤色联系起来，但是这也无法证明“欧洲”这个名词来源于“欧罗巴”）。此外，由于她用的是赫拉专用的化妆品，所以妆容总是很得体。

众所周知，伟大的宙斯习惯于在世界游走，以寻找喜爱的女人。然而与阿瑞斯等神明不同的是，宙斯的手段要高明、狡诈得多。他会耐心等待时机，施以手段，让猎物主动投入他的怀抱。

宙斯看见欧罗巴在沙滩上晒日光浴，身上流光溢彩，姿色天然。他马上被欧罗巴的美貌吸引，眼睛里流露出浓浓的情欲。为了得到她，他决定变成一只动物来接近她。这次，他选择变成一头高贵美丽的白色公牛。

宙斯变成的大公牛来到了欧罗巴与同伴沐浴后玩耍的草地上。当她们看见公牛后，都不由得惊恐万分。只有欧罗巴淡定地站在那里，仿佛被公牛的魅力和温驯所催眠。她甚至

欧罗巴

对于欧罗巴的传说更为合理的一个解释是：一群克里特岛的商人来到腓尼基做生意。偶然间看到年轻貌美的欧罗巴，便心生歹意，想劫走欧罗巴献给他们的国王朱庇特。又因为他们回克里特的船上载有一头白色公牛，就衍生出了今天听到的传说版本，朱庇特（宙斯）化身公牛劫走了欧罗巴。

① 位于今黎巴嫩南部，为古腓尼基城邦。

▲ 安东尼·卡拉奇《劫走欧罗巴》，油画，博洛尼亚国家艺术画廊。

毫不畏惧地走过去，抚摸它的前额，然后把一个花环放在了它的脖子上。就在这时，公牛在她面前趴了下来。欧罗巴开心地骑到了公牛的背上。

公牛达到了目的，便从地上跃起，载着欧罗巴向大海疾速奔去。但欧罗巴此时一点儿也不害怕，因为虽然公牛的速度很快，却跑得很稳。不知过了多久，公牛和欧罗巴穿越了海洋，终于到达了海的对岸，来到了克里特岛附近。落地后，宙斯变回了神的样子。一看到宙斯伟岸俊朗的天姿，欧罗巴就狂热地爱上了他，宙斯的追求让她受宠若惊。他们在溪边的柳树（也有说是香蕉树）下情定终身，后来这棵树常青不败。

阿革诺耳得知欧罗巴被拐走后，心急如焚，于是派儿子卡德摩斯、福尼克斯、客利克斯及塔索出去寻找欧罗巴。他们兵分四路，但最后都没能找到欧罗巴，后来他们在不同的地方定居下来，皆成为当地的国王。

欧罗巴和宙斯结合后生下了三个儿子：米诺斯、拉达曼迪斯和萨尔珀冬。后来，宙斯主婚，把欧罗巴嫁给了克里特国王阿斯特利翁，并且送给她三件贺礼，分别是：代达罗斯设计的青铜像塔罗斯、一支百发百中的标枪以及一只总是能追捕到猎物的狗。婚后，阿斯特利翁将宙斯与欧罗巴所生的三个儿子视如己出。阿斯特利翁死后，米诺斯继承了王位。

传说欧罗巴死后，成为一个名叫赫约提亚的女神，但是这个说法少有人知。而宙斯原先化身的公牛，升到天空，变成了包含蟹状星云的金牛座。

法厄同

法厄同是克吕墨涅和阿波罗或者赫里阿斯之子（因为阿波罗和赫里阿斯常被混淆）；另有说法认为，他是黎明女神厄俄斯与刻法罗斯所生。

据说法厄同是女神阿芙洛狄忒最喜爱的青年之一。一天，法厄同和宙斯的儿子厄帕福斯吵架，俩人互相辱骂对方。厄帕福斯愤怒之下口不择言，他对法厄同说道："你根本不是阿波罗之子，而是一个来历不明的野孩子。你那放荡的母亲为了遮掩自己的淫乱行为，才骗人说你的父亲是阿波罗！"法厄同听后立即怒气冲冲地回到家里，与母亲克吕墨涅商量如何证明他的身份以及如何报仇雪恨。

克吕墨涅让法厄同去求生父阿波罗，让阿波罗允许他驾驶一天金车，以此向世人证明他的身份。

法厄同将事情的经过告知阿波罗，并且请求他的帮助。阿波罗听后深受触动，并对着冥河发誓会给法厄同任何他想要的东西（这意味着誓言无法撤销）。然而当他听到法厄同的诉求后，马上意识到事情的危险性，于是便劝他换一个方法。但法厄同十分坚持，于是阿波罗只好为他准备好了金车。

出发前，阿波罗一再叮嘱他，不可太过于接近天空和大

法厄同

据神话记载，因为法厄同的莽撞，非洲大陆失去了所有的植被，变成一片沙漠，当地居民的皮肤变成了黑色。此外，火焰燃烧天空，形成了银河。

◀ 约翰·迈克尔·弗兰斯《法厄同的坠落》（局部），壁画，埃赫施塔特圣母教堂。

▲ 约翰·里斯《法厄同的坠落》，1624 年，油画，伦敦丹尼斯·马洪藏品。

地，否则将酿成大祸。但是法厄同并没有理会阿波罗的建议，他驾驶着金车径直向天空驶去。然而疾行的骏马无法适应新主人，金车失控了。更糟糕的是，法厄同害怕天上的星座，所以每次飞过一个星座时他都会慌乱，从而失去了对金车的控制。

就这样，由于法厄同的莽撞，世界变成了一片混乱：天空烧得通红，大地上河流干涸。大地绝望地呻吟着，哀求宙斯停止这种折磨。最后，宙斯不得不亲自出面，向法厄同卷起一阵旋风。他从天空坠落，掉入一条名叫厄里达诺斯的大河里。听到他的死讯，法厄同的密友塞克努斯伤心过度，变成了一只天鹅。赫利亚达斯则收回他的尸体，为他举办了葬礼。葬礼后，赫利亚达斯姐妹仍然悲痛于兄弟的早逝，她们的眼泪化成了琥珀，最后她们变成了杨树。

菲利门和巴乌希斯

菲利门和巴乌希斯是一对生活在弗里吉亚（今土耳其中西部）的可怜夫妇。主神宙斯早先注意到，在弗里吉亚生活着许多穷困潦倒的人，他们几乎不会帮助过路的旅客。好客一向是神推崇的品德，神听说这样的现象非常恼怒，决定到当地查看情况。宙斯与赫耳墨斯装成旅人，衣衫褴褛地来到弗里吉亚，希望找个地方借宿。但是所有人都将他们拒之门外，最后他们来到了菲利门和巴乌希斯的家门前。

▲ 宙斯的雕像中透出一种威严。

尽管这对夫妇生活贫困，他们还是热情地招待了衣衫褴褛的宙斯和赫耳墨斯。他们首先打来水给他们清洗，随后又拿出了最珍贵的食物宴请宾客：葡萄酒、蜂蜜、奶酪、鸡蛋以及一些简单的饭菜。吃饭时，夫妻俩惊奇地发现斟酒的酒壶似乎永远也不会空。于是他们推测这俩人并非凡人，而是神。

用餐后，宙斯和赫耳墨斯变回了原来的样子。他们把这对夫妇带到了山顶上。从那里俯视大地，这对夫妇远远地看见他们居住的茅草屋变成了雄伟的神殿。为表示感谢，宙斯满足了他们担任神庙祭司并在同一天死去的愿望。随后，宙斯降下了大洪水，除了心地善良的菲利门和巴乌希斯，所有人都淹死了。

菲利门和巴乌希斯活了很多年。临死时，宙斯满足了他们的愿望，把菲利门变成了一棵橡树，把巴乌希斯变成了一棵椴树。从那时起，两棵树的枝叶交织生长，象征着至死不渝的爱情。

菲利门和巴乌希斯

古罗马诗人奥维德在《变形记》中叙述了菲利门和巴乌希斯的故事。从此以后，他们成了夫妻恩爱的代表。

▼ 亚当·埃尔斯海默《朱庇特和墨丘利停留于菲利门和巴乌希斯之家》，1609—1610 年，铜版油画，16.5 厘米 ×22.5 厘米，德累斯顿古代大师画廊。

佛里克索斯

佛里克索斯是奥尔科美诺的国王阿塔玛斯和王后涅斐勒（云神之一）的儿子。涅斐勒死后，阿塔玛斯迎娶伊诺为新王后。伊诺将涅斐勒的两个子女（佛里克索斯和赫勒）视为眼中钉，欲除之而后快。一天，佛里克索斯一家人在叔叔科雷特托家聚会时，伊诺萌生歹意，想诱惑佛里克索斯，没想到被他断然拒绝。恼怒之下，她向国王诬告继子佛里克索斯向她求爱。

那段时间，国内突然暴发了可怕的瘟疫。有神谕说，必须献上佛里克索斯兄妹的性命才能化解困境。危急之际，涅斐勒的灵魂向赫耳墨斯求得一只能腾云驾雾的金毛飞羊，将他们救了出来（另有说法认为金毛飞羊是主神宙斯所派）。在金毛飞羊飞行时，妹妹赫勒不慎从羊背上跌入海里淹死了，佛里克索斯则幸运地到达了科尔基斯，被国王埃厄忒斯收留，后来佛里克索斯迎娶了埃厄忒斯的女儿约法莎。二人

佛里克索斯和赫勒

佛里克索斯的妹妹赫勒在逃亡途中不慎掉入大海。为了纪念她，人们将那片海命名为赫勒斯蓬托（“蓬托”意为“海”），即今天的马尔马拉海。

伽倪墨得斯

伽倪墨得斯不仅是大地上最美丽的少年，而且还冰清玉洁，从不沉溺于玩乐。

▼ 安东尼奥·阿莱格里·达·科雷乔《被劫持的伽倪墨得斯》，1531—1532 年，油画，163.5 厘米 ×70.5 厘米，维也纳艺术史博物馆。

生下了五个子女：普雷斯伯恩、阿耳戈、梅拉斯、卡西厄柏和西堤索罗。后来，他们回到了奥尔科美诺向阿塔玛斯复仇并夺得了王位。

伽倪墨得斯

据传，伽倪墨得斯是特洛伊王特罗斯和王后卡利罗厄之子，是伊洛斯、阿萨剌科斯和克娄巴特拉的兄弟。也有说法认为他是拉俄墨冬的儿子。伽倪墨得斯是一个貌美的少年，负责给父亲特罗斯放牧。

伽倪墨得斯是大地上最美丽的凡人男子。众所周知，宙斯是一个情欲旺盛的神，但是他对男欢女爱开始腻烦，决定尝试与少年的性爱。一天，宙斯看见了这个霞姿月韵的少年，不由得心生爱慕。

当时伽倪墨得斯正在林间狩猎，宙斯变成了一只老鹰将少年掠走，并时常与少年交合。

之后宙斯为了抚慰其父特罗斯，送给他几匹神马（也有说是赫菲斯托斯制作的金酒杯）。之后，伽倪墨得斯变成了一个永生不老的少年。他居住在奥林匹斯山，替代青春女神赫柏为诸神斟酒。

海伦

海伦是宙斯和斯巴达王后勒达的女儿，是卡斯托耳、布鲁克斯和克吕泰墨斯特拉的姐妹。传说宙斯化身天鹅与勒达交合，后来勒达生下了两颗蛋，从中孵出了海伦和她的兄弟。海伦幼时曾被贪慕美色的英雄忒修斯劫持，后被其兄弟救出。

特洛伊的王子帕里斯拐走了海伦，引发了旷日持久的特洛伊战争。事件的来龙去脉如下：在“金苹果”事件中，帕里斯裁定女神阿芙洛狄忒是世界上最美的女神。作为回报，阿芙洛狄忒答应帮他得到海伦。海伦被拐走后，她的丈夫——斯巴达的国王墨涅拉俄斯不堪其辱，召集了希腊所有的国王攻打特洛伊，以报复特洛伊人带给希腊人的羞辱。

海伦在特洛伊战争中的立场仍无定论。据说她被拐到特洛伊城后，整日待在宫殿的塔楼里。塔楼里有一台织布机，海伦就在那里不停地织布，织的都是发生在自己身上的不幸之事。她边织边哀叹道："不知当时被什么迷了心窍，居然听信一个外乡人的话，和他一起私奔！"帕里斯死后，海伦又嫁给了他的兄弟得伊福玻斯。奇怪的是，特洛伊陷落时，海伦主动向希腊人交出了得伊福玻斯，使得后者被希腊人杀死。海伦借此与墨涅拉俄斯——阿特柔斯之子和好。墨涅拉俄斯带着海伦长途跋涉回到了希腊。航行途中，诸神降下风暴，迫使他们经过塞浦路斯和埃及。

回到斯巴达后，海伦与墨涅拉俄斯幸福地生活在一起。直到墨涅拉俄斯去世，不幸再次降临到海伦头上。她被逐出了伯罗奔尼撒（斯巴达城邦所在地），流落到罗德岛，被罗德岛的女王波利索收留。然而第二天，女王就下令将她淹死在浴池中，还又将她的尸体悬挂在绞刑架上。

▲ 艾弗林·德·摩根《特洛伊的海伦》，1898 年。

海伦

传说中海伦是当时世界上最美丽的女人，也是所有希腊王子竞相追逐的对象。

赫拉克勒斯的十二伟业

赫拉克勒斯迎娶忒拜公主墨伽拉为妻，两人结合后生下了很多子女，但可悲的是赫拉克勒斯发疯后用箭射杀了自己的妻子和所有的孩子。清醒过来的赫拉克勒斯悲痛欲绝，深感自己罪孽深重，只好跑到特尔斐神庙去求阿波罗的神谕，以找到赎罪的方法。神谕显示，他必须到达梯林斯，听命于国王欧律斯透斯。赫拉克勒斯到达梯林斯后，梯林斯的国王欧律斯透斯整日惶惶不安，担心赫拉克勒斯会与自己争夺王位。为了摆脱赫拉克勒斯，欧律斯透斯交给他十二项任务，并且每个任务的难度逐渐增加。

赫拉克勒斯

赫拉克勒斯是希腊神话中的著名英雄，既拥有神明的能力，也有人类的弱点。在艺术作品中他被表现为一个超人或伟人。

▲ 诺埃尔・夸佩尔《赫拉克勒斯向朱庇特献祭》，1700 年，油画，巴黎凡尔赛宫。

赫拉克勒斯的第一项任务是剥下涅墨亚的狮皮。涅墨亚是一头凶猛的狮子，经常侵扰阿耳戈利斯地区。起初赫拉克勒斯想用箭射死涅墨亚，哪知涅墨亚刀枪不入，赫拉克勒斯射光了所有的箭都不见狮子有任何伤口。接着，赫拉克勒斯又挥动棍棒，对着狮子猛击。“咔嚓”一声，棍棒断成了两截，狮子也受到了重创。即便如此，狮子仍有战斗力。无奈之下，赫拉克勒斯只能与狮子近身肉搏，他机智地以双臂扼住狮颈，狮子最终窒息而亡。他随即剥下狮皮，将它当作铠甲穿在身上。

赫拉克勒斯的第二项任务是杀死勒拿九头蛇。当时在勒拿湖里出现了一条多头水蛇，它毁坏周围的村落，吞食路人。不仅如此，它的口中还会喷出致命的毒气。若砍去它的一个头，伤口处就会重新长出两个头。所以人们胆战心惊、怨声载道。面对如此棘手的难题，赫拉克勒斯找来了侄子伊奥劳斯帮忙。赫拉克勒斯一砍下蛇怪的头，伊奥劳斯就赶紧烧灼它的断颈，这样蛇头就无法重新生长。当蛇怪仅剩一个头时，赫拉克勒斯迅速地杀死了它。蛇怪死后，赫拉克勒斯将涂有剧毒的箭射入蛇怪体内，这种毒连最智慧的半人马也无法解除。

赫拉克勒斯的第三项任务是捕获生活在刻律涅的牝[①]鹿。刻律涅牝鹿是女神阿耳忒弥斯的圣物，拥有金色犄角、青铜鹿蹄。它奔跑疾速，很难捕获。赫拉克勒斯不分昼夜

① 音 pìn，雌性的鸟或兽，与“牡”相对。——编者注

地追逐了整整一年的时间，甚至追到了北边亥帕波尼亚人的领土。这只鹿不停地奔跑，早已疲惫不堪。所以当它在河流的浅滩上被赫拉克勒斯捕获时，几乎毫无反抗之力。

▲ 安东尼奥·波拉约洛《赫拉克勒斯与多头勒拿蛇》，1475年，佛罗伦萨乌菲兹美术馆。

赫拉克勒斯把牝鹿交给欧律斯透斯后，欧律斯透斯又发布了一个新任务（第四项任务）：擒获厄律曼托斯山野猪。厄律曼托斯山野猪体格壮硕，时不时侵扰村庄，给阿耳卡狄亚地区造成了巨大的伤亡。赫拉克勒斯旋即朝阿耳卡狄亚出发，不眠不休地追踪野猪，并设法将它堵在了一个没有出口的峡谷内。经过一番搏击后，赫拉克勒斯终于捕获了野猪。

当赫拉克勒斯扛着野猪回到王宫时，国王恐惧地躲进一个大瓮中。国王并没有放弃他的计划，接下来他要求赫拉克勒斯杀死斯廷法利斯湖怪鸟（第五项任务）。这些怪鸟栖息在斯廷法利斯湖畔的草丛里，长着青铜的鸟喙和翅膀，以人肉为食。赫拉克勒斯来到斯廷法利斯湖附近，先以钹的响声将怪鸟惊得四处飞散，然后用箭将它们射杀殆尽。

赫拉克勒斯的第六项任务并不需要面对任何危险的野兽，而是清理埃利斯国王奥革阿斯的牲畜圈。奥革阿斯的牲畜圈中圈养了该地区的大部分阉牛，三十年来都没有人清理，所以牲畜圈臭气熏天，恶臭甚至散发到周边地区。面对这样棘手的难题，智慧的赫拉克勒斯想出了一个绝佳的办法：他把阿尔菲奥斯河改道，将河水引流至国王的牲畜圈，轻而易举地就将牲畜圈清理干净了。

赫拉克勒斯接下来的任务使他离伯罗奔尼撒越来越远。他的第七项任务是带回克里特公牛。传说中的克里特公牛本是克里特王米诺斯献给海神波塞冬的祭品，后来米诺斯出于贪欲，献祭了另一头公牛以蒙骗波塞冬。英雄赫拉克勒斯一登上克里特岛就制服了公牛，并把它装在一张网中，带回了梯林斯。欧律斯透斯在承认此项任务已经完成之后又放掉了公牛，后来这头公牛在马拉松被忒修斯杀死。

赫拉克勒斯的第八项任务是驯服狄俄墨得斯的牝马。色雷斯的国王狄俄墨得斯饲养了几头牝马，这个残酷的国王给牝马喂食人肉，这使得它们以野蛮而闻名于世。英雄赫拉克勒斯在设法杀掉狄俄墨得斯后，给牝马喂食了狄俄墨得斯的肉，它们因此而变得温驯。赫拉克勒斯把温驯的牝马带到欧律斯透斯面前，欧律斯透斯接着又下了新命令。

赫拉克勒斯的第九项任务是拿到亚马孙女王希波吕忒的腰带。赫拉克勒斯来到了亚马孙人的领地——黑海海岸，并设法与女王希波吕忒进行交往。在博得了女王的好感后，女王将自己的腰带送给了他。然而就在这时，赫拉施计，欲置赫拉克勒斯于死地。她散播谣言说，赫拉克勒斯的真正目的是劫持女王希波吕忒，这激起了亚马孙人的愤怒。为了报复，她们选择与赫拉克勒斯的军队交战。最终英雄赫拉克勒斯拿到了希波吕忒的腰带，但无数人因此而牺牲，这其中就包括美丽的希波吕忒。

▼《赫拉克勒斯与安泰搏斗》，奥地利维也纳霍夫堡宫。

赫拉克勒斯的第十项任务是牵回革律翁的红色牛群。革律翁是一个长有三个犄角的巨人，他的牛群生活在一个远离人烟的岛上，由凶猛的牧人欧律提翁和蛇尾两头犬俄耳托斯（即地狱看门犬刻耳柏洛斯的兄弟）看护。赫里阿斯知道赫拉克勒斯是宙斯之子，所以十分爽快地把可以在天空飞行的杯子借给了他。赫拉克勒斯用这个杯子成功地抵达了这座岛，并且一上岛便杀死了欧律提翁和俄耳托斯。而他与革律翁的决斗就没有那么容易了。战斗持

◀ 彼得·保罗·鲁本斯《赫拉克勒斯杀死赫斯珀里得斯圣园里的巨蛇》，1639—1640年，油画，64.3厘米×103.5厘米，马德里普拉多博物馆。

续了许久，革律翁最终被赫拉克勒斯用箭射死。随后赫拉克勒斯带着牛群返乡，在克服了途中遇到的种种困难后成功回到了梯林斯，向国王欧律斯透斯献上了仅存的一部分牛群。

赫拉克勒斯的第十一项任务是摘取赫斯珀里得斯圣园里的金苹果。这些金苹果是诸神得以永葆青春的圣物，所以极为重要。圣园坐落于日落之处，宁芙赫斯珀里得斯姐妹和一条巨蟒负责看管园中的金苹果，然而圣园的具体位置是一个谜。赫拉克勒斯在外游荡许久，仍未找到赫斯珀里得斯圣园。后来他得到了宁芙的提示，出发去寻找掌握一切秘密的涅柔斯。找到涅柔斯后，赫拉克勒斯先把他束缚起来，逼他说出了赫斯珀里得斯圣园的所在地。

之后他便来到了日落之处，在那里他遇到了擎天的提坦神阿特拉斯。阿特拉斯主动提出帮助赫拉克勒斯杀死看守的巨蛇，并帮他摘取金苹果，条件是赫拉克勒斯在此期间替他肩负天穹，赫拉克勒斯同意了。当阿特拉斯摘取金苹果回来后，又重新擎起了天穹。

欧律斯透斯给赫拉克勒斯的最后一项任务是直面人类最大的恐惧——死亡，并且要求他在不用任何武器的条件下带回地狱的看门犬——刻耳柏洛斯。然而欧律斯透斯又一次失算了，他没有想到赫拉克勒斯在诸神和人类中有众多朋友。

▼ 卢卡·焦尔达诺《火堆上的赫拉克勒斯》，马德里普拉多博物馆。

在赫耳墨斯的帮助下，赫拉克勒斯来到了冥间，恳求冥后普西芬尼和冥王哈得斯借给他地狱看门犬。获得同意后，赫拉克勒斯带着看门犬回到人间，来到欧律斯透斯面前。欧律斯透斯大惊失色，终于同意还赫拉克勒斯以自由。

赫拉克勒斯的一生

赫拉克勒斯是一个忒拜英雄。他是宙斯与安菲特律翁的妻子阿尔克墨涅所生。宙斯对阿尔克墨涅十分渴望，便化身安菲特律翁与她交合，阿尔克墨涅因此怀上了赫拉克勒斯。恰巧在同一天晚上，征战归来的安菲特律翁也和阿尔克墨涅同房了，她又同时怀上了伊菲克勒斯。因此赫拉克勒斯是伊菲克勒斯的异父双胞胎兄弟。

宙斯的不忠让赫拉十分恼怒，更让她气愤的是，宙斯还到处与人吹嘘他的“战绩”。为了报复和泄恨，赫拉克勒斯刚出生时，她就派了两条大蛇去杀害他。幼小的赫拉克勒斯却一把抓住了蛇，并活活掐死了它们。赫拉克勒斯的母亲知道事情的来龙去脉后，恐惧于赫拉的愤怒，便把赫拉克勒斯抛弃在乡野间。后来这个孩子被赫耳墨斯捡到，他哄骗赫拉给孩子喂奶，这也最终成就了不朽的赫拉克勒斯。

▼ 亨德里克·霍尔奇尼斯《赫拉克勒斯和卡库斯》，1613 年，油画，207 厘米 ×142.5 厘米。

英雄赫拉克勒斯在年轻时征服了一个意图向忒拜征税的部落。作为奖励，公主墨伽拉下嫁与他，并与他生了三个孩子。赫拉克勒斯能力出众，成为那个时代最著名、最勇敢的人，这在一定程度上是因为他接受了名师半人马智者喀戎的教导。除此以外，他还曾拜利诺斯、卡斯托耳和拉达曼迪斯等人为师。

赫拉克勒斯拥有许多情人，这使得他陷入各种麻烦中：为了获得吕底亚女王翁法勒的欢心，他抛弃所有，成了女王的奴隶；为了得到德伊阿妮拉，他与阿克洛俄斯角斗并杀死了他。

▲ 赫拉克勒斯第七伟业的镶嵌画，摩洛哥瓦卢比利斯。

赫拉克勒斯的死亡是由德伊阿妮拉直接造成的。一天，他们俩出行时遇到一条河流。赫拉克勒斯委托半人马涅索斯渡德伊阿妮拉过河，他自己则从另一边更湍急的地方渡河。没想到涅索斯竟意图对德伊阿妮拉不轨，赫拉克勒斯看见后勃然大怒，便用箭射死了他。为了复仇，死前涅索斯送给德伊阿妮拉一件罩袍，并告诉她这件罩袍可以使不忠的丈夫回心转意。

后来，赫拉克勒斯与美丽的伊俄勒去优卑亚岛旅行。德伊阿妮拉认为她的丈夫已经背叛了自己，于是派人送去罩袍，想让丈夫回心转意。赫拉克勒斯收到罩袍后开心地穿在身上，结果罩袍上的剧毒开始吞噬他的皮肤，使他疼痛不已。他知道自己要死了，就让人搭了一个巨大的火堆，躺在上面自焚了。诸神感动于他的英雄事迹，把他从冥间接到奥林匹斯山。他变成了神，并与青春女神赫柏结婚了。

▼ 弗朗切斯科·桑托·阿韦利·达·罗维戈《海洛和利安得》，1532年，珐琅，直径26.6厘米，威廉·伦道夫·赫斯特藏。

海洛与利安得

海洛是阿芙洛狄忒神庙的祭司。她如此年轻貌美以至于阿波罗和厄洛斯都被她所吸引。然而海洛早已爱上了一个名叫利安得的青年人，而利安得也时不时跑到海洛所在的神庙与她私会，对她诉说甜言蜜语。

利安得的家其实离海洛家不远，但是中间隔着一个海峡，每次见面利安得都必须穿越这个海峡。双方父母知道后，坚决不同意他们的婚事，并禁止两人再有任何接触。

两人无奈之下想出了一个私会的方法。每天晚

▲ 威廉·埃蒂《海洛和利安得》，1829年，油画，77厘米×95厘米，私人收藏。

上海洛都会在房间的窗户旁边点燃一盏灯。在灯的指引下，利安得或乘船或游泳，不辞辛苦地穿越海峡，来到爱人的身边。为了不被发现，利安得只能伤心地早早离开，然而一想到下次见面他又会高兴起来。他们就这样度过了很多个夜晚。

一天晚上，一阵狂风吹灭了海洛为利安得点燃的灯。失去方向的利安得奋力向岸边游去，但是很快就被汹涌的海水吞没了。第二天一早，坐立不安的海洛急忙跑到了海边。她四处张望，发现了横在岸边的利安得的尸体。爱人的死亡对海洛来说犹如晴天霹雳。她望着湍急的海水，纵身一跃跳进了海里，追随爱人的灵魂而去。

希波吕托斯

希波吕托斯是英雄忒修斯和一个亚马孙人之子，关于他的母亲有几个版本：希波吕忒、安提俄珀和梅拉尼帕。忒修斯与米诺斯之女淮德拉结婚后生下了两个儿子，之后希波吕托斯就被派到了特雷森，在那里他受到了国王皮泰奥的盛情款待，并将他定为继承人。

希波吕托斯尤其喜爱在森林里狩猎，他经常给狩猎女神阿耳忒弥斯献祭，却蔑视其他女性对他的爱，这激怒了女神阿芙洛狄忒。为了报复他，阿芙洛狄忒设法让他的继母淮德拉不可自拔地爱上了他。淮德拉在信中向继子表白，没想到希波吕托斯拒绝了她的求爱，并劝她说这段感情是不可能的，他不可能背叛自己的父亲。遭到拒绝的淮德拉羞愧欲绝，但又疯狂地爱着他，于是选择了上吊自尽。临死前她给丈夫忒修斯留下了一封遗书，控告继子希波吕托斯意图引诱

◀ 皮埃尔·纳西斯·格林《淮德拉和希波吕托斯》，1802 年，油画，257 厘米 ×335 厘米，巴黎卢浮宫。

她。忒修斯看见后勃然大怒，他找到了波塞冬，请求波塞冬杀死希波吕托斯。

一天，希波吕托斯正骑着马沿着特雷森的海岸往家走，突然，海中出现了一只可怕的海怪，马儿受到惊吓狂奔起来，希波吕托斯从马背上掉下来，摔在了岩石上。女神阿耳忒弥斯知道了这样的悲剧后十分愤怒，她立刻找到了忒修斯，并告诉了他真相。忒修斯找到了奄奄一息的儿子，愧疚地请求他的原谅。女神阿耳忒弥斯仍愤愤不平，誓要报复阿芙洛狄忒。阿耳忒弥斯还承诺给希波吕托斯举办盛大的葬礼，使后人了解他高尚的品德以及淮德拉的不堪。

希波吕托斯死后的第二天，在该地区被尊为英雄，少女们在结婚前会为他献上自己的一束头发。此外，人们坚信他死后升上了天空，变成了御夫座。

希波吕托斯

关于希波吕托斯之死的另一个说法是：药神阿斯克勒庇俄斯将他复活，阿耳忒弥斯把他变成了一尊名叫“维尔庇奥”（意为“两次出生的人”）的小神。他住在阿耳忒弥斯女神庙里，可能由宁芙埃格利亚照顾。女神为了使他忘记过去，改了他的名字，并禁止女神庙附近出现马匹。

伊卡洛斯和代达罗斯

根据雅典神话的记载，代达罗斯是克雷科普斯之女阿尔希珮的儿子。他的父亲的身份则存在争议，可能是欧帕拉摩、帕拉马翁或美狄翁。

代达罗斯是一位杰出的雕塑家、建筑师，由于能力出

▲ 赫伯特·詹姆斯·德雷珀《哀悼伊卡洛斯》，1898年，油画，182.9厘米×155.6厘米，伦敦泰特美术馆。

众而成为神话传说的主角。代达罗斯有一个外甥，名叫塔罗斯。塔罗斯跟着代达罗斯学艺，他比舅舅更多几分天资，后来他的才干逐渐显露。塔罗斯受到蛇牙的启发，发明了十分有用的锯。代达罗斯嫉妒塔罗斯的天分，担心他日后会超过自己，于是把塔罗斯从雅典卫城的最高处扔了下去，将他活活摔死。雅典的最高法院判决将代达罗斯逐出雅典，他不得不流浪到克里特岛。

代达罗斯受到了国王米诺斯的盛情接待。他把代达罗斯带到王宫，让他参与设计了许多重要的建筑。其中最为著名的是巨大的青铜像塔罗斯，它是城市军事防御的象征。

代达罗斯应国王的要求建造了一个巨大且复杂的迷宫，里面关押着怪兽弥诺陶洛斯。迷宫由无数条道路组成，外人几乎不可能找到出口。此外，作为城市的显著标志，在迷宫入口处有一队巫师负责向弥诺陶洛斯献祭。只有代达罗斯和公主阿里阿德涅知道如何走出迷宫。

年轻的忒修斯杀死弥诺陶洛斯时，得到了公主阿里阿德涅的帮助。阿里阿德涅凭借着从代达罗斯处学来的知识，帮助忒修斯逃离了迷宫。此外，代达罗斯还制造出一头木制母牛，以满足王后帕西淮的情色娱乐需求。或许是因为代达罗斯的迷宫没能阻止忒修斯逃脱，或许是因为他知道王后的秘密，为了惩罚他，也为了阻止消息泄露，米诺斯把代达罗斯和他的儿子伊卡洛斯关进了迷宫。

他们被关了很长一段时间，直到有一天充满智慧的代达罗斯想出了一个绝佳的办法。他叫来狱卒，以给国王米诺斯献礼为由，要了一些羽毛和蜡。他用一双巧手制作了两对翅膀。经过测试后，他确定他们可以借助翅膀飞出这个地方。代达罗斯给儿子伊卡洛斯戴上翅膀，并严肃地警告他不能飞得太高，否则太阳的热度会使翅膀上的蜡熔化；也不能飞得太靠近海洋，因为海水蒸发，会使盐分附着在翅膀上，翅膀会变重。

两个人扇动翅膀渐渐地飞上了天空。刚开始时一切都很顺利，他们总是小心翼翼地在合适的高度飞行。但是慢慢地，伊卡洛斯的胆子大了起来，他开心地欣赏着大地的美景，并且越飞越高，直到太阳的热度熔化了蜡，被蜡封在一起的羽毛开始松动。当羽毛四散时，伊卡洛斯便从空中跌落到了无边的大海中。当代达罗斯发现时已经太晚了，伊卡洛斯已经溺死。后来人们为了纪念他，便将这片海命名为伊卡利亚海。

在另一个版本的神话中，赫拉克勒斯将伊卡洛斯埋葬在多利科亚岛上。代达罗斯则顺利到达了意大利的库迈，他在那里建了一座阿波罗神庙。后来，他又来到了西西里岛，受到国王科喀洛的收留和保护。米诺斯发现代达罗斯出逃后立即展开了对他的追捕，但在追捕过程中米诺斯不幸身亡。此后，代达罗斯就留在了西西里岛，为科喀洛效力。他在阿拉伯恩河修建了水库，在色利努特修建了浴池，在阿格里真托建造了防御工事，同时也为埃利克斯山上的阿芙洛狄忒女神庙修建了露台。

▲ 弗雷德里克·莱顿《伊卡洛斯和代达罗斯》，1869 年，油画，138.2 厘米 ×106.5 厘米，私人收藏。

▼ 让·布罗克《雅辛托斯之死》，1801 年，油画，175 厘米 ×120 厘米，普瓦捷圣十字博物馆。

雅辛托斯

雅辛托斯是一个俊美的斯巴达青年，他是阿米克拉的儿子。然而他在神话中的重要性源于他是阿波罗的密友。阿波罗钟情于他，时常教他弹奏里拉琴和射箭，以便有机会和他在一起。

西风神泽费罗斯也十分喜欢雅辛托斯，但是雅辛托斯只对阿波罗流露出亲近与喜爱之情，却从未回应过泽费罗斯的感情。泽费罗斯被妒火折磨得痛不欲生，便决定杀了雅辛托斯。一天，阿波罗和雅辛托斯正在掷铁饼，泽费罗斯将铁饼重重地掷向了雅辛托斯，砸中了他的太阳穴。阿波罗大惊失色，立即给他敷上了疗效最好的草药，但已是回天乏力。雅辛托斯死后变成了一株花，不过不是风信子，而是百合或翠雀花。

其他版本的神话也确认雅辛托斯是受铁饼重击而亡，不过他们认为那个铁饼是由阿波罗掷出的，误伤了雅辛托斯而导致其死亡。另一方面，人们经常把上文所述人物之间的感情视为爱情和欲望，而非友情。

伊阿宋

伊阿宋

阿耳戈号远航的故事（特洛伊战争发生前70年）实际上可能反映的是希腊海员穿越黑海，并沿途传播希腊文化的史实。

伊阿宋是忒萨利亚国王埃宋之子、埃俄罗斯的孙子。他的母亲可能是阿尔希梅达或者波利梅得。

埃宋同母异父的弟弟珀利阿斯篡夺了他的王位。有神谕显示，珀利阿斯迟早会被他的侄子杀死或夺回王位。伊阿宋出生后不久，他的母亲由于害怕珀利阿斯会对他下毒手，便谎称他病了，过一段时间后又宣布了他的死亡。她为伊阿宋举行了隆重的葬礼，并且营造出悲伤的氛围，竭力增加此事的可信度。但实际上伊阿宋被半人马喀戎抚养长大，他从喀戎那里学习了医药和天文学知识。

当伊阿宋满二十岁时，他离开了喀戎。在神谕的指示下，他用豹皮遮住一半身体，赤裸着双脚，手拿两支长矛，出发前往俄尔卡斯。当他抵达家乡俄尔卡斯后，人们纷纷对他表示欢迎。他对众人宣称自己是埃宋之子，此次前来是为了夺回王位。

珀利阿斯在王宫中坐立不安，非常害怕王位被侄子夺去，于是绞尽脑汁想出了一个除掉伊阿宋的办法。他把伊阿宋叫到王宫，对他说："我刚做了一个梦，梦里显示了神谕。神谕说，我们应当恢复佛里克索斯的荣誉（佛里克索斯是他们的祖先，后在科尔喀斯被杀害），将他的骨灰带回故乡。此外，佛里克索斯还留下了非常昂贵的金羊毛。如果你能带回他的骨灰和金羊毛，我就将王位让给你。"

▲ 查尔斯－安德烈·范·卢《美狄亚》，1760 年，油画，79 厘米 ×59 厘米，波茨坦新宫。

伊阿宋是一个身强体壮且身经百战的年轻人，他毫不犹豫地就答应了此事。随即他就招募了同伴——阿耳戈号的英雄们。为了完成这个伟大的任务，他请阿耳戈建造了"阿耳戈号"作为航行工具。阿耳戈出生在忒斯庇亚，是阿雷斯托耳或者佛里克索斯的儿子。船是在奥林匹斯所在的色萨利地区的帕伽萨斯建造的，并且造船过程也得到了女神雅典娜的帮助。

制作船身的木材来自皮立翁山，而制作船首的木材是由多多纳地区的橡树女神提供的。女神雅典娜精心雕刻了这块特殊的木材，而后赐予它说话和预测的能力。

冒险途中，伊阿宋认识了科尔喀斯国王之女美狄亚，她负责保管金羊毛。在美狄亚的帮助下，伊阿宋成功拿到了金羊毛，回到了俄尔卡斯。故事从这里开始就发展出了不同的版本。有的说伊阿宋回到俄尔卡斯后夺回了王位，有的说伊阿宋留在了科尔喀斯。

此外，有些版本说美狄亚获得了伊阿宋的同意后杀死了珀利阿斯，还有些则认为美狄亚擅作主张杀了珀利阿斯。美

▲ 古斯塔夫·莫罗《伊阿宋和美狄亚》，1865年，油画，204厘米×121.5厘米，巴黎奥赛博物馆。

狄亚与伊阿宋生育了好几个孩子，但是孩子们的名字在各个版本的传说中并不一致，被提及的名字有美狄奥、厄里奥比斯、费雷斯、梅尔梅罗、忒萨洛、阿尔克门尼斯以及蒂萨得罗。后来，可能是因为杀害珀利阿斯而被驱逐出境，也可能是因为他们自己的选择，他们离开俄尔卡斯来到了科林斯。他们在那里幸福地生活了好多年，直到有一天，国王克瑞翁想把自己和伊阿宋的血统结合起来，他把女儿格劳刻（一说克雷乌莎）许配给伊阿宋。伊阿宋忘恩负义，抛弃了美狄亚，接受了婚约，并且要求美狄亚离开科林斯。然而美狄亚并不甘心，她在离开之前对他们进行了报复，杀害了整个科林斯的王室成员。

伊阿宋成了孤家寡人，最后选择与珀琉斯结盟，用残酷的手段推翻了俄尔卡斯国王阿卡斯图斯和王后阿斯蒂达米亚的统治，夺得了王位。他一直在位直至死去。

勒托

勒托是提坦神科俄斯与福柏之女，她年轻貌美，与宙斯结合后怀孕。赫拉得知此事后妒火中烧，下令禁止勒托在有阳光的地方生育。于是勒托不得不在赫拉、伊里斯、阿瑞斯的严密监视下，四处奔波，寻找分娩之地。

为了帮她躲避赫拉的追踪，宙斯把她变成了一只鹌鹑，但还是被赫拉发现了。

最后她来到了一个叫奥提伽的浮动小岛上。上岸后她便恢复了原貌，并准备在此地生子。这座岛在勒托生育后改名为“提洛”，意为“光明”。此外，海神波塞冬曾为了嘲笑赫拉，在此地建造了一个能满足赫拉对勒托提出的所有条件

（如禁止勒托在有阳光的地方生育）的巨大的拱形建筑。

勒托分娩时，除了赫拉，所有女神都赶来看她。赫拉的女儿伊利梯亚原本并不打算帮忙，后来众神以昂贵的礼物作为交换，赫拉才勉强同意让伊利梯亚催产。勒托生下了一对双胞胎，他们后来成为奥林匹斯显赫的神明。首先出生的是阿耳忒弥斯，她出生没多久就能帮助母亲勒托分娩。因为目睹了生育的痛苦，她后来蔑视男性的爱情，并永远保持贞洁，成为一名“处女神”。

勒托经常受到阿耳忒弥斯姐弟的保护。阿波罗杀掉了意图杀害勒托的巨蟒皮同；巨人提堤俄斯在赫拉的教唆下企图非礼勒托，也被阿波罗杀死。此外，阿耳忒弥斯和阿波罗还联手报复了当众羞辱勒托的尼俄柏和她的孩子。

还有一件事值得一提：赫拉怨恨勒托，一直追踪她，想找机会报复。勒托为了免受赫拉的迫害而四处逃亡，早已筋疲力尽。一天，她来到了吕基亚的一个湖边，向在湖边休息的农民讨水喝。没想到这些农民听命于赫拉，拒绝让女神饮用他们的水，甚至故意把湖里的水搅浑。宙斯看见后，立刻降临此地，把那些恶人变成了湖里的青蛙，使其在泥沼中度过余生。

▲ 勒托的艺术形象。

莱夫卡斯岛

莱夫卡斯岛是爱奥尼亚海上的一座岛屿，邻近科孚岛。岛上有一座高耸的悬崖，许多为情所伤的人选择来这里跳崖，以此来忘记悲伤和痛苦，莱夫卡斯岛由此而闻名于世。

美少年阿多尼斯死后，女神阿芙洛狄忒一直对他念念不忘，整日郁郁寡欢。后来她听从了阿波罗的建议，从莱夫卡斯岛的悬崖上跳了下去，却惊讶地发现自己毫发未伤。这件事传开以后，莱夫卡斯岛变得举世闻名。许多人慕名前来，从悬崖上一跃而下以治愈情伤。

跳崖前的准备工作包括祭祀等。所有的参与者都坚信，

莱夫卡斯岛

历史上这个跳崖的习俗是真实存在的，曾有数十人从这里跳下去。但是从未听说过有人生还，其中就有著名的诗人尼科斯特拉托斯。

后来，还是有很多人想跳崖却又不敢。从那时开始，人们开始用装满银子的箱子代替自己跳崖。只要参与者完成了所有的仪式，就可以得到相同的效果。

美狄亚

通常来说，希腊最著名的女巫来自色萨利。根据神话传说，这些女巫皆从美狄亚处习得巫术。

在太阳神的庇佑下，他们不会遭遇任何不幸。然而随着时间的流逝，当地的祭司废除了这个过于危险的习俗，而采用了新方法：他们在悬崖下边铺了一张网，使跳崖者免受危险；同时，还在悬崖周围准备好船只，看见有人落水就立刻救起来。

美狄亚

美狄亚是科尔喀斯国王埃厄忒斯和宁芙伊狄亚的女儿。她是一名巫师，与喀尔刻有血缘关系，并从她那里习得魔法。美狄亚被爱神之箭射中，疯狂地爱上了率领阿耳戈号英雄前来寻找金羊毛的伊阿宋。她对伊阿宋说："如果你娶我，并答应带我回希腊，我就帮你盗取金羊毛。"伊阿宋答应了她，于是两人合作盗取了金羊毛。后来两人结婚，并一起回

▶ 弗雷德里克·桑迪斯《美狄亚》，1868 年，油画，私人收藏。

到了伊阿宋的家乡俄尔卡斯。人们为了迎接伊阿宋，特地为他们举行了盛宴。此外，美狄亚为了取悦伊阿宋，还运用法术使他的父亲埃宋返老还童。

看见返老还童的埃宋，“篡位者”珀利阿斯的女儿们请求美狄亚也帮助她们的父亲恢复青春。美狄亚当着她们的面肢解了一只老绵羊，然后把它扔进盛有药水的锅里，不一会儿，锅里竟蹦出一只小绵羊。除了阿尔刻斯提斯之外，珀利阿斯的女儿们都兴奋了起来，并对美狄亚的法术深信不疑。她们急忙将珀利阿斯大卸八块后扔进了锅里，然而珀利阿斯并没有复生。伊阿宋与美狄亚因此被人们以谋杀国王的罪名逐出了俄尔卡斯，他们流亡到了科林斯。另有说法认为，珀利阿斯逼他的兄弟埃宋喝下了有毒的牛血，致使埃宋死亡。伊阿宋为了报仇，请美狄亚帮忙杀死了珀利阿斯。

▲ 艾弗林·德·摩根《美狄亚》，1900 年，私人收藏。

总而言之，伊阿宋和美狄亚在科林斯定居下来，幸福地生活在一起。直到有一天，伊阿宋抛弃了美狄亚，迎娶了科林斯的公主。不仅如此，美狄亚还遭到了驱逐。但是美狄亚并不甘心，她在离开前完成了复仇。美狄亚给公主送了一件衣服，公主试穿时，衣服突然起火，公主、她的父亲以及整个王宫的人都被烧死了。美狄亚和伊阿宋的两个孩子被愤怒的科林斯人用石头砸死了。也有版本说，他们被美狄亚献给了赫拉。

离开科林斯后，美狄亚乘着赫里阿斯的金车飞到了雅典，嫁给了国王埃勾斯。埃勾斯并不知道他还有一个叫作忒修斯的儿子，所以当英雄忒修斯来到雅典时，美狄亚为了保住手上的权力，企图杀掉他。后来阴谋败露，美狄亚只好逃回了家乡。美狄亚请求家人原谅她之前与伊阿宋私奔，并与家人言归于好。

弥达斯

弥达斯是弗里吉亚的国王。尽管他已经富甲天下，却仍野心勃勃，贪得无厌，总想拥有更多的财富。一天，他在树林里遇到了酒神狄俄尼索斯的伙伴西勒诺斯。

西勒诺斯喝得酩酊大醉，在树林中迷路了。弥达斯看见后把他带回了家，并盛情款待他，为他献上花环和美酒佳肴。随后，弥达斯又带他找到了酒神狄俄尼索斯。狄俄尼索斯对弥达斯友善的品格非常满意，遂承诺满足他的任何要求。

弥达斯没多久就提出了他的要求，他请求酒神赐予他点金术。酒神摇了摇手上的葡萄酒，同意了他的请求。

弥达斯迫不及待地想确认自己的点金术是否有效。于是他抚摸了一下树枝，结果树枝变成了金条；他捡起路上的石头，石头也同样变成了金块。他一边走一边施点金术，仆人们则负责收集所有变成金子的东西。

但是没过多久，这就变成了一个悲剧：国王骑的马变成了沉重的黄金塑像；国王的床也变成了金床。不过弥达斯并不在意，还像之前那样快乐。

回到自己的王国后，弥达斯要了一份丰盛的饭菜。他喜滋滋地看着手里的碗和酒杯变成了金的。但当他发现自己既不能进食也不能喝水时，就不如先前那般开心了：所有碰到他嘴巴的食物都会变成金子，水结成了非常值钱的金块，酒则变成了液体黄金。

很快弥达斯发现，尽管家里有那么多黄金，然而他却再也无法快乐起来。当他拥抱自己的孩子时，却眼睁

▼ 小弗朗斯·弗兰肯《国王弥达斯的餐桌》，1600年，油画，52.7厘米×48.5厘米，不伦瑞克安东·乌尔里希公爵博物馆。

睁地看着他们变成了黄金雕像，这无疑是一种巨大的痛苦。于是他决定找酒神解除这个点金术。当他哀求狄俄尼索斯解除点金术时，酒神以为他疯了。不过他还是遵守了诺言，满足了弥达斯的请求。酒神告诉弥达斯，要解除法术，必须到帕克托罗斯河里用干净的水沐浴。

▲ 亨德里克·德·克莱克《弥达斯的审判》，1620年，油画，43厘米×62厘米，阿姆斯特丹国家博物馆。

弥达斯急忙朝河边走去。他走了一段很远的路才到达目的地，途中留下的脚印至今仍清晰可见。一到那里，弥达斯就立刻跳进了冰冷的河里。河水慢慢变成了黄金，直到水流没过了他的头部，法术才被解除。最后，他终于可以像个凡人一样吃吃喝喝，享受简单而快乐的生活了。

可能是因为他从酒神那里得到了过多的善待和好运，命运女神为了平衡他的人生，就让他遭受了一些不幸的事。

弥达斯在树林里撞见了潘和阿波罗，他们正在争论谁的乐器发出的声音更悦耳：是潘的排笛，还是阿波罗的里拉琴？当他们看见弥达斯后，决定让他当裁判。

结果弥达斯耳朵不太灵敏，他认为潘的乐器发出的声音更柔和。这激怒了阿波罗，为了惩罚他，阿波罗将他的耳朵变成了巨大的驴耳朵，他从湖水中看见了两只驴耳朵的倒影。回家的路上，弥达斯对自己的不幸感到非常羞愧，于是戴上了长长的头巾以遮住驴耳朵。除了弥达斯的理发师，所有人都不知道头巾下的秘密。

理发师清楚地意识到这是个不能说的秘密。弥达斯威胁他说，如果秘密被泄露，他将会被处死。但是理发师实在憋得难受，于是他跑到了一个没有人听得见的地方挖了一个洞，低声对着洞说：“弥达斯有一对驴耳朵！”谁料不久以

弥诺陶洛斯

帕西淮与波塞冬派去的公牛结合后生下了弥诺陶洛斯——一个牛头人身的怪兽。

后，这块地上就长出了一片芦苇，风一吹就发出“弥达斯有一对驴耳朵”的声音。

| 米诺斯

米诺斯是宙斯和欧罗巴的儿子，拉达曼迪斯和萨尔珀冬的兄弟。米诺斯以克里特岛的克诺索斯城为原点，把爱琴海的众多岛屿变成了殖民地，创造了一个繁荣的文明之地。据传海神波塞冬曾送给米诺斯一头白色公牛，让他再献祭给自己，然而最后米诺斯没有把公牛献给海神。在波塞冬的诅咒下，不幸降临到米诺斯一家人身上：米诺斯的妻子帕西淮爱上了那头白色公牛，结果生下了半人半牛的怪物弥诺陶洛斯；女儿阿里阿德涅和淮德拉遭遇了不幸的爱情；儿子安德洛革俄斯则英年早逝。

▼《米诺斯》，克里特岛克诺索斯宫殿里的壁画，公元前2000年。

米诺斯拥有强大的军事力量，他逼迫雅典的公民同意每隔一段时间便送来七个童男和七个童女喂食弥诺陶洛斯。这直接导致后来英雄忒修斯来到此处杀死了陶洛斯。此外，米诺斯还把代达罗斯和他的儿子关了起来，但后来他们逃了出去。米诺斯知道后暴跳如雷，对他们展开了追捕。在得知西西里岛的国王科喀洛收留了代达罗斯后，他在其海岸部署了一支庞大的舰队，并威胁科喀洛，如果不把代达罗斯交出来，他就会发动战争。

科喀洛不愿交出代达罗斯，于是他想出了一个计谋来对付米诺斯。他恭敬地邀请米诺斯来参观他的皇宫，很快，他就让人把米诺斯带到了密闭的桑拿房。科喀洛的奴隶把他关在里面，没多久他就窒息而亡了。关于米诺斯之死还有另一个版本。米诺斯在追捕代达罗斯途中提出了一个难题，即如何用一根线穿过蜗牛壳。他知道只有代达罗斯解得出来，果不其然，科喀洛在代达罗斯的帮助下，把一条细线绑在蚂蚁腿上，让蚂蚁爬到了蜗牛壳的另一端。看见科喀洛解出了谜题，米诺斯确认代达罗斯就在那里。正当他准备抓捕代达罗斯时，科喀洛的女儿们因为不愿失去这个特别的同伴，便借助代达罗斯的工具，在米诺斯洗浴时将沸水倒在他身上，将他活活烫死了。

密拉

密拉是提亚斯，也就是忒伊阿斯的一个年轻貌美的女儿。她很为自己的美貌感到骄傲，她的父亲对此也引以为豪。他们坚称密拉的美貌超过了美神阿芙洛狄忒。女神阿芙洛狄忒因此而恼羞成怒，她在密拉的心里点燃了对父亲的熊熊爱火。结果在一位侍女的帮助下，密拉和醉酒的父亲欢爱了十一个夜晚。

在第十二个晚宴上提亚斯识破了女儿的骗局，也发现了她怀有身孕的事实。他试图杀死密拉，但因为他醉得神志不清，所以并未成功。密拉侥幸逃过一劫，但她还是很担心父亲的追杀，所以就向众神求助。众神将她变成了一棵没药树。十个月之后，一头野猪撞破了树干，而阿多尼斯就这样出生了。后来阿芙洛狄忒收留了阿多尼斯。

▼ 弗朗索瓦·勒穆瓦纳《那喀索斯》，1728 年，油画，90 厘米 ×72 厘米，汉堡美术馆。

那喀索斯

那喀索斯容貌俊美，是河神柯菲索斯和宁芙利里俄珀的儿子。因为叹服于他绝世的容貌，

那喀索斯

在精神分析学中，那喀索斯的传说和术语“那喀索斯症”相关，指人对自己的病态迷恋。

海洋宁芙

海洋宁芙是一群骑着海马或海豚环游海岸的快乐女子。

那喀索斯身边所有的人，甚至一些小伙子也深深爱慕着他。但那喀索斯以轻蔑的态度拒绝了所有人的求爱。

厄科就是惨遭拒绝的女人中的一个。她将自己的形体化作了山岩，以此抚慰自己所受的苦痛。复仇女神涅墨西斯因为不满于那喀索斯对厄科的所作所为，惩罚他爱上了自己在水中的倒影。就这样疯狂地度过了些时日后，那喀索斯投水自尽了。他投河的地方长出了一株美丽的花，皆可与他的名声与美貌媲美。

海洋宁芙

她们是涅柔斯和多里斯的五十个女儿，同时也是俄刻阿诺斯的女儿，被称为海洋宁芙。她们虽然居住在海底，但也会来到海面帮助旅人，这其中就包括阿耳戈号的英雄。宁芙们为他们召唤了一些类似于海豚的海洋动物。为了获得宁芙们的垂青，人们为她们修建圣林，在海岸边和峭壁上建立祭坛，并献上牛奶、油和蜂蜜——这代表着海洋中一切珍贵的东西。

▼ 加斯顿·布歇尔《海洋宁芙》，1927 年，油画，89 厘米 ×116.2 厘米，私人收藏。

宁芙中最重要的几位有：忒提斯，她是珀琉斯之妻，阿喀琉斯之母；伽拉忒亚，阿喀斯的情人，同时还是独眼巨人波吕斐摩斯的心上人；安菲特里忒，她是海神波塞冬的妻子。其他一些比较有名的宁芙还有卡西奥佩娅，她是安德洛墨达之母；卡吕普索，她是奥杰吉厄岛的女王；还有格劳刻、克洛希亚、阿瑞图萨、库姆托厄、帕诺佩、艾斯庇欧、库墨埃和柯律美妮。

她们赤裸着身体出现在海面上，有时候头戴珊瑚王冠，手握波塞冬的三叉戟，身边还围绕着五颜六色的小鱼；有时候她们会被描绘为人鱼。

宁芙卡利斯托、克吕提厄、达佛涅和厄科

宁芙卡利斯托是莱卡翁的女儿，也是阿耳忒弥斯的侍女，她和阿耳忒弥斯有着特殊的关系。一天，宙斯化身阿耳忒弥斯引诱卡利斯托。卡利斯托作为侍女完全相信自己的主人，于是上当受骗，把身体奉献给了宙斯。

他们俩结合后生下了一个叫阿卡斯的儿子。赫拉妒火中烧，将卡利斯托变成了一头母熊作为惩罚。不久之后阿耳忒弥斯为了惩罚她失贞，把她猎杀了。宙斯决定把卡利斯托和她的儿子一起变成星座：大熊星座和小熊星座。但赫拉仍然对此事耿耿于怀，她恳求波塞冬不让这两个星座落于海面之上。因此在北半球一直无法看到它们同时从地平线上升起。

克吕提厄是一位宁芙，同时也是水神。她是俄刻阿诺斯和泰西斯的女儿，她疯狂地爱着太阳神。每天太阳神驾着金色太阳车出发的时候，她都会用目光追随他。

太阳神对克吕提厄并不感兴趣，但很同情她所受的痛苦，因此决定将她变成一朵花来使她免受折磨。但那朵花依然像年轻的女神一样追随着太阳神，所以被称为向日葵。

达佛涅是一位宁芙，根据不同版本的传说，她的父亲可能是拉东、佩纽斯或特伊西亚斯，她

▼ 弗朗索瓦・布歇《朱庇特和卡利斯托》，1744 年，油画，98 厘米 ×72 厘米，莫斯科普希金博物馆。

▲ 亚历山大·卡巴内尔《厄科》，1874 年，油画，97.8 厘米 × 66.7 厘米，纽约大都会艺术博物馆。

的母亲是盖娅。“达佛涅”在希腊语中意为“月桂树”。她是一位决意追随阿耳忒弥斯的猎人，因此拒绝了所有异性的求爱，也并不想结婚。阿波罗战胜了巨蟒皮同后，很得意于自己的壮举，就开始在众神间炫耀此事，并着重向爱神厄洛斯宣扬了自己的事迹。厄洛斯决定给他一个教训。厄洛斯将赋予爱意的金制箭矢射向了阿波罗，将传递厌恶与轻蔑的铅制箭矢射向了达佛涅。厄洛斯明白自己此举可以令达佛涅斩钉截铁地拒绝阿波罗的求爱。

被厄洛斯的箭矢射中之后，阿波罗的内心涌起了一股强烈的爱意，他开始无休止地追求达佛涅。而达佛涅则一直逃避阿波罗，但她最终还是因为疲劳瘫倒在地上，不得已她只好向自己的父亲求救。就在阿波罗要把她拥在怀里时，她的父亲把她变成了一棵月桂树。另有说法认为，达佛涅没有变成月桂树，当她向大地女神盖娅求助的时候，女神让她所在的地面裂开，并接住了她，然后在原地留下了一棵月桂树。

从那以后阿波罗就迷上了月桂树，他将月桂树作为自己的象征，并剪了一些枝条做成了月桂王冠。此后月桂王冠就成了诗人、艺术家和战士的荣誉象征。

另一个传说讲到，比萨王俄诺玛俄斯的儿子琉喀浦斯也爱上了达佛涅。他变身为女人，同达佛涅及她的同伴们一起嬉戏。阿波罗发现后假借达佛涅朋友之手杀死了琉喀浦斯。

厄科是一位山岳宁芙。宙斯说服她用聊天的方式牵绊住他那善妒的妻子赫拉，这样她就无法探查他和情人们的行踪了。厄科能言善辩，完美地完成了宙斯委托的任务，但赫拉终于还是厌倦了这冗长的交谈。赫拉施法使厄科失去了声音，让她只能重复她听到的最后一个词，以此作为对她的惩罚。

后来，厄科爱上了那喀索斯，并一直追随他的脚步：森林、沙漠、大海和清泉……然而厄科却无法向那喀索斯表达自己的爱意。有一天，她避开了那喀索斯和他的朋友们行走的小路，藏进了森林里。那喀索斯听到声音后问道："有人在这儿吗？"厄科回答道："在这儿，在这儿。"那喀索斯紧接着说："过来吧。"厄科张开双臂从森林中走了出来，不停地说着"过来吧，过来吧"。但那喀索斯一见到她就粗鲁地拒绝了她的表白。

厄科为自己的不幸遭遇而悲伤，同时也因自己为了吸引那喀索斯所做的一切而羞愧。于是她隐没于森林中的山岩间，在那里待到生命的尽头。但她的声音和骨骼仍然存留着，最后她化为了石头。

尼俄柏

忒拜王后尼俄柏是坦塔罗斯的女儿，她的丈夫安菲翁是宙斯之子，一位众所周知的伟大音乐家。尼俄柏育有六子六女，而且每个子女都才貌双全。她也因此心满意足，怡然自得。

虽然尼俄柏生活得很幸福，但她却从父亲那里学到了不良的品德，待人极其傲慢。她经常夸耀自己的儿女，直到有一天她的言谈举止惹怒了女神勒托。勒托只有两个子女，而她有十二个子女，因此她认为自己比女神更优秀。

勒托在奥林匹斯山上听到了她的话，决定给她点颜色看看。她向自己心爱的儿女阿波罗和阿耳忒弥斯求助。他们为了替母亲出气，用箭射死了尼俄柏所有的子女。尼俄柏悲痛欲绝，最后变成了一块因不停流泪而永远潮湿的石头。

尼俄柏

尼俄柏的传说似乎是受真实事件的启发而创作的。在她的丈夫安菲翁统治时期，曾经暴发过一场瘟疫，忒拜城也因此覆灭。除了尼俄柏，皇室成员都死于这场瘟疫。这场悲剧使她绝望至极，她把自己关在房子里，每日以泪洗面（仿佛一块不断被海浪冲刷的斑驳石块）。

▶ 亚伯拉罕·布鲁马特，《为儿女悲伤的尼俄柏》，1591年，油画，204厘米×249.5厘米，哥本哈根丹麦国家美术馆。

奥德修斯／尤利西斯

奥德修斯是古希腊最有名的英雄之一，而尤利西斯这个名字是后来古罗马人赋予他的。

他是一位出色的行者，也是英雄的象征。他的冒险经历以口耳相传的方式被保留了下来，并因为荷马的一本冠绝古今的名著——《奥德赛》而流传至今。

奥德修斯是伊萨卡国王拉厄耳忒斯的儿子。伊萨卡岛与凯法利尼亚岛隔海相望。奥德修斯年轻时，拉厄耳忒斯执掌伊萨卡的政权，当时他们曾接待过尤瑞托斯。尤瑞托斯是一位弓箭手，拥有一副世界上最厉害的弓箭，那是阿波罗赠予他的礼物。这副弓箭以太阳光和海水熔铸而成。

尤瑞托斯为了答谢拉厄耳忒斯的盛情款待，也因为奥德修斯是他见过的除他之外又一个强壮得足以拉开这张弓的青年，便把弓箭当作礼物送给了奥德修斯。

奥德修斯和珀涅罗珀结婚后育有一子忒勒玛科斯。起初奥德修斯装作神志不清，拒绝参与特洛伊战争。他一直在自己的田地里面撒盐，但是希腊人把他的儿子忒勒玛科斯放在犁前威胁他，所以我们的英雄不得不加入希腊人的阵营。

在特洛伊战争中，他主要参与了外交活动而非直接上战场。而阿喀琉斯在那场战争中勇往直前，所向披靡。

攻陷了特洛伊之后，奥德修斯乘船返回他心爱的故乡伊萨卡，至此开始了他真正的旅途，但这漫漫归乡之旅耗费了他整整十年的时间。

开船的时候风神埃俄罗斯交给奥德修斯一个皮囊，里面装满了会使帆船偏离航线的歪风，这样剩下的风就会把船送回伊萨卡。然而船员们以为皮囊里装满了酒，就打开了它。歪风呼啸而出，因为自己曾被囚禁于皮囊之中而想要报复，歪风把奥德修斯的船吹得左摇右晃，并以此为乐。

▲ 莱昂·贝利《奥德修斯和塞壬》，1867 年，油画，圣奥梅尔桑德林博物馆。

奥德修斯漫长的冒险故事可谓家喻户晓：他大战独眼巨人波吕斐摩斯并取胜；停留在喀尔刻的岛上，并与喀尔刻育有一子；来到宁芙卡利斯托的岛上，与她一起生活了七年，并生下了两个孩子；抵制海妖塞壬美妙歌声的诱惑；在法埃亚科安岛邂逅瑙西卡。他最后回到伊萨卡，大战妻子珀涅罗珀的仰慕者并与她重逢，并再次君临伊萨卡。

俄瑞斯忒斯

俄瑞斯忒斯是阿伽门农和克吕泰墨斯特拉的儿子，伊菲革涅亚和厄勒克特拉的兄弟。特洛伊战争之后，在厄勒克特拉的帮助之下，他杀掉了母亲克吕泰墨斯特拉和她的情人埃癸斯托斯，完成了对母亲及其情人的复仇。

▲ 瓶身上的人物根据奥德修斯的神话传说描绘而成，展现了他英勇无畏的形象。

在俄瑞斯忒斯杀死母亲及其情人之前，厄勒克特拉担忧兄弟的性命会受到威胁，就把他送到了亲戚斯特罗菲俄斯家

▲ 作品《安德洛玛刻》中刻画的是俄瑞斯忒斯和奈奥普托勒姆斯为争夺赫耳弥俄涅之爱而互相争斗的悲剧场景。

里，也就是福克斯国王的家里。

俄瑞斯忒斯在斯特罗菲俄斯家里与斯特罗菲俄斯的儿子匹娜得斯一同长大，并成了一生的挚友。成年后，背负着为父报仇责任的俄瑞斯忒斯同匹娜得斯一起回到了迈锡尼，并完成了复仇大计。

在这以后他遭到了孚里埃女神，也就是厄里倪斯女神不停地追杀。最后他在阿波罗的示意下来到了雅典，在亚略巴古山上，他在雅典娜女神和雅典贵族议会面前为自己申诉。

孚里埃成了原告，俄瑞斯忒斯不得不为自己辩护。雅典娜和雅典贵族投票表决后得出双方票数相同的结果。但是雅典娜宣称在此特殊情况下被告应该被判无罪。

有的孚里埃女神不服从判决，仍然继续追杀他。俄瑞斯忒斯不得不再次销声匿迹，直到他来请特尔斐神谕，神谕告知了他避免被追杀的方法。

俄瑞斯忒斯立即启程前往陶里斯完成了神谕的指示，即把阿耳忒弥斯的木质神像从她的神庙里偷出来。在神庙里他得到了匹娜得斯和担任祭司的姐姐厄勒克特拉的帮助。

▼ 俄耳甫斯雕像，他的手里拿着一把里拉琴。

在他们的帮助下，俄瑞斯忒斯成功地带着神像返回了迈锡尼。从此以后孚里埃女神便不再找他的麻烦了。他同海伦以及墨涅拉俄斯之女赫耳弥俄涅结了婚，后被蟒蛇咬死在阿卡迪亚。在某些传说中阿卡迪亚被认为是他的坟墓所在地。

俄耳甫斯

俄耳甫斯是伟大的英雄，同时也是一名神学家、伦理习俗的革新者、诗人以及声名远扬的音乐家。关于他的出身众说纷纭。有的版本说他是太阳神阿波罗和缪斯女神卡利俄珀之子，并从父母那里继承了非凡的艺术天分；其他的传说则称他是色雷斯国王俄阿格罗斯和缪斯女神卡利俄珀所生；还有说法认为他的父亲是阿波罗，但母亲是另一个缪斯女神克利俄。

阿波罗（一说赫耳墨斯）送了他一把里拉琴。这把琴原有五根弦，他自己加了两根弦，把它变成了七弦琴。俄耳甫斯用这把琴演奏出了高山流水般美妙的乐曲。一听到他用乐器演奏的曲调，世间万物，无论是神明还是凡人都为之陶醉。每当音乐声响起，巨石都忍不住凑近他，河流都不得不倒流，以便和上最后一个节拍，百兽们也安静地围绕在他身边。

除此之外，他伟大的音乐才华在其他场合也派得上用场：他和阿耳戈号的英雄一起出发寻找金羊毛时，利用自己的歌喉把船从海滩送入深海；分开阻挡航线的两座浮动岛屿；催眠了守护金羊毛的巨龙；解救了被塞壬的歌声所迷惑的远征的战士们。

然而，唱歌并不是俄耳甫斯最喜欢的职业，因为他博学多才，有着远大的哲学抱负，所以他以考察世界为己任。他到埃及旅行，召集了那里的传教士，向他们讲述奥西里斯和伊西丝的神话。他的宗教之旅还涵盖了腓尼基、小亚细亚和萨莫色雷斯岛。在回到希腊以后，他把所学到的东西传授给自己的追随者，并总结出了一条重要的宗教理论，即“俄耳甫斯秘仪”。此外，他还制定了关于狄俄尼索斯和得墨忒耳的祭礼。

正因为他有着如此高超的音乐天赋和智慧，许多宁芙和凡人女子都来向他求婚，但是只有谦逊迷人的欧律

俄耳甫斯

人们以俄耳甫斯之名，发展出了一个宗教实体，即俄尔甫斯神秘主义，它包含罪责和净化问题，以及与死后生活相关的哲学。

▼ 亚历山大・瓦罗塔里《俄耳甫斯和动物们》，1600 年，油画，167 厘米 ×109 厘米，马德里普拉多博物馆。

▲《俄耳甫斯》，罗马镶嵌画，巴勒莫考古学博物馆。

狄刻吸引了俄耳甫斯。俄耳甫斯娶了欧律狄刻，并一生都爱着她。

两人的婚姻幸福美满，但没能长久。一天，阿瑞斯泰俄斯意图强暴欧律狄刻，她凭借轻盈灵巧的体型成功地逃开了对方的魔掌。但有的传说认为，她在逃跑途中被一条毒蛇咬了脚后跟，当即死亡。还有的传说称她藏身于荆棘丛时被毒蛇咬死。俄耳甫斯悲痛欲绝，打算不惜一切代价让妻子死而复生。他苦苦哀求诸神，想要让妻子起死回生，但却一无所获。于是俄耳甫斯去地狱找哈得斯及其妻子寻求帮助。他用歌曲表达了内心深切的哀痛之情，并成功打动了哈得斯。他向俄耳甫斯保证，会让欧律狄刻起死回生，只要俄耳甫斯不回头看她。

欧律狄刻来到了众人所在的地方，站在俄耳甫斯的背后，开始朝人间上升。但是因为欧律狄刻有伤在身，所以上升的速度十分缓慢。就在欧律狄刻马上要到达地狱出口的时候，俄耳甫斯焦急地向后瞥了一眼，想要拥抱欧律狄刻。但就在这一瞬间，他的爱人欧律狄刻在亡灵世界里永远地灰飞烟灭了，俄耳甫斯所能拥抱到的只有水汽。

▼ 逍遥自在的猎户座。

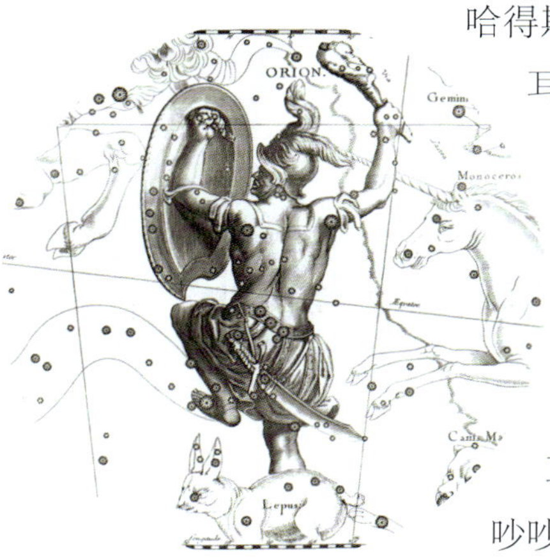

这巨大的不幸令俄耳甫斯悲痛欲绝，他想要再一次向哈得斯求助，但是船夫卡戎（地狱摆渡者）拒绝了他。俄耳甫斯在地狱门口待了七天，仍未能如愿，不得不失望而归。

从那以后，他总是一边弹着七弦琴一边沿着沙漠游荡，曲调打动了鸟兽草石。他不吃不喝，也不接触任何人。他在色雷斯的时候，有许多女人想要嫁给他，但没有一个能如愿以偿。后来为了报复俄耳甫斯的绝情，这些女人在纪念狄俄尼索斯的聚会上吵吵嚷嚷，以此盖过了俄耳甫斯的声音，以便于她们实施谋杀计划：她们围住俄耳甫斯并杀害了他，然后把他的尸体肢解了。另一个版本则称这些女人是在奥林匹斯众神的示意下谋害俄耳甫斯的，因为众神不允许一个知晓冥界秘密的凡人存活于世。俄耳甫斯的头颅被扔进了马里查河，漂流到了莱斯沃斯岛，被缪斯女神捡起来埋葬了。俄耳甫斯在被害过程中，一直在呼喊欧律狄刻的名字。在他死后，他的七弦琴化作了天上的天琴座，其中包含了一颗北半球可观测到的很亮的星星——织女星。

俄里翁

俄里翁是一位英俊的巨人，他是波塞冬和蛇发女妖欧律阿勒的儿子。俄里翁在同时期的英雄里因为体形高大和力大无穷而出名。他体形太过高大以至再深的海也只能没过他的肩头。

俄里翁深爱着克奥斯国王俄罗皮翁的女儿墨洛珀，并希望娶她，但是俄罗皮翁一直不同意他的求婚。无奈之下，俄

俄里翁

以俄里翁名字命名的星座猎户座位于赤道附近，邻近金牛座。三颗紧邻星座中心的星星连成一排，象征着俄里翁的腰带，同时也增加了星座的长度；另外三颗稍微黯淡一些的星星则组成了他的脊背。猎户座 α（也就是参宿四）和猎户座 β（也就是参宿七）是猎户座中最重要的两颗星。

▼ 尼古拉·普桑《盲眼的俄里翁逐日》，1658年，油画，119.1厘米 ×182.9厘米，纽约大都会艺术博物馆。

潘多拉

因为这个神话故事，人们把能引来罪恶的事称为“潘多拉的盒子”。

里翁竟然打算用武力抢走墨洛珀。

作为惩罚，俄罗皮翁在狄俄尼索斯的帮助下催眠了俄里翁，并弄瞎了他的眼睛。俄里翁不知如何是好，只好去请神谕。神谕显示，往东方走，太阳的光芒可以治好他的盲疾。

重见光明之后，俄里翁搬到了克里特岛。因为他本身是一位出色的猎人，所以他就在猎狗西利欧的陪同下猎捕冥界和天上的怪兽。同时他也成了狩猎女神阿耳忒弥斯的随从。至此关于俄里翁的生活就众说纷纭了。有说法认为，俄里翁成了阿耳忒弥斯的爱人，并得到女神的照顾。俄里翁自恃有女神的保护，竟宣称自己不惧怕世界上任何怪物和猛兽，并且有能力把它们全部消灭掉。大地女神盖娅听了这番话后耿耿于怀，于是她派一只蝎子咬死了俄里翁。

另一个版本的传说称，阿耳忒弥斯的孪生弟弟阿波罗对于姐姐爱上了这样的巨人很愤怒，想置俄里翁于死地。于是他向姐姐发起挑战，让她一箭射中大海中间的奥提伽岛旁一个很小的物体。当阿耳忒弥斯以她高超的箭术射中了远处的目标时才发现，她射中的竟是俄里翁。

阿耳忒弥斯无法接受俄里翁的死亡，她乞求宙斯把俄里翁升上天空，于是宙斯把他变成了猎户座。

▼ 朱尔斯·约瑟夫·莱菲博瑞《潘多拉》，1882 年，油画，96.5 厘米 ×74.9 厘米，私人收藏。

潘多拉

提坦神普罗米修斯用泥土创造了人类，并把太阳车的火花赋予了人类。这种放肆的行为让万神之王宙斯大发雷霆。

为了惩罚他，宙斯命赫菲斯托斯创造了一个女人，送给普罗米修斯做妻子。赫菲斯托斯和好黏土，按照女神的模样为她制作了形体。接着赫菲斯托斯又用火花赋予了她灵魂，并给她起名潘多拉。

她睁开双眼，四肢可以活动，嘴唇翕动，说出话来。每个神都努力使她臻于完美：阿芙洛狄忒赐予她美貌；雅典娜赐予她智慧；赫耳墨斯赐予她口才；阿波罗赐予她音乐才华；而宙斯则送了一个绝美的紧紧密封的盒子，让潘多拉当作新婚礼物送给她的丈夫。

就这样，如此耀眼的一个女人被如约送到了普罗米修斯面前。但是天性警惕的普罗米修斯对宙斯的礼物充满了怀疑，因为他们之间的敌意已经非常明显。因此他既不愿意接受潘多拉，也不愿意收下那个盒子。为了避免与奥林匹斯诸神直接对峙，他没有当众拒绝这份“神圣”的礼物，而是收下了礼物，随后又把礼物转送给了自己的兄弟厄庇墨透斯。但他向厄庇墨透斯提出了自己的怀疑，并且提醒他谨慎行事。

潘多拉把宙斯的盒子当作新婚礼物送给了自己的丈夫厄庇墨透斯。厄庇墨透斯被妻子的美貌迷惑了心智，忘记了对普罗米修斯所做的承诺，打开了那个神秘的盒子。盒子里面装满了各种折磨人类的邪物，包括疾病、战争和饥饿等，这些东西瞬间飞向大地。当他再盖上盒子时，只剩下希望留在里面。

▲ 约翰·威廉姆·沃特豪斯《潘多拉》，1896 年，油画，91 厘米 ×152 厘米，私人收藏。

因此常言道，人可以失去一切，但是希望一直深深地根植于人类的精神中。

帕里斯

帕里斯是特洛伊国王普里阿摩斯和王后赫卡柏的儿子。赫卡柏怀孕时做了一个梦，之后她宣称，依据神谕自己怀的孩子会给国家带来毁灭性的灾难。于是普里阿摩斯想派官员

帕里斯

虽然帕里斯长相柔美，但他高傲自大。他在特洛伊攻城战时表现出众，打伤了狄俄墨德斯、马卡翁、安提洛科斯和帕拉墨得斯，还一箭射死了阿喀琉斯。

阿奇拉丢掉帕里斯，但在赫卡柏的苦苦哀求下，普里阿摩斯改变了主意，他派了几个牧羊人负责教育帕里斯。

帕里斯貌美聪慧、身体健壮，他甚至赢得了美丽的宁芙俄诺斯的芳心，并迎娶了俄诺斯。后来，帕里斯在特洛伊的某场比赛中获得了极高的声誉，甚至连奥林匹斯诸神都承认了他的能力——他被指定为“最美女神”之争的裁定人。

不和女神厄里斯是唯一一个没有被邀请参加国王珀琉斯和海洋宁芙忒提斯婚礼的女神。为了报复，她在婚礼接近尾声的时候乘云驾到，并留下一颗属于“最美女神”的金苹果。宙斯拒绝把这个名号赐予三位竞争者：赫拉、雅典娜和阿芙洛狄忒。因此最后她们恳求特洛伊王子帕里斯做出裁定。

▼ 老卢卡斯·克拉纳赫《帕里斯的评判》，1516—1518 年，油画，63.5 厘米 ×41.9 厘米，西雅图艺术博物馆。

三个女神都打算贿赂帕里斯。赫拉许诺让他成为强大的统治者，雅典娜宣称将赐予他无上的军事荣耀，而阿芙洛狄忒则答应送给他一位世上最美的女子。最终，帕里斯裁定阿芙洛狄忒为最美丽的女神。按照约定，阿芙洛狄忒要帮助帕里斯得到住在斯巴达的海伦。海伦是廷达柔斯的养女，也是墨涅拉俄斯的妻子。

帕里斯乘着一条大船到达了斯巴达，并受到了国王的盛情款待。但他并未放弃自己的计划，而是决定以甜言蜜语和贴心的关怀打动海伦。不久后，墨涅拉俄斯要去克里特岛处理一件紧急事务。帕里斯抓住这个机会向海伦表白，海伦被帕里斯的真心打动了，便背弃了祖国，与帕里斯私奔到了特洛伊。墨涅拉俄斯听闻此事后勃然大怒，他召集了所有的同盟军，发动了特洛伊战争。

在这场战争中，帕里斯在对抗希腊人时几次被阿芙洛狄忒救下，但最后还是被菲洛克忒忒斯所伤。于是帕里斯回到了俄诺斯身边。俄诺斯仍然爱着帕里斯，她竭尽全力想救帕里斯，但是未能成功。几天后帕里斯死了，人们把他和因悲伤过度而去世的俄诺斯葬在了一起。而身在特洛伊的海伦也经历了许多磨难，为自己的行为付出了代价。

帕特洛克罗斯

阿喀琉斯为挚友帕特洛克罗斯举办了好几次隆重的葬礼，葬礼上还有马车比赛和摔跤比赛（包括自由摔跤）。

帕特洛克罗斯

在特洛伊战争中，帕特洛克罗斯是希腊人的将领，同时也是英雄阿喀琉斯的灵魂伴侣。在十年战争期间，阿喀琉斯与希腊联军的指挥官阿伽门农意见不合，愤怒之下他撤走了他的军队——弥尔米顿人。失去了阿喀琉斯之后，希腊人在对抗特洛伊人时伤亡惨重。

最后，因为特洛伊人烧毁了希腊人的船只，焦急的帕特洛克罗斯劝说阿喀琉斯答应让自己指挥弥尔米顿人参战。帕特洛克罗斯带着弥尔米顿人救出了被俘的希腊士兵。此外，帕特洛克罗斯还披上了阿喀琉斯的盔甲假装自己是阿喀琉斯，果然让特洛伊人士气大跌，逼得特洛伊人撤退到城墙外。

▲ 艺术作品中描绘的是阿喀琉斯为帕特洛克罗斯包扎受伤的胳膊。

赫克托耳在城门前的一次战斗中重伤了帕特洛克罗斯。帕特洛克罗斯临终前预言道，赫克托耳将死在阿喀琉斯手里。帕特洛克罗斯的死令阿喀琉斯悲痛欲绝，他决定重回战场，为好友复仇。

帕西淮

帕西淮是赫里阿斯和佩珥瑟之女，克里特国王米诺斯之妻，她生得美丽动人。然而帕西淮有一个无法言说的癖

珀伽索斯

后来飞马为缪斯女神们所有，也从此成了诗歌灵感的象征。

好：她疯狂地爱着一头本应献祭给波塞冬的牛。这头白色公牛本应该献给海神波塞冬，但后来米诺斯没有如约将这头牛献给波塞冬。波塞冬一气之下，请求爱神阿芙洛狄忒给帕西淮施了咒语，让她爱上了这头公牛。受爱欲支配的帕西淮请求代达罗斯帮助自己与公牛结合。于是代达罗斯造了一个木制母牛，帕西淮藏在里面与公牛结合。结果帕西淮生出了一个可怕的怪物弥诺陶洛斯。

珀伽索斯

珀伽索斯是一匹飞马，是波塞冬与蛇发女妖墨杜萨所生。当英雄珀尔修斯割下墨杜萨的头颅时，从她的脖颈里生出了珀伽索斯。珀伽索斯刚出生后不久，在赫利孔山上踏了一步，一股清泉奔涌而出。此泉似是神圣的灵感源泉，后被献给缪斯女神。

▼ 恺撒·范·埃弗丁恩《帕那萨斯山上的四位缪斯女神与珀伽索斯》，1650年，布面油画，340厘米×230厘米，海牙豪斯登堡宫。

这件事和飞马的魔力引起了很多人的猎奇心理，他们都想捕到珀伽索斯，但从未如愿。然而科林斯的王子柏勒洛丰着魔般地想要驯服珀伽索斯。

柏勒洛丰听从一个预言家的指示，在雅典娜神庙里度过了一晚。黎明时分雅典娜现身，手上拿着一副金制马笼头，并告诉他用这个就可以驯服珀伽索斯，事实确如女神所说。这匹温驯的马成了柏勒洛丰的得力助手，它帮助柏勒洛丰打败了亚马孙人和可怕的怪兽喀迈拉。

一次，志得意满的柏勒洛丰想去奥林匹斯，但可能是因为珀伽索斯不愿意靠近众神，或者是因为宙斯想要给柏勒洛丰一个教训，柏勒洛丰从马背上跌了下来。之后因为众神不愿意接受他，他只能在世界上漫无目的地流浪。而珀伽索斯则留在了奥林匹斯的马厩里，变成了宙斯施放雷电时的交通工具。后来，它被宙斯变成了飞马座，由四颗明亮的星星组成。

珀涅罗珀

对于珀涅罗珀而言，最好的策略就是白天织好一部分裹尸布，晚上再拆掉它们，这就是“珀涅罗珀织布”的出处。这个词用来形容无休止的工作。

珀涅罗珀

珀涅罗珀是伊萨卡国王奥德修斯之妻，两人育有一子，名为忒勒玛科斯。当初她的丈夫出发前往特洛伊时，她就知道自己会数年独守空房，但她仍然靠着忠贞的爱度过了那段时间。

特洛伊战争结束之后，奥德修斯耽搁了整整十年才回到祖国。他多年音讯全无，伊萨卡岛开始盛传他已死亡。珀涅罗珀也因此受到许多追求者的骚扰，因为谁娶了她就意味着谁能获得全希腊最富庶的地区的王位。

珀涅罗珀不相信奥德修斯已经死了，因此拒绝和别人结婚。她想出了一个方法来逃避追求者——给奥德修斯年迈的父亲拉厄耳忒斯织裹尸布。同时她语气坚决地对追求者们说，在裹尸布织完前她绝不会嫁给任何人。

珀涅罗珀的追求者们接受了这个期限。每天晚上，珀涅罗珀都会拆掉白天织好的部分，以便争取更多的时间。然而这种伎俩并不能无限期使用。三年后，一位侍女识破了珀涅罗珀的骗局，并在她的追求者面前揭露了真相，因此他们决定强迫她做出决定。

恰巧在这时候，奥德修斯成功地抵达了伊萨卡的海岸。他打扮成乞丐来到王宫，乞求王后的接待，而此时王后正为选择新丈夫一事而苦恼。

在儿子忒勒玛科斯的建议下，珀涅罗珀决定嫁给那个可以拉开奥德修斯弓箭的人。追

▼ 威廉－阿道夫·布格罗《中断的工作》，1891 年，油画，100 厘米 ×163.5 厘米，马萨诸塞州阿默斯特学院米德艺术博物馆。

求者们一个接一个地尝试着拉开奥德修斯的弓箭，但无一成功。扮成乞丐的奥德修斯躲在角落里目睹了全过程。奥德修斯上前拉开弓箭，并在妻子的追求者面前亮出了自己的身份，然后在儿子忒勒玛科斯的帮助下杀掉了那些追求者。

珀尔修斯

珀尔修斯是宙斯和达那厄的儿子。曾有神谕告诉达那厄的父亲阿克里西俄斯，达那厄的儿子将杀死他。于是阿克里西俄斯把达那厄锁在塔楼里，不让任何男人接近她。宙斯不顾达那厄父亲的阻拦，占有了达那厄，达那厄因此而受孕。

▼ 卢卡·焦尔达诺《战胜墨杜萨的珀尔修斯》，1698 年。

珀尔修斯出生后，阿克里西俄斯把他们母子俩人赶出了领地，但是在宙斯的帮助下，他们乘船到了一个岛上，并被渔夫狄刻提斯所救。狄刻提斯带他们去见了当地的国王波吕得克忒斯。珀尔修斯在那里备受关怀，长成了一位英俊潇洒的战士。

当时，波吕得克忒斯被达那厄所吸引，但是他知道自己对达那厄的追求肯定会遭到珀尔修斯的阻挠。于是他宣称自己打算和希波达弥亚结婚，按照传统，他询问宾客们打算送给自己什么礼物。其他人都说会送给他一匹马作为礼物，但高傲自大的珀尔修斯许诺说，他会把蛇发女妖墨杜萨的头作为礼物献给国王。

这个危险的决定令波吕得克忒斯兴奋不已，因为任何一个看到墨杜萨的人都会变成石头。更何况这意味着珀尔修斯要离开很久，或许还会死在墨杜萨手上。这样的话波吕得克忒斯就可以轻而易举地得到达那厄了。在其他版本的神话里，波吕得克忒斯强迫珀尔修斯去完成这个任务，否则就要侮辱他的母亲。

珀尔修斯超凡的勇气得到了众神的赞赏，而且他毕竟是宙斯的儿子，因此一路上得到了许多神的帮助。哈得斯送给他一件隐形斗篷；赫耳墨斯赐给他一双翅膀帮助他极速飞行；雅典娜送给他一副银盾牌，通过这副反光的盾牌他可以得知墨杜萨的位置，这样就可以避开她的目光了。最后珀尔修斯还从赫菲斯托斯那里得到了一把名为“阿耳佩”的绝世好剑，此剑是用青铜和钻石制作而成的。另有说法认为，只有雅典娜和赫耳墨斯帮助了珀尔修斯，他们送给他一把镰刀以便割掉墨杜萨的头颅。此外，珀尔修斯从几个宁芙那里得到了翅膀，她们还送给他一只皮袋用来保存墨杜萨的头颅。

▲ 墨杜萨的头颅浮雕。

珀尔修斯首先动身去寻找蛇发女妖的姐妹格赖埃。格赖埃是几个可怕的独眼处女巨人，她们生来就很老，共用一只眼睛和一颗牙齿。珀尔修斯打掉了她们的眼睛和牙齿，并许诺说如果她们告诉自己蛇发女妖的位置，就把眼睛和牙齿还给她们。格赖埃一开始根本不愿意屈服于珀尔修斯，但在其严厉的威胁下，她们不得不重新考虑了自己的决定。最后她们还是告诉了珀尔修斯女妖们的下落。珀尔修斯信守承诺，把眼睛和牙齿还给了她们。

珀尔修斯立即动身去了蛇发女妖们的藏身地。他小心翼翼地不去直视任何一位女妖，而是看着雅典娜赐给他的那副盾牌上墨杜萨的镜像，随后用宝剑阿耳佩杀死了墨杜萨。墨杜萨的鲜血中诞生了飞马珀伽索斯和巨人克律萨俄耳，在赫耳墨斯头盔的帮助下，珀尔修斯成功脱身。

珀尔修斯完成壮举后开始返程。路过毛里塔尼亚的时候，他遇到了巨人阿特拉斯。珀尔修斯请求在此落脚，但阿特拉斯对他十分嫌恶，因为一条古老的神谕称，宙斯的一位后代将会伤害他。于是，珀尔修斯就给他看了墨杜萨的头，把他变成了一座山。

后来珀尔修斯在飞经依索匹亚的时候，从天上看到了一位美丽的姑娘被锁在礁石上。这个姑娘叫作安德洛墨达，她为了保护自己的国家而被锁在这里献祭。

珀尔修斯向安德洛墨达和她的国家保证，自己会救出她，条件是让她与自己成婚。安德洛墨达的父母答应了这个要求。珀尔修斯与威胁这个国家的海怪经历了一场恶战，不久就取得了胜利。

珀尔修斯与安德洛墨达满心欢喜地举行了婚礼，菲纽斯也出席了婚礼，他是安德洛墨达的父亲克甫斯的兄弟。菲纽斯想要登上王位，因为他早已打算和安德洛墨达结婚。同他一道来的还有许多身着铠甲的勇士，但是珀尔修斯神态自如，向他们亮出了墨杜萨的头颅，把他们都变成了石头。

▼ 珀耳修斯在展示墨杜萨的头颅。

后来尽管克甫斯和他的妻子不愿意和女儿安德洛墨达分开，但珀尔修斯还是带着安德洛墨达回到了塞里福斯岛。

四年后珀尔修斯再次回到了祖国，在雅典娜神庙里，他遇到了自己的母亲达那厄和她的救命恩人——渔夫狄刻提斯，他们为了躲避波吕得克忒斯不得不藏身于此，因为波吕得克忒斯已然成了一个专横独断的暴君。珀尔修斯得知此事后就把墨杜萨的头颅拿给国王看，然后成功地杀死了波吕得克忒斯。狄刻提斯就这样成了国王，而达那厄成了王后。

珀尔修斯把众神送给他的礼物完璧归赵，然后把墨杜萨的头颅献给了雅典娜。最后他决定动身前往阿耳戈斯，因为他的母亲来自阿耳戈斯，而他自己也在那里出生。珀尔修斯的外祖父阿克里西俄斯因为神谕而十分担忧自己的性命，当他知道珀尔修斯要回来的消息后，便伪装成异域老人逃去了色萨利。珀尔修斯一到阿耳戈斯就受到了国民们的隆重欢迎。阿克里西俄斯已经离开了，而他的兄弟普洛托斯也不知所终，于是珀尔修斯就这样登上了王座。

后来，珀尔修斯参加了体育比赛中的掷铁饼项目，以展示自己熟练的技能。但不幸的是他击中了一位老人，后来才发现那竟是他的外祖父。珀尔修斯惊恐万分，为了赎罪，他把王位让给了叔叔普洛托斯的儿子迈卡本德斯。然而后者无法胜任，因此珀尔修斯不得不再次登上王位。

珀尔修斯同安德洛墨达一起治理阿耳戈斯，两人生下了许多健壮的孩子，幸福地生活在一起。这些孩子包括：佩耳塞斯、迈锡尼、阿尔开俄斯、斯忒涅洛斯、赫利厄、墨斯托尔、厄勒克特律翁和戈尔戈福涅。他的后代中还出现了大英雄赫拉克勒斯。珀尔修斯死后，众神给予他极高的荣耀，把他化为一个钟形星座安置在了天穹中，与他的爱人安德洛墨达变成的仙女座相伴。

皮格马利翁

皮格马利翁是塞浦路斯的一位国王，他统治期间以善良和智慧闻名于世。在处理公务的空闲期，他最喜欢的娱乐活动就是雕刻。他如此沉迷于雕塑以至没时间寻找一位妻子来组建家庭。尽管臣民们都在催促他娶妻，但皮格马利翁还是醉心于艺术，常常工作到凌晨时分。

有一天他想要创造一个前所未有的最美的女性雕塑，因此他不眠不休地向着这个目标努力。完成雕塑后，皮格马利翁给她配上了最好的珠宝，并给她起名为伽拉忒亚。皮格马

皮格马利翁

另一个版本的传说中皮格马利翁更年轻一些，而且阿芙洛狄忒很同情他的爱情遭遇，就让他吻了一下雕塑。伽拉忒亚就在这一刻因为她的创造者的痴迷而变成了一个真正的女人。

◀ 巴龙－让・巴蒂斯特・勒尼奥《最初的雕像（皮格马利翁和他的雕像）》，1786 年，油画，120 厘米 ×140 厘米，巴黎凡尔赛宫。

让·拉乌《皮格马利翁》，
1717 年，油画，134 厘米 ×100 厘米，
蒙彼利埃法布尔博物馆。

利翁不断地打磨雕塑，使其臻于完美，结果他自己爱上了这座完美的雕塑。

后来在纪念阿芙洛狄忒的聚会上，皮格马利翁恳求女神把伽拉忒亚变成一个真正的女人，这样自己就可以正大光明地爱她了。这个请求震惊了周围的一众宾客。女神施法后，皮格马利翁迫不及待地跑向了自己的雕塑，他看着她的面色逐渐变得红润，又慢慢地走下了石座，并微笑着向她的创造者走来。

皮格马利翁问她愿不愿意做塞浦路斯的王后，伽拉忒亚说当他的妻子就足够了。没过几天，两人就成婚了，阿芙洛狄忒也以凡人的样貌出席了这场婚礼。

他们两人的婚姻十分美满，并生下了几个孩子，其中就有帕福斯。从此，塞浦路斯城就格外重视献给阿芙洛狄忒的祭品，总是给她最高的礼遇。

波吕斐摩斯

独眼巨人波吕斐摩斯是波塞冬和托俄萨的儿子，他长相骇人，满脸皱纹，浓密的胡须下面是一张几乎要咧到耳边的大嘴。虽然他是个牧羊人，但是他总是热衷于抢掠、欺骗人类。他喜欢把人带到自己的洞穴里，然后活活吞下他们。

奥德修斯是唯一一个可以骗到他的人。返乡途中的奥德修斯到达独眼巨人们所居住的西西里岛的时候，被波吕斐摩斯关了几日。独眼巨人每晚会吃掉他的两个同伴。机智的奥德修斯成功地用一杯酒灌醉了巨人，然后和他的同伴用火把弄瞎了他唯一的一只眼睛。波吕斐摩斯开始惊声怪叫，其他的独眼巨人赶过来帮他。见他如此哀号，他的兄弟们问波吕斐摩斯是否

▼ 安尼巴莱·卡拉奇《波吕斐摩斯攻击阿喀斯和伽拉忒亚》（局部），1600 年。

普罗米修斯

普罗米修斯的神话与人类的诞生和文明的创造息息相关。

有人伤害过他，他们得到的回答是“没有人”。于是独眼巨人们就离开了，他们并不知道奥德修斯曾对波吕斐摩斯说过自己的名字叫“没有人”。第二天早上奥德修斯和其他幸存者藏在波吕斐摩斯的羊群的肚子下面逃出了洞穴。

波吕斐摩斯深爱着伽拉忒亚，但却没有得到她的回应，于是他就杀掉了伽拉忒亚的心上人阿喀斯。

普罗米修斯

提坦神普罗米修斯是伊阿珀托斯和海洋宁芙克吕墨涅的儿子，但也有说法认为他是忒弥斯的儿子。他和他的兄弟厄庇墨透斯负责创造人类和动物，并为他们提供一切生存必需品。

▼ 简·寇西斯《带来火种的普罗米修斯》，1636—1638 年，油画，182 厘米 ×113 厘米，马德里普拉多博物馆。

厄庇墨透斯首先创造了动物，他赋予了动物们许多特质，比如勇气、力量和速度，以及其他生存所需的身体结构（羽毛和爪子等）。然而，厄庇墨透斯还得创造一种高于这些动物的生灵，但是他已经用光了所有的资本，没有什么可以给予的了。于是他向兄弟普罗米修斯求助。

为了让人类高于其他动物，普罗米修斯决定赋予他们一种更高贵的物质——直立行走。普罗米修斯还从太阳车那里得到了火种，并把它当成礼物送给了人类。火无疑是普罗米修斯能够送给人类的最宝贵的礼物了。然而这惹恼了宙斯，因为普罗米修斯为了给人类谋福利使用了神专享的元素——火。因此宙斯命令他的儿子赫菲斯托斯用黏土制作了一个女人，并起名为潘多拉。

潘多拉被赋予了诸多才华和美德，

并被宙斯送给普罗米修斯做妻子。然而普罗米修斯不相信敌人的好意，完全无视潘多拉。但他的兄弟未抵挡住美色的诱惑，打开了潘多拉带来的盒子，从此给世界带来了不幸。

普罗米修斯想要以牙还牙报复宙斯，因此他宰杀了两头牛，然后把食物分成两部分：一部分是牛身上可食用的部分（包括内脏），但是他用牛肚盖住了所有的东西；另一部分是用动物毛皮盖住的骨头。之后他让宙斯选择，宙斯说他想要毛皮那部分。在发现自己上当之后，宙斯恼羞成怒，命令赫耳墨斯把普罗米修斯锁在高加索山上，并让一只鹰吞食他的内脏，如此持续三万年。但普罗米修斯并不会因此而死亡，因为他的内脏不久就会恢复原样。这样的折磨一直到赫拉克勒斯杀死了那只鹰，救下了普罗米修斯才结束。

普罗米修斯赋予了人类劳作的能力，并教会了人们畜养家畜和摘取可食用的果子的诀窍。因此希腊人认为奥林匹斯诸神非常嫉妒普罗米修斯，因为他极大地推动了人类生生不息的步伐。

普赛克

普赛克是亚细亚国王的三个女儿中最小的一个。她的美貌绝世无双，但是性格尖酸刻薄。由于从小被父母溺爱，所以她对一切都心怀不满，甚至连她的喜好都像风一样变化无常。普赛克的追求者来自世界各地，但她根本就不给他们见面的机会。有一天来了一位英俊机智的年轻王子，他深爱着公主，却也一样被拒绝了。这位王子实际上是厄洛斯，他已经想出了获得普赛克芳心的方法。

厄洛斯发现公主最大的弱点就是好奇心太大，因此他竭力给自己营造出一种神秘感。他建造了一座巨大且豪华的宫殿，里面各种东西应有尽有，可以满足来访者的任何需求，这成功地吸引了普赛克的注意。公主刚进门，就听到一个声音说她是这个宫殿唯一的女主人，在这里她可以随心所欲。

普赛克

阿普列尤斯在《金驴记》（即《变形记》）中精彩地讲述了普赛克的故事，这个故事在古典神话中享有重要地位。因为这是一个发生在神和凡人之间的爱情故事，而且它并不仅仅局限于激情、情欲和外表，而是有着精神层面的背景——普赛克是灵魂的拟人化。

▲ 弗朗索瓦·热拉尔《普赛克和丘比特》，1798年，油画，186厘米×132厘米，巴黎卢浮宫。

公主没有任何怀疑，立刻索要各式各样的礼物。她惊奇地看着一大群仆人为她准备布料、香水和食物。

白天厄洛斯不会出现，一到晚上他就穿过草地来到普赛克身边，并不断要求普赛克向他保证她不会和别人结婚。当太阳从地平线上升起时，厄洛斯就悄悄地离开了，一如他悄悄地出现。公主一直无法看清他的面容，出于好奇她想要查出是谁用这些礼物讨自己的欢心。她跑去问自己的姐姐，她们都说这个家伙可能是一个怪兽，最后会夺去她的性命。

在家人的建议下，一天晚上，普赛克拿着一盏灯和一把匕首来到了宫殿里，以防那人是一个怪物。当厄洛斯在爱人普赛克身边安然入睡时，普赛克点燃了灯，却惊讶地发现自己的这个追求者不是什么可怕的怪物，而是风华正茂的厄洛斯——最俊美的神之一。欣喜若狂的普赛克不小心把灯油洒在了厄洛斯脸上，惊醒了她的爱人。当普赛克要熄灯时，厄洛斯惊讶地注视着她，随后冷酷地说道，他的身份已经暴露，他们不能再在一起了。话音刚落，宫殿就消失了。普赛克发现自己正孤零零地置身于沙漠中，只听到一泓清泉潺潺流动的声响。

普赛克本想就地自尽，但是水流把她送到了岸边。绝望之下，她只好去请厄洛斯的母亲阿芙洛狄忒的神谕。但是女神很反感她使自己的儿子陷入爱河，不但没有帮助她，反而

▲ 恩斯特·克里姆特《普赛克和潘》，1892 年，油画，121 厘米 ×88 厘米，私人收藏。

让她去完成一系列低贱的工作。普赛克为了弥补自己的罪过竭尽全力完成了所有的任务。

她的第一个任务是从四条龙看守的泉水边盛满一罐泥水；之后她得爬上山顶去剪一些绵羊的毛；接着她得赶到哈得斯的王国，向普西芬尼索要她的一丝美貌，并装到一个密闭的盒子里，而且还不能打开这个盒子。普赛克成功地完成了所有的任务，但是在好奇心的驱使下她打开了盒子。就在那一刻，她的脸上布满了黑灰，一面镜子照出了她可怕的面容。看到自己容貌大变，普赛克激动之下晕了过去，她被送到了阿芙洛狄忒的神坛前。精疲力竭的普赛克在那里遇到了厄洛斯，她连忙向他道歉。厄洛斯仍然爱着普赛克，他把爱人恢复原貌，并决定与她结婚。在宙斯的帮助下，他们两人永远地生活在一起。

喀迈拉

喀迈拉是提丰和厄客德娜的孩子，是古代世界最可怕的怪物之一。在有的传说中，喀迈拉拥有三个头颅：一个狮子头、一个长在背脊上的山羊头，还有一个长在尾巴上的龙头。所有的头都在喷着火。柏勒洛丰是唯一一个能打败喀迈拉的英雄。

塞壬

塞壬

尽管塞壬居住在海洋里，她们却拥有鸟的身体和女人的头颅，而没有鳍和翅膀。

塞壬，类似于宁芙，她们住在西西里岛的海底、皮鲁斯海角附近。她们是卡利俄珀和河神埃克罗厄斯的女儿，但也有版本称她们是原始海神蓬托斯和地母盖娅之女。在不同神话版本中塞壬的数目也不同，有的是三个，有的是五个，甚至还有的是八个。

塞壬虽然住在海洋里，但却拥有鸟的身体和女人的脸庞，不过她们没有鳍，也没有翅膀。塞壬最主要的特点是拥有甜美的嗓音，能唱出动人的歌，每次有船只靠近，她们都会用歌声加以引诱。船员们因为过于沉迷于她们的歌声，纷纷跳进海里想要听得更清楚一些，最后都淹死在海里。

然而，如果有一个人听了塞壬的歌声却没有被她引诱，那么这个塞壬就不得不面临死亡，没有被她引诱的人中就包括奥德修斯。当奥德修斯远航返乡时，为了抵挡塞壬的诱惑，他命令船员们听从喀尔刻的建议，以蜡封耳，这样他们就听不到塞壬的歌声了。同时奥德修斯还把自己绑在了桅杆上，因为只有他能听到歌声。

▼ 约翰·威廉姆·沃特豪斯《塞壬》，1892—1900 年，油画，96.52 厘米 ×66.68 厘米，伦敦皇家艺术研究院（伯林顿府）。

奥德修斯的船员们都听不到塞壬的歌声，所以没有受到一点儿影响，这与听见歌声后恳求船员放开自己的奥德修斯形成了鲜明的对比。但是因为他的船员们听不见他的恳求，他只能被困在桅杆上老老实实地欣赏音乐，因此塞壬帕耳忒诺珀必须面临死亡。

帕耳忒诺珀死后，海浪将她托到海滩上，人们隆重地埋葬了她。在她葬身之处，人们建起了一座神庙，庙旁矗立起一座名为帕耳忒诺珀的小镇，后来这里被叫作“那不勒斯”。

另外一个传说称阿耳戈号的英雄们也成功地避开了塞壬的诱惑。因为他们的同伴俄耳甫斯的歌声更加美妙，以至于塞壬的诱惑完全不起作用。

西绪福斯

西绪福斯是埃俄罗斯和厄那瑞忒的儿子，是科林斯城（当时被称作“艾菲拉”）的建立者和统治者。西绪福斯的智慧使他一生受益匪浅，但由于他在行事上有时很不道德，因此人们有时候将他视为盗贼。

西绪福斯有一个邻居名叫奥托吕科斯，他非常向往艾菲拉城的繁荣。有一次奥托吕科斯偷走了西绪福斯的羊群。西绪福斯一开始并不在意自己的损失，但是后来他的一些牲畜又不见了。这次他直接找到了奥托吕科斯，指责他是小偷。为了证实自己的观点，西绪福斯一只只地去检查奥托吕科斯羊圈里的绵羊，然后发现许多羊的蹄子上都出现了“奥托吕科斯偷了我”这句话。

奥托吕科斯很欣赏西绪福斯的才智，想把自己的女儿安提克勒亚嫁给他，并希望他们的后代能拥有和西绪福斯一样的智慧。但是这样的话，他就得先取消第二天即将举办的安提克勒亚与她的追求者拉厄耳忒斯的婚礼。当时安提克勒亚已经和拉厄耳忒斯结合，生出了英雄奥德修斯。不过后来西绪福斯又和墨洛珀结婚了，两人育有四子：格劳科斯、奥勒尼托、泰桑德罗和哈耳墨。

▼ 提香《西绪福斯》，1548—1549年，油画，237厘米×216厘米，马德里普拉多博物馆。

西绪福斯

阿尔贝·加缪从西绪福斯的神话中得到灵感，写出了同名随笔。加缪在文章中从荒诞主义的角度分析了人生的痛苦。

然而，机灵的西绪福斯还是惹恼了宙斯。事情的来龙去脉是这样的：宙斯爱上了宁芙埃伊纳，并打算劫走她。埃伊纳的父亲伊索普斯来到科林斯城，想让西绪福斯帮他找到女儿或者至少给出一些暗示。西绪福斯目睹了宙斯劫走埃伊纳的全过程。他对伊索普斯说："如果你能在科林斯城内变出一泓清泉，我就告诉你劫犯的名字。"河神伊索普斯愉快地答应了，而西绪福斯也说出了宙斯的名字。

为了惩罚西绪福斯的告发，宙斯决定判处他死刑，并把他送到了死神塔那托斯那里。

然而，西绪福斯成功地锁住了塔那托斯，他不仅摆脱了自己的死亡，还使得很长一段时间里都无人死亡。最后宙斯不得不亲自救出了塔那托斯，但最终西绪福斯还是未能逃脱死亡的惩罚。

但是西绪福斯又想到了一条脱身的好计谋。他告诉妻子在他死后不要埋葬他的尸体。他到了地狱以后，就向冥王哈得斯抱怨自己的家人未能埋葬自己。然后恳求哈得斯让自己回到人间，以便通知自己的好友为自己举行葬礼。冥王答应了他的请求，但让他尽快回来。然而西绪福斯到了人间就开始宣称众神可欺，而且不打算再回到地狱了。

最后赫耳墨斯（一说忒修斯）把他带回了地狱。在那里西绪福斯受到了残酷的惩罚：他要把一块巨石从山底推到山顶，但接近顶峰时巨石会滚落下来，他又得从头再来。这项惩罚永无休止，直到俄耳甫斯来到冥界唤回妻子欧律狄刻的灵魂时，他才停止了工作。

忒修斯

忒修斯是雅典城的大英雄，是雅典国王埃勾斯和阿耳戈利斯地区的特雷森公主埃特拉的儿子。忒修斯住在外祖父的宫殿里，由母亲抚养成人，因此在少年时代他就发誓一定要找到父亲。在他的坚持下，埃特拉向他讲述了自己与埃勾斯婚后的爱情故事，并把他带到一条路中间，让他抬起一块巨石。忒修斯抬起巨石后发现下面藏了一把剑。佩戴好后他才知道这把剑曾属于埃勾斯，埃勾斯留下这把剑是为了未来能与自己的孩子相认。

忒修斯带着父亲留给他的武器，向雅典出发了。一路上他遇到了许多强盗和怪物，但最后忒修斯还是到达了雅典，并准备与身为国王的父亲相认。但此时国王完全受他第二任妻子美狄亚摆布，因为美狄亚向他保证可以治好国王的不育之症。当忒修斯独自到达首都阿提卡时，被美狄亚认出。她意识到忒修斯的存在对自己的威胁，于是决定在宴会上毒死忒修斯。然而，忒修斯在吃饭时用自己的剑切开肉，恰好被埃勾斯看到了，国王认出了自己的儿子。埃勾斯又发现，除了美狄亚以外所有人都很开心，便怀疑妻子背叛了自己。埃勾斯决定把她赶出雅典。

当忒修斯得知雅典要给米诺斯送上珍贵的祭品时，顿时火冒三丈。雅典不得不给米诺斯国王献上来自贵族家庭的七个童男和七个童女，作为避免战争的贡品。这些人到达克里特岛后会被当成食物献给可怕的怪兽弥诺陶洛斯。

▼ 艾芙琳·德·摩根《纳克索斯岛的阿里阿德涅》，1877 年，油画，60.3 厘米 ×99.7 厘米，伦敦德·摩根中心。

忒修斯询问了雅典进贡的原因才知道事情的来龙去脉。米诺斯国王的儿子死于雅典国王埃勾斯之手后，前来复仇的克里特军队包围了雅典城。饥荒和瘟疫眼看就要摧毁雅典城，而拯救城市的唯一办法就是向克里特国王进贡。

在克里特的使者赶来接收祭品时，忒修斯坚持要加入供奉的队伍。他的父亲确信他不会生还，苦苦哀求他改变心意，但最终还是拗不过心意已决的忒修斯。埃勾斯恳求忒修斯带上两种帆以便返程的时候用。若是功成而返，就挂上白帆；若是事败身亡，就挂黑帆。

年少轻狂的忒修斯带着与生俱来的傲慢抵达了克里特，并博得了米诺斯与帕西淮的女儿阿里阿德涅的芳心。当她得知忒修斯的来意后，决定助他一臂之力。忒修斯想进入关着弥诺陶洛斯的迷宫并杀死它。那个怪物很危险，逃离迷宫更是不可能的，因为迷宫的设计十分复杂。

▶ 洛朗·德拉·海尔《忒修斯和他的母亲埃特拉》，1635—1636 年，油画，141 厘米 × 118.5 厘米，布达佩斯美术博物馆。

忒修斯在入口处拿到了一个线团，并用线来标记路线，最后成功地进入了弥诺陶洛斯所在的迷宫。在绕了许多弯路后忒修斯终于来到了怪物面前。忒修斯什么武器也没有——除了自己的聪明才智。他引得怪物追着他不停地奔跑，并趁其疲惫之际赤手空拳夺去了它的性命。之后忒修斯沿着线团标记的路线走出了迷宫。

▲ 阿伊索内画家作品，基里克斯杯（忒修斯在类似于神庙的迷宫里拖拽弥诺陶洛斯），马德里西班牙国立考古博物馆。

忒修斯、阿里阿德涅还有陪他一起来的雅典的年轻人们立刻动身离开了克里特海岸。但一场暴风雨使他们迷了路，他们被迫来到了纳克索斯岛。身体不适的阿里阿德涅在此下了船。大风将船吹离了小岛，这些人也因此被迫分离，阿里阿德涅无法再追随忒修斯了。

当远征队凯旋时，他忘记了应挂上白帆宣告胜利。埃勾斯每天都遥望海平线，当他看到黑帆的时候以为自己的儿子已经死了，因此就绝望地投海自尽了。当忒修斯到达海岸时，正好遇到了父亲的葬礼和自己的登基典礼。就这样他当上了雅典的统治者，并把当时松散的十二个城市联合起来建立了雅典城邦。

特伊西亚斯

特伊西亚斯出生于忒拜，是住在智慧女神宫殿里的宁芙卡利克蕾亚的儿子。虽然双目失明，但特伊西亚斯却是全希腊最有名的先知。他并非先天失明，而是因为撞见了雅典娜洗浴而被女神弄瞎的。作为补偿，雅典娜赐予了他预言的能力，并送给了他一根可以脱困的魔杖。

另一个传说则称特伊西亚斯在某段时间内曾被变成女人。当时宙斯和他的妻子赫拉争论在性爱中男方和女方哪一方更加快乐，而特伊西亚斯毫不迟疑地回答道：“当然是女人，而且比男人快乐九倍！”赫拉因此大发雷霆，把他变成了瞎子。作为补偿，宙斯许诺给他漫长的寿命，因此特伊西亚斯活到了两百岁。

▲ 约翰·海因里希·菲斯利《献祭时出现在奥德修斯面前的特伊西亚斯》，1870—1875年，水彩，蛋彩画草图，91.4厘米×62.8厘米，维也纳阿尔贝蒂娜博物馆。

特伊西亚斯在躲避追随者们的战争时离世。他是唯一一个在冥界还保有预言能力的预言家。在他的子女中，只有曼托继承了他的预言能力。

金羊毛

伊阿宋领导一群年轻人出发寻找金羊毛的故事是古典神话中最有名的探险故事之一。这些年轻人被称为阿耳戈号英雄，他们寻找金羊毛的故事在古代世界里被人津津乐道。

伊阿宋想要夺回王位，他的叔叔为此提出了两个要求：一是带回佛里克索斯的骨灰，佛里克索斯是他们的一位死在科尔喀斯的先祖；二是带回科尔喀斯的金羊毛。伊阿宋下令建造一艘船，也就是阿耳戈号。为了得到神的护佑，阿耳戈号出发前，伊阿宋和其他阿耳戈号英雄向阿波罗献祭。这是一段漫长的旅程，他们一路上走过了许多地方。阿耳戈号英雄首先到了利姆诺斯岛。岛上所有的女人都是单身，因为阿芙洛狄忒曾诅咒岛上所有的男人，使他们散发出难闻的臭气。因此女人们先是拒绝他们，然后杀死了他们。于是阿耳戈号的勇士们便和岛上的女人们结合，以便于帮助小岛繁衍生息。

利姆诺斯岛的生活是如此愉快以至于他们在这里度过了很长一段时间，直到赫拉克勒斯强迫自己理智地提醒勇士们，他们才继续航行。当伊阿宋告诉利姆诺斯岛的女王许珀茜伯勒他们要重新启程的时候，女王乞求他们不要离开。许珀茜伯勒甚至愿意把王位让给他，但伊阿宋并没有接受。

接下来他们到了萨莫色雷斯岛，在那里俄耳甫斯建议他们前往神秘的地区。因此他们去了杜利奥纳人的基齐库斯岛。在那里他们受到了极高的礼遇，但勇士们第二天就再度

金羊毛

阿耳戈号远征是古代最负盛名的事件之一，为全希腊人所熟知。有大概五十三位王子参加了此次远行。

启程了。

然而一场暴风雨又将他们带回了基齐库斯岛，可是周遭的黑暗使他们无法辨别所抵达的地方。岛民们也没认出阿耳戈号，以为他们是海盗，双方展开了混战。混战中，伊阿宋杀死了杜利奥纳人的国王。天亮时分，阿耳戈号的勇士们发现了昨晚事情的真相。为了纪念国王，悲痛的勇士们决定为他举行一场持续三天的葬礼，并在丁堤墨山上竖起了一座瑞亚的雕塑。在这期间，勇士们还得保护船只免受六臂巨人们的袭击，好在赫拉克勒斯迅速打败了那些巨人。伊阿宋不在时，赫拉克勒斯负责指挥阿耳戈号。

勇士们继续航行，他们来到了密细亚的海岸。因为赫拉克勒斯的船桨坏了，所以他想在这里寻找一棵足够结实的树来制作船桨。在等待赫拉克勒斯的过程中，一个叫菲纽斯的勇士对大家说，要想渡过叙姆普勒加得斯，他们就必须放飞一只鸽子。只有跟随着鸽子飞行的方向，才可以通过那些时刻变换位置的可怕岩石。勇士们听从了他的话。他们只是受了轻伤，鸽子也只掉了几根羽毛。自此以后那些岩石就再也

阿耳戈号远征

希腊神话中所讲述的阿耳戈号远征的故事成了许多抒情诗人的灵感来源，比如说品达，还有其他三位悲剧诗人：已失传的悲剧《阿塔玛斯的悲剧》《伊庇斯比利》《阿耳戈号》和《卡庇罗》的作者埃斯库罗斯，已失传的《阿塔玛斯》《科尔基斯》《斯基特》和《里墨托莫伊》的作者索福克勒斯，以及写出了著名的《美狄亚》的欧里庇得斯。

◀ 伊拉斯谟·奎利鲁斯《伊阿宋和金羊毛》，1636—1638年，油画，181厘米×195厘米，马德里普拉多博物馆。

▲ 约翰·威廉姆·沃特豪斯《伊阿宋和美狄亚》，1907 年，油画，131.4 厘米 ×105.4 厘米，私人收藏。

没有移动过。有神谕说过，若是有一艘船成功穿过这里，岩石们就将永不移动。

在到达科尔喀斯之前，他们途经吕科斯的国家，并受到了对方的款待。吕科斯是玛丽安杜尼亚人的国王。但是舵手伊德蒙和提费斯在这里因病去世了，安赛奥顶替了他们的位置。到达目的地之后，伊阿宋觐见了科尔喀斯国王埃厄忒斯，并向他说明了来意。对伊阿宋提出的交换佛里克索斯的骨灰以及金羊毛的请求，埃厄忒斯提出了两个条件。第一个条件是伊阿宋必须把赫菲斯托斯送给国王的两头牛套在同一副犁上。这两头牛生着青铜蹄子，而且口中一直喷着火。第二个条件是他必须用这两头牛犁出一片地，然后把守护金羊毛的恶龙的牙齿播撒在地里，这么做是为了给阿瑞斯献祭。

面对如此苛刻的条件，伊阿宋不禁忧心忡忡，但他还是开始想办法完成这些任务。就在这时，他收到了来自国王的小女儿女巫美狄亚的帮助。厄洛斯听从了母亲阿芙洛狄忒的指示，使美狄亚爱上了伊阿宋。美狄亚愿助伊阿宋一臂之力，条件是伊阿宋要和自己结婚，然后带她去希腊。伊阿宋费尽周折才到了这里，而且他真的很需要金羊毛，所以尽管他并没有爱上美狄亚，但还是答应了她。

美狄亚给了他一种油膏，有了这种油膏，一天之内火和金属都无法伤害到伊阿宋。因此第一项挑战很快就完成了。至于第二项挑战，美狄亚告诉他恶龙的牙齿里会长出士兵来攻击他。破解的方法是朝他们扔石头，这样士兵们就会为了寻找始作俑者而自相残杀。

伊阿宋就这样完成了埃厄忒斯给的任务，但国王不仅不打算把金羊毛交给他，还要烧掉阿耳戈号，并杀死所有的船

女巫美狄亚

古希腊人认为女巫的魔力是如此强大以至于像宙斯和波塞冬这样的神也敌不过她们。为了占卜，她们会使用毒草、猫头鹰蛋、蟾蜍血、死人骨头，甚至还有小孩子的骨髓。如果把这些东西放进人们的迷魂汤里，就可以使人产生爱或恨，让人重焕青春或提前衰老，还有起死回生或夺人性命的效果。

员。伊阿宋发现了国王的企图，他在美狄亚的帮助下催眠了守护宝物的恶龙，并从科尔喀斯逃走了。

当科尔喀斯国王发现阿耳戈号勇士们出逃后，便开始追击阿耳戈号。勇士们听从了菲纽斯的建议，穿越伊斯忒河。聪明冷酷的美狄亚早已预料到了父亲的反应，因此为了刁难父亲，她杀害并肢解了还是小孩子的弟弟阿布绪尔托斯。她把弟弟的尸体一点点扔进海里，这样她的父亲就不得不拾起那些残肢。当埃厄忒斯收集了完整的尸体之后，就在最近的港口托梅斯为儿子举行了葬礼。阿耳戈号也因此和追兵拉开了足够远的距离。另一个版本的传说称，科尔喀斯人同他们达成了一个协议，为了换取金羊毛，美狄亚必须要留在当地的阿耳忒弥斯神庙里。然而伊阿宋和美狄亚破坏了协议并杀了国王埃厄忒斯，然后再次逃跑了。

宙斯因为阿布绪尔托斯的死而大发雷霆，为了惩罚他们，他让阿耳戈号偏离了航线。勇士们因为迷失了方向而疲惫不堪，便决定去找女巫喀尔刻来洗清罪过，平息众神的怒火。喀尔刻虽然不愿意让伊阿宋住在自己的宫殿里，但还是帮助了他。

在重返希腊的路上，他们经过了塞壬的海域。但因为俄耳甫斯的歌声比塞壬的更动听，勇士们几乎安然无恙。只有部忒斯为塞壬跳进了海里，但阿芙洛狄忒从水中救起了他，并把他带到了西西里岛。再后来他们到了科孚岛，他们的国王阿尔喀诺俄斯与科尔喀斯人有来往。美狄亚的同胞已经和阿尔喀诺俄斯说好了，如果他们的公主还是处女的话就把她送给阿尔喀诺俄斯。科孚岛的王后得知他们商议的内容后，将一切都告诉了美狄亚，于是她当晚就迫不及待地和伊阿宋结合了。而为了给波塞冬献祭，阿耳戈号被送到了科林斯。

▼ 亨利・卡格曼《美狄亚》，1868年，油画，南锡美术博物馆。

彼得・尼古拉・阿尔博《奥丁野战》

克尔特和北欧神话

▲ 花纹圆框装饰的克尔特十字，由蓝色碎砖制成。

克尔特诸神

阿迈桑

阿迈桑是高级神明群体达南神族的神明，是达南和比莱的儿子，负责保护农事（游牧文明中此为妇女和老人的工作）。克尔特诸神象征着世界运行的两大原则：以黑暗为代表的消极原则和诞生于黑暗中象征光明的积极原则。

安格斯

安格斯是达格达的儿子，与高卢神明马斯对应。他主要负责人类的情爱，以通过变成神鸟亲吻人类的方式来激发爱情。安格斯同时擅长用音乐来吸引或诱惑听者。

阿丽安萝德

阿丽安萝德是达南神族的女神，是达南和比莱的女儿、阿迈桑的姐妹。她嫁给了自己的兄弟圭迪昂，并生育了克尔特的主神鲁格。她负责守卫天穹，尤其是星座北冕座。因此高卢人称此星座为“坠落的阿丽安萝德”，意为“阿丽安萝德的城堡”。

▲ 艺术作品中的阿丽安萝德。

巴罗尔

巴罗尔是弗摩尔族的神明之一。巴罗尔的一只眼睛长在额前，另一只长在脑后。他后面的那只眼睛总是闭着，因为从那个眼睛中传出的目光可以杀人。有很多传说称，他死于自己的外孙鲁格之手。最广为流传的版本称，巴罗尔杀死了达南神族的国王努亚达，而鲁格想为其报仇。因此他悄悄靠近巴罗尔，在他后面的眼睛睁开之前，用弹弓打穿了他的脑袋。

爱尔兰的传说则更为曲折。具体内容如下：一位德鲁伊曾向巴罗尔预言称，他会死于自己的外孙之手。巴罗尔大惊失色，于是把女儿埃特尼关在托里岛上的一座塔里，并派十二个女人照顾她。

托里岛对面住着三兄弟：加维达、麦克·萨姆泰恩和麦克·基恩。两个哥哥在铁匠铺干活，弟弟则拥有一头人人羡慕的神奇高产奶牛。巴罗尔曾趁三兄弟不注意时抢走了这头神奇的奶牛。

为此，麦克·基恩对巴罗尔怀恨在心。在德鲁伊和仙女的帮助下，麦克·基恩换上女人的衣服，来到了埃特尼居住的塔门外，请求她们收留自己，并得到了她们的同意。麦克·基恩进到塔里后，仙女帮助他催眠了所有的女人，而他开始引诱巴罗尔的女儿。九个月后埃特尼为他生下了三个漂亮的孩子。得知此事后，巴罗尔怒不可遏，下令砍了麦克·基恩的头。然后让侍卫用被单把孩子裹起来，要把他们扔到海底深渊。途中，一个孩子不慎掉进了海里，随后被先

巴罗尔

一只眼睛在额前，另一只邪恶的眼睛长在脑后，并且长在脑后的那只眼睛总是紧闭着。当那只眼睛睁开时，所有被注视的人都会死去。

前的那位仙女救了起来。仙女决定把孩子托付给他的大伯加维达抚养，而加维达效力于巴罗尔。一天，巴罗尔来到铁匠铺，这个少年认出他就是杀害自己父亲和兄弟的凶手。愤怒中，少年拿起一根铁棍朝巴罗尔的脖颈砸去，杀死了他。

百勒努斯

百勒努斯源于高卢，但也被爱尔兰人所爱戴。罗马人偶尔也会拿他与阿波罗相比较。因为百勒努斯负责管理献祭的场所，而且他的名字有“光明”之意，与太阳神相似。

在艺术作品中，他常与希罗纳女神一同出现。此外，人们也常把他与格拉努斯或希安努斯等神明混为一谈。

百勒努斯

从意大利北部到高卢和不列颠都十分盛行百勒努斯崇拜。百勒努斯负责守护绵羊等牲畜。在百勒努斯的庆祝仪式上，人们会燃起纯净之火，将牲畜带到百勒努斯和他的妻子贝丽萨玛面前，之后人们就可以自由放牧了。

贝丽萨玛

贝丽萨玛是高卢的女神，名字意为“如火焰一般”。罗马人把她与罗马神话中的维斯塔（灶神）混同。贝丽萨玛是火焰的守护神，并与维斯塔贞女的崇拜密切相关。

比莱

比莱既是爱尔兰的神明，也是高卢的神明。他与蒂斯帕特尔，也就是拉丁世界的最高神有着相同的地位。高卢人的始祖就是比莱。他和女神达南结合，生育了五个子女：阿丽安萝德、圭迪昂、阿迈桑、戈伊博纽和鲁格①。

比莱

为了纪念牲畜之神，克尔特人会在 4 月 30 日这天庆祝五朔节。“五朔节”这个词的字面意思是“光芒”或是“火光”，指的是在德鲁伊的指挥下为纪念比莱而燃起的篝火。人们在这一天庆祝夏天的开始，并祈求庄稼的丰收，因为这是庄稼长势最喜人的季节。

布兰·麦克·希尔

和巴罗尔一样，布兰·麦克·希尔是弗摩尔族的神。他是希尔和伊薇德芙之子、马南南·麦克·希尔的兄弟。起初他被认为是水神，负责管理暴雨和潮汐。他体形庞大，只用两条腿就可以穿越海洋。事实上为了对抗达南神族，他步行

① 此处的鲁格是爱尔兰神话中的人物，与上页中“阿丽安萝德”标题下的鲁格不一样。

到了爱尔兰。庞大的体形使他的身躯成为连接两岸的桥梁，甚至可以承受一支军队的重量。

他习惯随身携带一口可使人起死回生的大锅。此外，他还精通竖琴，是诗人和音乐家的守护神。

作为冥界的国王，他曾与企图抢夺魔物的达南神族英勇抗争。战争中他被一支毒箭所伤，在饱受折磨之后他请求大家把自己斩首。但是他忘了让下属把自己的头和身体放进起死回生的大锅里。因此在被斩首后的八十七年间，他的头颅仍不停地说话。之后他被埋葬于伦敦的小山丘上，头部朝南。大家都觉得这座坟墓可以保护英格兰不受外敌入侵，直到后来亚瑟王挖掘了该墓。此后不列颠陆陆续续遭遇外敌的入侵。

这位神明后来被基督文化吸收，摇身一变成了大不列颠的守护神——圣布伦丹。

塞努诺斯

塞努诺斯是负责人类生育的高卢神明。他是最常出现在艺术作品中的克尔特神，也是受罗马文化影响最小的神明。

塞努诺斯

角神塞努诺斯受到所有高卢人的爱戴，人们对塞努诺斯的崇拜甚至蔓延到了不列颠。他常头戴鹿角，一只手戴着钱币装饰的手链，另一只手缠着象征性能力的长着鹿头的蛇，这是生殖之神的标志。塞努诺斯生于冬至日，与女神贝尔达涅结婚，死于夏至日。他和月亮女神交替死亡以及重生，不断循环。

◀ 刚德斯特尔普大锅内嵌板上的塞努诺斯，几乎由全银打造，并敲上了人形凸纹。

▲ 弯曲腿而坐的角神形象。

在艺术作品中，塞努诺斯通常是头上长有巨大鹿角的威严形象。他总是和象征着力量的动物，如熊和狼联系在一起。有时候，一条蛇会盘在他的鹿角上，象征多子和繁衍。其他时候，他会和一对巨大的鹿角一同出现，盘腿坐在地上。事实上他也被叫作角神。

塞努诺斯的另一项职责与夜晚和死亡息息相关。他常和自己的象征物——象征着月相的鹿角，一同出现。他的子女特乌塔蒂斯、厄苏斯和塔拉尼斯总是陪在他的身边。

据爱尔兰的克尔特神话记载，塞努诺斯死于他的孙子死神（黄昏神）之手。但实际上他并未真正死亡，而是换了个名字活着。

高卢人认为死神并未杀死塞努诺斯，而是杀死了那条一直徘徊在他身边的蛇。

高卢人十分崇拜这位神明，因此他们用夜晚而非白日来计算时间和出生日期。他们认为夜晚在白日之前发生，因此死神和夜神也理应先于光神、太阳神和生命之神诞生。

瑟赛尔

▲ 被三叶苜蓿传统绳结图案装饰的刻有圣帕特里克像的克尔特十字架。

瑟赛尔是宗教化后的爱尔兰文明中的一个传奇人物，严格来说，她并非一个女神，而是帕耳托隆登陆爱尔兰前爱尔兰民族起源的一个象征。

瑟赛尔的传说和费坦的传说一样，灵感来源于帕耳托隆和图安·马克·凯利尔的传说，并且拥有浓厚的克尔特文化特色。这两个传说大概创作于公元 10 世纪，接近爱尔兰人向入侵的斯堪的纳维亚人投降的日期。这个时期的基督教作家重新书写了源于克尔特文明的传说。

这种类型的神话传说试图将源于爱尔兰的克尔特传说与基督教的传说混同。出于这个意图，瑟赛尔被定义为比斯之女。比斯是挪亚的一个儿子，但是挪亚禁止他登上自己造的方舟，因为比斯不信奉真神（即基督教的上帝），而是崇拜一个异国的神。这个神让比斯朝着世界的最西方航行，到达一个“大洪水”无法淹没的地方。

瑟赛尔和父亲比斯一行人乘着三艘船向西出发，在海上漂流了七年零三个月，最终抵达了爱尔兰的科尔伽桂尼。三艘船中只有瑟赛尔的那艘船安全抵达，船上还有瑟赛尔的父亲比斯、另两个男人拉德鲁和费坦以及五十个女孩。

女人们分别被男人们占有，瑟赛尔被分给了费坦。他们在大洪水来临前四十天来到这里，然而当大洪水来临时，除了费坦以外，所有人都死了。据说费坦一直活到了公元551年。

| 刻南

刻南是费巴尔的儿子，是巴罗尔和布兰·麦克·希尔的兄弟，是弗摩尔族的成员。费巴尔是带领弗摩尔族与内米德人后裔作战的国王之一。

托里尼斯岛位于爱尔兰的西北端、多尼戈尔郡的对岸。刻南在那里设立了一个军事要塞，据说是一座玻璃塔，也有说法称那是一座死者堡垒。

刻南十分邪恶，他从瞭望塔上能洞察爱尔兰发生的一切，由此牢牢地控制着这里的人民。此外，他还要求人们每年进贡一次：每年十一月份的第一个夜晚，人们须在玛格塞特涅平原向他献上三分之二的新生儿以及牛奶和小麦。在这个平原上，生命消逝，死神肆意横行。

刻南的暴行最终激起了一场大叛乱。由埃尔格兰、塞缪尔和费耳古斯·雷斯德格领导的六万内米德人后裔起义，与弗摩尔族展开了激战。战争中，内米德人后裔攻下了刻南的高塔并将其杀死。弗摩尔族的另一个将领虽然没能救下刻南，却击败了内米德人后裔。大战后，仅有三十位内米德人后裔存活下来。

据《入侵记》记载，内米德人后裔先是在爱尔兰岛内逃窜，后来迫于搜捕的压力，他们离开了爱尔兰，往东边逃窜并在那里定居下来。他们形成了三大部族，其一便是不列颠

刻南

刻南要求爱尔兰人在11月的第一个晚上（对于爱尔兰人来说，这一天意味着夏季的结束，冬季的来临），在一个叫玛格塞特涅的平原上给他进贡。在那里，所有的生命都会被吞噬。

库丘林

虽然库丘林身材并不高大，但他确实是一个出色的战士：力大无比，身手敏捷。面对敌人时，他会变成另一种样子：身体长高，上半身开始转动，以便看到周围的一切。不仅如此，他的头发还会生出鲜血。暴怒时，他会杀死任何一个不幸遇到他的人。

部族，后来他们在不列颠的土地上繁衍下来，他们的后裔也因此被称为“不列颠人”。另两个部族回到了爱尔兰，一个自称为费尔博格部族，另一个自称为达南神族。

然而更古老的传说版本认为，内米德人并未留下后裔。

格雷德涅

格雷德涅是达南神族的神明，由于他也是铁匠，所以有时也会被误认为是罗马神话中的火神伏尔甘。格雷德涅是青铜器工匠，负责打造剑柄和剑上的浮雕，而固定矛头和盾牌边缘的铆钉则由工匠戈伊博纽负责。

库丘林

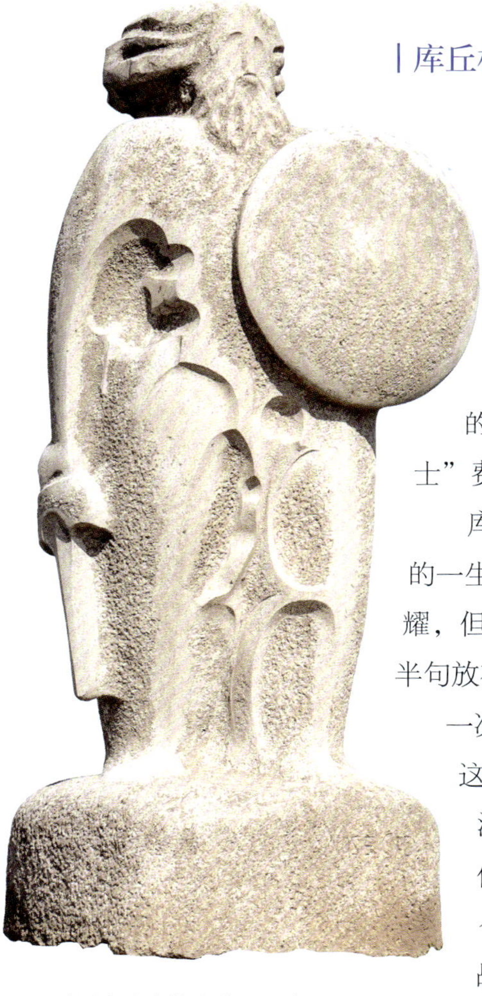

▲ 神话中克尔特人的国王布雷奥刚的塑像。

库丘林是克尔特神话中的英雄，是德克蒂内和苏阿泰恩的儿子。有时候，他也会被认为是鲁格的儿子。在某场战役中，他甚至代替鲁格上战场。

有五个人负责养育库丘林：他的阿姨芬德丘恩；在他出生后不久就娶了芬德丘恩的“和平者”森查，他是争斗的调停者；爱尔兰至死不渝的守护者——“好客者”布莱；负责保护他的“勇士”费鲁斯；以及智慧、雄辩的“诗人”阿玛尔海因。

库丘林在他七岁的时候，就已经得知自己将度过辉煌的一生。因为一位德鲁伊曾预言，库丘林将获得永恒的荣耀，但是会英年早逝。这位英勇的少年并没有把预言的后半句放在心上。

一次战斗中，敌人正在攻击城门，国王的士兵无法抵抗这些残暴的敌人，而库丘林居然单枪匹马击退了敌人。涅刻特的儿子曾重创乌拉斯的军队，库丘林因此向他们发起了挑战，最终杀了涅刻特的三个儿子：一个最狡猾，善于躲避袭击；一个只有出其不意才能战胜；最后一个速度最快，可以在水上像鱼一样游动。在这之后，库丘林还徒手杀死了库兰的猛犬。

▲ 约瑟夫·克里斯蒂安·莱恩德克尔《库丘林驾着马车冲向战场》，1911 年。

他是一位强壮的战士，也是一位风流的青年。从弗加尔之女埃梅尔，到女战士斯伽萨克的女儿乌阿萨克，再到乌阿萨克的对手阿伊发，他总能称心如意，直到他遇到了女王梅德布。出于对他的蔑视的报复，女王骗他吃下了狗肉（他早已发誓不吃狗肉）。他因违背誓言而招致许多祸端，最终死于涅刻特的孙子卢加特之手。

▲ 约翰·柯里尔《莉莉斯》，1892 年，油画，英国绍斯波特阿特金森艺术画廊。

达格达

达格达是最为人熟知的达南神族的成员之一，他是安格斯的父亲，布里特的兄弟。他被认为是“众神之王”，因此理论上来说他是最高的神。然而这个问题还存在争论，因为在爱尔兰神话中，鲁格的地位似乎比达格达要高。

达格达是大地和丰收之神，他可以让人类赖以生存的食物，比如小麦和牛奶减产。当人们与神作对时，比如当人们与达南神族大战时，达格达就曾使敌人的粮食减产，直到后来双方达成了和平协议，生产才得以恢复。

虽然达格达爱好和平，但有一次他还是与鲁格结盟，抗击弗摩尔族。

达格达有一把魔法竖琴，在战争中被敌人偷去了。为了拿回竖琴，达格达、鲁格和欧格玛进入了弗摩尔人躲避的山洞。达格达朝他的竖琴喊道：“过来！”竖琴立即从墙上滑落，飞到主人的身边。它的速度是如此之快，以至于在这个过程中杀死了九个人。

达格达等三人利用魔法竖琴，安然无恙地离开了弗摩尔人的聚集处。具体过程如下：达格达拨动了竖琴，听到琴声的人开始哭泣、呻吟，之后女人们痛苦地尖叫、大哭。然后他又演奏了第二曲，这次所有的青年男子和女人都开始疯狂大笑。第三次演奏时，所有的弗摩尔人都沉沉地进入睡眠状态。就这样，三个人毫发无伤地离开了洞穴。

后来米列希安打败了达南神族，达格达送给达南神族几座隐藏在地底深处的宫殿，让他们在那里定居下来。

达格达拨动竖琴，能使四季更迭。此外，他还有一口魔法大锅，里面装着可供养所有人类的食物。

达南

达南（或称达奴），是克尔特神话中的母亲神。达南神族是女神达南和比莱的后裔。据后来的神话记载，达南神族在公元前 2 世纪末与米列希安（米列之子）大战，最终被米列希安赶出了爱尔兰。

达南

达南是达格达的女儿，是属于生命、光明和白昼的神明之一。达南是高卢人的祖先——爱尔兰的比莱（对应拉丁世界的蒂斯帕特尔）的伴侣，他们二人结合后生育了阿丽安萝德、圭迪昂、阿迈桑、戈伊博纽和鲁格。

爱尔兰人也称她为布里吉德。在后来的宗教化时期，人们把她与圣布里吉达混同。莉莉斯是女神达南在另一个神话体系的对应者，通常与象征生育的蛇一同出现。

迪安·凯特

迪安·凯特是健康之神，同时也是巫医的守护神。他是达格达的儿子，属于达南神族。在克尔特神话中，他作为神医，与几个主要神明和英雄的传说都有关联。他与铁匠格雷德涅合作，为断肢的努亚达换上了银手臂。与此同时，他也是一位有缺陷的神。当他发现儿子继承了自己的医术，并且比自己更优秀时，他残忍地杀害了自己的儿子。这是

迪安·凯特

迪安·凯特的儿子曾发誓，有一天要掌握比父亲更高明的医术。迪安·凯特出于嫉妒，残忍地杀害了自己的儿子。直到9世纪，已经宗教化的爱尔兰人仍相信迪安·凯特拥有神奇的力量。生病时，人们会寻求他的帮助，并且坚信他能治愈一切疾病。

艾波娜

克尔特的马神艾波娜的神力甚至延伸到了死亡领域，她负责陪伴亡灵走上最后的旅程。女神在高卢地区受到广泛崇拜，这种崇拜蔓延到了多瑙河甚至罗马。女神的象征物是丰饶角，这意味着艾波娜起初可能是生育女神。此外，人们认为她等同于克尔特的女神艾丹。

▲ 女神艾波娜和她的马的塑像。

克尔特神话中最悲惨的故事之一。

德鲁伊

众所周知，克尔特世界政教分离，但是负责传播宗教信仰和哲学思想的德鲁伊却拥有崇高的政治地位。我们对德鲁伊的哲学思想知之甚少，因为历史上从没有留下任何相关的书面记载，从这也可以推算出德鲁伊的思想是口口相传的。德鲁伊教并非只是一种宗教，尽管他们也负责一些宗教仪式，例如收集槲寄生（植物的古老崇拜的代表）和人祭。

严格来说，德鲁伊除了宗教外，还涉及巫术、占星术和医学。由此可见，德鲁伊在克尔特社会具有极大的影响力。此外，德鲁伊可免除兵役，还可以担任法官或成为占卜师、主祭和诗人。

德鲁伊教大体上追求理想主义，他们禁止绘画、雕刻神像，也禁止建造神庙。德鲁伊教士主要由贵族担任，教士选拔十分严苛。除此以外，他们还要一辈子服从于大德鲁伊。

德鲁伊文化在克尔特世界中延续了好几个世纪。他们的第一次消亡出现在高卢——德鲁伊教士被罗马人杀害。然而，在不列颠和爱尔兰，德鲁伊教一直到基督教传入以后才完全消亡，吟游诗人（属于德鲁伊）甚至存活到中世纪早期。

艾波娜

罗马入侵者把女神同化，并吸收进自己的神话中，因此艾波娜得以在罗马神明中占得一席之位。同时，她也是最受欢迎的与水和原野紧密相关的女神。通常有一匹马陪伴在她身边，这使她成为与罗马军队作战的克尔特骑兵的守护神。在罗马帝国，就连最东部的省份都十分崇拜艾波娜，罗马人也认为她是骑兵的守护神。

| 厄苏斯

高卢神明很多都是三位一体的，厄苏斯便是如此，他与塔拉尼斯、特乌塔蒂斯通常一起出现。厄苏斯的职责多变，有时他被认为是司建筑的神，有时又被认为是森林的守护神。

厄苏斯是一位残酷、嗜血的神明，只要他出现在战场上，就会引起巨大的恐慌和暴动。那些战败的士兵和俘虏会被献祭给厄苏斯，他们会被挂在树上吊死。

▲ 梁柱上的厄苏斯，巴黎克吕尼博物馆。

| 埃坦

埃坦是一位美艳绝伦的女神，见到她的人都为她着迷，但这也导致她和几任丈夫不可避免的各种变故。

最开始，埃坦成了米德尔的妻子，但是后来被见色起意的欧恩古斯掳走。米德尔失去妻子后，娶了福安那赫。虽然福安那赫也十分貌美，但是她得知丈夫米德尔仍对埃坦念念不忘后，妒火中烧。一次，福安那赫趁欧恩古斯离家外出，变成了一只蝴蝶，蝴蝶翅膀扇起一阵风，把埃坦吹离了家。

风把埃坦吹到了一户人家的烟囱里，当时阿尔斯特的大人物在这里聚餐。埃坦顺着烟囱滑下来掉到了一个名叫爱泰尔的女人的酒杯里。她完全没有注意到埃坦，把酒连同埃坦一饮而下。九个月后，爱泰尔生下了女儿埃坦。

就这样，埃坦开始了新的生活。长大后，她嫁给了爱尔兰（以塔拉为首都）的国王奥凯德·埃雷姆。但是米德尔仍然深爱着埃坦，他在大地上游荡，执着地寻找着他的爱人。一次偶然的机会，米德尔来到了奥凯德的宫殿，并且一眼就认出了埃坦。

为了赢回爱人，米德尔与奥凯德下了一盘棋。如果他输了，就送给国王五十匹良马；如果他赢了，他可以选择任何一样他想要的东西。尽管国王十分聪明，但最终还是输给了米德尔。米德尔要求国王将王后埃坦作为奖品送给他。国王

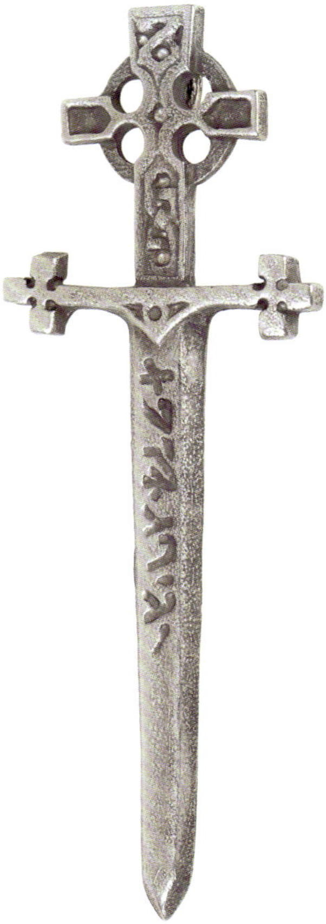

▲ 剑柄上的克尔特十字，剑上还刻有铭文。

▲ 刻在石头上的古老的克尔特浮雕。

却要求在年末再进行复赛，米德尔欣然同意。在复赛前的那段时间里，米德尔时常去找埃坦，但是埃坦对国王非常忠诚，因此她一次又一次地拒绝了米德尔的要求。

米德尔十分悲伤。比赛时，国王直接发问："你这次想要什么？"米德尔目光炽热，答道："我唯一想要的就是埃坦，然后给她一个吻。"国王心里十分不悦，但还是同意了。米德尔随即将埃坦拦腰抱起，从烟囱飞了出去。国王大怒，立刻和士兵追出去，然而他们根本追不上，只能远远地看见两只交颈的天鹅，颈上戴着金色项圈，那就是米德尔和埃坦。

大家本以为事情就此了结，没想到一位德鲁伊告诉国王，米德尔藏在地下宫殿，并告诉了国王救出埃坦的方法。就这样，国王救出了埃坦并与之复合。当米德尔发现自己又被愚弄后，他怒不可遏，决定报复。米德尔杀死了国王的孙子柯耐雷，国王的家族受到了他残忍的报复。

弗摩尔族

弗摩尔族是死亡、恶和黑夜之神。他们住在一个不被外界所知的大洋里的黑暗之地。弗摩尔族曾向帕耳托隆和他的后裔发动战争，后来被达南神族打败。自那以后，他们回到了自己的家园。人们经常将弗摩尔族与巨人及恶魔混同。传说，一个美丽的女巫负责为弗摩尔人献上亡灵，而她实际上是死亡的信使。年轻男子被她的美貌迷惑，上了一艘载他们走向死亡之旅的玻璃船。乌鸦预示着女巫的到来。

弗摩尔族

一位 17 世纪的爱尔兰作家说过，在帕耳托隆来到爱尔兰的二百年前，六艘载着五十个男人和五十个女人的船早已抵达了这块土地。他们以打猎、捕鱼为生，但是后来被帕耳托隆打败。

戈伊博纽

戈伊博纽是达南和比莱之子，因此他也是主神和达南神族的成员之一。他的名字意为"铁匠"。在克尔特神明中有两位铁匠，一位是格雷德涅，另一位就是戈伊博纽。他们俩负

▲ 约翰·邓肯《弗摩尔人》，1912年。

责制造达南神族的武器。戈伊博纽制造的长矛在战斗中不会折损，而被他制造的剑伤到的地方则永远不会愈合。除此以外，他还负责酿造，据说他酿的酒（啤酒），神明喝了以后能不朽。从黄油的储存到盐的获取，甚至家里的食物供给都在他的职责范围内。他也因此被认为是厨房和家庭的守护神。

丨圭迪昂

圭迪昂对应的是欧洲大陆的神明欧格玛。他是达南和比莱之子，因此是达南神族的一员。后来他与自己的姐妹阿丽安萝德结合，生下了鲁格。鲁格是施惠者和艺术的守护者。

丨希尔

希尔与女神达南有姻亲关系，在爱尔兰，他的名字后来演变为“麦克·希尔”。“希尔”这个名字可能与“海洋”有关，而他的绰号“希尔迪埃斯”意为“说话让人听不清的人”，这大概是由于他在海洋中制造风暴，噪声太大，以至

圭迪昂

13世纪编写的《威尔士红书》里有一个部分叫“塔里耶森之书”，里面摘录了一首叫作《树之战》的诗。这首诗为吟游诗人的首领塔里耶森（一个亚瑟王时期的传奇人物）所吟唱，讲述了圭迪昂和“彼世”的军队的战争。战争的目的是夺取“彼世”的三个生物。本来只要名字不被对方猜出，“彼世”的军队就是不可战胜的。但后来圭迪昂猜出了古老的不列颠神明布兰的名字，取得了胜利。

鲁格

鲁格是克尔特太阳神在爱尔兰的名字，在威尔士被称为耶乌，而在法国被称为鲁格斯。鲁格为世人所知的另一个原因是，从他的名字中衍生出了一个用于描述爱尔兰神话中仙女世界的人物的词语，即“小驼背鲁格”或“鲁琼巴因”。随着时间的流逝，这些词语演变为“拉布列康”，一个负责守护隐藏宝藏和鞋匠的精灵。

于人们都听不清他说的话。希尔与伊薇德芙结合后生育了两个儿子：布伦·麦克·希尔（布兰·麦克·希尔）和马那维丹·麦克·希尔（马南南·麦克·希尔）。

洛赫狄涅

洛赫狄涅是达南神族的木匠，他和格雷德涅及戈伊博纽一起制造兵器和修补破损的兵器。

只要有一个战士丢失或损坏了武器，哪怕在战斗中，他们也能以闪电般的速度制造出一件新的武器。那些弗摩尔人对他们的制造速度和高超的技术十分惊讶，便派出间谍查看他们如何能快速更新战场上的武器。

弗摩尔人派出了一个名叫鲁阿当的人来查看情况。鲁阿当是达南神族的亲戚，所以洛赫狄涅三人并没有对他加以防备。查明情况后，鲁阿当想直接杀了他们来阻止他们的工作。但鲁阿当反被洛赫狄涅杀死了。就这样，弗摩尔人想阻止达南神族制造武器的企图落空了。

鲁格

鲁格是克尔特的一个主神。关于他的传说，有很多版本，有的说他是弗摩尔人（一说巫师）德勒贝斯和埃里之子，也有的说可能大部分的克尔特神明都可能是他的父母。鲁格不仅是一个战士、智者、巫师、音乐家、多才多艺之人，还是达南神族的首领。弗摩尔人占领了爱尔兰后，强迫当地居民接受他们的统治。与此同时，达南神族的国王努亚达失去了一只手臂，成了残疾人，不能再担任国王。为了获得臣民的支持，达南神族选了一位叫布雷斯的弗摩尔人担任新王，但没想到新王布雷斯残暴不仁。后来，医神迪安·凯特为努亚达制造了一个拥有正常功能的银臂。人们逼迫布雷斯退位，将权力归还努亚达。

▲ 演奏竖琴的鲁格。

布雷斯逃到了他的父亲——弗摩尔人之王的居住地，

也集结了大批军队，准备进犯达南部族。战斗中，年轻英勇的战士鲁格在爱尔兰大放光彩，展现了一个统治者应有的才能。

他首先用竖琴演奏了三首爱尔兰民谣：一首使人哭泣，一首使人沉睡，最后一首使人高兴。然后，他把只有八十头公牛才能移动的命运之石摆回原处。最后，他与努亚达对弈，并获得了胜利。

▲ 威廉·布莱克《纯真与经验之歌》，大都会博物馆。

努亚达对这个年轻人所展现出的才能感到震惊，并宣称鲁格是智者中的智者。为了考验他，努亚达给予他十三天的统治权，期望他能统领军队，与弗摩尔人作战。

鲁格给每个人分配了任务：德鲁伊负责汇集水流袭击弗摩尔人，工匠们制造武器，武士们是战争的主力，医生负责治愈伤员……在他有条不紊地安排下，弗摩尔人最终被打败，布雷斯被俘。最终，布雷斯以部族繁荣的秘密作为交换，这才得以苟活。

鲁格才能超群，但很少直接参战。有一次，他跑到双方对阵的前线，对弗摩尔人发出了破坏力极强的诅咒，弗摩尔人因此而溃败。此外，他还用弹弓射伤了巴罗尔的一只眼睛，巴罗尔因此失明。

神性和人性在鲁格的身上完美结合，他通常以一个成熟男子的形象出现，生有鹿耳及鹿角。他手拿长戟，身边常伴有长着羊头的蛇。

马南南·麦克·希尔

马南南是希尔和伊薇德芙的儿子、布兰·麦克·希尔

马南南

随着爱尔兰的基督教化，马南南演变成了爱尔兰渔民，尤其是曼岛渔民的守护神——圣巴里。

▲ 克尔特文化中，诸多艺术品中都能看到这种十字架造型。

的兄弟、女神芬德的丈夫。他原先是一个海神，司海浪和风暴。在高卢神话传说中，他是一位善于耕种的农夫，同时也是一位技术精湛的鞋匠。此外，他还用人骨在高尔半岛上建造了安诺斯堡垒。

在爱尔兰神话中，马南南是一位强大的魔法师。他头戴火焰状头盔，身穿刀枪不入的铠甲，手拿削铁如泥的宝剑，身披隐身斗篷。

在陆地上，他的马能日行万里、纵横四野；在海上，他的船无帆无桨，却能快速到达他想去的地方——水手们因此尊称他为“斗篷神”。

据传说记载，马南南是曼岛的国王，在岛上的皮尔城堡前有他巨大的墓穴。这位伟大的国王也被称为巴尔·芬德或巴林德，后来演变成为指引亚瑟王到达阿瓦隆的人。

米德尔

米德尔拥有弗摩尔族的血统。在较晚形成的神话传说中，他是一个百步穿杨的弓箭手。然而在更早的时候，他是冥界之神，是埃坦的丈夫，并且抚养了达格达的儿子欧恩古斯。

米列之子

米列之子也称为“盖尔人”或“苏格兰人”，是米列的后裔。在米列之子来到爱尔兰前，这座岛由达南神族统治。

米列是死神比莱之子，而比莱被认为是所有克尔特人的祖先。说到米列一族的起源地，就不得不提起一个已经宗教化的传说。传说以色列人和摩西在穿越红海时受到一群埃及人的追击，以色列人穿越红海后，摩西关闭了海上通道，用海水淹死了埃及人。

当时，在埃及居住着一位西徐亚贵族，他拥有一个庞大的家族。此前，西徐亚人褫夺了他的权力，他因此流亡到了埃及，但是他没有迫害或追击以色列人。红海事件后，除了他，所有的西徐亚贵族都死了，那些幸存的埃及人担心他争夺王位，便把他赶出了埃及。

他和家人漂流到了伊比利亚半岛（在克尔特神话中意为“亡者的国度”）的海岸，随后在那里定居下来，繁衍后代。后来，米列的祖父布雷贡在伊比利亚半岛上建造了一座塔，他的儿子伊斯站在塔顶上遥望远方时，看见了爱尔兰，遂决定航行至爱尔兰。

伊斯上岛后，见海边空无一人，于是朝着内陆走去。在那里他遇到了当时爱尔兰的统治者达南神族，并受到了三位国王的盛情款待，但没想到不久之后他就被残忍杀害了。伊斯的家人得知此事后，带着伊斯的遗体航行回到了伊比利亚半岛。后来为了报复达南神族，米列的族人决定举族迁徙到爱尔兰。他们在五月的第一天，星期四，即阴历十七抵达爱尔兰，那天恰好是贝尔特涅神（死神之一）的节日。三日后，他们与达南神族的战争打响了。

他们的第一次袭击以失败告终，然而在第二次战争中他们反败为胜，夺得了爱尔兰的统治权。

摩莉甘

摩莉甘被称为“伟大的女王”，她与好斗者苏德有着密切的联系。只要她以令人恐惧的面目出现在战场上，战士们就必然面临死亡。

与摩莉甘一样残酷嗜血的神明还有战斗中的玛查、毒妇尼曼、乌鸦巴依波，她们很可能是摩莉甘的化身。摩莉甘有时会以乌鸦的形象出现。中世纪的文本极力描绘了摩莉甘在必败的士兵面前出现时的恐怖面孔。不论是巴依波还是摩莉甘的传说都深深地影响了斯堪的纳维亚的神话传说。

摩莉甘

“摩莉甘”是女神在威尔士语中的名字，在爱尔兰语中她被称为“摩莉古”。摩莉甘是司死亡、战争、性和生育的女神，她最著名的象征物是乌鸦。在克尔特文化中，死亡意味着生命的超越和新循环的开始。当克尔特战士在战场上看到或听到乌鸦飞过头顶时，他们就知道，胜利的时刻来临了。于是战士们纷纷展现出最英勇的一面，并期待取得胜利。

▼ 约翰·威廉姆·沃特豪斯《魔法圈》，1886年，油画，183厘米×127厘米，伦敦泰特美术馆。

努斯（苏德）

有的传说认为努斯是女神达南和比莱之子，他是达南神族的成员之一。在中世纪，他被称为“诺东斯”，但是人们无法确认诺东斯就是爱尔兰的努斯。当时伦敦的一座山丘以他的名字命名，那座山丘即今天的拉德盖特山。

不知为何，努斯被称为“银手之人”。在努斯的身上，人们还发现了许多罗马神话中的主神朱庇特的特征。

此外，他还将自己的名字赐予了他最钟爱的城市，即今天的伦敦。

欧恩古斯

欧恩古斯

欧恩古斯也被称为“安古斯”，意为“青春之子”。他是爱神、美神和青春之神。欧恩古斯以其美貌、金发还有能让人变成鸟儿的吻而闻名。他的美不同于英俊的男性美，而是更偏向女性化，十分迷人。欧恩古斯象征着真爱。

欧恩古斯是达格达和博安之子，因此属于达南神族。他的父亲达格达让米德尔负责他的教育。

一天晚上，欧恩古斯在梦中看见床边站着一位美丽的女子，但是她很快就消失了。欧恩古斯醒来后对这位美丽的女子念念不忘，以至于茶不思，饭不想。第二天晚上，那个女子又在他的梦中出现了，她边演奏竖琴，边唱着优美的歌，随后又消失了。欧恩古斯醒来后对她更加痴迷了，一直魂牵梦萦，食不下咽，不久他就病了。所有的医生都在焦急地寻找病因，其中一个医生找到了真正的病因，并把一切告知了欧恩古斯的母亲博安。博安立刻下令派人寻找那位出现在欧恩古斯梦中的女子，但是一年过去了，人们把爱尔兰翻了个遍，还是没找到那位女子。

博安只得向医生请教。医生建议欧恩古斯去找他的父亲达格达，让他命令众神之王、蒙斯特的国王波赫去寻找那位女子。欧恩古斯听从了医生的建议。

一年后，波赫终于找到了那位出现在欧恩古斯梦里的女子。他们用马车载着虚弱得无法行走的欧恩古斯来到了波赫华丽的宫殿。波赫盛情款待了他，并承诺会带他去那位女子的所在地，看看欧恩古斯能否认出她。波赫带着欧恩古斯

▲ 饰有克尔特符号的古老匕首。

来到了海边，那里站着一百五十位少女，她们被金链两两相连，而站在中间的少女比其他人都高。

欧恩古斯一眼认出了少女，但是他身体十分虚弱，无法接近她。原来这位少女叫卡尔，是埃沙的女儿。卡尔会变化，一年人形，一年鸟形。埃沙并不愿意把女儿交给欧恩古斯，于是欧恩古斯与埃沙打了一架。后来，欧恩古斯来到了卡尔变成天鹅时栖息的湖泊，当他入水之后，也变成了一只天鹅。在与卡尔共浴后，欧恩古斯成了卡尔的丈夫。

欧格玛（奥格米欧斯）

欧格玛是一位高卢的神明。在艺术作品中他被描述成一个谢顶的老人，脸上布满深深的皱纹，他身披狮皮，手持棒槌，这使他与希腊神话中赫拉克勒斯猎杀涅墨亚狮子时的形象类似。欧格玛最主要的特点在于他的雄辩能力，每当他说话时，仿佛有一条锁链连接了他的舌头和聆听者。

欧格玛是达南神族的成员之一，被称为“太阳的面孔”。他是埃拉达之子、达格达的兄弟，因此他也象征着第二生命原则（即生命和光明）。

此外，欧格玛还是战士的象征。他天生的雄辩能力增加了他在战争中获胜的概率。在玛格图雷战役中，他夺取了弗

欧格玛

相传欧格玛创造了欧甘字母系统。在异教时期，人们习惯用欧甘字母书写铭文。这套书写系统后来被爱尔兰的僧侣保存下来，并未失传。公元 2 世纪时，人们为欧格玛建了雕像，在上面却雕刻着赫拉克勒斯的伟绩和他的象征物：狮子皮、棒槌、箭囊和弓。自公元 11 世纪起，欧格玛不再被视为一个神明，而仅仅是一个死于第二次玛格图雷战役中的战士。

帕耳托隆

据推测，帕耳托隆于公元前2640年来到爱尔兰。关于帕耳托隆最古老的记载来源于爱尔兰史诗的第一序列（于公元前700年左右形成）。第二次记载来源于十世纪内尼厄斯所书的《不列颠人的历史》。里面写道：“定居于西班牙的苏格兰人来到了爱尔兰。最先上岛的是帕耳托隆和他的一千个同伴。后来，这一千人繁衍至五千人，最后瘟疫蔓延，他们惨遭灭族。”

▲ 在很多雕塑中我们都能看到象征克尔特神话的十字架。

摩尔族的国王特提拉的剑，成了人人称赞的英雄。

欧雅泰

欧雅泰很可能是受古代印欧神话传说影响而出现的克尔特神明，后来他被人们与上帝、众神之父和人类之父混同。

欧雅泰与母亲神紧密相连。母亲神是万物之母、大地女神，也是庄稼和自然的施予者。她生育了人类，创造了动物和植物。此外，她还是亡者的守护神。

帕耳托隆

据神话记载，帕耳托隆是第一支登陆爱尔兰的部族的首领。该部族在为死神、人类始祖贝尔特涅庆祝的节日期间抵达了爱尔兰岛。帕耳托隆来爱尔兰的原因并不值得宣扬，因为他杀害了自己的父母。为了惩罚他，神把他驱逐到这里。

然而他的流亡并不足以赎罪，也不足以平息神的愤怒，他的五千个后裔（一千个男人、四千个女人）因此遭受了致命的疾病——瘟疫。

瘟疫在帕耳托隆的族人之间快速蔓延开来，仅仅五月的第一个星期，除了图安·麦克·凯利尔外，所有人都死了。他选择聚居在塞玛格平原（亦称“老平原”），这样，幸存者可以将亡者就地掩埋。

基督教文化传入爱尔兰后，原先属于异教徒的帕耳托隆受到了影响，学者们开始给他寻找一个基督教渊源。他们这样描述帕耳托隆的由来：挪亚的儿子雅弗生了歌篾和玛各，玛各生了巴尔斯，巴尔斯是菲纽斯即菲涅的父亲。菲纽斯是建造巴别塔的七十位领袖之一，也是爱尔兰神话中最著名的爱尔兰祖先之一。菲纽斯的家谱如下：菲纽斯的儿子内尔娶了法老王的女儿苏格塔（“苏格兰”的名字由此产生，人们因此认为爱尔兰人是苏格兰人的祖先），苏格塔生了与摩西同时代的歌伊德尔·格拉斯，也就是埃斯鲁的父亲。埃斯鲁的儿子色拉生了帕耳托隆。

帕耳托隆与他的妻子育有三子二女，分别为：费耳、费尔尼亚、鲁德莱赫、伊爱恩及爱恩。后来，伊爱恩和爱恩分别嫁给了费尔尼亚和费耳。在当时，女人的第一次婚姻属于商业交易，因缔结婚姻而得到的银钱归属于她们的父亲。若是父亲死去，钱财的一半将给予继承父亲遗产的家族成员，即家主；另一半则由出嫁的女儿持有。

由于他们的婚礼在帕耳托隆死后才举行，因此费耳和费尔尼亚因为继承权产生了争执。又因为他们无法达成一致意见，于是决定诉诸武力，这是发生在爱尔兰土地上的第一次司法决斗。

鲁德莱赫

英雄鲁德莱赫是帕耳托隆之子，也是鲁德莱赫湖的名字的由来。他死后，在人们为他挖墓穴的时候，有水流源源不断地从中涌出，最后形成了一个湖。为了纪念他，人们用他的名字给此湖命名。

苏克鲁斯

苏克鲁斯是黑暗之神。人们无法确定他的主要职责。他经常与他的伴侣希瓦娜一同出现。

特提拉

特提拉起初是黑暗神，后在玛格图雷战役中被打败，变成了亡灵的国王，成为弗摩尔族的首领。

在克尔特神话中，亡灵的世界位于西南方，在一个比海洋还要远的不知名的地方，太阳几乎无法到达那里。然而，那里拥有强大而独特的力量，能让亡灵得到永恒的快乐，这种快乐比活着的时候更甚。

与此相对应的是，“生者的世界”——狄雷，“彼世”——蒂奈耳以及“大平原”——玛格玛尔，人族就是从这三个地方诞生的。在基督教文化中，上述地方形成了一个地区，人

苏克鲁斯

苏克鲁斯通常手持锤子，身着克尔特罩袍。他手上的锤子是权力的象征，可驱邪，同时也是促进生育及生物死后催发新生命的物件。因此，人们常常把他与象征冥界的狼犬和治愈术联系在一起。

▼ 苏克鲁斯的雕像，铜制品，高卢－罗马博物馆。

▲ 手握宇宙轮和闪电的塔拉尼斯，希腊国家考古博物馆。

特乌塔蒂斯

特乌塔蒂斯，也叫图塔蒂斯，在克尔特语中特乌塔蒂斯意为“人类之神”。他与“仲裁者”厄苏斯，“雷公”塔拉尼斯三人于公元前 1 世纪被卢卡诺提及。据记载，献祭给特乌塔蒂斯的人的头部会被割下，浸泡在一个装着不知名液体的罐子里。这种液体或许是啤酒，颇得克尔特人喜爱。他也因一座矗立于布列塔尼的纪念碑而闻名，上面刻有他的名字“图塔蒂斯”。

们赋予了它一个伊比利亚半岛的拉丁名字：西班牙。

公元 10 世纪后，出现了第一批关于爱尔兰神话传说的书面记载，里面常常会提到来自伊比利亚半岛、首先登陆爱尔兰的帕耳托隆及他的同伴。

塔拉尼斯

塔拉尼斯是气象之神。据恺撒所言，厄苏斯、特乌塔蒂斯和塔拉尼斯同属于弗摩尔族，象征死亡和黑夜，三人是克尔特诸神中重要的三位一体神。

特乌塔蒂斯

特乌塔蒂斯是人类的祖先，是立法者、监管人、仲裁者以及部族的守护者。特乌塔蒂斯、厄苏斯和塔拉尼斯三人是黑夜与死亡之神，是被爱尔兰居民称为“弗摩尔族”的邪神之父。

特乌塔蒂斯是高卢诸神中最重要的神明，他的名字源于“特乌塔”，意为“人民”。罗马人十分崇拜特乌塔蒂斯，将其尊为高卢的民族之神。

虽然就神性而言，特乌塔蒂斯与罗马神话的主神朱庇特十分相似，但是他更常被人与罗马神话中的马尔斯混同。

他的职能之一便是避免高卢人死亡。特乌塔蒂斯会向“彼世”派去俘虏，以代替高卢人，这样高卢人就能继续活下去。高卢人常常在战争时期将俘虏进行火祭。

图安·麦克·凯利尔

图安·麦克·凯利尔是爱尔兰神话传说中最受人尊敬的人物之一。他是人类而非神明。图安被认为是卡略的儿子，即穆雷达赫·蒙德的孙子。也有人认为他是色拉的儿子斯塔恩的后裔，斯塔恩是帕耳托隆的兄弟，这样算来，图安乃帕耳托隆的侄子。

图安是帕耳托隆族人经历大瘟疫后唯一存活下来的人，

他一个人在岛上待了二十二年，直到内米德的族人来到爱尔兰。

当内米德族人的船只驶入爱尔兰的海港时，图安躲了起来。他在森林之中藏匿多年，直到暮年。一天晚上，他像往常一样沉沉睡去，当他醒来后却发现自己变成了一头鹿。这样的变化赋予了图安新的活力，后来他成为爱尔兰羊群的头儿。然而，随着时间的流逝，他再次老去，拖着虚弱的躯壳在他之前的藏匿之处游荡，寻找藏身处。

几天未进食后，他又变成了另一种动物。这种情况反复出现，每当他的躯壳老去，就会变身为另一种动物。就这样，他先后变成了野猪、老鹰和鲑鱼。他最后化身的鲑鱼被渔夫的妻子吃掉，九个月后她生出了人形的图安。

这个传说反映了克尔特人的宗教信仰原则之一，即灵魂可以寄居在不同的躯壳当中，直到回到原来的身体。

图安·麦克·凯利尔

图安是爱尔兰神话传说中的一个人物，他乃人类而非神明，是帕耳托隆的侄子。我们对于这个传说的认知来源于基督教徒所写的文本。人们认为图安这个角色拥有传播爱尔兰神话历史的职能，因为在最古老的文本中，他总共活了四百年左右：以人的形态活了一百年；以鹿的形态活了九十年；以野猪的形态活了三十年；以秃鹫或老鹰的形态存活了一百年；以鱼的形态活了二十年；最后再世为人，又活了一百年。在这个版本中，第二次为人的图安拥有正常人类的寿命，但是这个传说被其他基督教作者收录后，他的寿命又被延长了好几个世纪。

达南神族

克尔特神话传说中有两大世界运行原则。一种是以死亡、黑暗、无知、邪恶和弗摩尔族为代表的消极原则；另一种是从第一种原则中衍生出的以白昼、生命、信仰和善为代表的积极原则。达南神族构成了第二原则，衍生出了德鲁伊信仰。

从 11 世纪开始，爱尔兰出现了一种用圣经文本来解释爱尔兰人的祖先及他们的谱系的方法。这样一来，历史上所有的爱尔兰居民都是一脉相承的，都是雅弗的后裔。类似的文本甚至能追溯到亚当。内米德是达南神族的祖先之一，他的一个儿子雅博涅耳拥有预言的能力，提前得知了刻南塔楼所进行的大屠杀，因此幸免于难。

雅博涅耳离开爱尔兰，来到了世界的北部，在那里，他习得魔法，建立了基本的德鲁伊信仰。他的一支后裔，即达南神族，最后回到了雅博涅耳的家乡爱尔兰。

最古老的异教传说认为达南神族生活在天上，因为他们

▲ 阿尔达圣杯，制造于公元8世纪爱尔兰克尔特文化时期，被认为是克尔特文化和整个中世纪的杰作。

是来到爱尔兰与费尔博格族、费尔冬南族、加里奥因族以及弗摩尔族战斗的神族。最后达南神族获得了胜利，成为唯一居住在爱尔兰的部族。

然而，达南神族后来被爱尔兰的米列之子打败，失去了统治权。战败的达南神族逃到了希德或达格达在深山中为他们提供的地下宫殿中。

有时候达南神族会从地下走出来，穿越他们之前在爱尔兰的居住地。这时候他们会受到巫术的保护，人类看不见他们。

达南神族常常以五彩鸟儿的形态出现，并被不可切断的银链两两相连。

克尔特传说

一个与海豹结婚的渔夫的故事

设得兰和奥克尼两地的居民都相信，海豹蜕皮后可以变化成男人或女人。一天，一个渔夫捕鱼时经过一个隐蔽的小海湾，他看见两个美丽的女人靠在岩石上捕鱼，身边还放着两张海豹皮。渔夫十分好奇，便走过去拿起一张海豹皮细细查看。这两个女人发现后，其中一个女人拿起一张海豹皮跃进了海里，而另一名女子却无法离开。她哀求渔夫把海豹皮还给她，这样她才能回到海里。渔夫心想，他需要一个妻子，而这位美丽的女子刚好合适，不如把她带回家。于是他向女子求爱，渔夫的话十分有说服力，女子最终答应打扮成人类女子的模样同他一起回去。

几年过去了，他们婚姻和睦，还有两个漂亮的孩子。后来渔夫发现他的妻子行踪诡异：每天凌晨她会满脸悲伤地离开家门。渔夫决定跟踪妻子。他跟着妻子来到了一个洞穴，

水

水是克尔特神话中一个反复出现的元素。神话中的生物通常生活在与水有关的地方，在岛上最为常见。此外，水是繁殖能力的象征，降雨对于农作物的利弊还取决于那些超自然的神话生物。水同时还象征着女性，一般来说，水也由女性负责。

看到她正和一个隐藏在暗处的人低声交谈。

一天傍晚，渔夫在岸边的岩石上看到了一雄一雌两只海豹。雄海豹走过来说：“你抢走了我的未婚妻。我找到了她的海豹皮后才了解了事情的经过，现在我要带走她。我不想伤害你，因为我很高兴能找到未婚妻，而且我知道你是一个善良的人。现在我只希望你能和她告别。”说话间，雌海豹一脸羞涩甜蜜地看着渔夫，渔夫心里十分悲伤，等他反应过来想抓住她时，他们已经游进了深深的大海里。

▲ 高更《温蒂妮，浪里的女人》，1889 年，油画，92 厘米 ×72 厘米，克利夫兰艺术博物馆。

被借走的湖泊

关于伦斯特峡谷的湖泊的形成流传着一个美丽的传说。据说，一位青年想追求一位首领的女儿，这位首领和他的女儿居住在韦斯特米斯郡一个叫作洛赫·埃内尔的湖边。这位女子非常美丽，但是她相当高傲，她结婚的条件是新家的环境至少要与父亲家里相似（家的附近要有湖）。

这位青年居住在一个美丽的山谷里，如果他在横穿山谷的河流上建一座大坝，就可以拦截水流，形成湖泊。但是这样做的话，需要好几年的时间才能完工。

青年的母亲是拥有达南神族血统的女巫，她想帮儿子解决这桩烦心事。她来到了妹妹的小屋，小屋坐落于靠近湖边的一座小山上。女巫受到了妹妹的热情款待，之后女巫向妹妹倾诉了心事。她请求妹妹把湖泊借给她，以便青年能尽快完婚，她保证在下一次月圆之夜将湖泊归还。

尽管移动湖泊困难重重，女巫的妹妹还是同意了。她拿出一个魔法杯子，帮助女巫把湖泊运到山谷那边。听到巨大的响声，小山上的居民被惊醒了，纷纷逃往高处。第二天早上，居民们看见湖泊淹没了他们的家园。

青年兴奋地跑到女子的家里，手舞足蹈地描述了搬运湖

玛查

玛查以一种奇怪的方式成了库兰登的妻子。那天晚上，她干完家务活后熄灭了灯，躺在库兰登的旁边。库兰登于是给予她“大腿的友谊”，这是当时人们对性爱的称呼。按照克尔特的传统，俩人结合后，玛查自然成了库兰登的妻子。

▼ 约翰·威廉·戈德沃德《秋》，1900年，油画，101.5厘米×58.5厘米，私人收藏。这幅画表现了玛查给家庭带来的财富。

泊的过程以及湖泊的美丽。结婚条件满足了，首领的女儿不得不兑现承诺嫁给了他。然而女巫的妹妹却十分苦恼，因为早已过了约定的日期，她的姐姐仍然没有归还湖泊。

月亮已经圆了三次了，她的土地日益干旱，于是她只好跑去找她的姐姐，想要回自己的湖泊。然而狡猾的女巫说：“噢，我亲爱的妹妹！你怎么能说归还的日期已到？我承诺在永恒之周的下一个月圆之夜归还，现在时间还没到，等到了你再来吧。”女巫的妹妹意识到自己被骗了，怒不可遏，然而女巫十分狡猾，她根本无计可施，只好愤怒地离开了。

玛查的诅咒

库兰登居住在阿尔斯特的山里。他是一个鳏夫，一个人要照顾四个孩子，日子过得很苦。一天，他正在哀叹自己可怜的命运，这时他看到一个身材高挑、穿着讲究的女人走了进来。她开始点火，揉面，取出锅，然后出去挤牛奶，全程一句话都没说。

这个女人名叫玛查。玛查对库兰登说，如果库兰登愿意，她会留下来。于是俩人结婚了，库兰登的生活变得越来越好。

一段时间后，阿尔斯特地区召开会议，邀请所有人去参加赛马等体育竞赛。库兰登想去参加比赛，玛查却求他不要去，因为只要她的名字被公之于众，她就会消失。库兰登十分固执，他心想，只要自己不说出玛查的名字就无碍。

比赛开始后，国王和他的两匹马赢得了比赛，因此得到了诗人的歌颂。库兰登不服气，他骄傲地说道：“我妻子跑得比这两匹马快！”国王心里不悦，便下令逮捕了库兰登，并要求他解释清楚，库兰登却坚持原来的说法。

国王下令将库兰登关进大牢，同时派人请来了怀孕的玛查。

玛查一来到王宫就哀求国王放了她的丈夫，但国王却要求玛查和他的马比赛。玛查又哀求道：“能否等我生下孩子再来比赛？”可是，国王再次拒绝了她的请求。

愤怒之下，玛查对国王下了诅咒。比赛后，她被分娩折磨得痛不欲生，便更加怨恨国王，于是她对国王诅咒道：“从这一刻起，阿尔斯特人面对敌人时将变得懦弱无力，这个诅咒将延续九代人！”

梅斯洛达的猪和狗

梅斯洛达是伦斯特的一个有钱人，他喜欢参加各种聚会。梅斯洛达拥有一条跑得飞快的狗和一头巨大的猪。这条狗声名远扬，很多王国的王子和贵族都想得到它。一天，梅斯洛达收到了两封信，一封来自阿尔斯特国王，另一封来自康诺特女王。这两个国家目前处于对立中，其统治者都想要得到这只狗。

康诺特承诺以六百头奶牛和一架由王国内最好的两匹马拉动的马车来换取这条狗。阿尔斯特国王则说，如果把狗给他，梅斯洛达将获得阿尔斯特王国的友谊和联盟。

梅斯洛达陷入了两难之境，整整三天不眠不食，希望能想出一个完美的解决办法。他的妻子非常担心，于是问他发生了什么事，他把自己的忧虑告诉了妻子：无论把狗给哪一方，另一方都必定会举兵侵犯伦斯特。妻子想了几天，最后想出了一个办法：同时把狗献给两方，到时候他们必定会起纷争，这样梅斯洛达和家人就能置身事外了。

阿尔斯特国王和康诺特女王收到消息后带着随从赶赴梅斯洛达举办的宴会，宴会上人们摆上了那头著名的猪。果然，他们为谁负责切猪肉起了争执。他们都认为这件事必须由一名伟大的战士负责，而这名战士应当来自他们自

▲ 矗立于怀特岛的坦尼森纪念碑，英国。

桥与河流

在克尔特神话中，克尔特人在水上总是会遇到挑战。不论是大海还是河流，与水有关的地方总是充满了史诗般的传说。只要克尔特人碰到一座桥或河流，前方就必然是敌人的地界。在中世纪的神话中，桥总是无法顺利通行：桥上或河流附近常会发生战斗。因此，骑士们会在桥的入口处设置障碍，收取通行费。

己的王国。康诺特的战士凯特挥舞着一把刀，阿尔斯特则派出了勇士科诺。他们互相问候致礼，科诺说自己是负责切肉的不二人选。

于是两人爆发了激烈的争吵，他们不停吹嘘各自的功绩，直到后来凯特终于承认："或许你比我厉害，但你肯定是我兄弟安鲁安的手下败将。"听到这话，科诺从一个袋子里拿出了安鲁安的头颅，宣示自己是有史以来最伟大的战士。

争端升级，双方纷纷拔出了剑，互相攻击。很快，他们就冲出屋子，在开阔的原野上展开了激烈的战斗。最后，康诺特一方战败，他们的随从也被赶走了。

那条狗被放到了阿尔斯特人的马车上，后来被王后梅芙的一个战士砍了头。就这样，这场聚会没有人是胜者。梅斯洛达失去了他的猪和狗，但是多亏了妻子明智的建议，他保住了自己的生命和土地。

库丘林的悲剧

库丘林在阴影国生活的时候是公主阿伊发的情人，阿伊发是世界上最伟大的女战士之一。在离开阴影国返回家乡时，库丘林留下了一枚金戒指给即将出生的孩子。库丘林嘱咐道："如果生下儿子，就给他起名康莱。他要隐姓埋名，但不能逃避或放弃战斗。"

数年后的一天，阿尔斯特的海面上驶来了一只装满石块的小船，船上载着一个少年。少年时不时用弹弓射击远处，多数情况下是在打鸟。

阿尔斯特的国王康纳认为，如果这个外邦少年登陆，必然会引来他的同胞，到时候就很难将他们驱逐出去。于是他派人找到刚上岸的少年，打听少年的身世并劝他离开。少年拒绝泄露自己的名字，也不愿离开，于是双方发生了冲突。最后，少年杀死了几名来自阿尔斯特的挑战者，那些活着的人则成了他的俘虏。

无奈之下，国王康纳叫来了英雄库丘林，命令他把少年赶走。库丘林对少年说："告诉我你的名字，否则我就杀了你。"面对威胁，少年仍然不肯说出姓名。于是二人展开了搏斗，搏斗持续了几天几夜，直到二人一同掉进了海里。

当大家以为两人都会淹死时，库丘林拿起了他的盖保格之枪，一枪刺中了少年的要害。

在少年垂死之际，库丘林认出了他所戴的戒指，那正是他当日送给阿伊发的。原来少年是他的儿子。库丘林悲痛欲绝，他把儿子拖到岸上，跪在国王面前说，此人已被阿尔斯特的英雄们杀死。少年康莱临死前恳求父亲让他和阿尔斯特的勇士们告别，他遗憾地说，如果他们认识的话，肯定会成为朋友。阿尔斯特的勇士们一个个地来到康莱的面前，而康莱却早已死亡。就这样，英雄库丘林的独子死于自己之手。

芬恩抗击塔拉的恶魔

芬恩是麦克库尔的长子。少年时，他就发誓要像父亲那样，成为费奥纳的首领。

芬恩来到塔拉的时候，当地恰好在举办大型集会，因此他能顺利入境，并坐到了费奥纳队伍的中间。国王科马克发现多了一个来历不明的少年，便询问了他的名字和出身。芬恩告诉国王，他是麦克库尔的长子，并请求像父亲那样为国王服务。国王答应了他的请求，把他编入了费奥纳的队伍。

后来，塔拉城面临巨大的威胁：一个恶魔每晚都向塔拉城投掷火球，城市因此而陷入火海，但是却没有人能够打败他。每当战士们靠近他时，他就会弹奏音乐，让战士们陷入沉睡之中。芬恩主动请缨，希望出城与恶魔战斗。国王欣慰地对他说："如果你能打败他，我将赐予你费奥纳的首领这

芬恩

芬恩·麦克库尔是爱尔兰精英军队费奥纳的首领。国王菲查奇在公元前300年设立了费奥纳，他们主要负责爱尔兰国王的安全。费奥纳拥有的特殊权力使他们变成了法外之徒。芬恩则把他们变成了骑士和公正的典范。费奥纳的故事是圆桌骑士的蓝本，芬恩则对应亚瑟王。

▲ 史蒂芬·里德《芬恩·麦克库尔帮助费奥纳人》，1932 年。

一头衔。”

芬恩带着库尔的老朋友送的矛离开了塔拉城。这支矛有青铜矛头和阿拉伯的金铆，矛头装在皮套里。这是一支有魔力的矛，如果把矛头放在一个人的额头上，这个人将爆发出巨大的怒火，变得战无不胜、攻无不克。芬恩来到了塔拉城外的悬崖边上，等待着恶魔的到来。当夜幕降临，恶魔弹奏起催眠音乐时，芬恩把矛头放在额头上，恶魔的魔咒就被解除了。芬恩追着恶魔来到了斯立夫·福阿德的山丘上，最终打败了他，并带着恶魔的头颅回到了塔拉城。

国王大为欣喜，按照承诺，他让芬恩当上了费奥纳的首领。芬恩一直统领费奥纳，忠诚地服侍国王，直到生命终结。

芬恩狩鹿

如果说有什么能让芬恩感兴趣的话，那就是狩猎。一天，芬恩和他的战士们打猎归来，回到艾伦山上时，一头母鹿突然出现在他们面前。所有人都急急忙忙地追逐那头鹿，但除了芬恩和他的猎狗布朗、斯高兰，没有人能追得上。布朗和斯高兰原来是芬恩的阿姨泰伦所生的孩子，后来被她用魔法变成了猎狗。

当他们追到一个山谷时，母鹿体力不支，只好停了下来。布朗和斯高兰走过去，亲切地舔着她的脸。芬恩觉得很奇怪，遂命令所有人不得伤害这头母鹿。母鹿跟着他们回到了家。当天晚上，芬恩在睡梦中被惊醒了。他睁开眼，看到床边站着一位美丽的少女，少女看着芬恩，把她的故事娓娓道来。

“噢，芬恩，我是萨巴，是今天那头母鹿。我因为不愿意向仙女之地的巫师德鲁伊献上我的爱，被他变成了母鹿，已困在这个身体里三年了。一个看管我的奴隶同情我的遭遇，偷偷地告诉我，如果我能来到艾伦山的堡垒，就能变回原来的样子。虽然我很害怕被猎狗撕碎，被猎人射伤，但我还是决定来到这里，跟你们回来。我知道你们是半人半神，不会伤害我，也只有你们能追上我。”

芬恩被她的故事打动了，对萨巴说：“只要你愿意，你可以留在这里。”然而不知不觉中，萨巴深深地爱上了她的“拯救者”芬恩。于是两人结合成为夫妻。一天，芬恩收到了北部野蛮人的战船抵达都柏林海湾的消息。他匆忙召集他的战士，朝都柏林进发。他们离开了整整七天，直到所有野蛮人离开了海岸。第八天，他们终于回到了家乡，然而奇怪的是，在城墙上等待勇士们凯旋的人群中却并没有萨巴的身影。芬恩连忙追问发生了什么事，人们支支吾吾地把来龙去脉告诉了芬恩。芬恩离开后，萨巴一直在家中焦急地等待。突然间她看到了一个人影，萨巴以为那是她的丈夫。与此同时，她又听到费奥纳出去狩猎的讯号。萨巴连忙跑到栅栏边寻找她的爱人，哪知那个假芬恩（就是之前的那个巫师德鲁伊）拿着一根榛树棒，又把她变成了一头母鹿。巫师的狗追着萨巴，她只能不停地逃跑，越跑越远。其他人看到后纷纷拿上武器出去寻找，但无论是那个德鲁伊还是萨巴都消失得无影无踪。

芬恩听了以后，伤心欲绝，一个人在房间里待了一整天。

芬恩时代

阿尔斯特时代与芬恩时代相比要更为久远。芬恩时代大概在公元前3世纪，故事主要发生在伦斯特和芒斯特地区。芬恩·麦克库尔是芬恩时代最著名的英雄，他是当时最强大的骑士团——费奥纳的领袖。芬恩时代的传说与阿尔斯特时代的传说有很大出入，在芬恩时代战争不再频繁地出现，并且在战争中加入了一些浪漫的色彩。芬恩时代的人物拥有自己的特性，这使得当时的人物更加真实。而且到了芬恩时代，社会价值观也发生了改变，人们更欣赏才智而非暴力，这与库丘林的传说已大为不同。

▲ 约翰·马丁《吟游诗人》，1817 年，油画，127 厘米 × 102 厘米，耶鲁大学英国艺术中心。

第二天他打开房门，继续承担作为费奥纳首领的责任，然而他依然被无尽的悲伤包围着。此后七年，他形单影只，只有忠诚的猎狗陪着他不停地寻找着萨巴。他走遍了爱尔兰的每一个峡谷、每一片树林、每一个洞穴，但是都没有发现萨巴的身影，直到最后他终于放弃了希望，再也不去寻找她了。

就这样，又过了几年。一天，芬恩在本保班山上狩猎，突然猎狗狂吠不止。他循着猎狗的叫声望过去，发现猎狗旁边站着一个长着金色长发的男孩。费奥纳的战士们把男孩带回了家。一段时间后，男孩学会了说话，从他的叙述中，人们得知了发生在他身上的事情。

这个男孩并不知道自己的父母是谁，只知道他之前一直和一头母鹿生活在一个幽深的山谷里，母鹿悉心照顾他长大。但是一个长相阴险的男人时常来到山谷与母鹿讲话，并且威胁她，还好母鹿每次都能成功逃脱。

有一天，那个男人又来到了山谷里，还与母鹿争吵了起来。随后，他挥动榛树棒，用魔法迫使母鹿头也不回地跟着他离开了。男孩着急地想跟上去，然而就在那时他惊恐地发现自己的身体无法动弹。他悲愤交加，号啕大哭，后来倒在了地上，失去了知觉。

醒来后，他发现自己可以动了，便鼓起勇气离开了那个熟悉的山谷，四处去寻找母鹿。直到他来到了本保班山的山坡上，遇到了布朗和斯高兰。芬恩听完以后大为震惊，他坚

吟游诗人

吟游诗人和巫师同属于德鲁伊尊贵的教士阶层，但显然后者属于高级成员。从希腊和罗马的文化遗产来看，德鲁伊曾一分为三。但实际上，负责宗教事务、举办庆典、悼念祖先，并以口头形式保留爱尔兰神话、文化、历史遗产的德鲁伊只有一派。

信那头母鹿就是萨巴，而这个男孩很有可能是自己的孩子。他给男孩起名为“莪相”，意为“小鹿”。芬恩将莪相培养成了伟大的战士。除此以外，莪相还学会了其他技艺，其中就包括音乐。

青春之地的国王之女

一日，芬恩和莪相带着几名战士出去打猎，他们觉得累了，就在雷纳湖的湖畔休息。突然，一匹马慢慢向他们走来。骑马的是一个美丽的少女，她头戴金冠，着装考究，身披一件缀满星星的长袍，如同一个女王。少女所骑的骏马纯白似雪，它的头顶上戴着天鹅羽毛制成的冠，它的鬃毛上缀满了金饰。

▼ 让–奥古斯特–多米尼克·安格尔《莪相的梦》，1813年，油画，348厘米×275厘米，蒙托邦博物馆。

少女走近芬恩，用悦耳的声音说道：“麦克库尔之子，我找了你许久，终于找到了。”芬恩问她说：“美丽的小姐，你是谁？找我何事？”少女叹了一口气，回答道：“我叫妮安，是青春之地的国王的女儿，但是别人都称我为‘金发少女’。是对你儿子莪相的爱指引我来到这里的。”说话间，她深情地注视着莪相，对他说道：“噢，英俊可爱的莪相，我对你倾慕已久。你愿意和我一起回到我父亲的国土吗？”莪相毫不犹豫地回答道：“我不仅会去青春之地，还会去比那里更远的地方。但

▲ 弗朗索瓦·帕斯卡尔·西蒙《莪相》，1801年，油画，180.5厘米×198.5厘米，巴黎马尔迈松城堡国家博物馆。

是首先请你告诉我青春之地的情况。”

于是少女开口讲述她的国家，当她吐出悦耳的声音时，森林变得一片寂静，马儿不再踢蹬，猎狗不再叫唤，甚至连穿过林间的风声也消失了。男人们则目不转睛地注视着这个美丽的女子，静静地聆听她的叙述：青春之地的美妙超乎人们的所见所想；树上可以渗出野蜂蜜，葡萄酒和蜂蜜水更是享用不尽；这片大地上的居民永远都是快乐的，因为在这个国度从不存在痛苦、疾病、死亡和悲伤。

在这个国度每天都有音乐和派对，布置整洁的大厅随时欢迎客人的到来，他们还时常举行狩猎活动。除此以外，那里还有数不清的金银珠宝。

接着，少女又说道："如果你和我一起回去，你将拥有享不尽的荣华富贵。你会得到血统纯正、健壮有力的骏马，跑得比风还快的猎狗，与你并肩作战的勇士，还有侍女服侍你睡觉。除此之外，你还会成为我的丈夫，从此头戴王冠，成为青春之地的国王。"话毕，莪相的同伴们就看到他双手拥抱着少女，一起骑上有魔力的骏马，像一道光一样从林间消失了。

万圣节当天的仙女与亡灵

在克尔特的神话传说中有一个叫休·金的人，他最突出的特点就是善良。在一个万圣节的前夕，他在外垂钓到日暮，这时他看见一大群人从他身旁匆匆经过，他们愉快地笑着、歌唱着，肩上还挎着巨大的篮子。

虽然他有些害怕，但是好奇心还是促使他走向人群。他拦住其中一个人问："请问你们这是去哪儿？"旁边一个打扮古怪，头戴三角帽、脚上穿着金靴的人回答道："我们要去参加一个集会。"另一个人则笑眯眯地邀请他加入他们的队伍："来吧，你会品尝到从未品尝过的美味佳肴，跳从未跳过的舞蹈！"

出于好奇，休·金决定加入他们。同行的一个女人让他帮忙提篮子，他们一起走到了森林里一个隐蔽的地方，这里就是举行集会的地方。人们聚集在这里，载歌载舞，风中传来了休·金从未听过的美妙音乐。

除此以外，集会上还有别的活动：场地中央放置着许多摆满美味佳肴的桌子；在一个角落里，一群身材矮小的鞋匠正努力工作；另一边，占卜师正在占卜……

看到这些休·金十分震惊，与此同时，他看见一个长着小麦色柔顺长发的美丽姑娘正在开心地跳舞，笑容灿烂。此时他最大的愿望就是放下手中的篮子，和他们一起跳舞。然

神话与传说

神话是用一种具有象征意义的话语来描述世界、人类、动物、信仰与仪式的起源。传说则是基于人类历史的真实情景，同时融合想象的故事或故事的集合。总而言之，神话探讨的是神的故事，而传说着重讲述人类的英雄豪杰。

▲ 油画上的仙女穿着古老的服饰，站在田野中沐浴着阳光。巴德尔是北欧神话中最英俊、最受人喜爱的神明。

而就在他把篮子放到地上时，里面突然跳出了一个小老头，把休·金吓了一跳。这是一个长相丑陋甚至可以说是有些畸形的哥布林。他很感激休·金好心地帮他把篮子提到这儿，并解释道，如果他没有躲进篮子里，是没办法参加集会的。尽管休·金一再拒绝，哥布林还是坚持要给他报酬，他直接往休·金的手里扔了几个金币。

几个小时后，休·金觉得有点儿疲惫，于是靠在一棵树上休息。正在这时，一个皮肤黝黑，穿着优雅的男人走了过来，他一把抓住休·金的手臂，说："你知道集会上的这些人是谁吗？你好好看看，然后回答我，你确定之前从未见过他们吗？"在这个男人的坚持下，休·金只好仔细地看了看周围跳舞的同伴。然后他惊讶地发现，这里的许多人都是他的老朋友，而且他很肯定他们早就死了。

休·金惊恐万分，迫不及待地想离开这里，然而这时他已经被旁边的人围了起来。他们一边跳舞，一边欢笑，并且抓住休·金的手臂，想拉他一起跳舞。过了一会儿，他们的笑声变成了刺耳的尖叫，几乎要穿破他的脑袋。休·金终于扛不住了，瘫倒在地，不省人事。

第二天，休·金醒来发现自己睡在地上，四周是一个用石头围成的圈子。他回到家中，内心不安，琢磨了半天才明白：昨晚他看到的是仙女和亡灵举行的万圣节聚会，这是亡灵唯一能自由离开坟墓的日子。而他既然是一个凡人，就应该待在家里，而不是出去打扰他们的聚会。

仙女

仙女原先就是可以改变形状、大小及外貌的本土神灵或大自然的精灵，直到后来才逐渐演化成了不同的形象：仙女、精灵、哥布林等。这样的解释可以与一些神族的传说相对应，例如达南神族就是神的后裔，是克尔特世界的第一个神族部落。

北欧诸神

巴德尔

巴德尔是北欧神话中最英俊、最受人喜爱的神明。在北欧地区，他不仅是人们最崇拜的神明，也是奥丁和弗丽嘉最宠爱的儿子。巴德尔的美无与伦比，身上似乎能迸发出光辉，就连头发也是纯净的白色。

巴德尔的形象之所以伟大，不仅仅是因为他英俊的外貌，更因为他被视为最有智慧、最善雄辩的神明。他住在一个叫布列达布利克（又称“光明宫”）的天宫里，这里没有任何邪恶和肮脏的事物。

然而，巴德尔所受的宠爱引来了其他神明的嫉妒，尤其是洛基。

巴德尔曾深受噩梦折磨，梦境显示他的生命受到了威胁。巴德尔十分害怕，他召集诸神，告诉他们自己的担忧。诸神听了以后也很难过，他们决定除掉所有会威胁到巴德尔的事物。

巴德尔的母亲弗丽嘉为此奔走操劳。她哀求火、水、铁以及其他金属，哀求野兽、鸟、鱼和所有爬行动物，请求万物发誓不会伤害巴德尔。与此同时，主神奥丁却想到了别的事情，他觉得巴德尔的梦似乎预示着诸神荣耀的陨灭。

他急忙骑上坐骑往尼福尔海姆（即冥界）赶去。死亡女神海拉的狗在门口迎接奥丁。奥丁一走进去，他脚下的大地便开始摇晃，不一会儿他就来到了海拉的住所。

奥丁问预言师海拉，巴德尔是否面临死亡，诸神的世界是否即将陨灭，新时代是否即将到来。此时海拉正因为奥丁打扰了她的休息而感到不快。

与此同时，诸神聚集到巴德尔的住所。他们得知任何东西都无法伤害到巴德尔，于是恳求他作为目标，让诸神试炼一番。有人拿出了标枪和石头，有人则拿出了军刀和战斧，

北欧诸神

北欧神话中有十二位人们非常崇拜的神明：奥丁、索尔、巴德尔、提尔、布拉基、海姆达尔、霍杜尔、维达、瓦利、乌勒尔、凡赛堤、洛基。一开始，弗雷和尼约德是华纳神族的神明，属于海洋神族，十二主神里并没有他们的位置。后来，阿萨神族和华纳神族大战，弗雷和尼约德作为人质被扣留在阿萨神族。阿萨神族的女神们居住在阿斯加德的梵格尔夫。

▲ 北欧神明奥丁像。

巴德尔

巴德尔是奥丁和弗丽嘉之子，是自然和诸神的宠儿。他是如此英俊、光彩照人以至于光仿佛是从他体内散发出来的。当我们知道自然界最洁白的植物被称为“巴德尔的头发”时，我们就可以明白巴德尔的英俊。

诸神竭尽所能，果然没有任何东西可以伤害到他。除了洛基，大家都觉得这是一种荣耀。

洛基见任何攻击都无法对巴德尔造成伤害十分恼怒。狡诈的洛基变成了一个身材瘦削的女子，来到了弗丽嘉的住处芬撒里尔（又名“雾海之宫”）。弗丽嘉问洛基：“你看到诸神的聚会了吗？”洛基回答：“是的。所有投向巴德尔的标枪和石头都无法对他造成伤害。”他的回答大大取悦了弗丽嘉，她洋洋得意道：“世间万物都已发誓绝不伤害巴德尔。”洛基听后露出了非常吃惊的表情，弗丽嘉补充道：“除了生长在瓦尔哈拉（又名“英灵神殿”）东侧的一株小槲寄生树苗，它实在太过弱小，根本无法伤人，我便没有要求它。”

得到了想要的答案以后，洛基便离开了弗丽嘉的宫殿，变回了原来的模样。他来到了瓦尔哈拉东侧，拔掉了槲寄生，之后回到了诸神聚会之地。在那里他找到了远离众神，不参与游戏的霍德尔。洛基来到霍德尔身边，唆使他把槲寄生扔向巴德尔。霍德尔回答道：“我是个瞎子，不知道巴德尔在哪儿。更何况我也没有什么好扔的。”然而在洛基的一再请求下，霍德尔还是妥协了。在洛基的指示下，槲寄生的

▶ 克里斯托弗·威廉·埃克斯伯格《巴德尔之死》，1817 年，哥本哈根丹麦皇家美术馆。

尖枝被径直投向了巴德尔，被击中的巴德尔立刻瘫倒在地，再无生气。

看到巴德尔倒在地上，全场鸦雀无声。诸神十分震惊，面面相觑。他们决意要抓住那个杀死巴德尔的人，然而考虑到此地的神圣，诸神不得不暂时作罢。

除了奥丁，没有人知道巴德尔遭遇不幸的原因，而他也知道诸神世界的陨落早已注定。

等到众神情绪平复下来后，巴德尔的母亲弗丽嘉说："诸位，谁愿意去冥界，求海拉允许巴德尔回到阿斯加德（亦称为'阿萨神域'，即神的住所），谁就将得到我永远的爱和感激。"所有人都表示愿意一试，但任务最终落到了赫尔莫德的肩上。赫尔莫德急忙骑上奥丁的神马斯雷普尼尔赶往冥界。

留下来的神明把巴德尔的尸体抬到了海边，那里停靠着巴德尔的灵船，灵船是港口里最雄伟的大船。诸神本想将灵船调换方向，以便往上装柴火，给巴德尔准备火祭。然而灵船实在太沉了，诸神根本推不动。

于是诸神只好求助于女巨人希尔罗金，灵船在她的推动下终于浮起来了。然而希尔罗金用力过猛，导致船上的柴堆擦出了火花，大地也跟着摇晃起来。

索尔脾气暴躁，看到这个情况怒不可遏，他顺手拿起自己的锤子，砸向希尔罗金。幸亏旁人制止了他，否则后果将难以想象。接着，诸神顺利地把巴德尔的尸首放在了灵船的火堆上。结果谁也没想到，巴德尔的妻子南娜竟因悲伤过度而死去。众神把南娜和巴德尔放在一起，索尔举锤点火，完成了仪式。

许多人赶来参加巴德尔的葬礼。送葬队伍以奥丁为首，他的身边是弗丽嘉、使女和乌鸦。其次是驾着车的弗雷，海姆达尔骑在骏马古尔托普的背上，弗蕾亚则驾着由巨犬拉动的车。很多霜巨人和山巨人也来参加了葬礼。奥丁将侏儒的魔法指环德罗普尼尔给巴德尔当陪葬品，巴德尔的爱马也被装扮一番，和主人一起火祭。

巴德尔

巴德尔是最有智慧、最善雄辩的神明，然而他也十分固执，想法永远不会改变。他住在一个叫作布列达布利克的雄伟的天宫中，此处从不存在污秽之物。巴德尔之死被阿萨神族视为重要事件。

▲ 一幅主题为“邪恶的洛基诱导霍德尔用槲寄生树枝杀死巴德尔”的画。

与此同时，赫尔莫德正在努力完成艰难的任务。他在幽深的山谷中骑行了九天九夜，终于来到了约河，走过了铺满金子的杰拉尔桥。桥的守护者是一位叫作莫德谷的少女，她问道：“你是谁？为何来到这个荒无人烟的地方？”赫尔莫德将他的任务如实告诉了莫德谷。莫德谷提点他说：“你现在已经过了杰拉尔桥，但是通往冥界的道路在更下面，更北方。”按照莫德谷的指示，赫尔莫德来到了海拉的住所附近，那里的桥禁止通行。赫尔莫德下了马，将马肚勒紧，随后再次上马，他踩着两个马刺，马儿借力一跃，便跳过了桥。

赫尔莫德在冥界宫殿的门前下马，随后走了进去。赫尔莫德一进去就看到了他的兄弟巴德尔，他坐在房间里最显眼的位置。他和巴德尔度一起过了一夜。第二天，他找到了海拉，告诉她所有的神明都为巴德尔的离开而感到悲伤，希望她能网开一面，让巴德尔骑马回去。海拉说：“假如真如你所说，巴德尔被众人深爱的话，他确实可以返回阿斯加德。如果世间万物，不论是否有生命，都为他而哭泣的话，就证明你所言不假。但是只要有一个人没有这样做或者只要有一个人说他的坏话，他就不能回去。”

得到海拉的承诺后，赫尔莫德启程返回阿斯加德，并把这件事告诉了众神。众神听了以后纷纷派出信使到世界各地，请求万物为巴德尔之死而哭泣，以便他能回到神域。

于是人类、动物、土地、石头、树木和所有的金属都开始为巴德尔哭泣。当信使以为任务圆满完成准备回去复命时，在路上碰到了一个名叫索克（煤的化身）的女巨人。索克断然拒绝了信使的请求，因为即使巴德尔活着对她也没有什么好处。

布拉基

布拉基以智慧闻名，然而他最突出的还是雄辩能力。他在诗歌艺术方面颇有造诣，人们甚至会用“布拉基”之名称呼那些杰出的诗人。

▲ 尼尔斯·约翰·奥尔松·布隆默尔《伊登和抚琴的布拉基》，1846 年，马尔默博物馆。

对于索克最有可能的猜想是：索克是洛基所变。这样一来，他所怨恨的兄弟就会留在亡灵的国度。然而奥丁心里十分清楚，诸神的世界即将陨灭，他的儿子会再次回到他身边，照亮世界，为世界带来永久的和平。

布拉基

布拉基是音乐与诗之神，也是音乐家和诗人的守护神。布拉基最常见的形象是一个弹奏竖琴的老人，他的白色胡须会随着竖琴的韵律而飘扬。

布拉基是主神奥丁和女巨人格萝德之子，青春女神伊登的丈夫。

埃尔

埃尔是健康与治愈女神，她是弗丽嘉的侍女之一。

凡赛堤

凡赛堤是巴尔德与南娜的儿子，是正义之神。他司仲裁，负责筹办诸神的会议，调解诸神的争端。

弗雷

弗雷

弗雷是北欧诸神中最重要的神明之一，他是日出、日落及降雨的决定者，因此他也是丰收之神。人们会祭拜弗雷以求一个好收成。

弗雷司阳光、海洋和风，同时也是精灵的守护神。他和弗蕾亚是尼约德与女巨人丝卡蒂所生[①]。后来，精灵、侏儒和仙女之国亚尔夫海姆的国王将王位禅让给他。

弗雷习惯骑着金毛野猪“古林博斯帝”或乘坐神船“斯基德普拉特尼”出行，这两件宝物是与奥丁的永恒之枪、索尔的锤子、希芙的金发同时制造的。弗雷的主要能力是御风。

弗蕾亚

弗蕾亚

弗蕾亚是年轻人无所畏惧、躁动不安的爱意的化身。

弗蕾亚是爱神、雨神、丰饶和生育女神。她是斯堪的纳

① 也有的说弗雷和弗雷亚为尼约德与那瑟斯所生，丝卡蒂只是继母。

维亚神话中最受人爱慕的女神之一。女神拥有一件穿上即可变成游隼的魔法羽毛披风（她曾把披风借给了索尔以便他取回锤子）和一条名为“布里希嘉曼”的魔法项链。女神习惯乘坐由两只猫拉动的车出行。

有时女神会被人们与巴德尔之母、奥丁之妻弗丽嘉混同，因为她们拥有相似的特点。不同的是弗蕾亚象征着炽热的爱，而弗丽嘉则代表着相对平和的爱。

▲ 詹姆斯·多伊尔·彭罗斯《佩戴项链的弗蕾亚》，1913 年。

海姆达尔

海姆达尔是奥丁之子，是掌管海浪和光的神明。海姆达尔手握一把闪闪发光的宝剑，骑着雄伟的骏马，守卫在“彩虹桥”上。熊熊燃烧、硕大无比的彩虹桥是神用来联结神域与人界的桥梁。

由于彩虹桥的安全对神域十分重要，诸神给了海姆达尔顺风耳和千里眼。他的顺风耳能听见羊毛在绵羊身上生长的声音，他的千里眼甚至能清楚地看见几百里以外的事物。海姆达尔与地母生育了三个孩子：“萨尔”是所有奴隶的祖先，“卡尔”是自由民的始祖，而“雅尔”是所有贵族的祖先。

海姆达尔负责守卫彩虹桥，当他吹响“加拉尔”这一警告号角时，就预示着诸神黄昏的到来。

赫尔莫德

赫尔莫德是奥丁和弗丽嘉的儿子，他是诸神中最迅捷，行事最高效的神明，因此他也被称为“神使”。

在父亲的命令下，赫尔莫德带着奥丁的神矛，穿越战场去鼓励战士们英勇战斗。赫尔莫德最大的功绩是去海拉的冥

▲ 公元 18 世纪爱尔兰手抄本里的赫尔莫德。

界，请求海拉让巴德尔的魂魄归来。

霍德尔

双目失明的霍德尔曾在不知情的情况下杀死了巴德尔。当时洛基发现了杀死巴德尔的方法，他唆使霍德尔投出了致命的槲寄生尖枝。后来，洛基发现诸神为了给巴德尔报仇设下了陷阱，他仓皇逃出阿斯加德，躲进了森林中，并用神盾保护自己。

然而有一天，一个叫瓦利的年轻人发现了洛基，他举起手中的弓箭朝洛基射去。第一箭射偏了，第二箭射到了洛基的神盾上，第三箭才射穿了洛基的心脏，杀死了洛基。

尼约德

尼约德是弗雷和弗蕾亚的父亲，他有两个身份：其一是海神，是海员和渔夫的守护神；其二是夏神。尼约德主要负责平息埃吉尔和巨人基梅尔造成的风暴。

娇德

娇德是大地女神之一，是夜神诺特之女，也是奥丁的妻子。

洛基

洛基做过的最残忍的一件事是杀死了巴德尔。诸神经过讨论，决定惩罚洛基：他们用洛基的一个儿子的肠子做锁链，把洛基绑在巨石下，同时在他的头上放置一条毒蛇，让蛇毒滴落到他的脸上。洛基的妻子西格恩于心不忍，便每天拿着一个大水杯去接毒液。水杯满了的时候，西格恩

洛基

邪神洛基是谎言、欺骗和混乱之神，总是给众神带来麻烦。洛基来到阿斯加德后成为奥丁的兄弟，但是不久他就暴露出了自己的本性：他帮助索列姆偷了索尔的雷神之锤，参加了诸神的黄昏之战，偷走了女神希芙的头发……大多数情况下，洛基能成功逃脱得益于他能幻化成动物的本事。洛基后代的形象都非常恐怖。他与女巨人安尔伯达生育了三个孩子：魔狼芬里尔、大蛇耶梦加得以及冥后海拉。

就拿去倒掉，这时蛇毒便又滴落在洛基脸上，疼痛难当的洛基就会不停地扭动，大地也会跟着晃动。

但有时候，洛基也会用自己的聪明才智帮助诸神摆脱困境。有一次，诸神想要在阿斯加德周围建造围墙。一名巨人化身为工匠前来承接这个工作，并要求以太阳、月亮和女神弗蕾亚为酬劳。诸神听从了洛基的建议，接受了巨人的条件，但是要求他在三个冬季内完成任务。时光飞逝，眼看约定日期就要到了，诸神有了反悔之意，他们不愿意失去弗蕾亚，也不愿意看见世界失去太阳和月亮，陷入一片黑暗之中。狡猾的洛基想出了一个计策：他变成一匹母马，去诱惑帮巨人造墙的牡马斯瓦迪尔法利，巨人因此没能在约定期限内完成任务。

▲ 马滕・埃斯基尔・温厄《洛基和西格恩》，1896 年。

伊登

永恒的女神伊登永远不会死亡。她掌握着永葆青春的金苹果，因此她被称为青春女神。伊登是布拉基的妻子，负责给阿斯加德的神明提供金苹果，使诸神永葆青春，免除疾病的困扰。

奥丁

奥丁是北欧神话中的主神，负责统治神界与人界。虽然

伊登

伊登有一个装有金苹果的盒子。每当神衰老时，只要吃了金苹果就会恢复青春。就这样，阿斯加德的神明一直都很年轻，直到诸神黄昏的到来。“Idun”（伊登）的词根为“id”，意为“永恒和再生”。

奥丁

奥丁是一个身材高大、长着长胡须的独眼老人。他头戴宽檐帽，身披五彩衣，手拿长枪。奥丁的双肩上栖息着两只乌鸦，分别是代表“思维”的福金及代表“记忆”的雾尼。它们是奥丁的眼线，会将每日所见报告给主人。他的脚边还站着两只分别叫作盖尔和弗雷斯的狼。奥丁掌管着人界米德加尔特和神界阿斯加德。有时候他也会骑着疾行如风的神马斯雷普尼尔去冥界巡视。

他没有创造世界，但是他创造了世界上第一对夫妻——阿斯克和恩布拉。出于对诗歌的热爱，奥丁发明了卢恩字母。同时，他还是一个伟大的战神，会保护英勇的战士，鼓舞他们的斗志。当勇士们战死时，奥丁会指引他们的英灵来到瓦尔哈拉。瓦尔哈拉位于阿斯加德，里面居住着与华纳神族战斗时战死的勇士。

奥丁最珍贵的宝贝就是那支叫作“昆古尼尔”（意为“巨大的震动”）的长枪。这支长枪由侏儒所造，凡是被枪击中之处都会被震麻。

奥丁与娇德生育了索尔，与弗丽嘉生育了巴德尔，与琳达生育了瓦利。娇德象征的是自然状态下从未有人类踏足的土地，弗丽嘉象征的是经人类改造后的耕地，而琳达代表的是再次荒芜的野地。

希芙

美丽的女神希芙是雷神索尔的妻子。人们会祭拜女神希芙以求谷物丰收，土地肥沃。希芙最主要的特征是她那一头能够促进庄稼生长的金发。洛基十分嫉妒希芙的能力，于是，一天晚上，他趁希芙熟睡时剪下了希芙的金发并将其带走了。

索尔知道此事后勃然大怒，要求奥丁让洛基归还希芙的金发，因为希芙的金发决定了人类能否生产与繁荣。洛基被带到了诸神面前，虽然他口头上答应了，但只拿出了侏儒所制造的与希芙原来的头发一模一样的金发。

索尔

索尔

索尔是地位仅次于奥丁的神明，他的三件宝物分别是：雷神之锤“妙尔尼尔”、力量腰带“梅金吉奥德”以及与妙尔尼尔配套的手套。

索尔是北欧诸神中最强大的一个神明。除了是建筑的守护神外，索尔还是青春、闪电和火的守护神。他是希芙的丈夫。索尔的孩子有曼尼、摩迪和斯露德。虽然索尔十分强大，但在诸神的黄昏来临时，索尔还是在与大蛇耶梦加得的激战中死去了。

索尔和父亲奥丁、兄弟巴德尔同为北欧神话的主神。索尔是战争与野蛮的象征，他最大的爱好就是屠杀巨人。由于他总是随身携带雷神之锤，又拥有与生俱来的火属性，因此巨人族十分惧怕他。

索尔的王国坐落于阿斯加德的斯罗德万的毕尔斯基尔尼尔（又称“闪电宫”）。他的车由两只分别名叫“坦恩约斯”和“唐格利斯内尔”的公山羊拉动。只要索尔出巡，天空必会电闪雷鸣。这两只山羊每天黄昏时会被宰杀，如果宰杀时不弄碎它们的骨头，第二天早晨它们又会复活。

▲ 马滕·埃斯基尔·温厄《索尔与巨人的战斗》，1872 年，油画，26 厘米 ×32 厘米，斯德哥尔摩国家博物馆。

提尔

战争之神提尔是最英勇的北欧神明。在开战前，勇士们往往会乞求提尔和奥丁的帮助。提尔是一个肌肉发达、身材健壮的独臂之神。他是剑的守护神，因此许多剑上会刻有提尔之名。与提尔有关的、最重要的神话是提尔设法抓住了洛基之子——魔狼芬里尔。

乌勒尔

乌勒尔是北欧神话中的狩猎之神。此外，他还司寒冷的冬季，因此被视为阿萨神族的敌人。他是希芙之子，也是索尔的继子。身为雪神的他在冬天来临时，会取代奥丁的地位。

瓦利

瓦利与维达象征着不朽的自然力量，同时他也是复仇之

维京人

我们对于北欧神话的认知主要来源于《埃达》，一部于公元13世纪收录于皇家手稿中的神话、宗教、史诗文本。这些诗歌用于从孩子青春期到成年的启蒙仪式，举行仪式的青年必须认同主神（通常是奥丁），并通过神的考验。其中最著名的两篇是《瓦洛斯帕》和《女先知的预言》。

神。瓦利是奥丁和琳达之子。他还是一个童子时就已拥有战士的力量。他曾拿着弓箭站在奥丁与其他诸神面前，发誓他会射死霍德尔，为巴德尔复仇。

维达

沉默之神维达是奥丁和女巨人格萝德之子。他脚上穿着铁靴，拥有神秘而强大的自然力量。维达是在诸神的黄昏来临后存活下来的命定之神。

北欧神话故事

世界的起源

世界诞生之初只有一个叫作穆斯贝尔海姆的火之国。这是一个充满光明但又十分炎热的国度，火巨人苏鲁特居住在这里，他将在世界覆灭之际（诸神的黄昏）挥剑杀死神族。穆斯贝尔海姆之北为尼福尔海姆，这是一个终年寒冷、到处结冰的地方，十二条大河发源于此。其中一条河流（赫瓦格密尔）延伸至远方，河里的冰与穆斯贝尔海姆的热气接触后融化成水。在这热气与寒冰的交错中诞生了霜巨人的祖先尤弥尔。尤弥尔入睡后，身上开始冒汗。接着，从他的腋窝下生出了一个男人和一个女人，从他的脚下生出了一个孩子。

与尤弥尔同时诞生的是母牛欧德姆布拉，母牛诞生之处出现了四条牛奶之河。尤弥尔吃着欧德姆布拉的奶水长大，而母牛自己则舔食盐粒。母牛舔食盐粒的第三天，诸神始祖布利诞生了。布利生下了包尔，包

尔与女巨人贝斯特拉结合生下了菲、威利和奥丁。后来，他们几个联合起来杀死了霜巨人尤弥尔。鲜血从尤弥尔的身体里奔涌而出，变成洪流，除了一些霜巨人外（后来的霜巨人皆是他们的子嗣），其他巨人都被淹死了。

奥丁及其兄弟把尤弥尔的尸体运到了金伦加鸿沟的中心，然后用他创造了世界。尤弥尔的肉变成了大地，鲜血变成了海洋和湖泊，骨头变成了山脉，牙齿变成了岩石，脑髓变成了云，最后他的头颅变成了天空，四个侏儒（诺德里、苏德里、奥斯特里和维斯特里）分别支撑着天空的四角。

接着奥丁又捕捉了穆斯贝尔海姆的火焰，将它们化为星星。大地被海所环绕，海岸上居住着巨人族。陆地则被一道墙保护起来，墙里边是人类的国度米德加尔特。

诸神随后取来了海岸上的两根树枝，用它们创造出了两个人，男的取名“阿斯克”（即梣树），女的叫作“恩布拉”（即榆树）。奥丁赋予他们生命，威利赋予他们智慧与行动的能力，菲则给了他们体态、言语、听觉和视觉，人类由此诞生。

巨人纳尔弗是黑夜女神诺特之父。诺特是大地女神娇德和白昼之神达古之母。奥丁赐予了诺特和达古两匹天马，使他们能够每日巡视大地。诺特的天马赫利姆法克西用露水润泽大地；达古的天马斯基法克西的鬃毛能射出光芒，给大地

世界之树

世界之树作为世界轴线的概念在神话中随处可见。在北欧神话中，世界之树拥有一种独特的力量。这种力量来自北欧未开发的森林，也来自克尔特文明，这种文明的核心在于树的智慧及其对于萨满教和德鲁伊教的象征意义。其他与世界之树相连的地方分别是光明（美丽）精灵的住所——亚尔夫海姆，以及黑暗精灵的住所。黑暗精灵比鱼还黑，居住在地下。巨人赫拉厄斯维尔住在世界的北部，他变化成苍鹰，挥动翅膀以形成风。斯瓦苏德（意为“和蔼可亲”）是夏天之父，维恩德伦（维恩德斯瓦尔）是寒冬瓦萨尔之子。

阿萨神族和华纳神族

创造世界的任务完成后，诸神出现了：受奥丁指派的阿萨神族天生就是战士，不论在天上还是地下，他们总是争吵不断；而华纳神族被视为更平和的神族，他们是象征田野、草原、森林、阳光和繁殖能力的神明。

带来光明。

诸神选择了蒙迪尔法利的女儿苏尔（妹妹）和儿子卢纳（哥哥）分别作为太阳之车和月亮之车的驾驶者。阿尔瓦克及阿尔斯维负责拉动日车，卢纳则从大地上带走了碧尔和修奇两个孩子，作为自己的随从。从大地上抬头望去，可以看到这些孩子化成的星座。洛基之子贪狼斯库尔和哈提总是跟在日车和月车之后追逐太阳和月亮。

一座燃烧的彩虹桥连接了人界米德加尔特和神界阿斯加德。由于阿萨神族和巨人族一直不和，海姆达尔负责守卫彩虹桥，谨防巨人侵入。

诸神设立的法庭位于世界之树上，这一法庭主要负责裁决神族和人类的争端。世界之树的树种为梣树，是宇宙中最雄伟高大的树木，它的枝干直达天际，它的踪迹遍布世界各地。它有三根粗大的树根：第一根深入阿斯加德（神的居所），根下有神圣的乌尔德之泉。第二根深入约顿海姆（霜巨人的居所），其根下有密米尔之泉。此泉为智慧与知识之泉，奥丁曾为了获得智慧而来到泉边，并以自己的右眼作为交换，他也因此成为独眼神。第三根深入尼福尔海姆，其树根下有泉，名为赫瓦格密尔，巨蛇（也有说是黑龙）尼德霍格盘踞于此。

世界之树的枝叶间居住了一些动物。两只老鹰盘旋在树干上，一只松鼠上蹿下跳，为树上的老鹰和树下的巨蛇尼德霍格传递信息。四只名字分别是达因、德瓦林、杜聂尔和杜拉斯洛尔的乌鸦以梣树叶为食。两只天鹅在乌尔德之泉的源头处浮水。

可能是受到地理学的影响，人们认为森林是一个基础的地理因素，所以作为世界轴线的世界树的概念经常出现在北欧的神话中。萨满和德鲁伊还围绕着这个概念，发展出一套符号体系。

此外，风受控于巨人赫拉厄斯维尔。赫拉厄斯维尔可以变化成一只巨大的苍鹰。他的翅膀微动，空中就会掠过一阵微风。而当他愤怒时，他的翅膀会剧烈挥动，引起飓风。

人类与侏儒

早先，奥丁作为造物主之一，任命了一些统治者和仲裁者，来裁定人类和侏儒的命运。诸神在阿斯加德的中央开会，那里放置着十二个神座，奥丁位居王座之上。神殿格拉兹海姆和女神殿梵格尔夫同样放置着奥丁的神座。

侏儒是奥丁在巨人尤弥尔死后，以他的肉为材料创造出来的生物。虽然他们拥有人类的体态和智慧，但是却居住在最幽深的地下洞穴里。其中四个侏儒——诺德里、苏德里、奥斯特里和维斯特里，负责支撑天空，分别代表北、南、东、西四个基点。

▲ 一幅奥丁与侏儒的插画。

奥丁和他的兄弟在海岸散步，突然看到被海浪冲上岸的两根树枝，一根是梣树枝，一根是榆树枝。尤弥尔死后，头发变成了森林，这两根树枝就是尤弥尔变化而成的。

他们用梣树枝造了一个男人，用榆树枝造了一个美丽的女人，分别取名为“阿斯克”和“恩布拉”。他们一直以树的形态存活着，直到诸神赋予他们思想、意志和欲望。奥丁赋予了他们人类的生命和灵魂，威利赐予他们思考和行动的能力，菲则给了他们视、听、说的能力。

九个国度

据北欧神话记载，世界被分为九个国度或者说九个部分：

· 穆斯贝尔海姆：世界至高处。这里居住着火巨人和火怪。不幸的苏鲁特在诸神的黄昏来临时，要在此处对抗幸存

Hugin
Munin
Bökenn
Edda
Hvoria Samsett
Hefur
SNORRE
Sturluson Lög
madur
Heimdallz
Giallar
Horn
Kyrinn
Audumla
Anno Domini 1666
Sleipnir
Valhöll

▲ 选自《埃达》一书的插图。

的神明。

·尼福尔海姆：世界至低处。这里寒冷幽暗，是泉水赫瓦格密尔和毒蛇尼德霍格的所在地。

·米德加尔特、马纳海姆、“中土”：人类及生物的国度。米德加尔特被大海所包围。第一对人类夫妻阿斯克和恩布拉住在此地。

·阿斯加德：位于米德加尔特上方，是诸神的国度。每个神明都拥有自己的神殿，而奥丁拥有三个：格拉兹海姆（金宫）——诸神的议会大厅所在地；瓦拉斯基奥夫——奥丁神座所在地；瓦尔哈拉（英灵神殿）——勇士战死后的归处，也是最美丽的神殿。这里也是决定九个国度未来的地方。一座熊熊燃烧的彩虹桥连接了阿斯加德与米德加尔特，由海姆达尔看守。

·约顿海姆：巨人的国度。约顿海姆位于海的另一边，处于世界的北部，环绕着米德加尔特。巨人国和人界被一条河流分开，这条河流名为“伊文”，它永远不会结冰。索尔就是在约顿海姆杀死了巨人。

·华纳海姆：这是华纳神族的国度，华纳神族后来屈服于阿萨神族。

·亚尔夫海姆：光明精灵的国度。位于华纳海姆和约顿海姆之间，由弗雷掌管。弗雷把侏儒送给他的宝船斯基德普拉特尼藏在这里。

·斯瓦塔尔法海姆：这是黑暗精灵的国度，黑暗精灵是负责保护赫拉海姆的邪恶生物。

·赫拉海姆：冥界赫拉海姆位于斯瓦塔尔法海姆和尼福尔海姆之间，由洛基之女海拉掌管。一只名为“加姆”的猎狗看守着冥界的入口。所有病死或老死的人最终都会来到这儿。

诸神的黄昏

“诸神的黄昏”意为“诸神的末日”。在诸神的黄昏来

《埃达》

北欧神话的内容大部分来源于《埃达》。《旧埃达》是相对古老的佚名冰岛诗集，它的创作可追溯至公元1000年。《旧埃达》的展开主要围绕着两个主题：一为叙述世界诞生和灭亡的神话主题；二为描写主神奥丁和索尔的英雄主题。《新埃达》也称为《斯诺里埃达》，因为《新埃达》为斯诺里·斯图鲁松所著。此书大概著于1220年，是一本吟游诗人的诗集。

诸神的黄昏

根据预言，世界将毁于诸神与邪恶势力之间的相互残杀。阿萨神族对他们内部产生的邪恶采取了包容的态度，这个恶就是“诈骗之神”洛基的化身。诸神不假思索地听从了洛基的建议，无视他造成的各种各样的麻烦，而这样做只是让他们自己远离了美德及和平。渐渐地，洛基获得了控制权。他毫不犹豫地偷走了诸神最宝贵的东西：纯洁、质朴等。当诸神意识到事情的严重性时已经太晚了，他们费了好一阵功夫才把洛基逐出了神域，使其流放到大地。然而人类也和诸神一样，受到不良的影响，美德被败坏。诸神的末日一步步接近，最终困窘和骚乱将取得胜利。

临之前，必先经过三个连续的芬布尔之冬。到那时，大地冰封，风雪交加。世界从此没有夏天，阳光也无法融化冰雪。人们开始自相残杀，世界将陷入杀戮与战争中。

贪狼最终追上了日车与月车，并且吞噬掉了太阳与月亮，星辰从天空陨落，大地震动，米德加尔特的山脉坍塌。接着，诸神的黄昏还描述了其他的灾害。魔狼芬里尔挣脱了诸神打造的枷锁，喷出火焰，燃起了熊熊烈火。洪水淹没了大地。米德加尔特的巨蛇耶梦加得变得愤怒起来，它钻出地面，喷出毒气。天空被撕裂开来，拿着耀眼魔剑的苏鲁特和居住在穆斯贝尔海姆的火巨人纷纷赶来，他们登上了彩虹桥，庄严华丽的彩虹桥在敌人的蹂躏下崩坏粉碎。洛基也来到了维格利德平原，紧接着是来自地狱的赫列姆及其他所有的霜巨人。彩虹桥的守卫海姆达尔被惊醒，立刻取出了号角，发出紧急

▼ 人们根据“诸神的黄昏”创作的艺术作品。

▲ 北欧神话中英勇的战士形象。

信号。在号角被吹响三次后，诸神已经集结在一起。奥丁策马来到智慧巨人密米尔处，向他询问意见。随后，世界之树开始颤动，所有人无不为之恐惧。

阿萨神族和英灵神殿的战士全副武装，他们骑马来到了平原，大战一触即发。首先出手的是奥丁，他戴着金色头盔，手拿金色盾牌和永恒之枪，迎战魔狼芬里尔。索尔无法协助他，因为他正手持雷神之锤，对战巨蛇耶梦加得。弗雷则和苏鲁特混战。由于弗雷先前把胜利之剑给了史基尼尔，少了这把剑的威力，弗雷最后力战身死。拴在格尼巴（地狱入口）的最恐怖的怪物猎犬加姆的绳索被解开，与提尔激战了一番，最后双方同归于尽。

雷神索尔给了耶梦加得致命一击，接着后退了九步，最后被耶梦加得的毒液淹死了。魔狼芬里尔与众神之父奥丁交锋，但是奥丁最后被咬死了。奥丁的儿子维达见到这番景象，便冲上前用穿着铁鞋的脚踩住魔狼的下颚，再用手扯开它的上颚，最终把芬里尔撕裂。洛基与海姆达尔经历一番激战，两人都死了。最后，火巨人苏鲁特将炎之魔剑投向天空，而由此产生的巨大火焰吞没了地球。

并非一切都毁于这场灾难，维达和瓦利由于没有被苏鲁特之火烧到，幸存了下来。他们居住在伊达维利尔（原先阿斯加德的所在地），索尔的儿子曼尼与摩迪带着父亲的雷神之锤也活了下来。巴德尔和霍杜尔也从地狱来到了这儿，他们讨论着古老的卢恩字母，并在草地上发现了曾属于阿萨神族的金色棋子。

还有两个名为利布和里普特拉西尔的人躲进了森林里，他们以露水为食，得以幸免于难，他们就是后来的人类的祖先。

斯雷普尼尔的传说

斯雷普尼尔

神话中经常提到斯雷普尼尔。赫尔莫德曾骑着它去冥界拯救巴德尔，这证明了斯雷普尼尔与亡灵之间的关联性，以及它作为亡灵引渡者的属性。

在阿萨神族和华纳神族的战斗中，阿斯加德的城墙被损坏了。如果此时巨人族入侵，阿斯加德将处于门户大开的处境。于是诸神想要招募工匠，将之重建。一天，一个名叫布莱斯特的建筑师来到了阿斯加德，以太阳、月亮和女神弗蕾亚为交换条件承接了这个工程。布莱斯特如此大的口气引起了诸神的不悦，但是诸神心知肚明，他们需要这个建筑师。洛基游说诸神，如果把日期定为三个冬季，布莱斯特肯定无法在约定日期内完成工作，这样他们就可以得到一部分建好的城墙，而无须向布莱斯特支付报酬。

布莱斯特愉快地答应了，但是他需要他的坐骑雄马斯瓦迪尔法利的协助，诸神同意了。然而城墙建造得比诸神想象得快多了，他们开始忧心忡忡。奥丁威胁洛基说，如果他想不出解决办法，就杀了他。洛基出于畏惧，想到了一个办法。他变成了一匹母马，把斯瓦迪尔法利引诱到了森林里。

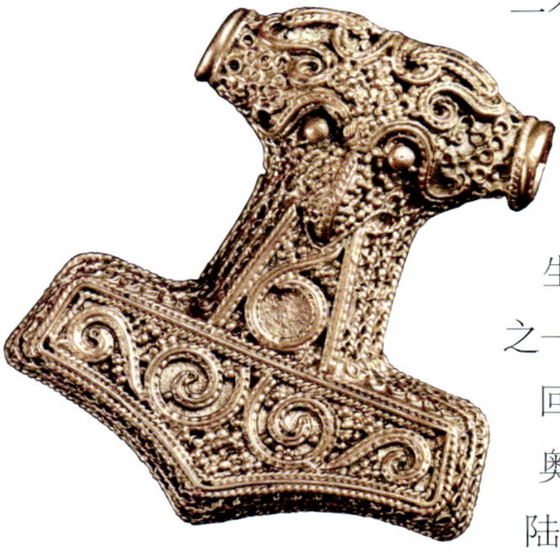

由于失去了斯瓦迪尔法利的帮助，布莱斯特的进度慢了下来，工程注定无法如期完成。布莱斯特十分生气，他变回了本来的面目——山巨人，阿萨神族的劲敌之一。索尔看到后，用雷神之锤杀死了他。几个月后，洛基回到了阿斯加德并生下了一匹八足骏马。洛基将它送给了奥丁，奥丁给它取名为斯雷普尼尔。这匹马可以在大海、陆地、天空游走，奔跑速度极快。

被盗的雷神之锤

一天，索尔醒来后发现他的雷神之锤居然不见了。他盘问洛基，洛基说是一个巨人偷走了锤子。索尔借来女神弗蕾亚的魔法羽衣，飞到了巨人国。原来是巨人国的国王索列姆偷走了锤子，他想以此要挟女神弗蕾亚嫁给他。

无奈之下，索尔只得接受洛基的建议。他穿上弗蕾亚

◀ 神话中驾驶羊车、手持神锤的索尔。

的衣服，戴上女神的项链和面纱，扮成弗蕾亚嫁给了索列姆。当索列姆在婚礼上拿出雷神之锤作为礼物送给新娘时，索尔脱下了伪装，夺过神锤，并与巨人们打了起来。索尔无视索列姆的求饶，电光石火后，索列姆和参加宴会的巨人们都死在了索尔的神锤之下。

奥丁和密米尔

《维嘉塔姆之歌》描述了奥丁去寻求女预言师海拉和智慧之泉关于巴德尔的预言的故事。

按照《新埃达》的记载，密米尔之泉位于世界之树的根下，并流向约顿海姆，智慧和灵气皆藏于泉水之中。一天，奥丁找到了智慧巨人密米尔，以一只眼睛作为交换，喝下了密米尔的泉水，获得了世间的智慧。

密米尔

密米尔是智慧之神。当阿萨神族和华纳神族停战后，阿萨神族把他作为和平使者送给了华纳神族，然而华纳神族却认为他是骗子。华纳神族砍掉了他的头，然后送回给阿萨神族。奥丁把草药敷在了他的头上，用以防腐。然后又施了一个咒语，给了他说话的能力，并派他看守世界之树。

奥丁得知了“诸神的黄昏”的预言。预言说，巴德尔将在世界毁灭后，离开赫拉海姆（冥界）回到神界。从此以后，女神弗丽嘉对于儿子巴德尔的死亡就释然了。

索尔大战巨蛇耶梦加得

诸神想要在埃吉尔的家中办一场宴会，但是因为缺少一口大锅酿酒，导致酒水不足。埃吉尔找到了索尔，希望他能出手相助，但是索尔也束手无策。这时提尔想起他的父亲希密尔有一口巨大的锅，足足有一公里深。于是他建议索尔和他一起去找希密尔拿锅。希密尔住在埃利伐加尔河之东，临近天际。

索尔化身成一个少年和提尔一起来到了希密尔的宫殿。提尔的祖母是一个拥有九百只脚的巨人，而他的母亲却是一个美丽的女子。她们见到提尔非常高兴，拿出酒来招待他们，并嘱咐他们先躲到锅底，因为希密尔对待外族人一向很残忍。

希密尔回家后，他的妻子告诉他，儿子已经回家了，但

▼ 索尔大战巨蛇耶梦加得。

是还有一个巨人族的敌人——索尔也在这儿。看到他并无杀意，他的妻子便将俩人的藏身之处告诉了他。虽然希密尔很不高兴，但还是宰了三头牛来款待客人。

有一天，索尔想要和希密尔一同外出垂钓。希密尔让索尔去寻找鱼饵。索尔找到了希密尔的牛群，然后割下了其中最好的一头牛的头作为饵料，随后便回到了船上。二人便开始划向湖泊深处，希密尔对于索尔的力气之大感到惊讶，并叫道："快停下，再往前恐怕就会遇到巨蛇耶梦加得了！"索尔却径直划到了巨蛇耶梦加得所在的地方。

船停下来后，希密尔很快就钓上了两头鲸。索尔抛下了以牛头为饵的鱼竿，果不其然耶梦加得上钩了。索尔使尽全力把耶梦加得拉起，但他用力过猛把船底都踩破了，索尔也随之掉到了海里。他和巨蛇在深海里打得不可开交，巨蛇不停地朝他喷毒液。当索尔正准备举起雷神之锤杀死巨蛇时，惊恐万分的希密尔拿刀割断了鱼线，耶梦加得也随之逃脱了。

回到家后，希密尔要求索尔再展示一次他的力量——弄碎酒杯。这个酒杯坚硬无比，索尔把它砸到柱子上也不见有丝毫损坏。然后他把酒杯用力砸向了希密尔的前额，酒杯碎了，但希密尔的前额却完好无损。

索尔必须达到此行的目的，他用尽全力把大锅扛到了肩上，但他举锅时用力过大，把地板都踩穿了。索尔又拿出雷神之锤，把追捕他的巨人全部打倒。就这样，他扛着大锅回到了埃吉尔的家，成功举办了宴会。

耶梦加得

耶梦加得是一条生活在环绕着人间世界的深海中的巨蛇，力量巨大。乌尔夫·乌加宋（10世纪）称之为"地球的坚实纽带"。神话中经常出现耶梦加得的形象：索尔欲捕之而不得；洛基为其父，女巨人安尔伯达为其母；在"诸神的黄昏"来临时，他搅动海洋，引发海啸，并钻出地面。此外，从青铜时代到维京时代的岩画中都出现了巨蛇耶梦加得的形象。在英国的戈斯福斯十字架上也可以看到它的形象。

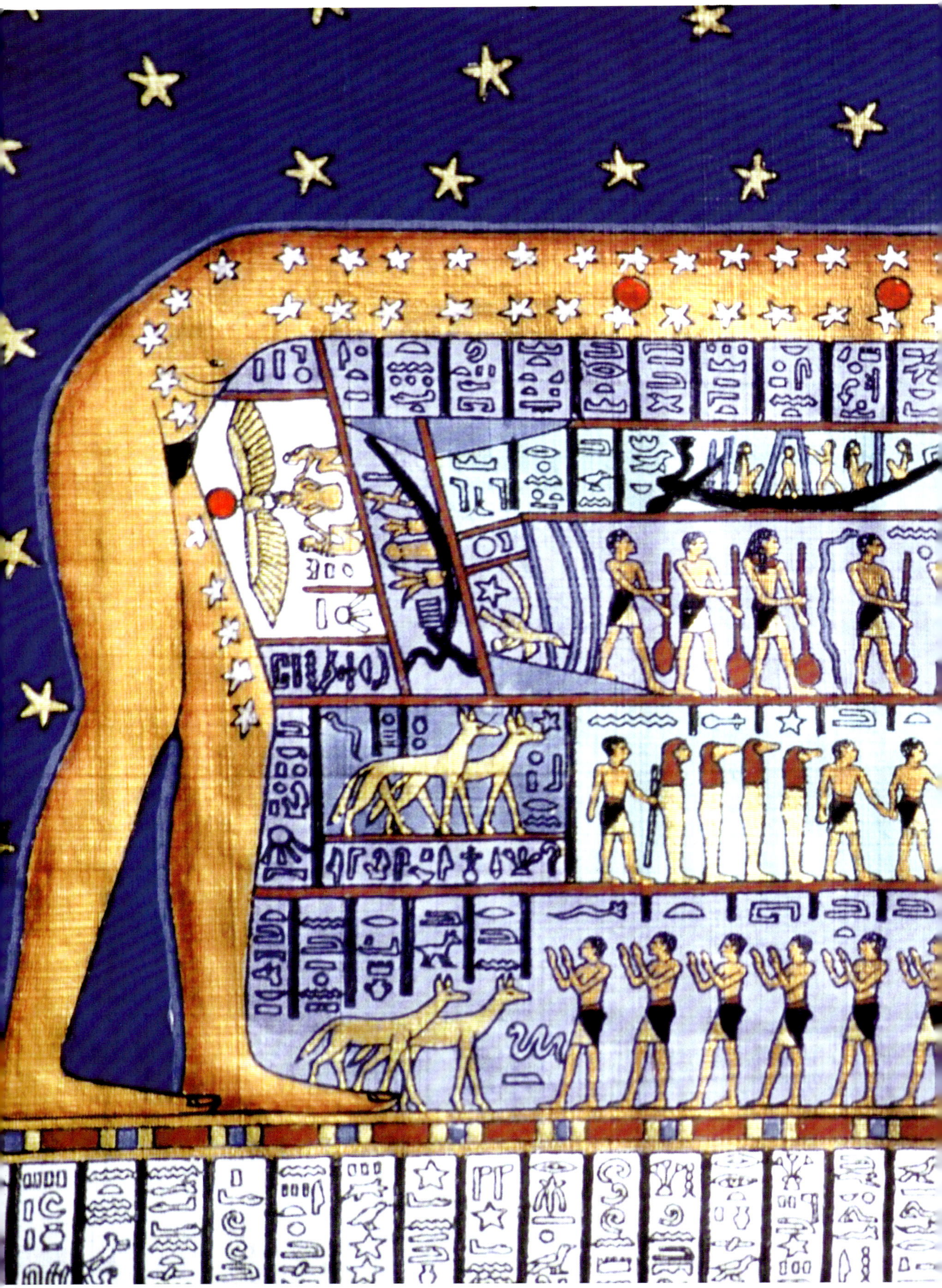

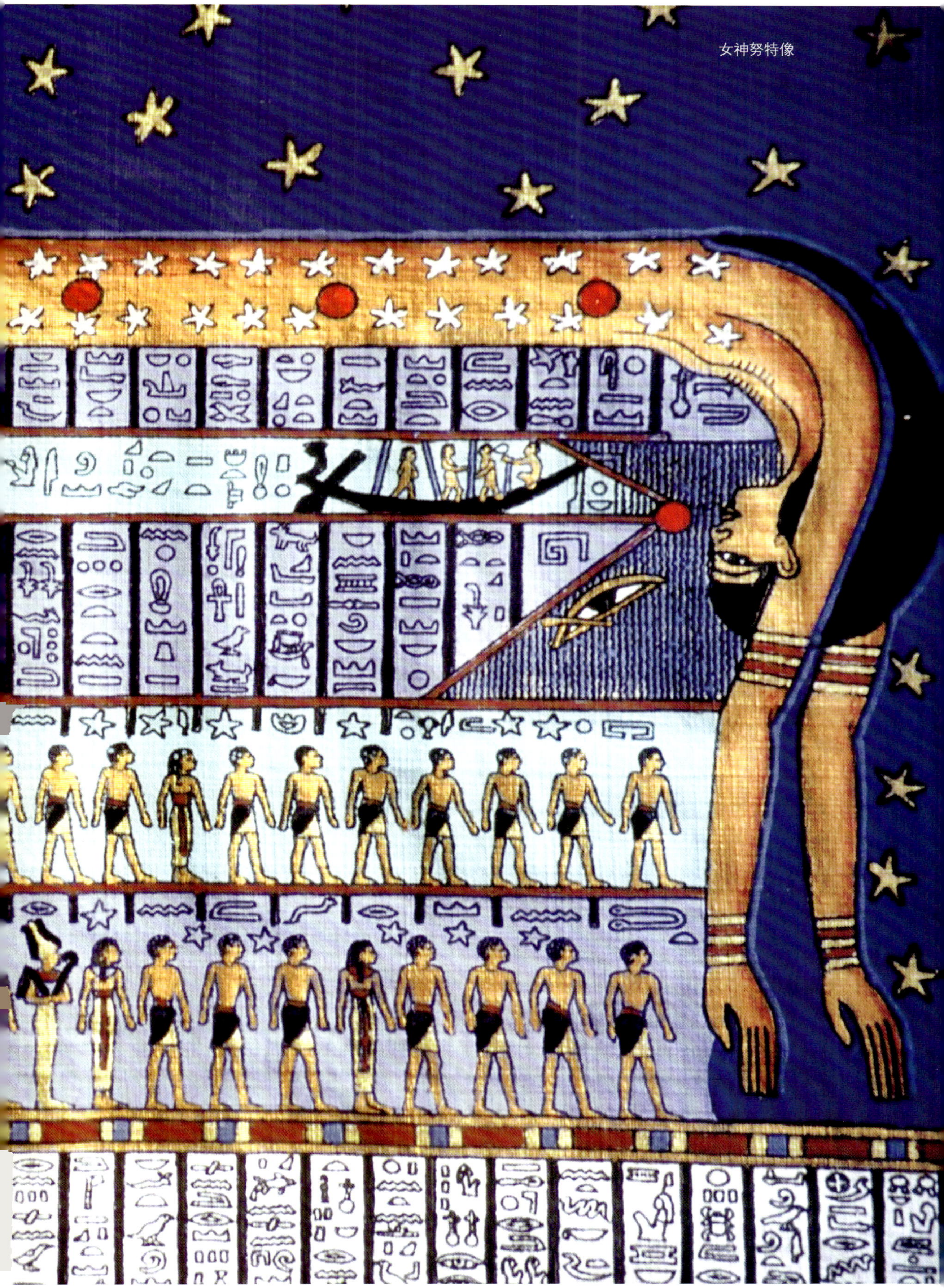

女神努特像

中东地区神话

▲ 帝王谷中的壁画：诸神和圣书体。

中东地区神话中的神明与神奇生物

阿里曼

琐罗亚斯德教（又称“拜火教”）。阿里曼是至高的神，也是黑暗之神及邪恶的化身。他创造了恐惧、嫉妒和欲望，并把这些带给了人类。阿里曼居住在地狱，象征物是蛇。

阿胡拉·玛兹达

琐罗亚斯德教。阿胡拉·玛兹达是至高的善神（与恶神阿里曼相对应），他是光明及生命之神。他的名字意为“智慧之神”，代表智慧和善良。

阿蒙

埃及。阿蒙被称为“众神之王”，是底比斯的天空之神，也是航海家的守护神。当阿蒙与太阳神拉结合在一起时，就变成了一个更强大的神明——阿蒙－拉。传说，“阿蒙”

是神的名字，“拉”是神的脸，而“普塔赫”是神的身体。阿蒙被描绘成一个蓝黑色皮肤的男人。他身穿长袍，坐在王座上，他有动物的头颅，头上还插着两根长长的羽毛。

伊姆塞特

埃及。伊姆塞特是荷鲁斯之子。他拥有人类的头颅，象征南风，负责保护死者的肝脏。

阿纳特

叙利亚。阿纳特是大地、谷物和祭祀女神，象征着生命力量。她是一个嗜血的少女，也是一个行为暴虐的处女神。

阿娜希塔

琐罗亚斯德教。阿娜希塔是生命及水流女神，司气象、生育、战争和胜利。她的属性与希腊神话中的雅典娜相似。

生命之符

生命之符是一个宗教符号，即埃及十字。它看上去像一个“T”，顶部有一个手柄。常见于女神塞凯特和伊西丝的形象中。它象征着生命战胜死亡。

安努

安努是苏美尔[①]的最高神。“安努”意为“星空”，他被描绘为八角星，他的住所是天宫。安努与女神安图结合，生育了二子：恩利尔和巴巴。

阿努比斯

埃及。墓地守护神阿努比斯是奈芙蒂斯和赛特之子。他有着胡狼的头，他的职责是引渡亡灵并使尸体形成木乃伊。据说，他曾保护过奥西里斯的尸体。

阿巴乌沙

琐罗亚斯德教。阿巴乌沙是一个骑着黑马给世

▼ 壁画，埃及神明阿努比斯手执生命之符。

① 古代两河流域南部（今伊拉克境内）。——编者注

间带来干旱的恶魔。

阿匹斯

埃及。阿匹斯是一头象征生育能力的公牛。在艺术作品中，他被描绘为一个牛头人身的男人。相传，一束太阳光照到了一头母牛身上使母牛怀孕，生下了阿匹斯。一般来说，公牛被视为神的使者，阿匹斯则是普塔赫的使者。

挪亚方舟

世界上许多文化中都曾出现过“大洪水”。公元前 2400 年左右，在底格里斯河与幼发拉底河之间的苏美尔地区确实发生了一场大洪水。大洪水过后，唯一存在的就只有挪亚方舟了，它并没有受到亚拉腊山山顶极端气候的影响。

虽然当地人声称他们手里有用挪亚方舟的碎片制成的护身符，但考虑到极端气候的影响，寻找挪亚方舟的探险者是不可能成功的。

挪亚方舟

在世界上已知的文明中，关于“大洪水”的故事数不胜数，其中最著名的是《创世记》。这类故事同时也出现在吉尔伽美什史诗、《古兰经》，以及因纽特人、中国人、阿兹特克人与苏族人、塔斯卡洛拉人的传说中，甚至也出现在澳大利亚原住民的传说里。虽然细节略微不同，但是各个文明中出现的“大洪水”事件有其共通之处：故事里都有人、船，有动物获救。

阿斯塔蒂

叙利亚。月亮女神阿斯塔蒂代表的是大自然的繁殖能力。

阿图姆

埃及。太阳神阿图姆是拉的一种形象。他被描绘为一个圆圆的太阳，法老阿肯那顿称之为“最高神”。阿图姆可以反射太阳光的精神能量，以此滋养生命。

不死鸟

埃及。不死鸟是古埃及崇拜的神鸟。它形似金雕，长着发亮的彩虹色羽毛。不死鸟无法生育，因为它们这个种族只能有一只鸟存活于世。此后当它感觉自己快死时，便衔来神草筑造一个鸟巢。它就待在鸟巢里，直到烈火燃起，然后从它的骨灰中又生出另一只不死鸟。不死鸟是灵魂不朽的象征。

阿兹・达哈卡

琐罗亚斯德教。阿兹・达哈卡是一个恶魔，常掠夺家畜。他的外形是一条可怕的三头蛇。

芭丝特

埃及。芭丝特是母亲神和月亮神，是守护生命的和平女神。她的外形是一只看家猫，她负责守护孩子。芭丝特的神庙中还饲养着猫，这些猫死后会被制成木乃伊，埋在墓地里一个特殊的地方。

▲ 埃及女神芭丝特的外形是一只猫。

贝斯

埃及和地中海。贝斯的形象是身材矮小，长着胡子和长发，伸着舌头。在艺术作品中，他时而赤裸，时而穿着狮皮。贝斯是家庭、生育、孕妇的守护神。同时，他也是音乐、舞蹈和酿酒的守护神。人们会以他的形象制作护身符以驱邪。

库努姆

埃及。库努姆是水神，也是尼罗河地区的瀑布之神。他外貌奇特，长着公羊头，却有着人的身体。他在陶轮上创造出了诸神和人类。

凯布山纳夫

埃及。凯布山纳夫是荷鲁斯的儿子，象征物为老鹰的头。他代表西风，负责看管肠子。

多姆泰夫

埃及。多姆泰夫是荷鲁斯的儿子，象征物为胡狼的头。他代表东风。

恩利尔

苏美尔。作为众神之父和天地之王，恩利尔的重要性超过了他的父亲安努。他掌管生灵、法律和命运的规则。恩利尔住在库尔加勒（一座通天的山）。他和宁利勒结合后，生下了尼努尔塔、南纳

▲ 埃及哈索尔女神庙中的贝斯雕像。

▲ 阿达印章的局部：那个肩上涌出水流和鱼群的就是大地之王和水流之神恩基，大英博物馆。

和恩基[①]。

恩基

苏美尔。恩基是大地之王和水流之神，同时也是智慧和法术之神。

恩祖

苏美尔。恩祖是占卜之神、月神和知识之神。他和内尔伽勒结合后生下了乌图和伊南娜。

圣甲虫（凯布利）

埃及。圣甲虫是男性及太阳神的象征。古埃及人认为圣甲虫是雄性，它们生于粪堆中。圣甲虫也是能够实现自我再生的生命的象征。

狮身人面像

埃及。狮身人面像是一座位于卡夫拉金字塔旁的雕像，

① 有的神话说，恩基与恩科尔是兄弟，为安努所生。——编者注

它被雕刻在一个巨大的石块上。最早的时候狮身人面像是雄性的，然而随着时间的流逝，它被表现为一个长有双翅的雌性形象。

盖布

埃及。盖布是埃及的大地之神。他被描绘成一个阴茎勃起、头上立雁的男性。盖布是天空女神努特的丈夫，代表着生育和生命的法则。

哈庇

埃及。哈庇是荷鲁斯之子。他是一个蓝皮肤、身体肥胖、长着胡须、拥有部分女性特征的男性。哈庇是生育能力的象征，代表着北风。负责看守肺部。

▼ 浅浮雕：女神哈索尔把生命之符放在法老塞提一世的脸上，埃及阿比多斯神庙。

哈索尔

埃及。哈索尔和伊西丝是埃及最受崇拜的女神。她是拉的女儿，是生育之神、爱神、音乐之神、欢乐与舞蹈之神，同时也是母亲和子女的守护神。哈索尔象征着天空。人们常把哈索尔描绘成一个牛头牛耳的女子，在她的双角间还有一个象征着太阳的圆盘。

荷鲁斯

埃及。天神荷鲁斯是奥西里斯和伊西丝之子。他的形象通常是一个鹰头人身的男人，日月为眸，头上戴着象征上下埃及的双王冠。荷鲁斯幼年时曾度过了一段非常困难的时期，后来在母亲的帮助下，他与叔叔赛特激战，想要夺回原本属于他的王位。杀死了赛特后，他成功登上了王位。

▲ 卢克索神庙的壁画上的荷鲁斯。

伊南娜 – 伊丝塔

苏美尔。她既是爱神，也是战神，类似于希腊神话中的阿芙洛狄忒。

伊西丝

埃及。伊西丝是古埃及极受尊崇的女神，也是伟大的女巫，是智慧与母性的象征。人们相信伊西丝可以祛除百病。她和自己的兄弟奥西里斯结合，生下了遗腹子荷鲁斯。伊西丝是女性和母亲的典范。她的常见形象是一只鹰，或是一个以王座和日轮作头饰的女人。

孔斯

“孔斯”意为“王的胎盘”（祭品）。孔斯是太阳神的双胞胎兄弟，所以人们自然而然地认为他代表月亮。在艺术作品中，孔斯是一个长着络腮胡，扎着侧马尾的男人。他是一个暴虐的神明，常为了夺取其他神明的权力而追杀他们。

卡

埃及。卡代表着生命力、保护者、指导者，负责为世界万物提供精神力量。

玛亚特

埃及。玛亚特是拉的女儿，是真理与正义女神。人们可以通过智慧和学习接近女神。玛亚特是一个头上插着鸵鸟羽毛的女人。女神在冥界审判中拥有重要的地位。古埃及人认为人死后要受诸神的审判，天平左端放着死者的心脏，另一端放着玛亚特的雕像作为砝码。若心脏比羽毛轻或等重，说明死者无罪；反之则说明有罪，然后鳄头狮身怪物阿米特就会将死者吞掉。

玛亚特

玛亚特象征着基于公平之上的世界秩序。失序的世界将走向毁灭，所以法老的首要职责就是维护法律和公正。法律和公平的维护者也被称为“玛亚特的宠儿”。

马尔杜克

巴比伦[1]。古巴比伦的大地之神，也是人类的创造者。

玛谢亚妮

琐罗亚斯德教。玛谢亚妮是人类的母亲。

密特拉

琐罗亚斯德教。密特拉是太阳与光之神，同时也是真理之神，他拿着一只锤子同邪恶战斗。不忠者死后会被他惩戒，忠诚的人则会得到奖励。他最常见的形象是一个杀牛者，或是一个乘着由白马拉动的车出行的人。

▲ 密特拉的雕像，西班牙科尔多瓦考古与民族学博物馆。

蒙图

埃及。战神蒙图的形象是一个鹰首人身、以日轮为冠的男人。

姆特

埃及。姆特是众神之母，是阿蒙的妻子，孔斯的母亲。姆特是雌雄同体的女神，自己就可以繁育后代。她常见的形象是一个狮首人身的女人。

奈费尔图姆

埃及。奈费尔图姆代表青年时期的拉神，他生于深渊中的莲花上。他的形象是鹰首人身，象征愉悦及生育力。

奈芙蒂斯

埃及。奈芙蒂斯是“家庭的女主人”，是一个生有双翼的女神。她是盖布和努特之女，奥西里斯和伊西丝的姐妹。她和兄弟奥西里斯结合，生下了阿努比斯。木乃伊的绷带也被称为“奈芙蒂斯的一绺头发”。事实上，奈芙蒂斯帮伊西丝找到了奥西里斯的尸体碎片，然后将其拼接完整。

---

① 古代两河流域最大的城市。——编者注

涅伊特

埃及。涅伊特是战争与狩猎女神。在艺术作品中可见女神背着弓箭和箭囊守护在奥西里斯、拉和法老的旁边。她的箭镞可驱除恶灵。

涅赫贝特

埃及。太阳女神涅赫贝特是法老王的守护神，也被称为“白色王冠”，她的常见形象是一只秃鹫。

努特

埃及。努特是天空女神，代表囊括宇宙的苍穹——在古埃及的神庙里从各个角度都可以看见群星闪烁的天空。努特以四肢笼罩大地，以星辰覆体。努特是盖布之妻，奥西里斯、伊西丝、赛特及奈芙蒂斯的母亲。在稍晚流传的神话中，努特的躯体和时辰形成了对应关系：努特的双唇对应一天中的第二个小时，牙齿对应第三个小时，喉咙对应第四个小时，胸部对应第五个小时，以此类推。

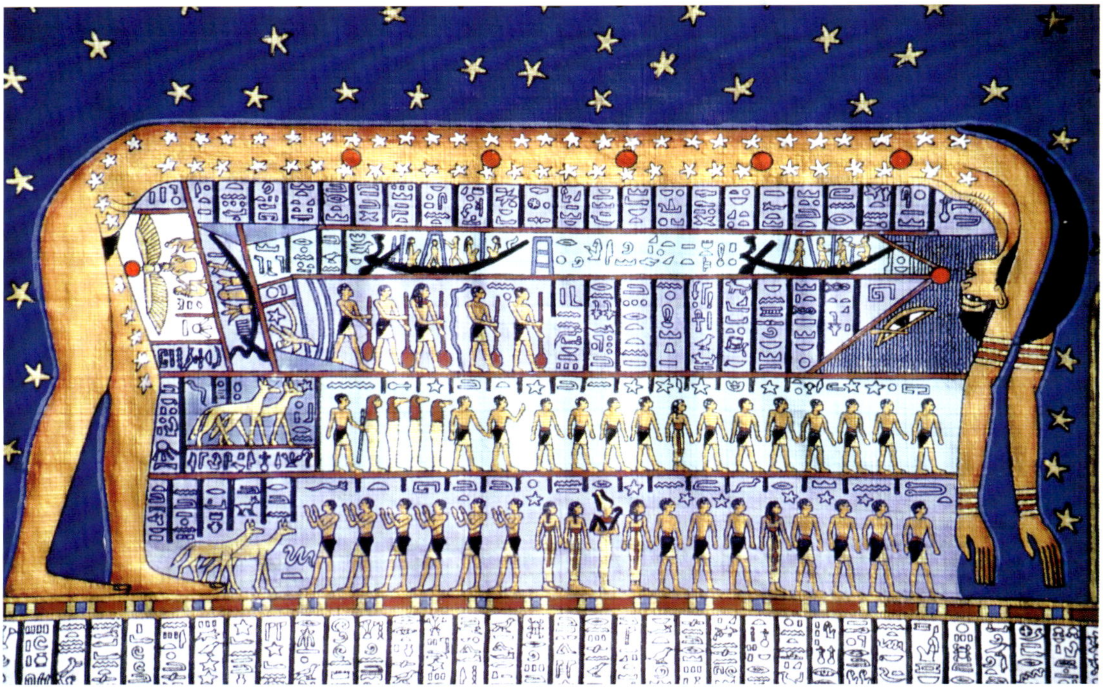

▼ 女神努特像。

奥西里斯

奥西里斯是盖布和努特之子，生于埃及孟菲斯，负责看管冥界。奥西里斯曾统治过埃及，他统治的时期被誉为黄金时期。奥西里斯的姐妹伊西丝与他结合，生下了荷鲁斯。奥西里斯在父亲死后继承了王位，不料后来王位被兄弟赛特夺走。王位之争引起了国家的动乱，奥西里斯被赛特所杀，他的尸体被分解成好几块，扔到了埃及的各个地方。伤心的伊西丝捡回了奥西里斯的尸体碎片（除了他的阳具），然后把他变成了一只鸟，并与他交合生下了荷鲁斯。奥西里斯的形象是一个手拿权杖和鞭子的木乃伊。

奥西里斯

以下是奥西里斯的一些称号或头衔：西方的公牛（卡·阿门特）、惰性（心脏停止跳动）、门德斯的神羊（等同于奥西里斯的灵魂）、永远开心的神、永远完美的神、边界之神、住在辣木树上的神。

普塔赫

埃及。普塔赫是造物主及工匠的守护神，象征着生育力和稳定。公牛阿匹斯是他的代理人。普塔赫常见的形象是一个木乃伊，两只手露在木乃伊裹布的外面。

拉

埃及。拉是古埃及的太阳神及众神之父。晚上，太阳以“阿图姆”的形象出现，拂晓时他是一只圣甲虫，白天他又变成苍鹰俯视大地。拉常见的形象是鹰首、牛身——也有传说认为是羊身，因此拉和大自然的繁殖力联系在一起。

列涅努特

埃及。列涅努特是幸运女神，也是孩童的守护神。她头上有一窝蛇。在古埃及，人们把一年中的第一滴雨、第一滴酒和第一片面包献给女神，以祈求丰收。

▼埃及神明拉。

塞赫美特

埃及。塞赫美特是战争女神。她被描绘成一头狮子，她是太阳神拉的女儿，象征着太阳可怕的破坏力。塞赫美特曾想消灭人类，拉阻止了她。拉送给她几罐红色的酒，塞赫美特以为这是人血。她把酒一饮而尽，然后就醉倒了，人类因此获得了喘息之机，逃脱了塞赫美特的追杀。

塞尔凯特

埃及。塞尔凯特是女神，能治愈被蝎子蜇伤的人，也负责守护法老王的石棺。在古埃及艺术作品中，塞尔凯特的形象是一只蝎子或是一位头顶蝎子的女性。

赛特

埃及。赛特是盖布和努特所生，他是自己从努特的子宫中爬出来的。他是暴力和邪恶之神，也是沙漠之神。为了篡夺王位，他杀害了自己的兄弟奥西里斯。赛特常见的形象是一只双耳被割、尾巴分叉的猎兔犬。

赛特

在史前时代，赛特是上埃及的守护神。据《死亡之书》记载，赛特是亡灵的朋友，他甚至曾帮助自己的兄弟奥西里斯通过云梯登天。然而从埃及第二十二王朝起，赛特开始被视为邪神，甚至没有被列入埃及万神表中。

舒

埃及。舒是拉的儿子、泰芙努特的丈夫。他的形象是：一个以鸵鸟羽毛为头饰的男人用双手托起努特——天空。“舒”意为“空”，也代表天地间的大气以及生物的气息。

索贝克

埃及。索贝克是古埃及的鳄鱼之神，生于天地诞生之初浑浊的水域中。他以作战时的迅猛而闻名。他常见的形象是鳄鱼。

阿梅沙·彭斯塔

琐罗亚斯德教。阿梅沙·彭斯塔是生命之神，也是善良与光明之神。他与自己的孪生兄弟黑暗之神的战斗无止无休。

泰芙努特

埃及。泰芙努特是拉的女儿，舒的妻子，盖布和努特的母亲。她是潮湿女神，生于拉的唾液之中。她常见的形象是一个狮首人身的女人。

▲ 彼得·勃鲁盖尔《巴别塔》，1563 年，布面油画，114 厘米 ×155 厘米，维也纳艺术史博物馆。

提施塔尔

琐罗亚斯德教。雨神提施塔尔是波斯[①]的一个主神。他和一颗名叫阿巴乌沙（带来暴雨或干旱）的星星展开了战斗。战斗一年一次，如果提施塔尔赢了，天空中就会多出一颗星星，叫作萨塔外萨，它会降下利于百姓和农业的雨水。

巴别塔

波斯。一群说着同一种语言的人来到了示拿之地的平原上，并在此定居。人们在那里建造了一座城市，在城市中又建造了一座通天塔，以此扬名立万，免得族人分散到世界各地。雅威（即耶和华）看到后十分忧心，他说这一群只说一种语言的人聚集在一起以后便没有他们做不成的事了。于是

巴别塔

《圣经》的作者用“混乱”来解释“巴别”（Babel）这个词语，一般指的是语言混乱。时至今日，人们仍把牙牙学语的幼儿重复而混乱的话语形容成说话“结结巴巴、含含糊糊的”（balbuceo）和“吧啦吧啦”（bla, bla）。

① 古国名。是伊朗的旧称。——编者注

▲ 埃及神明托特。

他来到人间，创造了各种各样的语言，使人们不能相互理解，这就使得他们分散到世界各地。

托特

埃及。托特是法律和智慧之神，司书籍、图书馆、语言和知识。他的代表形象是一只白鹮。

塔沃里特

埃及。塔沃里特的职责与分娩有关，她是孕妇的守护神，但塔沃里特与生育女神明显不同。她的形象是一头雌河马，有狮子的脚、鳄鱼的尾巴及硕大的乳房。

乌加眼

埃及。乌加眼是古代埃及人常佩戴的护身符，也被称为“荷鲁斯之眼”，代表了强大的埃及的统一。据《死亡之书》记载，乌加眼必须用青金石制成。

乌图

苏美尔。乌图是苏美尔神话中的太阳神。他是司公正和神谕的神明，妻子是阿亚。

瓦由

波斯。瓦由是波斯神话中的风神，他是阿胡拉·玛兹达的创造物的守护战士，也是时间与空间，光明与黑暗的统治者。

乌鲁斯拉格纳

琐罗亚斯德教。乌鲁斯拉格纳和密特拉十分相像，是一个代表胜利的战神，其常见的形象是一头拥有金牛角的公牛。

琐罗亚斯德（查拉图斯特拉）

琐罗亚斯德是琐罗亚斯德教的先知及创立者。他青年时就成了祭司，并受到唯一的真神阿胡拉·玛兹达的启示，后来这些启示被收录在琐罗亚斯德教经典《阿维斯塔》(即《波斯古经》) 中。他的宗教势力不断扩大，并禁止了除拜火以外的其他古代仪式。他认为世界就是善与恶的对立。

组

巴比伦。邪神组趁恩利尔沐浴时，偷走了恩利尔的命运石板，后被卢加尔班达杀死。

扎尔万

琐罗亚斯德教。扎尔万是古波斯的中立之神。他是双性神，生下了善神阿胡拉·玛兹达和恶神安哥拉·曼纽。

▼ 一块描绘赫梯男人的古代浅浮雕。

中东地区神话故事

雷神的怒气

赫梯[①]神话。太阳神有一次大设宴席，邀请了所有的神明。虽然太阳神准备了很多好吃的、好喝的，但是到了宴会那天大家却什么也没吃到。正在大家疑惑不解时，宴席上出现了一个老翁，他给诸神解释了这件奇怪的事情。原来雷神早在开席前就将所有好吃的卷走了。

诸神决定去邀请雷神，重开宴席，但是众神没能找到他。沮丧的老翁只好去寻求伟大的女神坎卢谢巴的帮助。女神告诉

① 小亚细亚中部古国。——编者注

吉尔伽美什

虽然记载吉尔伽美什神话的原始文本出现在公元前2300年左右，但实际上这个神话可以追溯到公元前3000年。该版本的复印本应该出自尼尼微王朝亚述巴尼拔王（公元前668—公元前626）的图书馆。

他，雷神离开了，如果没有了雨水的滋润，大地将变得干旱。接着她让老翁准备一只蜜蜂，并教他怎么找到雷神。

这只蜜蜂果然找到了雷神。当时他正在森林中沉睡，蜜蜂用刺蜇醒了他。雷神大怒，出于报复，他降下一场暴雨。暴雨伴随着电闪雷鸣，向人们侵袭而来。诸神愕然，纷纷哀求女神坎卢谢巴出面解决问题，因为她是唯一一个能安抚雷神的人。

吉尔伽美什

苏美尔神话。吉尔伽美什是恶魔与阿鲁鲁之子。他是一个半神，三分之二是神，三分之一是人。《吉尔伽美什史诗》为我们展现了一个奴役人民的暴君形象。

▼ 萨尔贡二世宫殿里的吉尔伽美什像，巴黎卢浮宫。

安努（最高神）和阿鲁鲁用黏土创造了恩奇都，一个能够与吉尔伽美什相提并论的野人，他的职责是保护落入陷阱的野兽和猎人。吉尔伽美什知道了他的存在后，派了一个女人过去，让他了解爱的快乐，诱惑他来到乌鲁克（吉尔伽美什所在的城市）。经过六天七夜后，恩奇都踏上了前往乌鲁克的旅程。在这个过程中，他逐渐了解到人们对于暴君吉尔伽美什的看法（大肆剥削、滥用权力、初夜权等）。所以当他来到乌鲁克的时候，冲突不可避免地发生了。经过了漫长的争斗，最后俩人却互相钦慕，结下了深厚的情谊。

这两位新结识的朋友打算去打败居住在雪松林里的巨人胡姆巴巴。他们抵达森林后，趁着胡姆巴巴只穿了一件神圣披风（平时他会穿七件）的时候，向他发动了攻击。俩人最终砍下了巨人的头颅，并把他的尸体扔到了幼发拉底河里，让他随着河水流到了恩利尔所在的城市尼普尔。在这个过程中，恩奇都给了巨人致命一击。从此以后，雪松林为其守护者的死亡而不停地哭泣。

为了庆祝这次胜利，吉尔伽美什换上了最华丽的服饰。那一天，他英俊非凡，光彩夺目，深深地吸引了女神伊丝塔。为了引诱吉尔伽美什，伊丝塔降下了神的赐福，但吉尔伽美什对此却不屑一顾。大受打击的伊丝塔心里充满了愤怒，为了复仇，她创造了一头神牛，想借此杀死吉尔伽美什。神牛给大地带来了灾难，每次它打响鼻，大地都会裂开一道巨缝，吞噬掉数百人。恩奇都再次展现了他的能力，他抓住牛角，控制住了神牛，又把神牛的内脏挖了出来。这次大胜后，吉尔伽美什命人用牛角制作成酒杯，献给了守护神卢加班达。然后，他又和朋友恩奇都跑到幼发拉底河里沐浴，得意扬扬地庆祝这次胜利。

▲ 浅浮雕，吉尔伽美什和恩奇都，阿勒颇国家博物馆。

恩奇都在梦中得知，他们击杀胡姆巴巴、神牛，冒犯女神伊丝塔，已经构成了藐视神权的罪行。这些罪行导致恩奇都生病死亡，最后被一个奇怪的生物（拥有老鹰和狮子的爪子）带到了地狱，即伊尔卡亚的住所。

吉尔伽美什为挚友的死而恸哭，与此同时，他终日惶惶不安，担心死亡有一天也会降临到自己头上。于是他决定去寻找乌那比斯蒂姆，以求得长生不老的秘密。乌那比斯蒂姆在“大洪水”时得到了埃亚的帮助，存活了下来，并且掌握着永生的秘密。他住在摩周山上，但是等待着吉尔伽美什的将是蝎子——太阳之路的守护者。尽管这并非一条凡人可以通行的道路，吉尔伽美什还是如愿到了这个大地上的天堂。在那里他碰到了席杜丽，席杜丽建议他活在当下，享受世间的快乐，因为没有人可以长生不老。尽管如此，席杜丽还是为吉尔伽美什指明了道路：他必须穿过“冥河”，才能找到乌那比斯蒂姆。乌那比斯蒂姆的摆渡人载他渡过了这条河，但他也得到了第一个惩罚，即七天七夜（这是“大洪水”持续的时间）不能入眠。出乎意料的是，我们的英雄并没有拒绝这样的惩罚，而是得出一个结论，即长生不老是不可能

萨满

航海家辛巴达与萨满文化有着直接的联系。在其远渡重洋时，无论处境多么危险，他都没有乞求神灵的帮助，因为他本身就能发挥无限的智慧来拯救自己，这就是他成为现代英雄的原因。

的，因为人类的命运早已注定。

吉尔伽美什回到乌鲁克后，砍下了一棵树（这是一条蛇、一只老鹰和一只猫头鹰的住所），用来给女神伊南娜－伊丝塔制作一宝座和床。女神却让他用这些木料给他自己制作了一面鼓。一天，鼓不经意间掉到了冥界。于是吉尔伽美什哀求诸神，让他和挚友恩奇都见一面。冥神涅尔伽尔被吉尔伽美什深切的哀求打动，同意让恩奇都通过地面上的一道裂缝出去，同吉尔伽美什讲一会儿话。于是恩奇都给挚友讲述了亡灵的悲惨状况。

第一个萨满的诞生

阿德哈本是一个波斯青年，一天他不知何故病了，全身上下没有一丝力气，人们据此认为他已经死了。但实际上，他只是深深地陷入了一个梦境之中，以至于人们无法判断他的真实情况。在梦里，黑色的鸟儿载着他来到了天上，来到了鸟类的王国。

他在那里接受鸟儿的教育，直到他的智慧达到了鸟儿们期望的程度。鸟儿们将其缩小到胚胎的大小，并将其放进了一个妇女的子宫里。就这样，他失去了一切记忆，在一个新的家庭里重生。随着年龄的增长，他发现自己拥有自我愈合的能力，并且这个能力随着他身体的成长而增强。此后，他开始致力于治疗病人，制作药膏，召回丢失的魂魄。总之就是在鸟类的帮助下合理运用一切大自然给予的资源。

在他漫长的一生中，他给一些学生传授了萨满的知识，他的学生又把这些知识传授给了其他人。东方萨满文化就这样慢慢发展了起来。其中，只有少数被选中的人能够展示出必要的才能和知识，成为一名真正的萨满。被选中的人是人类与大自然沟通的纽带，大自然需要同人类沟通，让人类不把自己抛之脑后，并且，若人类能合理对待自然的话，本身也能得到好处。

正如上文所说，萨满既是医者，也是灵魂的引导者，通常还拥有诗歌的天赋。他们的能力来源于大自然和自身的智慧。萨满和神灵一样，深受人们的尊敬和爱戴，同时他们也是人们的精神榜样。

辛巴达水手

辛巴达无法忍受城市里充斥的噪声和各种各样的问题，所以一有机会他就会出海。一次，他航行到了一个不知名的小岛。在岛上走了一会儿后，他的船突然漂走了。于是他只好留在了岛上，他慢慢走到了一块巨大的白色岩石旁边。

他感到很惊讶。然而当他看到一只巨大的鸟儿落到岩石上时，他就更加惊讶了，他想：这恐怕不是一块岩石，而是一个尺寸未知的鹏鸟蛋。于是他解下了头巾，把自己系在鹏鸟的爪子上。这样，他就可以和鹏鸟一起飞走，回到家乡。

辛巴达

在《马可波罗游记》第三卷第三十六章里描述了西方鹏鸟："马达加斯加岛的居民提到，在一年中的某个特定时节，一种非凡的大鸟会从南方飞来，他们称之为'roc'。它（鹏鸟）状似鹰隼，体形硕大。它们非常强壮，可以抓住大象，将其拖至高空扔下，摔为肉泥，再慢慢享用。见过大鹏的人还说它翼展十六步，翅羽长八步。"马可波罗还补充道，大汗派来的使节把一片鹏羽带回了中国。

▼《一千零一夜》中的插图，描绘了辛巴达水手的历险故事。

▲《一千零一夜》中描绘辛巴达水手第五次航行的插图。

当鹏鸟落在地上时，辛巴达解开了头巾。随后他发现他落到了山上，这里荒无人烟。绝望的辛巴达环顾四周，发现地面上遍布成千上万颗闪闪发光的香瓜大小的宝石。但是如果独自身处一片荒凉的地方，这样的财富就毫无价值。

突然间，天上下起雨来。但是这并不是寻常的雨，而是数不清的肉块，它们砸到宝石上，宝石随之嵌进肉块中。然后那些大鸟纷纷叼起肉块，飞向其他地方。辛巴达抓起一些宝石，塞到口袋里，然后把自己绑到一块肉块上，趴在地面上，直到另一只鸟把他连同肉块一起叼了起来。

辛巴达被大鸟叼着飞上了天空，他在鸟喙上俯瞰大地。这只大鸟最后停到了一棵树上，开始筑巢。与此同时，辛巴达琢磨着如何才能回到家乡。突然间，他听到了一个人的叫声。这个男人赶走了这些大鸟，并问起了辛巴达的情况。原来这个人会赶在鸟儿回巢时来获取宝石。

辛巴达对此人的智慧非常钦佩，为了感谢他的帮助，辛巴达把袋子里的宝石送给了他。这个人把辛巴达从山腰上带到了海边，并把他送到了码头边的船上。

辛巴达后来又进行了上百次航行，这为他带来了名望和财富。

伊西丝和七只蝎子寻找赛特

埃及。伊西丝决定报复她的兄弟赛特。为了不引人注意，她带着七只训练过的蝎子一同离家去寻找赛特。途经一个富人家时，她请求女主人让她在这里寄宿，但是女主断然关上了门。伊西丝和她的蝎子觉得深受冒犯。

后来，一个朴实的农妇给她开了门，邀请她留宿。见此，七只蝎子中的一只决定回到那个富人家，并蜇了她的儿子，这个小少爷命悬一线。它要通过这个方式报复那个女主人，因为她缺乏待客之道。

伊西丝知道了这件事后非常同情小少爷，她并不想让一个无辜的人死去。于是她匆忙跑去救那个孩子。那个富人家的女主人心里十分后悔，便盛情款待了伊西丝和那个农妇。

▼ 天神荷鲁斯与爱和快乐的守护女神哈索尔，埃及考姆翁布神庙。

荷鲁斯和埃及王位

荷鲁斯的母亲伊西丝把他藏到了纸莎草沼泽里，以躲避他的叔叔赛特的迫害。荷鲁斯长大后，向拉和其他主神提出了夺回王位的请求。除了拉，其余神明都支持荷鲁斯，拉提出通过决战来决定王位的归属。但是其他神明不同意，他们希望得到伟大的女神涅伊特的建议。女神明显倾向于荷鲁斯，因为他是埃及王位的合法继承人。为了安抚赛特，女神把自己的两个女儿送给他做妻子。

除了拉，其他神明都赞同女神的决定，拉来到荷鲁斯面前，指责他是个懦夫。除此之外，女神哈索尔试图引诱荷鲁斯却被其拒绝的事情让这件事变得更加复杂。一些神认为王位应当属于先王的儿子，另一些神则认为王位应当属于俩人中更年长的那个（即赛特）。双方争执不下，于是拉给奥西里斯寄去了一封信来询问他的意见，最后荷鲁斯继承了王位。

太阳神拉的惩罚与宽恕

太阳神拉并没有选用君主，而是直接统治埃及。但是他的臣民对他不忠，并且无视他制定的戒律和法令。于是拉找到了努特——在创世之初从原始的材料中诞生的女神。泰芙努特提醒拉，人类是从他的眼泪中生出来的，但现在却起来反抗他。泰芙努特告诉他，毁灭人类的利器就是拉自己的眼睛。随后她又建议拉和诸神一起报复这些谋逆者。人类知道后，匆忙向沙漠逃去。

▼ 埃及尼斐尔泰丽王后墓里的壁画，太阳神拉和女儿哈索尔，埃及王后谷。

拉之眼变成了一头母狮子，残酷地屠杀人类，没多久拉又对人类产生了怜悯，决定拯救剩下的人类。到了晚上，母狮子沉沉入睡。拉趁机把阿斯旺的红土和酒混在一起，将其洒满了整个沙漠，让母狮子误以为这些是人类的鲜血。果不其然，第二天早晨它一醒来就将这些液体一饮而尽，然后醉倒了，变得虚弱，人类便趁此逃开了。

最后，拉骑着“神牛”（泰芙努特的一个形象）升上了天空。他离开了埃及，把埃及交给了儿子托特。多亏了这位君主，埃及人才学会了圣书体、科学、数学及医学。

太阳神拉的秘密名字

埃及。女神伊西丝想要获知太阳神拉的秘密名字，以此来获得更多的神性，从而让自己和儿子荷鲁斯进入埃及神殿的顶端。

太阳神每天乘着“百万年的船”出行。有一次，他在打哈欠时，唾液落到地上，伊西丝将他的唾液与泥土混合在一起，创造出了一条毒蛇。她把毒蛇放在了拉每天都会经过的路上。就这样，太阳神惊讶地发现自己被一个不是他创造出来的生物咬了。

诸神忧心忡忡，担心生命之源可能会消失。直到伊西丝及时出现，提出用太阳神的秘密名字换取她的治疗。

太阳神起初并不愿意，但疼痛不停地折磨着他，于是只好同意，但是他要求伊西丝和荷鲁斯不能将这个秘密泄露给任何人。就这样，虽然太阳神将他的秘密名字告诉了女神，但是他不想其他人知道这个秘密，因此所有讲述这个故事的纸莎草纸都被毁掉了。

伊西丝和奥西里斯

埃及。太阳神拉非常气愤，因为盖布爱上了努特，而努特也爱上了他。于是拉命令努特在任何一个年份，任何一个月份都不能生育子嗣。

努特只好去寻求托特的帮助，而托特又找到了月神。当时，月神正和太阳神争夺光亮。月神输掉了比赛，于是只得把自己十七分之一的光亮让出去（这就是为什么每二十八天月亮就消失一次）。托特用多出来的光亮，给每一年增加了五天（此前，一年只有三百六十天）。所以，这五天不属于之前或之后的任何一年或一个月；这是多出来的五天，在这五天里拉的诅咒无法生效。努特就是利用这五天，生下了奥西里斯、赛特、伊西丝和奈芙蒂斯。

奥西里斯为尼罗河流域带去了文明（农业、律法、礼仪……）。一旦他实现了自己的目标，就会让伊西丝留在前线，转而去教其他民族。但赛特却利用了奥西里斯对他的信任，给奥西里斯设下了一个陷阱。他举办了一场盛大的宴会，来庆祝奥西里斯的回归。他让人按照奥西里斯的尺寸制

拉

虽然拉是太阳最古老的化身，但直到第二和第三王朝才得到官方承认。拉最初代表正午的太阳，后来慢慢变成了傍晚虚弱的太阳，其职权最后由奥西里斯承担。为了提高奥西里斯的重要地位，并赋予他太阳的神性，人们把他的名字和“拉”的名字结合到一起，变成了阿蒙－拉或赫努姆－拉之类的名字。

伊西丝

梅特涅碑于 1828 年在亚历山大港被发现，当时正在进行内克塔内布二世统治时期的一座古老修道院的水池的挖掘工作。此碑记载了伊西丝和她的七只蝎子的传说。该石碑被穆罕默德·阿里帕夏赠送给梅特涅王子（梅特涅应该是他的名字）。该碑目前收藏于纽约大都会艺术博物馆。

▶ 国王霍朗赫布墓里描绘霍朗赫布和女神伊西丝的壁画，埃及帝王谷。

造了一个装饰精美的箱子。宴会结束后，赛特命人取出箱子，并对众人说道，谁能钻进箱子里，他就将箱子送给谁。

所有人都尝试了一遍，但是都失败了，最后轮到了奥西里斯。他刚进到箱子里，赛特就让人把箱子锁上，并用熔化的铅把箱子封死，然后把这个箱子抛到了尼罗河里。伊西丝收到这个令人悲痛的消息后，立刻换上了丧服，并割下了一绺头发。

伊西丝知道，如果没有举办符合规格的葬礼，死者是无法安息的，所以她必须去寻找自己的丈夫（兄弟）。万幸的是伊西丝会法术，她发现河流把箱子带到了比布鲁斯，最后它停在了一片红荆丛里。红荆裹着箱子生长起来，变成了一棵繁茂的大树。比布鲁斯的国王痴迷于这棵树，他砍下树干作为他的宫殿顶部的支柱。伊西丝潜入宫殿，取出了藏在其中装着奥西里斯的箱子；而这个树干就被比布鲁斯保存了下来，并受到人们的崇拜。

伊西丝航行回到了埃及，打开箱子，并为她的丈夫而恸哭。赛特发现后勃然大怒，将奥西里斯的尸体分割成十四块并丢弃到各地。伊西丝又踏上了寻夫之旅，除了已经被三条鱼分食的阴茎以外，她找到了所有的尸体碎片。

在阿努比斯的协助下，伊西丝将奥西里斯的尸体重新拼接起来，然后把他变成了一只鹰。随后在他的身体之上挥动手臂，为他输送充足的活力，使他能够让伊西丝受孕，诞下遗腹子荷鲁斯。必须提到的一点是，伊西丝是少年荷鲁斯的守护者。

▼ 爱与生育女神哈索尔的古老神庙中按星座序列绘制的浅浮雕，埃及丹达拉。

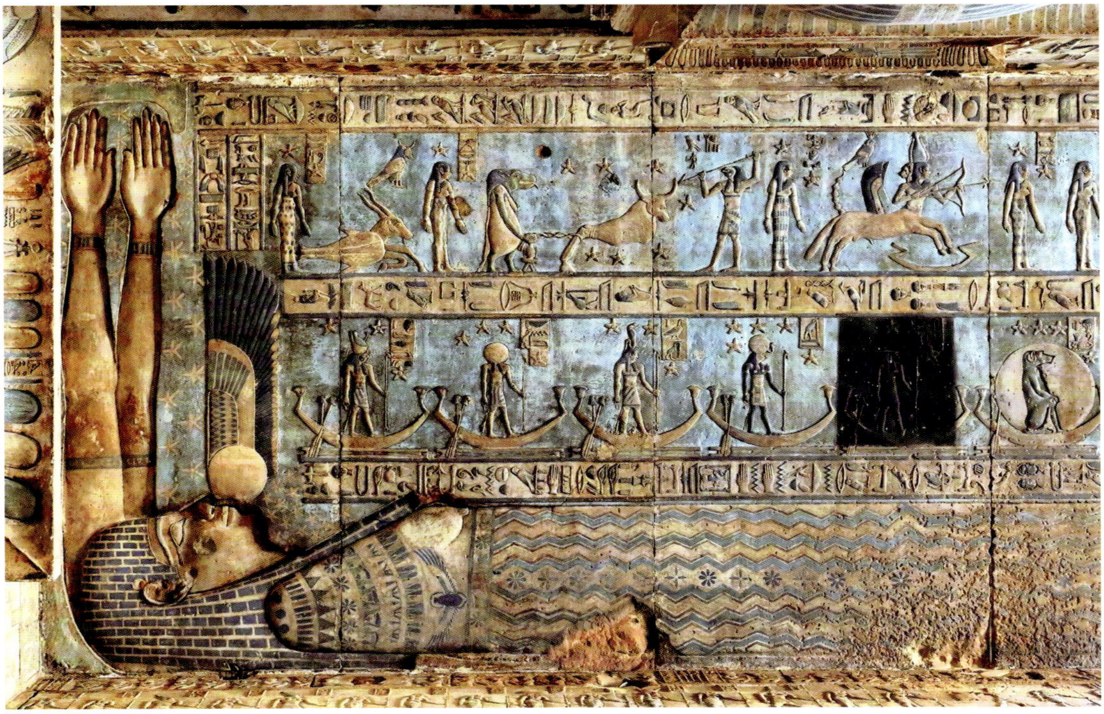

《拉玛坚之图》泰国曼谷玉佛寺

亚洲神话

▲ 印度神庙中的印度教神明浅浮雕

亚洲神话中的神明与神奇生物

雪山上的恶人

中国。这只传奇神兽有着巨人的体魄，人类的外表，全身覆盖着灰色的毛发。

卜筮

中国。将用于献祭的兽骨和龟壳用火灼烧，通过裂纹来定吉凶。人们认为去世的祖先会通过裂缝的纹路向在世者传递讯息。

阿底提耶

印度。一组善良的神灵。伐楼拿是他们的首领（善良之神）。

阿耆尼

印度。智慧之神。他有两个主要的身份：一是人类和神灵间的信使，二是人类的守护神。他的头上有无数只眼睛，与因陀罗和苏利耶形成吠陀三位一体。

爱染明王

日本。姻缘之神。

爱染明王

日本姻缘之神，同时也是妓女、歌手和音乐家之神。他两眼正中的上方长着第三只眼睛，他的头发里还藏着一个狮头。

魂魄

中国。这个词包含两个概念：魂，又称阳气，归于天，在躯体消逝后仍能够继续存在；魄，又称阴气，归于地，构成人的形体。

蝴蝶之魂

日本。一个关于重生与蝴蝶的传说。一对夫妇和他们的儿子快乐地生活在一起，他们都是爱花的人，也教导儿子要爱花。这对夫妇去世以后，他们的儿子希望让花园继续保持父母曾经喜爱的模样，便尽心尽力地打理花园。一天晚上，他梦见父母正在欣赏花园里的植物，突然之间他们双双变成蝴蝶，翩翩起舞。天刚一亮少年就醒来，急匆匆地跑到花园里，没想到梦中的蝴蝶真的存在，而且正是由他父母的亡灵所变。

天照大神

日本。太阳女神，她在伊邪那岐洗刷污秽时从伊邪那岐的左眼中生出。伊邪诺尊（伊邪那岐）将世界分给了三个孩子，向女儿则赠送了八坂琼曲玉[①]，并命其管理高天原[②]。

天照大神

她名字的意思是“光辉的天空”，她是日本神道教中的中心人物，日本皇族宣称自己是她的后裔。她的主要圣所是本州岛上的伊势神宫。依古法、伊势神宫每隔二十年会在另一个地方重建社殿并迁祭，称为“式年迁宫”。

① 八坂琼曲玉是日本传说中的“三神器”之一。三神器一词来源于日本的神话传说，传说中的三把神器分别是：草薙剑、八坂琼曲玉、八咫镜。这三种神器，千百年来一直被当作是日本皇室的信物，为民众所熟知。

② 高天原出自日本神话《古事记》，是由天照大神所统治的天津神所居住的地点。有别于地上的大八州，高天原通常为漂浮在海上或飘浮在云中的岛屿。在那里太阳女神天照大神居于统治地位，其他所有的神都具有各自的职务并为天照大神服务。

安阳

中国。风和神使的住处，东南西北在此会合。

阿周那

印度。陪伴且帮助黑天的战士典范。

冥界

印度。类似地狱的地下世界。

贫乏神

日本。令人害怕的神明，人们逃离他以躲避贫穷和饥饿。

梵天

印度。创造之神，诞生于一个金卵。他通过思考打破了卵壳，从虚无中创造了智慧、世界初相、生物、死物、诸神和人类。他有四个头颅，他的坐骑是一只天鹅。由于同血亲的乱伦，他被罚多次重新转世。

佛陀

“佛”的本意为“清醒”或“光明”。这并非一个名字，而是达到高级精神境界的一种意识状态。

佛陀

佛教。约公元前560年，释迦牟尼诞生于印度北部的一个富裕家庭。一天，他看见了四个改变了他一生的人：一个乞丐、一个病人、一个老人和一个死人。由此，他发现了人间的苦难。自此以后，他放弃了优渥的生活，只为寻找人间苦海的源头。为了探寻智慧，他四处周游学习，过上了极端禁欲主义的生活。这段经历过后，他发现禁欲主义不仅不能给人带来平静，还会削弱人的意志，损坏身体的健康，于是他重新在一棵被称为“智慧之树”的菩提树下冥想。最终，他到达了天神意识的最高境界——涅槃。此后，人们称他为光明佛陀。佛陀在人间经历了九次转世。痛苦的答案已经找到，他迫切地需要向世人传达这个消息。

嫦娥

中国。代表月亮和不朽的女神。她轻盈飘逸，像一只美丽的蝴蝶，有时也以一个粗眉女子的形象出现，碰见她的人生活中会发生奇迹。

城隍

中国。道教中古老的神明之一。传说中指主管某个城的神。

五常

中国。儒家思想的核心，总结起来包括五个基本美德：仁、义、礼、智、信。

准提

中国。佛教中威力无穷、法力无边的女武神。

上苍

中国。居住在天上的万物的创造者，纯净且具备一切美德，他是比虚无更早的存在。

孔子

中国。出生于公元前551年，是儒家的创始人。他希望用人人平等以及追求普世幸福的理念造福人类。他去世后，他的思想得到广泛传播，受到后人供奉拥戴。

佛教四谛

苦谛：众生皆苦。

集谛：痛苦和烦恼源自欲望。

灭谛：摆脱欲望就能结束一切痛苦。

道谛：修道才能消灭苦因。

龙

传说中的巨型长尾神兽，它爪似鹰，项似蛇，口吐火，代表天地之权、智、力。它生活在水中，能保佑人身体安康，给人带来好运。此外，根据中国的民间传说，它还能为庄稼降雨。中国新年有舞龙的传统，人们相信舞龙能驱走新年的恶灵和晦气。

孔子

孔子的思想可以从这句话中略知一二：“己所不欲，勿施于人。”

龙

龙在中国和日本文化中代表至高神权，也是东方最古老的文化符号之一。五爪龙的形象成了中国皇族的象征，而在日本，龙多以三爪的形式出现。

▼孔子雕像

▲ 人们根据中国四大名著之一《西游记》中的描述绘制的龙。

富士山

海拔 3776 米的活火山，是日本境内最高的山，且是日本最负盛名的国家标志。位于本州岛，靠近东京。

招纳女神

朝鲜。土地女神。她住在山谷，负责照看牲畜。她身披羊皮，拥有一个神奇的号角，能变出所有她想要的东西。

日本刀

日本。是日本神道的象征物之一，它映射了痛苦的存在。日本人认为它有利于庄稼的生长，因为它能吸引光束（火是神的礼物）和雨水（利于稻谷的生长）。

冯夷

中国。是中国古代神话中的黄河水神。

伏羲

中国。传奇帝王，龙是他的信使。据《易经》记载，他掌握了天地运行的规律。

富士

日本。山与岩石的女神（山与她同名）。朝圣者会登上山顶以朝拜初阳。

犍尼萨

印度。他是湿婆神和雪山神女帕尔瓦蒂的儿子，是智慧与命运之神。

迦楼罗

印度。众鸟之帝。在印度教中它是三大主神之一毗湿奴的坐骑。

观音

中国。慈悲女神。

八幡神

日本。八旗神和战神。他还在母亲腹中时就建议母亲去征战朝鲜。在他的建议下，母亲前去征战。他在母亲腹中一直待了三年，直至母亲凯旋才降临人世。

孙悟空

中国。猴神。他为求取真经从中国行至印度。他机智勇敢，但也忠心耿耿。他可以根据意愿自由变身。在印度，人们将猴神称为哈奴曼，不孕的女人会祭拜他以求子。

▲ 印度神犍尼萨的画像。

秀乡

日本。是很多传说中的英雄和主人公，能够杀死各种妖怪。

蛭子神

日本。火神，是伊邪那岐和伊邪那美的儿子，后被母亲伊邪那美毁灭。在他之后，出生了上千个神明，其中就有天照大神（太阳女神）、素盏呜尊（海神）和月读（月神）。

何仙姑

中国。八仙之一。自幼长在山中，贞洁无瑕，长生不老。

后土娘娘

中国。大地之母，掌阴阳，育万物。

猴神

猴神在中国、印度和日本的神话故事中均有出现。在中国神话中，他是著名的孙悟空，他曾陪同唐三藏西行求取真经。

▼ 中国黄帝画像。

黄帝

黄帝是华夏民族的始祖，也是中国文化和文明的代表。

黄帝

中国。真实存在的历史人物。他建立了中国的雏形，是古华夏部落联盟首领，中国远古时代华夏民族的共主。据传说，他住在山中，他的侍卫是一个人面虎身的九尾神兽。他发明的指南车是指南针的源头。他还是中国的人文始祖：他首创文字、度量衡、干支纪年法，还推行了首部历法。他的妻子嫘祖则教人养蚕及纺织。

混沌

中国。天地之灵。

稻荷神

日本。双性神，可以变成雄狐或雌狐的样子，在日本受到广泛崇拜，他既是食神又是稻田之神。

因陀罗

印度。天空和大地之子，天界诸神的主宰者，是雷神和战神。他的统治历时百年。他居住在天上，那是一个极乐世界，好人在一生行善积德后都想去往此处。他出生时饮下了一杯具有魔力的苏玛水，在苏玛水的作用下，他的身体开始疯长，直至将天空从土地上分离出来，他自己则成了顶天立地的主宰。众神惊叹于他强大的能力，派他去抗击弗栗多，并赠予他一把陀湿多打造的神剑助他作战。一番腥风血雨后，因陀罗终于战胜了弗栗多。他撕开了弗栗多的肚子，混元之水从弗栗多腹中流出，他则用混元之水创造了太阳。

▼ 因陀罗坐在象背上。

一寸法师

日本。一对夫妇一直盼望有个孩子，于是他们祈求神明赐予他们一个儿子，即使这个孩子只有针头大小也没关系。在他们的诚心祈祷下，一寸法师诞生了。一寸法师虽然身形迷你，却勇气十足。十五岁那年他到京都游历，随身只带了一个碗、一双筷子和一根针。过河的时候，他就拿碗当船，筷子当桨。最终他到达了目的地，并在一个贵族家中谋到了一份工作。日子一天天过去，他逐渐成长为一个十分自信的人。

一天，他正陪伴贵族家美丽的千金小姐前往寺庙朝拜，谁料半路突然冲出两个企图袭击他们的大鬼。为了让小姐逃跑，一寸法师独自与鬼相斗。其中一个鬼将法师一口吞下。危险关头，法师拿出所带的尖针，扎着鬼的胃向上爬，很快便爬到了鬼的嘴里。鬼没注意便一口将他啐了出来。另一个鬼突然进攻他，结果被一寸法师用小小的宝剑挖出了一只眼睛。两个鬼吓得四散而逃，仓皇之中落下了自己的魔锤。一寸法师和贵族小姐拿到了魔锤，并用它敲击地面，各自许下自己的心愿。心愿成真了，一寸法师从一个小不点变成了正常人，并成为一名勇猛的武士。不久以后千金小姐就和救命恩人一寸法师结婚了。

伊邪那岐和伊邪那美

日本。他们是第一批陆地神的创造者。伊邪那岐和伊邪那美本是兄妹，由众神选召，奉命修固国土，创造岛屿。他们站在连接天地的天之浮桥上，将众神赐予的天沼矛探入海中并搅动海水，再将矛提起。这时从矛尖滴下来的海水形成了淤能基吕岛①。岛形成后，伊邪那岐和伊邪那美降到岛上举行了婚礼，并在岛上安家。他们的孩子是通过仪式和意念造出来的，不需要通过身体的结合。后来，他们的孩子变成了日本的列岛。

▲ 小林永濯《伊邪那岐和伊邪那美》，1885 年。

① “淤能基吕岛”意为自然凝结成的岛。

▲ 中国玉雕

玉佩

中国。象征美德、忠厚（触感温润）、正义（有棱有角），具有音乐美（轻敲声音清脆）。

食人鬼

日本。由死人的灵魂变成。这些人生前贪婪成性，死后灵魂受到诅咒，依靠吞食尸体存活。

神武天皇

日本。据传说，他是日本的第一代天皇，是天照大神和陆地之神的后裔。天照大神和陆地之神于七代神之后出生，他们的祖先在创造他们以前已经创造了八万个初代神。

地藏

日本。早逝孩子的守护神。

烛龙

中国。山神，人面蛇身。

▼ 歌川国芳《高木虎之介在田村水下抓到一只河童》，1834—1835 年。

伽摩

印度。爱神，妻子是激情之神拉缇。

神（神道教）

日本。赋予自然事物生命的灵魂，它们在人间游荡并监督人类的行为举止。

神主

日本。帮住宅开光或给病人治病的神职人员。

河童

日本。猴子变成的神话生物，是河神的信使。一般居住在河道、池塘和湖泊中。它们没有头发，头中间有一个装满水的凹槽。它们的皮肤十分光滑，呈现出淡黄色，并且覆有鳞片。它们的手和脚都长有蹼，能让它们在水中更迅捷地游动。它们以人血和黄瓜为食。

为了防止受到河童的袭击，可以在黄瓜上写上名字，将其扔进它们居住的水域。河童本性忠实有礼，因此当它们俯身鞠躬时，头槽里的水就会流出，它们的力量也就丧失了。

因果报应

佛教。生命的因果法则。佛教认为，人会在不同的轮回中收获自己播下的善恶之果。根据因果报应的原理，人类下辈子的生活取决于这辈子的行为。

鸠摩罗

印度。战神和窃贼的守护神，湿婆的儿子。

黑天

印度。毗湿奴在人间的第八次转世。世人请求毗湿奴将他们从刚沙王的残暴统治下解脱出来，因此毗湿奴转世为黑

▼ 印度神话故事中黑天的形象。

▲ 吉祥天女画像

天主持正义。

拉克希米（吉祥天女）

印度。女爱神，毗湿奴的妻子。她从奶湖中生出，其样貌美若出水红莲。

雷公

中国。雷神。他们专门负责铲除罪孽深重之人。雷公有很多个。

暴风神

印度。暴风雨之神。

摩蹉

印度。在大洪水期间参与造物的神鱼。

迦萨甘

中国。迦萨甘揉捏黄土并将其做成人类，创造了第一对居住在人间的男女，他们系着树叶编成的腰带。

桃太郎

日本。桃太郎还是一个小孩的时候就展现出了无比的勇气。十五岁那年，为了报答养父母的恩情，他决定前往附近的一个岛屿杀死岛上的妖怪。这些妖怪经常出来作乱，时不时跑到邻岛上危害当地百姓的生活，还会绑架并强奸岛上的少女，导致家家户户都人心惶惶。桃太郎在途中结识了一只小狗、一只猴子和一只雉鸡，他慷慨地将自己的食物与它们分享。为了报答他的恩情，它们决定与他结伴同行。桃太郎与它们一起乘船到达了恶魔之岛，一番激战之后，桃太郎和伙伴们杀死了这些妖怪，救出了被囚禁的村民，满载而归地回到了自己的家乡。

娜迦人

印度。它们是一群水生精灵，偶尔也会在陆地上活动。它们的下身是蛇尾，上身和面容都是人形。它们常常成对出

▲ 娜迦人向黑天请求放过她们的丈夫巨蛇卡利亚。故事来源于《薄伽梵往世书》。1785—1790 年，设色纸本，24 厘米 ×31.5 厘米，印度新德里国家博物馆。

现，出现时尾巴缠绕在一起。在神话故事中，世界是由蛇头支撑起来的，当蛇头移动时就会发生地震。据传说，娜迦帕多拉是湿婆为了在海上创造岛屿所用的海蛇。在后来的战斗中，这条蛇的移动让陆地产生了山川和峡谷。

涅槃

佛教。涅槃是人的一种状态，佛祖对此并没有给出明确的定义。涅槃是一种永恒的圆满状态，这种状态中永远没有烦恼、因果和轮回。这个状态里的人没有欲求，个人意识也不复存在。追求涅槃升天是佛教徒永恒的修行。

女娲

中国。生育之神。女娲是上古神话中的人物，她的形象经常与生灵的繁殖和存活息息相关。她独自住在天空倍感寂寞，就降临大地。她抓了一把泥土，并将泥土与水和在一起，按照自己的样子捏出了一个泥人，然后她对着泥人吹了一口

▲《伏羲与女娲》，设色绢本，220 厘 米 ×106 厘 米 ×81 厘 米，新疆维吾尔自治区博物馆。

鬼

它们是从地狱出来惩罚恶人的妖怪。生性残忍，笨拙，好色。它们身体的颜色各异。

气，泥人就活了过来，变成了第一个人类。她非常喜欢自己捏出来的这个小人，于是又捏了许多其他的小人。这些小泥人都活了过来，变成了男人和女人，满怀感激地围着女娲又唱又跳。从此以后她再也不会感到孤单了。女娲和伏羲既是兄妹又是夫妻，伏羲教会了人类驯养动物并设立了婚姻制度。

保食神

日本。食物女神。某次素盏鸣尊命令保食神服侍他用餐，保食神便从眼睛、鼻子、嘴巴和肠子里拿出食物给他吃。素盏鸣尊觉得保食神行为不敬就将她杀死了。

鬼

日本。从中国文化传来的神话生物。在日本神话中鬼怪有角，且身形巨大，一般长着三只眼睛，但它的手只有三根手指，它的脚也只有三根脚趾。

盘古

中国。宇宙的创造者、天地的开辟者，他的牺牲成就了世界的雏形。他出生在宇宙的混沌之中，醒来后劈开了混沌，天地由此形成。

造物主

印度。宇宙之父。非人化的至高神，一个抽象的存在。

菩坦娜

印度。女魔鬼。她企图让黑天吸入毒奶来杀死他，不料黑天从她的乳房中吸走了她的生命，结果菩坦娜因此而亡。

雷鸟

日本。雷电之鸟。长相类似喜鹊，住在一棵松树上，叫声恐怖。

建御雷神

日本。雷电之神。他长着爪子，皮肤通红，相貌凶恶。

雷兽

日本。雷电妖怪。它样貌像獾、猫或黄鼠狼。风暴来临的时候它就变得十分不安，会从一棵树跳到另一棵树上，并在人的肚脐眼里寻找庇护。

罗刹

印度。恶鬼。他们的首领是弗栗多。

罗摩

印度。毗湿奴的第七次转世。他是植被之神，他与妻子悉多同为生育之神。

《罗摩衍那》

印度。跋弥是一个隐士，一天梵天在他面前现身，并

▼《罗摩衍那》在玉佛寺，泰国曼谷。

《罗摩衍那》

“罗摩衍那”在梵语中的意思是“罗摩的故事”。《罗摩衍那》和另一部更长的史诗《摩诃婆罗多》是印度文化的基础。《罗摩衍那》有七卷，计有两万四千句对句，成书不早于公元前400年，书的开头和结尾可能是后来补充进去的。它讲述了罗摩的诞生和教育，毗湿奴和第七次转世，罗摩的冒险，还有罗摩和悉多团圆的故事。

委托他撰写罗摩的故事。梵天通过种种启示将罗摩的故事告诉了他，并对他说“你所写的都将是真实的”。跋弥和他的弟子为了完成这部巨著重新隐居起来，最终写成了这本《罗摩衍那》。跋弥在沉思中看见了过去和未来，看见了罗摩和悉多，看见了拉克什曼和十车王还有他们的妻子，每个场景都栩栩如生。他找到了库西和拉瓦（罗摩和悉多流亡中的儿子），并将信息传递给他们。跋弥向他们展示了《罗摩衍那》，并将他们送到了罗摩国（阿约提亚，那里的居民都是圣人，他们从不撒谎，专心于学习和沉思），还让他们伪装成隐士的样子。当他们到达宫廷时，没有人承认他们，于是他们第一次读了《罗摩衍那》。

罗波那

印度。楞伽岛[①]的邪恶暴君。他在众神面前可以永生（在人前不行）。他压迫人类并且阻止人类对众神进行祭拜或献祭。

轮回

佛教。轮回的思想认为人死后会进入来生，世间万物都在生生死死中不断反复，像车轮一样转动不停，循环不已。佛祖指出人并没有个人的灵魂，本我意识的存在只是幻觉。一次次重生不过是感觉、印象、即刻体验以及因果报应的集合体。

萨特

印度。现存的世界，有人类也有众神（天空、大地、大气）。

原人

印度。有千头、千眼和千脚的自然神。他象征圆满和无尽。他身体的一部分被诸神用来创造人类，剩下的部分被保存在天上。他口中生出了最高等种姓的婆罗门教徒，他的手

---

① 今斯里兰卡。

臂生出了战争之王，他的大腿生出了普通的人类，他的脚上生出了最低级的生物。他的大脑生出了月亮、因陀罗和阿耆尼；他的眼睛生出了太阳；他的呼吸生出了风。

命运之神

中国。双性神，既是男人又是女人。他守卫着通往天庭的道路和入口。他能左右人寿命的长短、运气的好坏，还能惩恶扬善。

舍沙

印度。神话中的神蛇，他的身边总有一群娜迦相伴。它有一千个脑袋，可以变成毗湿奴的房间，如此毗湿奴就能在创造的间歇休息片刻。

天帝

中国。高度之神。他有至高的法力，能主宰自然并将自己的法令强加于人类。他并非亲自出手，而是通过祖先施法。

▼ 湿婆与家人。

神道

日本。意为“神明的道路”。万灵崇拜之物。

怨灵

日本。星光精灵，外形似一个明亮的红色火球。

冥想

中国。道教概念。居住在山中的隐士通过在森林中冥想能存活数百年。

湿婆

印度。既是毁灭之神又是创造之神。他统治宇宙、制定法律、主持公道并且管理所有的恶神。和梵天还有毗湿奴一起形成了印度宗教的三位一体。他的妻子是帕

▲ 印度文化中的湿婆形象。

湿婆

湿婆是印度三大神中的第三神，仅次于创造神梵天和守护神毗湿奴。由于缺乏一个破坏神维持宇宙的平衡，湿婆出现了。破坏是他所特有的神力。根据印度的教义，死亡并不意味着灵魂的消亡，而意味着换一个形态的新生。被毁灭者会进入新阶段，并以新的形式继续存在，因此破坏神实际是再创造之神。湿婆由此得名，又叫光明神或欢喜神。

饕餮

饕餮外形似龙，有冠羽、禽爪、卷尾。

尔瓦蒂，也是他第一个妻子悉多的转世。

二郎神

中国。建立宇宙秩序的神明。

须羯哩婆

印度。水神和圣猴之王。由神与半神女性所生。

苏利耶

印度。太阳和天空之神。她创造了万物生长所需的光和能量。她有把灵魂指往义人居所的能力。

素盏呜尊

日本。海神和雷神，性格勇猛而冲动。在伊邪那岐洗涤污秽时从他鼻子中生出。在羽毛女神少彦名的帮助下，与栉名田比卖喜结连理。俩人育有一个儿子名叫尾道（出云之王）。另外，素盏呜尊杀死了保食女神。

道

中国。道教的核心。道法自然，能化解冲突与混乱，是天地本源、万物之母。

饕餮

中国。食人的怪物。他在吃人的时候他会贪食到连自己的身体也吃掉。他会将明君流放的人吃掉，是中国食人恶鬼的守护神。

星君

中国。道教神仙。可以在空中自由移动的气态人。

天狗

日本。半人半鸟的神奇生物，住在山中的松树林间。天狗的身上常覆盖着多层羽毛或树叶，头戴黑色的帽子。尽管天狗受不了别人的玩笑，却还是很淘气，喜欢恶作剧，但是这么做并非出于恶意。

乌龟

中国。宗教象征。它的拱壳和扁平的身体常和世界的形态联系在一起（天圆地方）。它似乎和地球一样长寿、充满智慧，又如龙一样神圣又充满神话色彩。

月读

日本。月神。在伊邪那岐洗涤污秽时从他的右眼生出，负责统治夜晚。

辉夜姬

日本。月神。和姐姐天照大神一起分别掌管夜晚和白天。

陀湿多

印度。众神的铁匠，负责锻造工作。

保育神

日本。掌管生育和哺乳之女神。通过死亡向自然提供养料。

伐楼拿

印度。阿底提耶群神之首，宇宙和谐的监管者。

毗湿奴

印度。在人间经历多次转世：鱼、乌龟、狮子、侏儒、毗湿奴和黑天。对佛教徒而言，佛祖是他的第九次转世。当他进行第十次转世的时候，他会以卡尔奎的名字降临人间，并惩罚作恶者。

弗栗多

印度。邪神，是一个强壮、狡诈、有强大魔力的恶鬼，是罗刹（恶鬼）的统领者，和因陀罗的斗争无休无止。

毗湿奴

一般认为是守护神，印度神话中最强大的神。

日本武尊

一个拥有化腐朽为神奇力量的英雄。

文

中国。文化起源，万物精华。

日本武尊

日本。上百个故事都讲述了他的英雄事迹。天皇曾派他去远征，平定叛乱势力。一天，他的姑姑给了他一把宝剑和一个手袋，叮嘱他只有在危急关头才能打开手袋。数场战役过后，一个小人骗他说草原上住着一个叛乱神，待到武尊去寻找时他就乘机用火点燃草地。年轻的武尊取出宝剑（斩断着火的荒草），又拿出手袋（掏出一块燧石），杀死了欺骗他的邪恶小人以及他的部落的人，然后点了一把火把他们的尸体烧掉了。

八咫镜

日本。用星星装饰的天照大神的镜子。

后羿

中国。神话中的神弓手，他的故事由来已久。他是上天派来拯救人间的，那时天上有十个太阳，烧得草木、庄稼枯焦。后羿为了拯救百姓，一连射下九个太阳，从此大地气候适宜，万物得以生长。

阴阳

中国。宇宙与人类之源。阳为雄、为热、为光、为天、为奇数、为欢乐……常常和善灵（神）联系在一起；相反，阴为雌、为寒、为暗、为偶数、为痛苦死亡……常常和恶灵（鬼）联系在一起。

阴阳

阴阳的概念可以追溯到中国文化之初，在老子以前就已经出现了。这个词最早出现在《易经》中。

黄泉

日本。亡灵之土，不洁之地。日本传统的生死观认为阴间没有最终审判，因此在他们的信仰中，人死后并不会受到惩罚。

大禹

中国。洪水从天而降，只有大禹成功修建了堤坝，治理了水灾。他疏通了水道，打通了山路，使洪水得到疏导。他为了治水，化成一头黑熊，日夜跳跃奔忙，即便精疲力竭也不曾停息。后来他半身瘫痪了，但仍继续劳作，直至世界有序，天下太平。大禹正是君主为民牺牲奉献的典范。

亚洲神话故事

檀君，神檀树之王

朝鲜。据传说，创造神和天国之王桓因（朝鲜族的太阳神）和他的儿子桓雄一起住在天上。桓雄奉命率领三千人降临到太伯山（今妙香山）之顶的一棵神檀树下，建立了“神市”，自称“桓雄大王”，并设置了风伯、雨师、云师等官职。在他的统治下，王国一派和谐。

一天，一只熊和一只老虎向桓雄表达了它们想变成人类的愿望。桓雄同意了，但是桓雄告诉它们必须先通过几个试炼：要吃下一百个蒜瓣，一簇艾叶，吃完之后要躲到山洞里，百日之内不能见阳光。桓雄告诉它们，只要它们坚定不移地按他的指示去做，它们就能变成人类。

出于野性，老虎在规定的时间到来之前就离开了洞穴，因为它实在是饿坏了。熊向来是有耐性的动物，它耐心地在洞中等待，直到一百天过去，它才从洞中出来。它一边走出洞穴，身体一边发生着变化，最终这只熊变成了一个女人。变成人以后，她的第一个愿望就是要生一个孩子。桓雄决定与她结婚，俩人相互吹一口气，女人就怀上

檀君

根据考古史料和语言史料来看，朝鲜半岛曾被满洲和西伯利亚游牧部落占领。根据神话所述，檀君是公元前2333年朝鲜的第一个国君。檀君的故事作为早期朝鲜文化的一部分，受到了佛教和道教的影响，其思想主要是：弘益人间。据说江华岛上的一个祭坛是檀君亲手建造的，后人会定期对祭坛进行整修。

▲描绘日本风景的浮世绘。

了孩子。不久以后，檀君出生了，成了神檀树之王，他建立了第一个朝鲜王朝。

盘古

中国。世界之初，天地混沌。那时天和地还连在一起，宇宙仍是一片漆黑，盘古就孕育在这片混沌之中。一天盘古忽然醒来，发现自己竟被困在这样狭小的空间中，十分恼怒。于是他抓来一把大板斧，劈开了眼前的混沌。混沌就像一个大蛋壳，碎裂以后，蛋清变成了天空，蛋黄变成了大地。盘古则存在于两者之间，头顶天，脚立地，并随着它们的变化而变化，以防止天地再次合拢。

盘古死后，变成了世界的不同元素：他口里呼出的气变成了风和云；他的声音变成了雷鸣；他的一只眼睛变成了太阳，另一只变成了月亮；他的目光散开变成闪电；他的身躯变成大地的四极和五方的名山；他的血管变成了道路；他的肌肉变成了肥沃的田地；他的头发变成了星星；他的皮肤变成了花草树木；他的骨骼变成了闪光的金属、坚硬的石头、温润的宝玉；他身上出的汗变成了清露和甘霖滋养大地生机；他的泪水则变成了条条河流，汩汩流淌。最后，他身上的跳蚤和虱子变成了人类，在盘古开辟的天地中居住了下来。

女娲补天与创世

中国。水神共工氏和火神祝融氏在不周山大战，结果共工氏因为大败而怒撞不周山。不周山是世界的支柱，共工氏这一撞导致天空塌陷，天河之水注入人间。大火蔓延不熄，洪水泛滥不止，凶猛的野兽吃掉善良的百姓，整个世界尸横遍野，如同炼狱。

女娲看到眼前的惨状后，内心备受煎熬，于是决定重新

混沌

多个版本的传说对混沌的定义都大同小异：是宇宙之初的迷蒙状态，天地未开时的蛋状空间。在这个空间中住着盘古神，他的自我牺牲造就了我们的宇宙（打破混沌并重振世界后盘古牺牲了）。这个故事最早出现在徐整[①]的书中。在中国，人们常会以“自盘古开天辟地以来……”来表示“很久以前”之意。

---

① 盘古之名最早见之于三国吴人徐整的《三五历纪》《五运历年纪》中。

▲ 中国传说中的伏羲和女娲。

修整天地。她先是冶炼五色石来修补苍天，后又砍断海中巨鳌的脚用作撑起四方的天柱，还在百兽面前杀死黑龙，以儆效尤，最后她将芦灰堆积起来堵塞住了洪水。她竭尽全力，终于使世界重新焕发出生机。

幸存的人类永远铭记女娲之恩，感激她为人类以及人类后代所做出的一切贡献。

绝地天通

中国。黄帝受命打断天地相连的通道，以断绝神明对人间的烦扰，因为很多天神和天仙下凡不过是为了让人类对他们叩首臣服。这项英雄壮举不仅解放了人类，还让世界秩序得到重振。

据传说，世界之初，天空和大地相隔很近，神和人时常互访，只要通过一座高山，神仙就可以到地上来，人也可以爬到天上去。

然而相传在水神和火神大战后，这座大山就倒塌了，天地之间也有了间隔。天与地就不再相近，人也不能再和神直接联络，只有某些道士、帝王或有特殊能力的人才能与神互通。

大禹治水

中国。禹所处的世界和现世相差甚远。他成功地打通了水道，将洪水疏通到海里，并且将龙和所有妖怪都赶到海滨或沼泽地。禹是人民的英雄，也是现代中国社会最初的创造者。

在禹统治期间，很多地势较低的土地常被洪水侵袭。禹疏通了水道后，洪水不仅能顺着水道流向海洋，一路上还能

禹

他为人类将大地变成了一个宜居的地方。他变成熊的样子在山间用自己的脚掌开路。他把泛滥的洪水引向海洋。

浇灌农田。

禹花了十几年的时间来治水，在某些记载中，据说治水过程中他还借助了飞龙的力量。

禹为了得到足够的力量在大山中打开一条水道，就变成了一只黑熊，用脚掌开路。

他的忘我奉献精神获得了人们的尊重，人们敬称他为“大禹”，并把他当作部落的神明来崇拜。

▲ 道教中的黄帝形象。

后羿射日

中国。后羿所处的年代，天上有十个太阳，白天它们会轮流出来照亮天空。突然有一天它们没有经过商量就同时出现在天空中，刺眼灼热的阳光很快就把植物晒焦了，田地里大片庄稼也被烤坏了，人类面临着一次大饥荒。

后羿是一个可以永生的英雄，他居住在天庭，箭法超群，百发百中。太阳本是天帝的儿子，天帝知道后羿箭法很准，但他不希望后羿射杀太阳，便将他召唤过去，交付给他驱赶太阳的使命。但同情人间的后羿还是射出了九支箭，杀死了九个太阳，只剩下了一个留在天空。

天帝看见儿子一个个死去，便决心将后羿逐出天庭，贬下凡尘，夺取他永生的寿命。尽管如此，人们仍把后羿当作神来崇拜。

后羿

后羿射日是另一个人类运用自己的能力，为他人奉献，成为令人敬仰的英雄的故事。人们将他们神化，以表示对他们的敬意。

金钟姑娘

中国。曾经有位专断的暴君，他整天想着的就是怎么才能做些大工程来显示他的权威。有一次他叫来自己的心

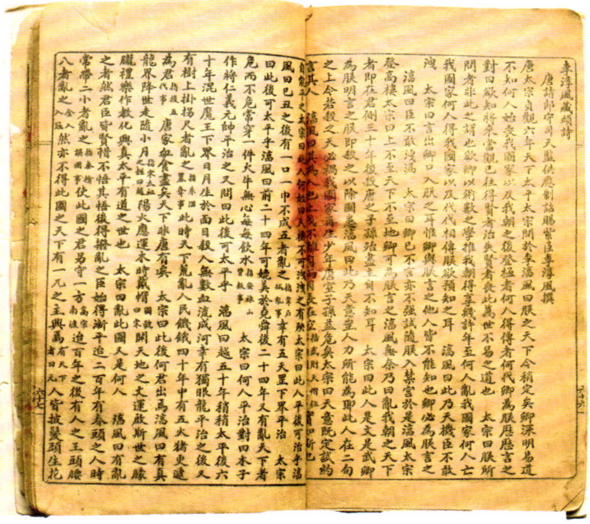

腹，命令他铸一座世界上最大、最响的钟。只要轻敲一下，钟声就能到达世界上的每个角落，这样世人就都知道他的厉害了。

他的属下赶紧开始计算做成这么一座大钟所需的金属量，准备好了熔炉，招来了最好的铸工。一切准备就绪后，大钟的铸造工作就开始了。然而令人不解的是，金银铜铁无法熔合成他所预测的样子，于是铸工只得扔掉混合的溶液另想办法。皇帝知道后十分生气，并且威胁他说，如果下一次铸造仍然失败，就砍掉他的脑袋。

这个可怜人不敢告诉自己的女儿发生了什么事，但是他的女儿却知道了这件事，因为皇宫下达了最后的命令。他的女儿十分害怕失去父亲，于是决定偷偷去拜访一个算命先生，找出能避免铸钟再次失败的方法。算命先生掐指一算，告诉她说只有处女的血才能将金属熔合在一起。

铸钟的这天到了，少女请求她的父亲让她偷偷在场观看，并保证自己会保持安静，于是她的父亲同意了。炉子烧上了火，金属被混合在一起，倒入了模具中。可是溶液却迟迟不成型，于是这个之前并未引起任何人注意的善良少女当着皇帝的面跳入了溶液中，溶液将她吞噬后很快便成型了。恐惧在整个殿堂中蔓延开来，可怜的少女就这样消失了。她的父亲悲痛欲绝，最终离开了皇宫，远走他乡。

这座大钟光彩照人，但是每当人们敲击它的时候它就会发出阵阵悲鸣，悲伤的情绪也随着钟声在整个城市中蔓延开来。皇帝听到了钟声，下令永远也不许再敲这座钟了。

黑天

黑天外表十分英俊，而他蓝色的皮肤又给他增加了无法抵抗的吸引力。据说黑天十一岁时就已经是上百个女人的情人了。他长大以后甚至拥有了一万八千个嫔妃。

《薄伽梵歌》是印度最重要的圣书，是《摩诃婆罗多》的第六篇，它讲述了黑天的生平。据说，《摩诃婆罗多》由雅利安人和印欧侵略者用梵文写成，成书时间在公元前1500年至公元前1250年之间。但它的历史可以追溯到公元前2世纪，全书由九万篇经文组成。

黑天——毗湿奴在人间的第八次转世

印度。坚战王不明白为什么自己会从众多兄弟中被选出，成为君主。他感到十分不安，觉得自己没有能力领导一个国家，于是就去请教他最小的弟弟黑天。黑天没有向他解释原因，只是告诉他不用担心，因为他能预见未来——在未来黑天会帮他成功解决治理国家的难题。

坚战王最终接受了王位，成了国王。为了让所有人都认识他，他昭告天下，让所有人都来观看加冕仪式。加冕仪式中他的祖父毗湿摩会将圣水淋到新国王的头上以完成仪式。当祖父往黑天头上淋圣水的时候人们都十分惊讶，因为黑天化身成了神的样子。

▲ 盘子上画的是黑天正在对他的妻子吹笛子。

坚战王对黑天所得到的优待非常生气，并提议换一个人继承王位。在争论中，黑天沉沉地睡着了，老毗湿摩讲述了坚战王的故事，他出生的时候有三只眼睛，四个手臂。他的父母原本想抛弃这个畸形的孩子，但是一个声音对他们说，这个孩子的死期未到，终有一天这个孩子会死在一个还未出生的人手中，但是此前有人会收养他，他会度过快乐的一生。他的父母照做了，将孩子交给别人抚养，于是孩子的第三只眼睛和多余的手臂消失了。这个声音还告诉他们，还有一个人会杀了他，而这个人就是黑天王子。孩子的母亲听闻以后向黑天祈求怜悯，黑天回答说："即使你伤害我一百次，我仍会原谅你一百次。"

听完故事后，坚战王更加生气了，于是继续诋毁毗湿摩，争吵的声音惊醒了黑天。黑天用一个火碟砍掉了他的脑袋，死前坚战王向黑天致敬。黑天已经原谅过他一百次了，而这是坚战王所犯的第一百零一次罪孽。

| 罗摩——毗湿奴在人间的第七次转世

印度。由于受到父亲的驱逐，罗摩和他的妻子悉多，还有他的弟弟罗什曼那踏入森林去过禁欲的生活。一天下午当这对恩爱的夫妻正在一棵树下休息时，他们碰见了女

罗摩

人们对罗摩的崇拜并不如对黑天那般盛行，但是罗摩的故事也被写成了另一本史诗《罗摩衍那》。尽管这本书没有《摩诃婆罗多》有名，但它的内容却是《伊利亚特》这部最广为流传和精心制作的西方史诗的两倍。梵文就像其他古老的语言一样，比如拉丁语，有词汇的变位。虽然现在梵文已不再广泛使用，但仍可以在寺庙听到婆罗门教徒念诵梵语经文。

▲《拉玛坚之图》，泰国曼谷，玉佛寺。

恶魔苏帕卡纳，她是罗波那的妹妹。苏帕卡纳很快就不可自拔地爱上了罗摩，但是她的爱并没有得到罗摩的回应，因此她威胁要夺走悉多的生命。

在弟弟的帮助下，罗摩成功地斩下了苏帕卡纳的鼻子和耳朵。当苏帕卡纳的哥哥罗波那听说这件事后，发誓要为妹妹报仇，于是他将悉多抓走，强迫她成为自己的情人。

罗摩因找不到妻子而发狂。在遍寻不获妻子的踪影后，一只秃鹫告诉他，他的妻子正在一个遥远的地方，他必须建一座桥才能到达那里。在猴子的帮助下，桥在五天内就建好了，罗摩通过这座桥成功地到达了恶魔的地盘。在与罗波那大战几个回合后，罗摩在神箭的帮助下获胜，成功地将悉多救了出来，让她回到了自己身边。

不久以后，罗摩就乘坐一辆神车回到了自己的国家，并重获王位。他的统治持续了一万年之久，在这期间他的臣民既没有经历病痛也没有经历死亡。

恢复力量的众神

印度。一个叫德瓦拉斯的智者将一个美丽的花环赠送给了因陀罗。因陀罗将这个花环戴在他的坐骑大象的头上，但是坐骑大象受到了惊吓，在它剧烈的甩动下，因陀罗被摔到了地上。德瓦拉斯觉得这是对因陀罗的一种冒犯，于是诅咒了所有的神，并派罗刹来威胁他们。

诸神逐渐发现了德瓦拉斯的魔鬼行径，于是毗湿奴想了一个办法来解开诅咒。他把诸神召集起来，并告诉他们自己的计划：诸神负责摘取各种草药丢入灌满牛奶的海中；之后再用山作为铲子，用巨蛇作为绳子搅拌海洋，让海水变成永生之源。

如此一来海洋就生出了神牛苏拉比（牛奶之源）、伐楼尼（葡萄酒女神）、帕里贾塔（天堂之树）、飞天女仙等。众神饮下了海水，他们的力量又恢复了，德瓦拉斯的诅咒就此被破解了。

▲ 因陀罗骑在大象上的雕塑。

善恶相伴

日本。传说，在很久以前，有一对十分善良的老夫妇。老翁在菜园劳作的时候，他的小狗总是忠心耿耿地陪伴在他身边。一天老翁听见小狗一边吠叫一边刨土，他赶去一看，发现土中埋了一个宝箱，打开以后满是金银财宝。到家以后，他把这件事告诉了他的妻子，俩人商量了一番，决定将财宝分一部分给穷人，剩下的钱则投入到耕地中。

可惜他们的隔壁住着贪婪的邻居，那是另一对老夫妇。得知善良的老夫妇获得了一笔意外之财后，贪婪的老夫妇嫉妒得发狂。隔天他们就偷走了邻居家的小狗，想要小狗帮他们也挖出一箱财宝。他们拿出肉来诱惑小狗，可是小狗对他们时刻保持警惕，不吃也不动。耐心耗尽的俩人恼羞成怒，把小狗打死了。小狗的主人知道以后，为小狗的死心痛不已，他捡回了小狗的遗体将它火化了，并为小狗举行了一个

因陀罗

因陀罗是苍穹之神，手中握有雷电，他可以按自己的意愿降雨，让大地结满果实。他有时会以四只手臂的形象出现，其中的两只手抓住一根长矛，第三只手抓着闪电，第四只手则是空的。在画像中，他常和他的神像在一起，神像是在他与海洋战斗时创造出来的。

《古事记》

日本神话的主要来源就是《古事记》,“古事记”的意思是“古代事件编年史”。这本书的历史可以追溯到8世纪。这本书主要讲述日本每一年发生的故事,故事时间涵盖了创世之初到推古天皇逝世(公元628年)。这本著作包括三卷:第一卷讲述的是天神的时代,包括很多日本本土神话;第二卷理论上说是关于人类的故事,然而其中也包含了很多神话传说;第三卷记述的则是真实的故事。

体面的告别仪式。他在小狗的坟墓旁边种了一棵松树,松树长得飞快,很快便长成了一棵粗壮的大树。

时间一天天过去了,突然有一天小狗出现在了主人的梦里,它让主人砍下松树的树枝,制作一张能够筛米的小木桌。主人照做了,并在桌子上敲米将米粒筛干净。神奇的是,米粒被敲打以后竟然变成了一粒粒金子。贪婪的邻居时常在老翁家周围转悠,偷窥他的生活,自然也知道了这个秘密,便向老翁请求将小木桌借给他们使用。善良的老翁不知道如何拒绝,只好借给了他们。然而当贪婪的邻居在木桌上敲米时,米粒并没有变成金子,而是被敲成了碎渣。愤怒的邻居便像之前对待小狗那样,粗暴地将小木桌碾碎了。

小狗再次出现在了老翁梦中,这一次,小狗要主人去捡起小木桌的碎屑,并撒在一棵干枯的树上,这样树就会立刻开花。老翁听从了小狗的话,捡起小木桌的碎屑撒向一棵摇摇欲坠的老树。老树果真立刻焕发生机,变得枝繁叶茂,繁花盛开。老翁兴奋地将这则奇事告诉了村里的人。树竟然会在冬天开花,这让老翁暂时忘却了他那可恶的邻居。

这件事一传十,十传百,连皇帝也知道了。皇帝目睹这奇观以后,感到十分惊奇。贪婪的邻居知道以后,偷走了善良的夫妇剩下的木屑,并且到处宣称他们也能让死树复活。皇帝想看看是否真的有人能再现奇观,便将他们召至皇宫。然而当贪婪的老夫妇将木屑撒向枯树时,树不仅没有复活,反而长出很多尖刺,刺伤了皇帝的脸。皇帝十分生气,便下令砍下他们的头颅。然而那对善良的老夫妇却向皇帝求情，恳请皇帝网开一面，放过他们的邻居。皇帝最终接受了善良的老夫妇的请求，而善良的老夫妇则向皇帝保证他们会帮助邻居走上正道。

浦岛太郎的回忆

日本。浦岛太郎和父母住在一起，一家人以捕鱼为生。他家里很穷，唯一的财产就是一艘可以出海捕鱼的小船，他们一家三口就靠着卖鱼的收入勉强度日。一天，正当浦岛太郎准备出海时，他看到几个孩子正在折磨海滩上的一只大乌龟。他于心不忍，于是救下了乌龟并将它放回海里。而后他就出海捕鱼并忘记了发生的事情。

他一边捕鱼一边思考，该如何改善生活才能让父母过得更好。正在这时，他察觉到渔网似乎比往日重了很多。他用力提起了渔网，结果发现他所捕获的正是刚刚救下的乌龟。乌龟告诉他，它是海王的信使，奉命领他去海王宫同海王的女儿龙宫之姬成婚。

浦岛太郎和乌龟到达了海王宫，这座美丽的海底城市是用各种稀世珍宝建造而成的。他们到达海王宫时，龙宫之姬出来迎接他们，浦岛太郎和龙宫之姬很快就坠入了爱河。俩人幸福地生活在一起，而时间也好像静止了。一天浦岛太郎梦见了自己的父母，醒来以后他很想去看望他们。当他与妻子告别时，妻子给了他一个密封的小盒子，并对他说如果他还想回到她身边就不要打开这个盒子。

浦岛太郎还未想明白妻子这么说的原因，倏忽之间就发现自己已

其他来源

日本神话的第二个来源就是《日本书纪》，它和《古事记》写于同一时期。不过本书的内容更少，且受到中朝两国的影响较多，因此相比《日本书纪》，《古事记》记述的本土神话可靠性欠佳。

▼ 日本浮世绘中的浦岛太郎。

经站在以前经常捕鱼的海岸上了，恍惚中他竟然觉得他的海底婚姻不过是个梦罢了。回望四周，他十分肯定这就是自己生活的村子，因为他认识那海滩、那山，然而奇怪的是街道和房屋还有村里的人都变了，他们不再是从前的模样了。心慌意乱的他赶紧逢人便询问他的父母，但是没有人认识他们。他瘫坐在海滩上，一个衣衫褴褛的老人经过他的身旁时，他向老人询问他父母的消息。老人告诉他，他的确认识他的父母，但是他们早已因为失去了儿子而伤心离世了，这都是五十年前的事了。绝望的浦岛又向另一个老人询问此事，结果老人也告诉他，他的父母在五十年前就已经去世了。原来海底的时间真的不会流逝。

关于龙宫之姬的记忆和失去父母的痛苦让他想赶紧回到海王宫，但是他并不知道怎么回去。他隐隐约约记得自己有个小盒子，但是却忘了妻子的嘱托。他把盒子打开了，很快他就感到自己的生命迅速消逝，他的皮肤变得皱皱巴巴，头发瞬间变白，他知道自己再也见不到他的爱人了。

天照大神，最美丽的女神

日本。太阳决定创造人类，然后将他们安置在伊邪那岐和伊邪那美出生的岛上。他创造了一个美丽的女人，给她取名叫天照大神，随后又创造了一些其他的神明来陪伴这个美丽的女神。

岛上的生活和谐美好，人们就像崇拜初升的太阳一般崇拜天照大神，他们十分尊敬她，并时常向她祈祷。天照大神一直过着开心的日子，直到有一天小野命来了。虽然小野命贵为王子，且是神之后裔，但是他却常做坏事，臭名昭著。他想激怒天照大神，于是杀死了女神心爱的麝鹿。女神听见了麝鹿的哀鸣，闻见了麝香的味道，十分伤心。为了不让凡人看见她的痛苦，她逃离了曾经快乐生活过的地方，对人类避而不见。一天，天朗气清，她躲到了一个洞穴里，搬了一块大石头挡住了洞穴的入口。

天照大神与神道

神道最早是从泛灵论演化而来的，其中掺杂着对祖先、太阳和佛教的崇拜。神道认为万物皆有灵，并且将它们命名为神。统治者创造出的天照大神或太阳女神是凌驾在众神之上的。在佛教传入日本后，大概在8世纪，日本的神道与佛教融合在了一起。

天照大神的离开带走了光明和快乐，岛国陷入了黑暗和忧伤之中。神明们为了将天照大神带回来，特地找来了最好的乐手，编排了一场精彩绝伦的表演。准备就绪后他们向山洞出发了。到达山洞以后，他们围成了一个大圆圈，一个女神走到圆圈中跳舞，她的翩翩舞姿迷倒了诸神。所有人都在夸赞她的美丽，倾倒在她的魅力之下。

▲ 日本浮世绘中的女神形象。

天照大神在洞穴中听见了音乐的声音，她很好奇到底是什么让众神如此惊叹。她跑到洞口，在众神的帮助下移开了巨石。看到特地为她准备的精彩节目，她十分高兴，但是她却无法接受众神如此仰慕舞神的美貌。于是诸神找来了一面镜子，让她相信自己才是世界上最美丽的女人。人们都为她倾倒，纷纷乞求她回来，于是天照大神就回到了自己的居所，再也没有离开过。

素盏呜尊因为违抗天照大神的命令而被驱逐，负责管理海域。和平和快乐又重新回到了日本。

天照大神的后裔神武天皇继承了王位，成为已知的第一位日本天皇。天照大神认为自己的统治十分稳固，便请求她的父亲太阳将她带走。于是太阳将她裹在自己的光芒中带走了。从此以后天照女神变成了永恒的光辉，照耀着自己的人民。

渔民的箴言

日本。有一个年轻的武士以放高利贷为生，他从不在意别人生活的好坏。一天他向一个渔夫去讨债，可怜的渔

武士

日语中“武士”一词的意思是“仆人”。在古代日本，武士是最早的贵族护卫，后来他们逐渐变成了信奉武士道的战士。他们常佩有一把武士刀，为武士道的荣誉而战。武士道是他们身份的象征，也是他们的思维方式。武士道最重视荣誉：武士的生死都是为了自己的荣誉，没有荣誉就没有存在的价值。让武士的荣誉扫地是对他们最大的惩罚，他们会为此切腹自杀。

▲ 日本浮世绘中的武士形象。

夫因为没有钱还他便害怕地躲了起来。武士找了他很长时间，终于在一片浓密的草丛中找到了他。看到渔夫恐惧的样子，武士露出了骇人的表情，他的声音很可怕，他因为无法拿回自己的钱而暴怒。渔夫想在死前留下临终遗言，武士同意了。渔夫说他正在学习哲理，他最喜欢的一句话就是：“当你抬起双手时，你的脾气就被收敛了；当你放纵脾气时，你的双手就被束缚了。”武士听完后受到了触动，决定再给渔夫一年的时间，并让他继续好好学习哲理。

在夜色的笼罩下，武士拖着疲惫的脚步回家了，他迫不及待地想看到自己的妻子。到家后，他发现房间里亮着灯，便蹑手蹑脚地走进房间，结果看见妻子正和另一个武士睡在一起。他悄悄地拔出了刀，打算杀掉妻子的情人。“当你抬起双手时，你的脾气就被收敛了；当你放纵脾气时，你的双手就被束缚了。”渔夫的话回响在武士的脑海里，他决定改变策略。他假装刚刚进门，大声地说他回来了，他的妻子闻声起床，赶紧起来迎接他，并因丈夫的归来而开心。原来和妻子同睡的不是别的武士，而是自己的女儿。因为她们俩害怕武士不在家时有陌生人闯进来，所以她的女儿就穿上了武士的衣服。

一年过去了，武士再次来到渔夫的家中，这次渔夫不仅筹够了去年要还的钱，还攒齐了一年的利息。然而武士却对渔夫说：“你什么也不欠我的，真正欠债的人是我，感谢你上次告诉我的哲理。”

幕府将军

中世纪日本最著名的战争是两个军阀家族为争夺日本的实际统治权而相互倾轧。在1185年的坛之浦之战中，源氏家族夺得了胜利，消灭了平氏一族。日本的幕府统治时代由此开启：在现实中，源氏家族的胜利意味着帝国权力日益成为有效政治力量的源泉，并且标志着幕府军人主导的约七百年封建统治的开端。

老人山

日本。这个故事发生在很久以前。一位少年和他的母亲原本快乐地生活在一起。突然有一天，地主下令，让所有的老人都到老人山上去，因为他认为老人对所有的人来说都是一种负担。

得知这个消息后少年既气愤又悲伤，他不想和母亲分开，但是母亲也不想给儿子带来麻烦，便要求他把自己背到山上去。儿子背着母亲往山上爬，一路上母亲让儿子摘下美丽的鲜花给她，这样她就能把花瓣撒在地上，免得儿子回家迷路。走到半路，少年终于无法抑制自己的情绪，转身背着母亲跑回了家，并将母亲藏在了一棵老树的树干里。

地主又下令说要测试村民的才智。他拿出了一个带有两个孔的圆球，要求村民在不触碰圆球的情况下把线从孔中穿过去。如果村民没有做到，地主就会剥夺他们的土地。少年回家后把这件事告诉了母亲，母亲让他抓来一只蚂蚁，并将绳子系在蚂蚁身上，然后再将蚂蚁放在圆球的一个孔边，在另一个小孔边上抹上蜂蜜。少年照做了，他成功地通过了地主的测试。多亏了他的母亲，他保住了自己的土地。

地主再次发布公告，要进行一次新的才智测试，这一次村民必须用灰烬做一根绳子，做不到的话地主就要夺取他们的土地。全村的希望都寄托在少年身上

▼ 日本浮世绘中的书法和绘画。

了。这一次少年的母亲让他找来一根绳子，然后将绳子放在火上灼烧，当绳子的外围被烧成灰而中心没有被灼烧时，看上去绳子就像是用灰烬做的。地主的仆人一直透过窗子观察他们，他突然走进了房子，把母子俩都吓坏了。母亲说这一切都是她的错，但是地主的仆人却说他们要为违抗地主的命令而付出代价。少年大胆地向地主的仆人说出了心里话，他认为错的不是他们，而是地主，因为老人并不是包袱，相反正是因为他母亲的聪明才智，他们才能成功地通过地主的测试。

地主的仆人也觉得不应该惩罚这些拥有真正智慧的老人，而且他们的确通过了地主的两次测试。因此，他请求地主三思，因为老人并非负担，相反他们的智慧都是在年龄增长中积累起来的。最终，地主取消了之前的命令，所有被送上山的老人都能回家了。

六个神，五顶帽子

日本。传说，曾经有一对贫穷的老夫妇，他们唯一的生计就是用秸秆编草帽。他们太穷了，甚至都没钱去买庆祝日本新年的肉粽。于是老爷爷决定到村子里去卖掉五个草帽，再用赚到的钱去买肉粽。

谁料老爷爷的运气太糟糕了，一天过去了，他一无所获，只好把这五个草帽又带了回来。他很难过，因为帽子卖不出去就没钱为妻子置办一顿丰盛的年夜饭。回家的路上下起了大雪，他在暗处看见了六尊地藏菩萨石像，他们的头上落满了雪，脸上都结冰了。善良的老爷爷觉得他们一定很冷，于是小心地为他们扫下了身上的雪，又把五个没卖出去的草帽戴在他们的头上。尽管很冷，但是想到快到家了，他还是将自己的草帽脱下来戴在了第六尊石像上。

回到家他都冻僵了，见到妻子后，他啜泣着告诉了她这一天的遭遇。妻子安慰了他，帮他擦干眼泪，又帮他取暖。虽然没钱，但是她的好丈夫却温暖了她的心窝。老夫妇坐在

▲ 地藏菩萨的石雕。

▲ 日本地藏菩萨石雕。

火炉旁，吃完了他们仅有的白米饭。饭后他们就像平常一样上床睡觉了，但是内心都充满了对彼此的爱和感激。

半睡半醒之中，一阵美妙的乐声从窗外飘进来。不一会儿，门口的一阵喧闹声把这对夫妇惊醒了。他们开门一看，发现门外神奇地出现了葡萄酒、肉粽、毛毯和温热的和服——一切他们所需要的东西。而六个地藏菩萨则戴着老爷爷给他们的帽子远去了。

贪婪打破了麻袋

日本。寒冬来临了，整个村子被皑皑白雪所覆盖，所有人都待在家里取暖。一位少年正在往家赶，突然他听见野草中隐隐约约有些声音。他过去一看，发现一只草鹭趴在雪中，它正在痛苦地鸣叫着，原来草鹭的爪子受伤了。少年发现有根树枝插在了它的爪子里，便小心地帮它将树枝拔出来。树枝拔出后，草鹭很快就飞走了。

▲ 日本浮世绘中的僧人形象。

少年早年失去了双亲，他家徒四壁，没有人愿意和他交朋友。这天晚上，突然有人敲他的家门，少年疑惑地打开了门。他发现门口竟然站着一位美丽的女子，她似乎在雪中迷路了。少年慷慨地让少女在他家留宿，相处过程中，俩人暗生情愫，于是，美丽的女子决定留下来。虽然过着穷日子，但两个相爱的灵魂却希望能永远在一起。

第二个冬天更冷了。他们既没有食物也没有钱，少女决定造一台织布机，做些纺织品卖钱。她造好织布机后，便要求她的丈夫向她保证，在她纺织的时候绝对不能进入房间。接下来，她把自己关在房间里没日没夜地织了七天，踏出房门时，她已织好了一块漂亮的布料。少年将布料卖了一个好价钱，他们就用这些钱继续过日子。钱用完了，少女就再织一块布料拿给少年去卖。就这样他们平静地生活了很多年。

然而贪婪逐渐支配了她的丈夫，每一次他都想拥有更多的财富，于是他便强迫他的妻子织更多的布，以便卖更多的钱。在等待妻子织布的时候，他的好奇心也与日俱增，他甚至想自己也进去织布，这样他们就能织出更多的布料。下定决心后，他一把将门推开，结果发现他多年前救过的草鹭正在用自己的羽毛织出五彩的布匹。

当草鹭停下手中的工作，变成他的妻子时，少年简直不敢相信自己的眼睛。妻子不得不告诉他事情的真相，原来她就是那只冬夜被他救助的草鹭。为了表达对少年的感激，草鹭变成了一个女人，帮助少年解决他的两大忧虑：孤单和贫穷。草鹭选择少年是看中了他的善良，但是少年日益暴露的贪婪让草鹭不得不离开他。少年苦苦恳求妻子不要离开他，他已经意识到爱比金钱更加重要，但是已经晚了。他的话音未落，妻子再次变成了一只草鹭，扇动翅膀消失在苍穹。

竹林公主

日本。传说，很久以前许多日本人都靠卖竹笋为生。五月的一天，天气晴好，一位老爷爷正在割竹笋，在众多竹笋中，他发现有一棵竹笋长得格外漂亮。正当他准备砍下竹笋时，却惊奇地发现竹笋里竟然有个漂亮的小娃娃。他小心地抱起了小娃娃，高高兴兴地回家了。

他的妻子看到这个可爱的娃娃，认为这是上天送给他们的礼物，是对他们每日辛苦劳作的奖赏，是对他们膝下无子的补偿。他们给娃娃取名叫嫩竹的辉夜姬，把她当成自己的亲生孩子一般抚养、宠爱。他们的生活也随之改变了，自从小娃娃出现的那天，他们砍下的竹笋都变成了金子，于是他们换了大房子，穿上了漂亮的衣服，也从繁重的农活中解脱出来，可以好好休息了。尽管生活富足了，老夫妇俩却觉得他们最大的财富是女儿给他们的爱。

辉夜姬长成了一个美丽的姑娘，她的美貌远近闻名。有五个男人不断地追求她，但是辉夜姬并不想结婚，因此她给这五个人布置了不可能完成的任务，以便摆脱他们。她向第一个男人索要佛的石钵，向第二个男人要一根能结

鹤

中国古老的太极拳的形成，离不开鹤的贡献：在 14 世纪末，一个名叫张三丰的道士花费多年钻研武术。在练习中他发现，鹤和蛇战斗时，鹤总能取得胜利。因为鹤的动作十分灵活，躲避的速度很快，反击的成功率很高。

▲ 传统日式画，女子和富士山。

成宝石的金树树枝，向第三个男人要火鼠裘[①]，向第四个男人要龙脖子上的五色玉，向第五个男人要燕子的子安贝[②]，这些东西都是无法获得的。

这些少年带着心上人给的任务热切地去寻找宝物了。过了一段时间，他们纷纷登门拜访，并带上了宝物，期待能得到辉夜姬的欢心。第一个人将自己用脏的茶杯拿了出来，并撒谎说这就是佛祖的钵，被大家揭穿了。第二个人没有找到金树，于是委托珠宝匠按少女的要求做了一个，结果珠宝匠们纷纷控诉他没有如约付钱，他的谎言便被揭穿了。第三个人拿来了火鼠裘，但是皮毛遇火就着了，他只好带着赝品灰溜溜地从小门走了[③]。第四个人找到了龙，但是在和龙搏斗时不幸遇难了。第五个人找遍了所有燕窝都没找到少女要的子安贝，他的任务也失败了。

皇帝听说了辉夜姬的故事，也想认识她，于是便召她入宫。一见她美丽的面庞，皇帝就爱上了她，并向她求婚。尽管皇帝承诺会给她数不尽的财宝，辉夜姬还是拒绝了皇帝的请求。

辉夜姬整天哭泣，每天晚上都忧郁地凝望着月亮。尽管辉夜姬的忧愁无法得到排解，她的父母仍然不断地安慰她、陪伴她，想要减少她的忧虑。直到有一天，辉夜姬走到父母面前，告诉了他们她哭泣的原因。原来她出生在月亮上，而现在她不得不回去了，因为月亮仙女要来接她了。她伤心地跟父母告别，感谢他们为她所做的一切。突然空中发出耀眼的光芒，无数神仙踩着云毯向她飞来。所有人都被这炫目的光弄得眼花缭乱，也为即将到来的别离感到心碎。

当辉夜姬被接回月亮上时，仙女们给她披上了一件莹莹发光的披风，这样她就会忘记地球上所发生的一切，也就不会再伤心了。

---

① 火鼠，亦称为火光兽，是中国古代传说中一种住在南方的火山里的奇鼠，它们栖息在名为不尽木的烧不坏的树林里。由于此鼠能够在火里存活，因此它的毛皮被认为是无法烧坏的。

② 子安贝：日本妇女生产时，产婆会将一个宝螺放在产妇手中。这种宝螺外形细长、有光泽，产妇紧握子安贝有助于生产时发力。

③ 在原作《竹取物语》中，这张假的火鼠裘是被辉夜姬放到火里烧成灰而识破的。

伊克巴兰克和他的兄弟哈纳普在一起

美洲神话

▲ 原始美洲人刻在石头上的古老壁画。

美洲神话中的神明与神奇生物

阿德卡加瓦

易洛魁族印第安神话。生命之源与夏日神灵。由光和热组成，冬天在南方的土地上休息。

鹰

代表幸运。

阿赫松努特莉

类似阿罔那威娄纳，是纳瓦霍印第安人的双性神（可男可女），是天地的创造者。传说，阿赫松努特莉将十二个人安置在世界的重要方位来支撑天空。

阿克图诺维希

夏安族印第安神话。大地之魂与地下之灵。

安培都威

达科他族印第安神话。太阳之灵。

安古塔

因纽特神话。他是生活在暗夜之中，能带走亡灵的神。他能通过灵魂和生者交流。

阿尼加

因纽特神话。月亮之灵。

安婆

达科他族印第安神话。黎明之灵。

羚羊

象征正确的道路。

蜘蛛

警示的象征，提醒人们可能存在的背叛和谎言。

松鼠

坏消息的信号，说明某个部落散布了死亡的讯息。对肖松尼印第安人来说，松鼠是一种具有治愈病痛能力的动物，因此他们会向松鼠请求帮助，以抗击病痛。

蓝鸦

奇努克族印第安神话。人们把它当成神来崇拜，它是诸神中的弄臣。

阿滕西克

易洛魁族印第安神话。大地女神。她从天而降，创造了太阳和月

蜜蜂

性、生育和家庭的象征。由此延伸，它还是纪律和有序生活的象征。

麋鹿

常和女性气质与逆境中的沉着相联系。

蓝鸦

对于奇努克族印第安人而言，它是直觉和洞察力的标志，同时也是勇敢地直面挑战和威胁的象征。它习惯的夜间生活赋予了它永恒的警惕性，它的掠食本性和独特的直觉帮助了它。

▲ 一个萨满正在为他的病人治疗。

凯门鳄

印第安人认为凯门鳄是敌人派来索命的生物。此外，凯门鳄还常被萨满祭司用来平息族人的怒火。

马鹿

积极能量的标志，礼貌和同情的象征。人们向它祈求获得直觉力和思考力。马鹿常和印第安人的女性世界相联系：一个女人如果看到了马鹿，则意味着她很快就会生孩子。

亮，完善了自然的周期规律。此外她还会进入人们的梦境，为帮助人们走出困境而出谋划策。

阿提乌斯蒂拉瓦

波尼族印第安神话。他是至高神，无形而全能；他也是创造之神，规定了太阳、月亮和星星的运行轨道。

阿瓦

通过非常严格的饮食治疗病人的萨满巫师的一种。除了在自己的诊室给人看病外，他们还会到病人家里拜访。

阿罔那威娄纳

祖尼斯族印第安神话。宇宙的创造神，人们常把他等同于太阳。尽管这个神和人类的日常生活不太相关，但他仍因为他的高尚品性受到了人们的崇拜。

水牛（野牛）

印第安人文化和精神的本质。

秃鹫

代表死亡的负面象征。是不幸和坏消息的传递者。

凯门鳄

代表威胁和背叛。

海狸

双性的象征。

马鹿

传播消息的信使。

鹌鹑

家人或朋友来临的正面象征。如果印第安人在危险中看到它，则预示着他们将被拯救。

金蜂鸟

极好的象征。金蜂鸟是好消息的信使和长途航行的保护者，常常和女性世界相联系。它的羽毛具有魔力，所有被它的羽毛触碰过的东西都会充满爱和欢乐。

鼬

极好的兆头。它的智慧和反应速度常被人们所称道，是旅行的最佳伴侣。若同时携带护身符可加强保护效果。

郊狼

极好的象征。郊狼是十分神秘的传统图腾。

蟑螂

大部分情况下是极坏的象征。它常常是疾病和污秽的携带者。但它的生命力惊人，因此也是幸存者的象征。

乌鸦

它常出没的地点和叼食的东西让人们觉得它是与恶灵斗争的正面象征。

埃索图伊埃米西

小河族印第安神话。至高神和风神，他的名字的意思是“气息之主”。他的名字是个拟声词，发出的是嘴巴送气的声音。他对空气的控制与对人类呼吸的控制紧密相连，他赋予了人类生命。

圣甲虫

萨满祭司使气候改变时的正面象征：在干旱时请求降雨，在水涝时请求降雨减少。同时，它的出现还预示着敌方的进攻，此时它是负面象征。

加奥

易洛魁族印第安神话。名为“风之巨人”的神话生物。他的住所位于小山之巅，由几只动物守卫：一只熊，咆哮着抓住北风；一只豹，气息吞吐间引来东风；一只驼鹿，几声咳嗽唤来潮湿的西风；一只麝鹿，几声叹息唤来南风。

加洪

易洛魁族印第安神话。岩石和河流之神。

虱

自相矛盾的是，虱只能和火一起战斗。这种昆虫是恶灵的携带者，预示着敌人的靠近。

甘达亚

易洛魁族印第安神话。肥沃土地之灵。

甘斯

阿帕奇族印第安人。来自山上的神灵，肩负教化阿帕奇族的使命。因为对人类统治者的腐败而失望逃离。

虱

这些昆虫预示严重的疾病和森林大火。

海鸥

预示饥饿和困境的负面信号。

荷亚古加

切诺基族印第安神话。月灵。

双胞胎

在北美神话中很有代表性。孪生子的性格十分刚烈，常与死亡作斗争。他们常是一个善良，另一个邪恶，就像一个人身上可以共存的两面一样。类似伟大的阿尔冈昆野兔、伟大的阿帕奇猫头鹰以及格洛斯卡普和玛尔苏双胞胎的情况。

古宏

易洛魁族印第安神话。冬日神灵，代表力量和韧性。

蟋蟀

在物资贫乏的地区，它是一种邪恶能量和危险的负面信号。相反，在富饶地区，它是好时节的象征，代表着闲暇的生活和内心的宁静。

蟋蟀

一个有着矛盾解读的象征物。

霍肯内玉

易洛魁族印第安神话。至高神灵。

安和比

达科他族印第安神话。

阿斯特沃根

纳瓦霍族印第安神话。家庭之神。

▲ 石刻，两个纳瓦霍族人。

哈斯瑟西

纳瓦霍族印第安神话。竞技之神。

阿斯特西尼

纳瓦霍族印第安神话。火神。

厄马维奥

夏安族印第安神话。至高神。

伊诺

易洛魁族印第安神话。雷神和天空的守护者。

霍克温拉

达科他族印第安神话。住在月亮上的龟灵。

霍皮人

霍皮族印第安人认为他们的祖先了解另一种文化，这种文化中的生物能乘坐飞碟移动。

蚂蚁

代表坚固，是智力和心灵力量的象征。印第安人相信地震是由一只巨大的黑蚂蚁造成的，它住在地下，它一移动大地就会产生震动。

伊德里维里松

因纽特神话。恶灵。

伊西奥克

因纽特神话。帮助寻找不尊重禁忌之人的神灵。

伊斯基哈

易洛魁族印第安神话。人类的圣父。据传说，伊斯基哈（光明）和塔威史卡拉（黑暗）是一对孪生兄弟，同时他们也是月亮的孙子。两兄弟经常吵架，他们争得最凶的一次是：伊斯基哈抓起了鹿角当武器，塔威史卡拉则拿起了一枝野玫瑰来自卫。塔威史卡拉受伤了，因为他的武器在对手的

▲ 犹他州的壁画（美国），记录了北美原始居民狩猎的场景。

武器面前毫无用处，从他的伤口滴下来的血变成了一颗颗燧石。伊斯基哈摆脱掉自己的兄弟以后搭了一个帐篷，他成为人类之父，也是村庄的主神。他将大地上的怪物消灭，将动物安置在森林中供人类狩猎，还教会人类播种、生火，以及各种生活的艺术。

凯内恩

北美原始部落崇拜老鹰，因为它有主宰天空和雷电的能力，被它的雷电击中之处，不是被选中就是被毁灭。

乔迦

易洛魁族印第安神话。自然中的矮人之灵。

卡纳蒂

切诺基族印第安神话。他是第一个人类，也是切诺基族的祖先。

卡特赤纳斯

科多扬倍

他是代表白天（太阳）的创造神，与郊狼化身的夜晚（黑暗）不断斗争。当每天的战斗结束时，他会逃到西方去。

亚利桑那。霍皮族的传说。尽管面貌和人类一样，他们更类似于天使，这个词翻译过来的意思是“令人崇敬的智者”，他们因知识广博而受到人们的崇拜。他们会乘坐飞碟四处行动。他们不需要性行为来繁衍后代。他们是神派来的智者，他们教会霍皮人的牧师进行必要的祭祀活动。他们和人类十分相似，并且对人类是有益的。据说好人死后就会变成卡特赤纳斯，与云彩和雨水融为一体。（参见“霍皮人”）

凯内恩

易洛魁族印第安神话。群鹰之首，也可能是雷鸟。它是隐形的神灵，它会扇动翅膀来产生雷鸣，它的目光所到之处会产生闪电。

科多扬倍

迈杜族印第安神话。创造神，发现了处在郊狼掌控下的世界。他不断地工作，使世界变得宜居，随后又用木头创造了人类。由于郊狼的阻挠，人类的创造过程受到了阻碍，于是两者之间的战斗就开始了。战斗结束后，郊狼被打败了，就在这时，木头做的小人全都变成了有血有肉的印第安人，从此他们在迈杜的村落安顿下来。

蜥蜴

积极的象征。这些爬行动物被人们看作灵界和人界的媒介，蜥蜴的出现要么意味着它想传达某种信息，要么就是为了监视某个人。小蜥蜴是孩子们的保护者。

猫头鹰

对印第安人而言，猫头鹰是负面象征，是厄运降临的预兆，因为猫头鹰的出现常常伴随着死亡。

灰狼

保护者的象征。灰狼是优秀的猎手，智慧超群、独立而神秘。尽管灰狼都是十分独立的个体，但它们也具备很强的家族意识，常常成群出没。有些情况下，它们也代表着尊严、勇敢和适应变化的灵魂。

萤火虫

负面象征。它预示着附近环境中有灵体的存在，

浣熊

它们对狩猎活动的帮助十分巨大，以至于人们认为与它们同名的人类也是值得信任的人。此外它们的肉可以食用，因此在饥荒年代人类十分感激它们。

蝴蝶

代表改变（因为它从毛毛虫变成了蝴蝶）、和谐、美丽和和平。它的出现意味着人们需要拿出勇气做一些改变。

奥杜斯

他们是控制灵体世界且阻止亡灵以实体存在的瑜伽师。

经常和鬼火相关。

浣熊

保护、智慧和信心的正面象征。

蝴蝶

很有灵性的动物，预示着善灵的存在。

米查布

阿尔冈金印第安神话。米查布是创造神、风神和世界的守卫。人们认为他是光之灵，因为他居住在东方，太阳的身边。作为风神，他不断抗击西风和黄昏之风（东方和西方，光明和黑暗，太阳和月亮之间的冲突在所有神话中都存在）。他用烟斗的烟雾创造了云，又用海底深处的一粒沙创造了一个岛屿，这个岛屿非常大，以至于一只想横穿岛屿的狼，终其一生都没能到达岛的尽头。他逐渐把世界建成了现在的样子。他还教会了渔民织网、猎人捕猎。

▼ 啄木鸟是好运和快乐的象征。

臭鼬

邪恶的象征，预示着厄运的降临。它的出现会带来冲突、疾病与不幸。

苍蝇

和蟑螂相似的负面象征。常常被用来向其他部落传播疾病。

纳纳伯周

动物世界的守护神。

海狸鼠

好事临近的预兆，代表快乐、美丽、幸运和健康。

奥杜斯

易洛魁族印第安神话。居住在地下的灵体，

负责管理在地下世界（类似地狱）四处游荡的亡灵。

奥科姆

掘墓人的近义词，专门负责向亡灵提供墓穴，打扫他们的祠堂。他工作前会用热水洗澡，用巧克力洗手，此外还要漱口。人们认为踏过墓穴会招来不净之物，带来疾病。

熊

象征勇气，具备独特的能力。

啄木鸟

代表健康，是好运和快乐的正面象征。当人们听见啄木鸟用喙啄树干时，拍三下手，许一个愿，愿望就会成真。

豹

有些部落认为它是不祥的预兆，豹的出现意味着敌人将会出现。还有些部落则认为它是积极的象征，它的出现意味着捕猎的丰收，以及可以保护人类不受敌人的侵害。

▼ 一幅表现多彩《熊之舞》的版画，乔治·卡特林，1844 年。

平迦

监察人类对待动物的行为的女性神灵。

蝗虫

是庄稼受灾的象征，往往与干旱和炎热相关。它也是不稳定以及厄运将近的象征。

孔雀

傲慢和自尊的象征。它们的羽毛是献祭物中的珍品。

平迦

因纽特神话。平迦是女神或魔女，负责根据人类对待动物的行为，对人类进行惩罚或奖赏。她们尤其注重猎人的态度：要求他们永远只猎取所需的量，不能射杀怀孕的雌性动物等。

豪猪

与幸存者相关。

蛙

对很多部落而言，蛙是一类具有魔力的生物，它们是幸运的象征。蛙是雨的信使，对水的能力十分了解。

蝗虫

和瘟疫相关的负面象征。

▼ 在印第安文化中，蛇能带来好运。

蛇

蛇是印第安精神文化的第一个动物象征。它们被认为是守护神、医治者，能带来好运。人们常常会向它祭拜，以求亲密之人疾病痊愈。在印第安文化象征中比较突出的北美物种有：牛蛇，在比赛中被用来对抗对手；响尾蛇，包括白色的（好的）和黑色的（坏的），被用来确保狩猎的成功和鼓舞士气；蝰蛇，被用来通过梦境或幻觉建立人和人之间的联系，在狩猎中则被用来保护或者杀掉某些人；珊瑚蛇，可怕的象征，是剧毒蛇之一，因为人们无法杀死它，所以只能祈祷它不会在人们行走的道路中穿行。

苏族

北美部落，他们源自地下村落。他们的祖先最先通过植物的根茎向外爬，爬到地面上以后，他们被千奇百怪的植物和动物惊艳了。他们回到地下，向村子里的人讲述了他们的所见所闻，于是全村人都爬出地面，找到了一个宜居的世界。苏族人死后，只有好人的灵魂才能重新回到地下世界。

苏塔利迪

切诺基族印第安神话。太阳之灵。

塔库斯坎斯坎

达科他族印第安神话。风神和流氓之王。

特科拉维茨

霍皮族印第安神话。火之灵。

獾

象征保护者的积极信号。

獾

獾可以用于制取药物或制作护身符以对抗恶灵。

龟

印第安人认为它是一种神圣的动物，因为它能带来健康。很多部落都不吃龟肉，因为他们认为这不吉利。龟壳是男子向女子求婚的最佳礼物。它能适应任何环境，因为它把住所背在身上，这象征着自由、耐心和信心。

▲ 在印第安文化中，龟是一种神圣的动物。

巫娜库萨克

北冰洋的女王和女神，主管生死的女王，海洋哺乳动物的母亲。她只有一只眼睛。

喜鹊

代表决策和领导力的积极象征。

喜鹊

在人们的长途旅行中，喜鹊十分受欢迎。喜鹊能向印第安人传达路途中存在危险或阻碍的讯号。

瓦金岩

拉科塔族印第安神话。雷灵。他的职责是净化世界，他的形象是一个红色的“Z”形线条。

瓦康达

苏族印第安神话。万物的创造神。世界之初，只有灵体在宇宙中游荡，寻找栖身之所。当他们到达地球时，整个星球还浸在水中，后来水中出现了一个巨大的岛屿，从此植物在此生根，动物在此生长。

巫尹

伊博族印第安神话。传说她是大地之母、法律的制定者、庄稼的保护者、亡灵的归宿。

狐狸

负面象征和不祥的预兆。它代表狡猾的人，是背叛的象征。

狐狸

负面信号。它是危险、疾病和死亡的传递者。有些萨满巫师会利用狐狸来赶走死亡。

阿普奇

墨西哥。玛雅死亡之神和第九个地狱的王。

阿普奇

据说他的椎骨暴露在外，面色苍白。他的头上有一只蜗牛，是出生的象征，描述了生与死的关系。他管理西方、亡者之家与日落之地。日历的最后一天象征着他，因为他代表死亡。

阿卢克斯

墨西哥。玛雅文化中的神奇生物，他们会在人们睡着的时候出现。他们十分机灵且带有孩子般的童真。当他们察觉到人类的存在时就会惊恐地逃跑，因为人类的靠近会使他们感到不安。他们喜欢玩火，丢石头，让狗追着尾巴玩，他们对某人生气的时候就会让他生个小病。唯一取悦他们的办法就是给他们送食物或烟草，保护并打理他们的房子。他们从不闭眼睡觉，就算睡觉也睁着眼。

阿斯特兰

墨西哥山谷的神秘地点，这里是阿兹特克人或墨西哥人的起源之地。它的名字的字面意思是“苍鹭之地”。

边边纳斯

多米尼加共和国。它们是藏在山间的野生生物。它们一丝不挂地来来往往，嘟哝着对话。它们面相丑陋、畸形而肥大。它们会沿着树和悬崖攀爬，在人们毫无防范的情况下发起攻击，不过也有人说它们并不伤人。有一点可以确定的是，一般它们都是在夜间才从自己的洞里出来找食物。它们回家的时候则会倒着走，以防有人发现它们的住所。据说它们会吃人的内脏。靠近它们领土的人都会被恐怖的哭声吓坏。

女巫

多米尼加共和国。它们出没于夜间，本性邪恶堕落，能变成发出可怕怪声的鸟。它们最喜欢的美味就是小孩子的血，它们会用植物的茎从孩子的肚脐眼或大脚趾吸取血液，最终导致孩子的死亡。它们不会攻击双胞胎或受洗的孩子（因为这些孩子的血液会让它们呕吐）。只有有特殊能力的掘墓人才能抓住它们，而且必须坚持到黎明到来，因为它们会在此时变成正常的女人。为了防止它们的侵害，人们必须将扫把倒着放，或者在家中放一袋打开的盐，因为盐会使它们关节乏力。

▼ 卡马克斯利的画像，托瓦尔手抄本。

卡马克斯利

墨西哥。代表战争、狩猎和命运的阿兹特克神。人们认为他是火的创造者，也是世界的四个创造神之一。他非常接近云海之蛇和晨星之神。他拿起闪电标枪时就会从狩猎之神变成战神，这个武器象征着这位神圣勇士的威力。他有着红色的皮肤。

卡纳科尔

墨西哥。用蜡做的人偶。白天它扮成稻草人，晚上它就活过来保护庄稼。它只服从自己的主人。这个人偶是在魔法师的帮助下完成的，后来被委托给了太阳和雨水。它会用石头攻击小偷。在庄稼收获之时它会获得一份食物，之后会被烧掉。

基督教堂

波多黎各。据说在1750年左右，人们在街道上举行了一次赛马。其中一个参赛者无法勒住他的马，最终摔下了悬崖。统治者向圣洁的基督求助，这个掉下悬崖的年轻人最终得救了。为了表示感激，他建了一座基督教堂。

角鸮

多米尼加共和国。有魔力的女骗子。

齐瓦特埃特尔

墨西哥。他是阿兹特克神，也是死于分娩的女性的保护者，又被称为“伟大的母亲”。因为分娩而死的母亲与上战场打仗的战士一样受到人们的崇拜。

夸特里姑

夸特里姑

阿兹特克人将夸特里姑称为“众神之母”，她同时代表生与死。

墨西哥。神母，阿兹特克神的母亲，她又被称为“穿着蛇裙的女人”。她是大地和火的女神、众神之母、南方星空之母。她常和春天相联系。她是科约尔沙赫基的母亲。她因为一个覆满羽毛的球神奇地怀孕了，这让她的孩子们十分生气，于是他们将她斩首了。但维齐洛波奇特利神仍从她的子宫中出生，并终结了他的手足的生命。

食人魔

多米尼加共和国。嗜血成性的食人魔，很长一段时间内人们都十分害怕他。他全身黝黑，身体肥大。据说他在海地学会了巫术，能够隐于周围的环境中。他会用一根拐杖杀死受害者，并且他得意于没人能抓得住他，因为他的脚一碰到河水，整个人就会蒸发成空气，只留下一团臭不可闻的气体。他是传说中的人物，据说现在他正在四处闲逛呢。

科森申

墨西哥。纳瓦族印第安神话。它是一颗贪玩的头颅，用滚的方式移动。它闻起来像一个菠萝，听起来则像一个拨浪鼓转动的声音。它时常会吸引小孩和小狗的注意力，但是谁碰了它谁就会变成石头，因为它实际上是一个恶魔。

科约尔沙赫基

墨西哥。代表地球和月亮的阿兹特克神，她的魔力能造成巨大的破坏。当她的母亲夸特里姑怀孕时，她和兄弟们砍下了母亲的头。后来母亲腹中的孩子，她的弟弟太阳神维齐洛波奇特利出生后也用同样的方式将科约尔沙赫基等人斩首。

查克

墨西哥。负责雷雨的玛雅神，他有一个长鼻子。他的身边常常有很多蛙相伴，它们预示着雨水的来临。

查克

他是一个善良的神，常和创造与生命相联系。玛雅文化对他十分崇拜。

查尔丘特里魁

墨西哥。水之女神，负责管理河流、湖泊和小溪的阿兹特克神。人们又将她称作“穿着玉石裙的女人”，她是新生儿以及婚姻的守护神，也代表青春的热情和美丽。她的形象通常是一条河流，岸边长了一颗仙人球（象征人类的心脏）。她是雨神特拉洛克的妹妹和妻子，雨神特拉洛克曾发动洪水毁灭了第四个世界，作为对作恶多端之人的惩罚。据阿兹特克传说，我们现在所在的是第五个世界。她受到墨西哥水手和其他与水密切接触之人的崇拜。她的头上戴着用水生植物做成的光环，右手拿着一个带有十字架的瓶子，代表东南西北四个方向。

▲ 查尔丘特里魁的画像，鲍奇亚手抄本。

奇科梅阿瓦特尔

玉米的主神是奇科梅阿瓦特尔（七条蛇），她的名字隐含了水对繁育的重要性——在阿兹特克文化中，水的象征正是蛇。

奇科梅阿瓦特尔

墨西哥。负责农业尤其是玉米的阿兹特克神，也是哺乳之神，她代表了玉米的丰满和女性的一面。每到九月，祭司会将一个处女作为祭品斩首，并将她的血洒在女神的神像上。然后他们还会将少女的皮一条条撕下来，其中一个祭司会用少女剩余的遗骸装点自己。奇科梅阿瓦特尔的形象通常是一个戴着花的女孩，一个肩负死亡的女人，或者一个举着太阳之盾的母亲。

洪水

古巴。在世界之初，死亡并不存在，于是人类不断地繁殖，其他生物也一样。后来人类向女神求助，她便降下大雨清洗世界。想要活命的人必须爬到房顶、树上或山上。降雨开始了，年轻人最先爬到了高处。雨停的时候，人口减少了，因为很多老人无力攀爬，也就无法得救了。

精灵

哥斯达黎加。不到半米的小人，常常戴着一顶大帽子，穿着五彩的衣服。他们常成群结队地漫步，并施展法术让自己隐形。他们有魔力又十分顽皮，常常接近小孩子，并用礼物吸引他们，让他们迷路。想把精灵从家里赶走，就要大声歌唱或弹奏音乐。

恶鬼

牙买加。在巫术仪式中被召唤来惩罚敌人的亡灵。人们只需对方的一片衣服或一绺头发就能召唤恶鬼，从而让选中的敌人生病。

埃卡塔尔

墨西哥。阿兹特克文化中的风神，他能使太阳东升西落。他将爱带给了人类，地球上的第一棵树是他的象征。

埃克楚克

墨西哥。代表战争和可可树商人的玛雅神。他最突出的

◀ 埃卡塔尔的画像，鲍奇亚手抄本。

外形特征是他的黑皮肤、大嘴唇以及蝎子尾巴。

着魔者

古巴。无人能忍的尖酸刻薄之人，他的性格使他孤独终生。他常会得奇怪的病，时不时会歇斯底里。弥留之际，他的器官已失去活力。最终，他全身僵硬而死。

无头的弗赖尔

哥斯达黎加。他本是一个独自生活在修道院的修士，由于没有达到修士的各项要求，他最终被砍了头。现在修道院被建成了一所学校，据说他常在学生们面前现身，向他们展示自己流血的头颅。

伽利波特

多米尼加共和国。伽利波特又名雄蜂。传说有一类人能变成凶猛且不会受伤的动物或物体的形态，他们能根据自己的需要随时随地变身。可以肯定的是他们喜欢对人类干坏事。想远离他们的侵害必须随身佩戴护身符。

库玛兹

墨西哥。库玛兹是玛雅文化中天空的至高神和创造神，他被称为“蛇格查尔”。

格伊耶

古巴。住在河流里或木棉树干上的人，他们常常一丝不挂。他们和精灵世界相联系，常以爱开玩笑的矮人或罪犯的形象出现。

哈尼科尔

墨西哥。玛雅神话。是用来讨好神灵或向他们赔礼的玉米等食物（谷物）。

休厄特奥特尔

墨西哥。阿兹特克文化中的光之神、火之神和火山之神，他也是时间的象征。他通常的形象是一只老狼，负责管

休厄特奥特尔

在阿兹特克文化中，火神休厄特奥特尔是人类的第一个伙伴。他看起来是一个疲惫不堪的老人，穿着金、红、黑三色的衣服（火焰的颜色）。

维齐洛波奇特利

他的形象是一只金蜂鸟，头上戴着羽毛，腿上环绕着铃铛，有着黑色的脸，手中握着一条蛇。

理公用耕地，即天地的连接处。

维齐洛波奇特利

墨西哥。阿兹特克文化中的战神和风暴神。据说山脚下住着一个叫夸特里姑的寡妇，她有一个女儿，名叫科约尔沙赫基。夸特里姑每天上山向神灵进贡。一天，当她祈祷的时候，一个覆满彩色羽毛的球从天而降。她被球五彩斑斓的颜色吸引了，便将这个球揣在怀里，打算将它献给太阳。没过多久，她就发现自己怀孕了。夸特里姑的儿子们受到了科约尔沙赫基的煽动，开始羞辱她。尽管夸特里姑一开始感到恐惧，但在腹中孩子的帮助下她很快就冷静了下来。然而她的儿子们却将她视为耻辱，商量要一起杀了她。她的儿子夸里塔克非常同情自己的母亲，便将他的兄弟们的计划告诉了维齐洛波奇特利。为了杀掉母亲，几个兄弟在科约尔沙赫基的带领下打算用飞镖终结夸特里姑的生命。夸里塔克赶紧跑去将发生的事告诉了维齐洛波奇特利。维齐洛波奇特利带着一个发光的盾牌和蓝色的标枪跑了出去，他用闪烁的蛇光打败了科约尔沙赫基，而其他的凶手也受到了惩罚。

▲ 维齐洛波奇特利的画像，弗洛伦提诺手抄本。

胡纳伯·库

独一无二的玛雅创造神，在神殿中占据主要地位。由于他是无形的，因此没有一个代表他的具体的形象。

胡纳伯·库

尽管他是万物起源之神，但是由于他没有具体的形象，所以并没有受到人们的祭拜。

哈拉坎

墨西哥。玛雅文化中的创造神。和库玛兹一起念出了创造世界的咒语。

伊谷

在古巴使用的约鲁巴语，被用来命名一些恶灵。

▲ 李·劳瑞所作的铜制浮雕的一部分，位于华盛顿约翰·亚当斯国会图书馆入口的大门处。

水域印第安人

多米尼加共和国。据说他们是居住在村庄交界处的山洞中的神秘生物。他们长相俊美（棕色的皮肤、黑亮的大眼睛、身形健美、一头长发）。很多人都认为他们十分慷慨但不可侵犯。他们有特异功能，知道草药和矿石的秘密。

伊扎姆纳

墨西哥。伊扎姆纳与他的父亲胡纳伯·库都是创造神和天空之主。他代表火焰和自然生物生命的循环（生—死—生）。他创造了文字、历法、艺术、书籍和文明。

伊扎尔纳

墨西哥。代表天空的玛雅神，他的形象是一个飞在空中的怪物：类似鳄鱼或双头蛇。他掌管日夜，且与日月、雨水、农业、玉米、医药和占卜相关。后来他又成为智慧之神，因为他创造了象形文字和手抄书本。人们认为他是胡纳伯·库的儿子。在手抄书中伊扎尔纳的形象是一个脸上布满皱纹的老人，只有一颗牙齿，还有一个大鼻子。

伊克巴兰克

墨西哥。玛雅神，哈纳普的双胞胎兄弟。他和宇宙起源的神话相关。

伊扎姆纳

作为对文明发展有极大贡献的神，他通常的形象是一个双颊塌陷、鼻梁突出的人。

▶ 伊克巴兰克和他的兄弟哈纳普在一起。

伊希切尔

墨西哥。玛雅文化中的月神、水神、生育之神、医药之神以及纺织之神。她是彩虹的妻子，太阳的伴侣。她能影响潮汐，降下导致洪灾的雨，女性的例假和一些疾病也与她有关。她通常的形象是一个魔女。

伊希切尔

生育、医药、占卜和纺织的守护神。

伊克西特兰

墨西哥。阿兹特克文化中的舞蹈之神。

伊克利特尔顿

墨西哥。他是医药和治愈之神，因此，他被认为是健康和幸运之神马奎尔希奇特的兄弟。他的神庙经常有人到访祭拜，一些生病孩子的父母会到他的神庙将特利拉特（一种有药用特性且混合黑色黏土的水）涂抹在孩子身上以求孩子恢复健康。

作为交换，这些家庭会举办盛大的庆典和舞蹈仪式表达自己的感激之情。宴会上会准备丰盛的佳肴美酒，一罐罐的龙舌兰酒就放在庭院供宾客尽情享用。如果酒罐很脏，那就意味着东道主过着十分邋遢、糟糕的生活。在这种情况下，为了东道主的尊严，祭司会给他一张面具以保护他不被朋友们嘲笑。

伊扎塔鲁

哥斯达黎加。酋长的女儿被带到火山之巅并献祭给神明来平息另一个部落的怒火。据说她使土地和整座大山都爆裂了，所有的部落都感受到了她的愤怒。而她的父亲则眼睁睁地看着部落的土地被烧成灰烬，居民被泥潭吞噬。因此另一个部落承诺会实现更和平的统治。

朱比亚

多米尼加共和国。朱比亚是一个女幽灵，常常在寂静的夜里出现在山上，吓走赶夜路的人。

基尼哈豪

他常和美洲豹这种丛林中最强大的生物联系在一起。他通常的形象是一个如初生的朝阳一般充满活力的年轻人。

基尼哈豪

墨西哥。宇宙管理者，由天空、大地和连接它们的大木棉树组成。他是胡纳伯·库的儿子。由于他有至高神的能力，因此能解决玛雅人的各种问题，甚至能给不同村庄分配田地。他有时候会变成一个飞在空中的小怪物。据某些历史学家说，他的妻子是伊希切尔。

库库尔坎

墨西哥。玛雅文化中的羽蛇神。

哭泣的女人

哥斯达黎加。很久以前，一个女孩离开乡村到城里去做女佣。她所服侍的家庭的大儿子强暴了她，她因此怀孕了，也不得不回到了自己的村庄。她的家人无法宽恕她的“罪过”，于是她一个人独自在河边生下了孩子，然后她把孩子遗弃了。当她回过神来，想起自己所做的一切时，感到十分伤心，便开始没日没夜地哭喊，直到今天也没有停止。据传，每到新月之夜，人们都可以听到她的哭声，在河边还能看见她沿着河道寻找孩子的身影。

马奎尔希奇特

他名字的意思是“五朵花”，以及“花之源”。

马奎尔希奇特

墨西哥。阿兹特克文化中的火神、舞蹈神和音乐神。换言之，他主管所有的世俗娱乐，甚至包括赌博中的好运。他的信徒遍布南部地区，在那里，他的形象常是张鸟脸，并且张开喙，头上还戴着一顶很高的冠，身边还有一只蝴蝶相伴。

密花树

海地。一棵很大的神树，所有魔鬼的聚集地。

米克特兰堤库特里

墨西哥。阿兹特克文化中的黑暗之神，又被称为“亡灵之国的统治者”或“米克特兰之主”，米克特兰是阿兹特克文化中最深的地下世界。米克特兰堤库特里具备重生或重塑生命的能力，掌管阴暗寒冷的北部地区。他的住所被称为塔拉西科（大地的肚脐）。他常被画成一个骨架的形象，或者一个有骷髅头的人的形象。他的象征动物包括蜘蛛、猫头鹰和蝙蝠。

▲ 米克特兰堤库特里在费耶尔瓦里－梅耶手抄本中的画像。

云海之蛇

墨西哥。阿兹特克文化中的云之神、狩猎之神、战神和北极星之神。他是奇瓦科特尔的儿子，他和西奇奎扎的孩子是昆萨科特，也有传说认为他和夸特里姑的孩子是维齐洛波奇特利。他的特质常用马鹿或兔子来征。

死神

哥斯达黎加。他有一把代表年龄的大胡子。他的双眼因失明而苍白，因此他无法选择受害者。他长着马蹄一般的脚，代表了他的速度。他还有一把锄头，象征着下一个受害者。

蝙蝠

墨西哥。蝙蝠向上天祈求将羽毛覆盖在自己身上。造物主没有羽毛给它，便让它向世界上的每只鸟都求一根羽毛。蝙蝠选取了最漂亮的羽毛放在自己的身上，并到处炫耀。它的羽毛太漂亮了，以至于其他的鸟都开始嫉妒它，于是一群鹦鹉飞到造物主身边控诉蝙蝠的骄傲自满。造物主因此惩罚了蝙蝠，让它再次浑身赤裸。从此以后，蝙蝠就只在黑夜飞行，并且总是快速地一掠而过，以免大家看到它的丑陋。

蝙蝠

尽管这种动物在很多文化中都受到人们的唾弃，但在东方它却是快乐的象征。五只蝙蝠代表了五种幸福：财富、长寿、宁静、健康以及安详离世。

纳瓦特尔

墨西哥。这个可怜的麻风病患者是所有皮肤病的始祖，尤其是可怕的麻风病。人们认为得了麻风病的人是被月亮选

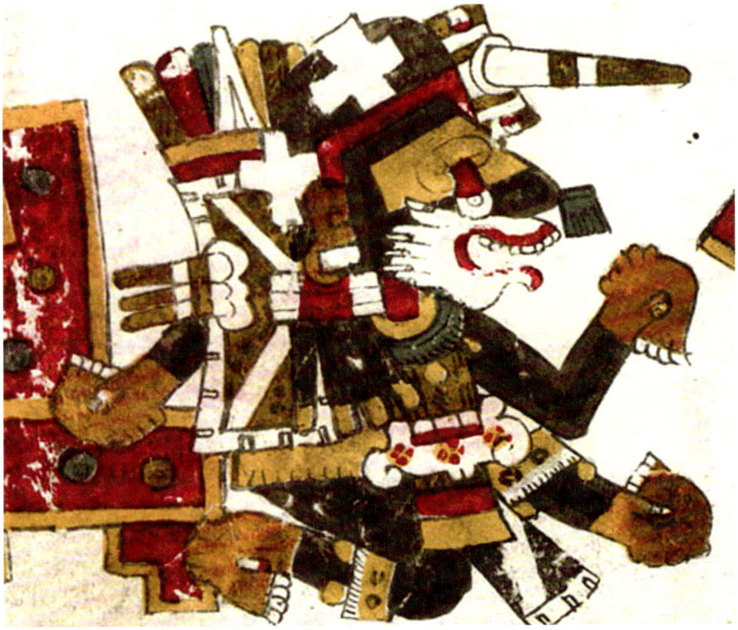

▶ 纳瓦特尔的画像，鲍奇亚手抄本。

中的仆人。在纳瓦语中“麻风病”是“神”的近义词。

鼻子

古巴。神刚刚创造出来的人类是没有鼻子的。他很快就发现了这个缺陷，并送给人们一袋鼻子，让人们自行分配。所有人都挤在一起想要得到一个鼻子，这样他们就能呼吸了。先拿到鼻子的人就有了一个高鼻子，而迟到了的人则不得不安上袋子底部被压扁了的鼻子，变成了塌鼻子。

奥特利

墨西哥。阿兹特克文化中酒鬼和瘾君子的守护神。

奥马卡特尔

墨西哥。快乐和消遣之神，他名字的意思是“两棵灯芯草”。他备受富人的崇拜，富人会为他举行盛大的庆典。他的神像被放置在举办这些活动的厅堂中，人们必须十分虔诚，否则来访者很快就会感染上一种可怕的疾病（主要症状是头晕目眩）。奥马卡特尔神像的腹部有一个孔，用来存放贡品。他通常的形象是矮胖的，身上则被涂上白色和黑色。他身披花朵做成的彩带，权杖则是他威严的象征。

▲ 阿兹特克器皿，展示了兔子形态下的奥米托克利。

奥梅堤奥托

墨西哥。对偶之神，阴与阳的结合是他的象征。阿兹特克人叫阳的一端为奥梅堤古特利，叫阴的一端为奥梅兹夸特，它们二者的结合组成了奥梅堤奥托。

奥米托克利

墨西哥。他常以兔子的形象出现并受到人们的崇拜，他是饮品和酒之神。龙舌兰酒（墨西哥饮品）的主要神灵有帕特卡特、特奎奇梅卡乌亚尼、夸拉潘基（开头者）和帕帕他克（虚弱者）。他们是放荡不羁的神，醉酒之人是他们的祭品。

奥米托克利

奥米托克利的字面意思是“两只兔子”，他常以兔子的形象受到人们的崇拜。

奥佩里多

多米尼加共和国。人形的夜间幽灵，它的特点是没有肚脐，因为它不是从产妇的子宫里出生的。

奥佩亚斯

多米尼加共和国。亡灵之魂，在夜晚出现的无形体幽灵。

奥普奇特利

墨西哥。他是渔民和猎鸟者之神。在阿兹特克文明的某段时期，他是一个很重要的神明，因为那时阿兹特克人的主要居住地是沼泽，鱼和鸟是他们的主要食物来源。渔民和猎鸟者会在特别场合为奥普奇特利举行庆典，庆典上他们会喝一种叫奥特利的酒。老人们会排队参拜奥普奇特利以求解决他们的生计问题。人们常将他画成黑色，

▲ 阿兹特克历法雕刻。

魁札尔科亚特尔

人类的创造者，具有两种形态。一半是空气，一半是土壤。羽蛇神是前哥伦布时期最重要的神之一，是很多中美洲神话中的主角，在很久以前就受到人们的祭拜。

他的头上装饰着野鸟的羽毛，并戴着玫瑰花式的纸花冠。他的膝盖上覆盖着绿色的纸，脚上穿着白色的凉鞋。他的左手拿着一面红色的盾牌，盾牌的中间有一朵白花，花瓣呈十字形展开，他的右手拿着一柄环形的权杖。

无头的神父

哥斯达黎加。他常在品性恶劣的人面前现身，然后带他们走上正道。首先他们一起走到一座寺庙的大门前，如果这个人进去的话，就会看到一个大厅，里面有一个神父正在用拉丁语唱弥撒。一般情况下，这个人会为自己的罪过忏悔，他会看见神父的双手中拿着一个血淋淋的头。忏悔者被吓得仓皇而逃，从此以后就悔过自新了。

手掌和脚掌

古巴。上帝创造了黑人。之后，他又创造了一个冰湖，想要变白的人可以进去洗澡。最能抵御寒冷的人就能变白，进去了但是不能忍受太久的人就变成了穆拉托人（黑白混血人种）。黑人的手掌和脚掌是白色的，是因为他们仅仅把身体的这部分浸入了湖中。

石桥

哥斯达黎加。一个赶车的人想穿过一条大河。但是他觉得很难，便向魔鬼求助，用他的灵魂交换一座桥，但是他要求桥必须在清晨公鸡啼鸣之前建好。魔鬼接受了挑战并开始建桥，在魔鬼马上就要完工的时候，这个人从他的车上一脚把一只公鸡踢了出来，公鸡受到惊吓就鸣叫起来。于是赶车人保住了他的灵魂，魔鬼也只能看着他赶着车过了桥。

魁札尔科亚特尔

墨西哥。阿兹特克、托尔特卡和其他中美洲部落的神。人们称他为羽蛇神。他代表创造力、光、水、生命、善良、智慧和风，同时也是农业的保护者。他统治第五个世界，并创造了这个时期的人类。传说，他是处女神夸特里姑和

▲ 魁札尔科亚特尔神的画像。

米克特兰的后人。他在早些时候主要致力于拾取人类的骨头，后来，他用自己的鲜血来创造新时期的人类。羽蛇神引入了玉米这种作物和阿兹特克文化中的历法，因此他也是技艺和劳动之父。

普库吉

玛雅印第安神话。隐形的万物之主，无论是实体或非实体之物都在他的管辖范围之内。他心情不好的时候就会去挑衅他的朋友，引发战争。人类对他反复无常的暴戾行径十分反感，因此在他家门口放了一大瓶白兰地。他一口气把酒喝了，然后就睡着了，几个人扑到他身上，把他的手和脚都用绳索捆起来。尖叫声、威胁声和承诺声一片混乱，震耳欲聋，他们最终将普库吉交给一个人看守。看守人看他实在可怜，就将他身上的绳索剪断了。从此以后，他就一直在田间游荡，凡是遇到他的人都会发疯。

▼ 特兹卡塔布卡神的画像，弗洛伦提诺手抄本。

塞寡

哥斯达黎加。女魔鬼。她的外表十分漂亮，身材曲线突出，玲珑有致。爱喝酒的男人是她最喜欢的，她常常出现在他们回家的路上。当这些人向她借火点烟时，她就会变成一个有着大牙齿，瞪着恶魔之眼的怪物。

塔加瓦雷拉

墨西哥。纳瓦族印第安神话。在树木间变幻不定的火光，能够像烟火一样飞升。

大夜蛾

古巴。曾经有一个很美丽的印第安女人，她非常喜欢参加宴会活动，并经常用她的歌声和舞蹈给人们带来欢愉。她结婚以后生了六个孩子，虽然过了很多年，但她还是不适应家庭生活。每当她的丈夫在田间劳作时，她就跑去参加宴会，把孩子们留在家里。嗷嗷待哺的孩子们饿得直哭，连石蜥（邪恶之神）都听见了他们的哭声，于是他将孩子们变成了几棵有毒的树木。他们的母亲回到家中，只找到了六棵树木，她自己则被变成了一只大夜蛾——一种夜间活动的蛾子。它会飞到各家各户提醒妈妈们永远也不要抛弃她们的孩子。

特兹卡塔布卡

墨西哥。阿兹特克文化中的夜神、黑暗之神和北方之神。他更为人熟知的名字是“烟镜之神”，他的代表物是一面能释放出烟雾的魔镜，这个武器能保护他不受敌人的攻击。他的神秘力量使他成了巫师的守护神。同时，作为大地和尘世物品的主人，他也是魁札尔科亚特尔神与生俱来的敌人。他代表的是引诱人类走向邪恶的力量。他用诱惑来测试人心，因此他也能惩恶扬善。此外，作为美神和战神，英雄和美人之共主，相传他曾引诱休奇皮里的妻子花神西奇奎扎，因为他认为她非常有吸引力，是战神的完美伴侣。

提让佩特罗

海地。邪神，他会俘虏毫无防备的小孩，并从椰子树上消失。

特拉洛克

墨西哥。阿兹特克文化中的雨神、闪电之神和火神。作为农业之神，他的所有领土都十分肥沃富饶。他敞开胸怀欢迎所有被闪电击毙、被洪水淹死和得麻风病的人。他是水神查奇乌特里克的丈夫。每年有很多小孩子被淹死——被作为祭品献给他。他的出现比阿兹特克人更早，因为在托尔特卡文化中已有关于他的记载。他主

▼ 特拉洛克神的画像，弗洛伦提诺手抄本。

▲ 墨西哥坦普洛市长博物馆中的特拉特库利的雕塑。

宰阿兹特克文化划分的五个世界中的第三个世界。

特拉特库利

墨西哥。阿兹特克文化中的日落之神，他的身体一半是蟾蜍，一半是蜥蜴。每天当太阳落到地平线的时候，他就会吞下太阳。

特拉佐尔特尔

墨西哥。生育女神，分娩时刻的守护神，具有母性，是新生儿的象征。此外她还被称为“吞食污秽者”，因为根据传说，她会出现在临终者面前，听他们为净化灵魂而做出的忏悔，最终她会将这些忏悔之言埋藏在自己心里。

特纳卡兹华特

墨西哥。在阿兹特克文化中她是与特纳卡特库里订婚的月亮，二者是众神的父母。

特纳卡特库里

墨西哥。在阿兹特克文化中他是与特纳卡兹华特订婚的太阳，二者是众神的父母。他是繁荣和富足的象征。

老灯芯草

哥斯达黎加。她常戴着灯芯草（一种植物）做的帽子出行，袒胸露背，长着鹰爪、蝙蝠翅膀，拥有女巫的脸庞，身上总是背着柴火。她的同伴是一只化身红眼白猴的魔鬼。传说中她是一位老妇人，会飞起来，扑向受害者，将他无情地撕成碎片。她的故事常被用来吓唬小孩子。

夏满

墨西哥。北极星之神、和平之神、富饶之神。玛雅人还称他是商人的向导。

西洛嫩

墨西哥。阿兹特克文化中的嫩玉米的象征，她也是保护玉米种子发芽的神。

▲ 西洛嫩的画像，马利亚贝奇亚诺手抄本。

西佩托克

墨西哥。阿兹特克文化中复兴的象征。他是神秘的阿兹特克农业神和四季之神，也是死亡和自然重焕生机的象征。为了促进人类的生长和环境的变化，他将自己的肉切成条作为食物喂给人类，这就和玉米种子需要脱壳才能成长得更快一样。

西佩托克同样也是西方之神和金银匠的守护神。他负责人类的某些疾病，例如瘟疫、失明和疥疮等。

修夸特

墨西哥。头戴星冠的火蛇，它常陪同太阳进行空中之旅。

▲ 修夸特的画像，墨西哥国立人类学博物馆。

修赫特克利

墨西哥。火神。人们也称他为“长老神”，因为他在阿兹特克神殿中的众神中是最年长的。他象征着黑暗中的光明、寒冷中的温暖、死亡中的生命。在五十二年的周期（阿兹特克文化中的一个世纪）结束时，人们担心神会打断神与人类之间的联系。

修奇托纳

墨西哥。亡灵界的凯门鳄。想见到亡灵之主的亡灵必须打败它。

西洛特

墨西哥。雷电之神，羽蛇神的双胞胎兄弟，负责在亡灵的最终之旅中带领他们走到米克特兰。

他负责在下午结束时将太阳推向海洋，并在充满危险的

▶ 雅卡特卡利的画像，鲍奇亚手抄本。

旅程中引领并保护它穿越地下世界。他的形象通常是一个骷髅或一个狗头人。

雅卡特卡利

墨西哥。商人的守护神。他的象征物是旅人在路上携带的拐杖，人们通过向他献花或上香来表示崇拜。

龙姆卡什

墨西哥。玛雅文化中代表庄稼和玉米的守护神。

赞科

多米尼加共和国。变成夜禽的人类。据说他会在夜间吸食孩童的血。他可以隐身，摆脱他的唯一办法就是用十字形的棍子打他。

佐茨拉哈兹曼

墨西哥。一个阴险毒辣的人物，他是玛雅文化中黑暗军团的王子，蝙蝠神。他栖息在蝙蝠之家——一个通往黑暗和死亡路上的可怕洞穴。

阿奇基

秘鲁。阿奇基是吃小孩的邪恶老太婆。传说，她曾绑架两个饥饿的流浪儿，并承诺会给他们丰盛的食物。然而她却拿热石头给他们吃。邪恶的老太婆吃掉了俩兄弟中的一个，另一个孩子拾起死去的兄弟的遗骸逃跑了。蒂达马努克神向他扔了一根绳子让他爬到天上去，并将他的兄弟复活。阿奇基也成功顺着绳子爬了上去，不过一只老鼠咬断了绳子，老太婆掉在石头上摔死了。从她的血中生出了黑莓，还有许多带刺的植物。

艾伦穆勒

阿根廷，鬼火。当盖丘亚人碰到磷火时，就会觉得这是幽灵或“痛苦的灵魂”在通过活人寻找救赎。出于对鬼火的恐惧，人们往往会避开鬼火出现过的地方。唯一远离鬼火的方式就是祷告。

阿玛利瓦卡

委内瑞拉。塔马纳科文化中创造世界和人类的神。当他和印第安人住在一起的时候，他赋予了印第安人长生不老的能力。据说，在他的兄弟沃奇的帮助下，他乘独木舟查看灾情，治理水灾。他发现只有一对夫妇从这场大灾难中活了下来，承担起重建世界的重任。他和这对夫妇一起爬上了一座山，开始往山上扔棕榈树的果实，男人和女人们便从果实的种子里长出来，重建世界。

阿曼

巴西。亚马孙河流域印第安神话。这是一种居住在山丘上的神奇动物，它常吹响自己的号角。如果有人回应了它的号角声，它就会十分生气，并找到这个回应它的人，将这个人永远关进它的山洞里。

阿马鲁

秘鲁，盖丘亚族神话。它是一条长着羊驼头、鱼尾巴和翅膀的凶猛的蛇。它的呼吸变成了山丘中的浓雾，它扇动翅膀产生了降雨，冰雹从它的尾巴中掉落下来，彩虹从它鳞片的倒影中出现。它能让枯竭的生命重焕生机，让大地复苏，让泉水永不枯竭。据说一切都写在它的鳞片上：生命、历史、现实、梦想……

安基马伦

阿根廷。马普切神话中的妖怪。他是个矮人，没有内脏，长着一条能发光的尾巴。

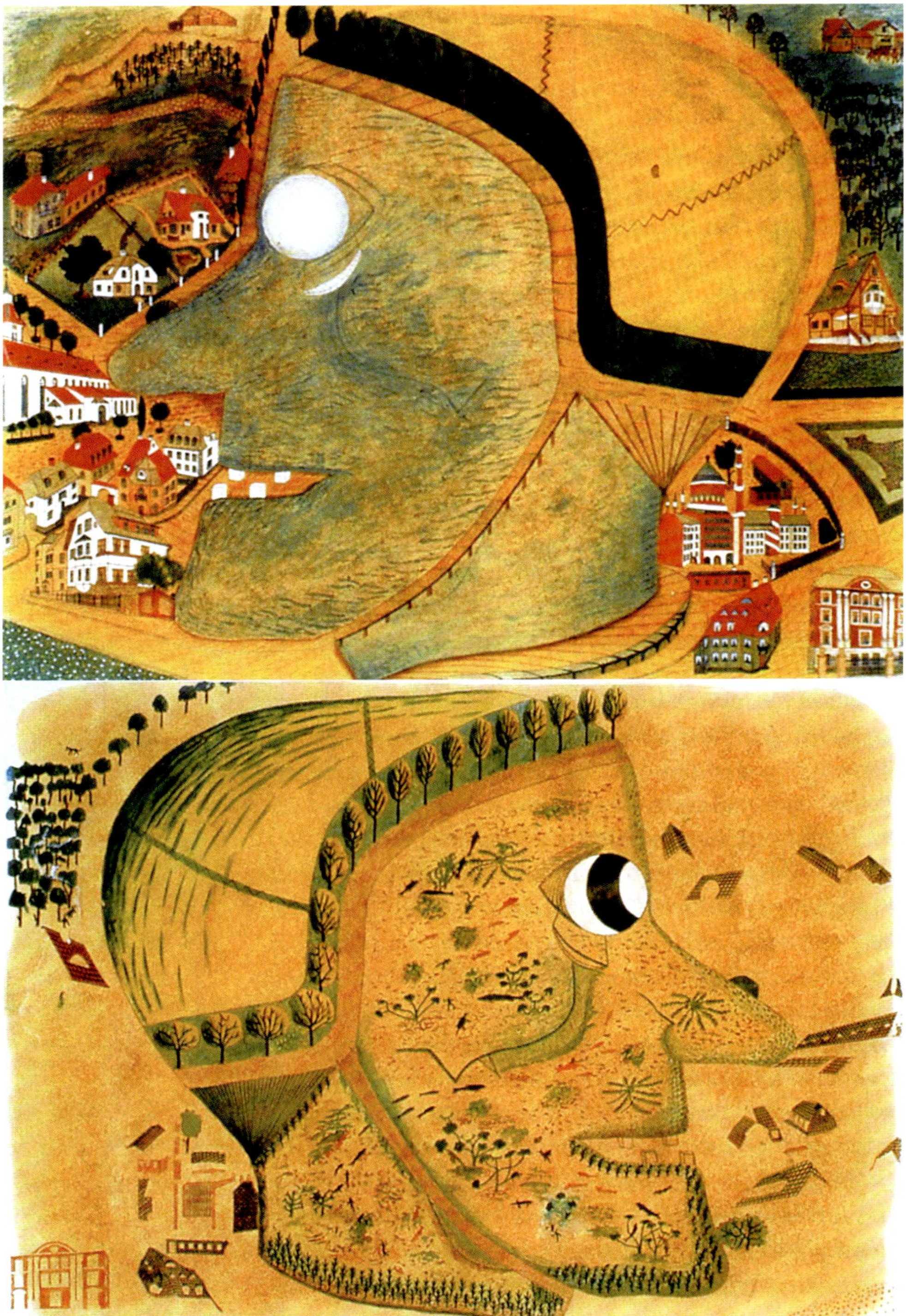

▲ 奥古斯特·纳特勒《女巫的头》，1915 年，德国海德堡普林茨霍恩收藏馆。

安迦

巴西。图皮－瓜拉尼文化中的恶灵。他同时也是狩猎的守护者，主要负责惩罚那些猎杀超出自己所需的人或猎杀处于孕期的动物的人。

安迦

这是一个让印第安人害怕的邪恶怪物。他可以变成动物（例如白马）或人的形态，但是他的本质是邪恶的。

阿拉西

巴拉圭。住在月亮上的天空之母。她帮图帕创造了宇宙。

阿科

委内瑞拉。水生的双性神（既是创造者，又是毁灭者；既能保人健康，又能使人生病）。

阿勒

哥伦比亚。穆扎印第安人的创造神。

阿西雅

安第斯山上的恶魔。他的形象通常是一个长着大耳朵、长尾巴的奇怪动物，常常出现在没受洗过的人的身边。

阿万查

巴西，亚马孙河流域印第安神话。他是住在树冠上的神话人物，他的形象是一个吸人血的黑人小孩。

巴切

哥伦比亚，穆伊斯卡或奇布查人传说。巴切是人类的祖先。传说，在一个春日的早晨，一个带着三岁男孩的美丽女人出现在湖边，这个女人就是巴切，她把这个孩子抚养成人，然后嫁给了他。多产的巴切总是一次生四五个孩子，这对夫妻多年来都在四处奔走，将孩子散布到世界各地以开发土地。老了以后，他们就回到了湖边，变成了蛇。

▼ 波哥大巴切女神的雕塑。

博奇卡

哥伦比亚，奇布查人的神。人们通过饮酒、跳舞直至清晨这种方式，向这位神致敬。传说，很久以前，雨之所以下个不停，是因为奇查昆生气了，他看到人类没有好好地祭拜他们的神。一次愤怒之中，他又派了几朵载满雨水的黑云遮蔽了天空，一时间电闪雷鸣，雨水倾盆而下。小溪和河流中的水不断溢出，大地上的一切都被淹没了。人们十分恐惧，又冷又饿，不得不向地势高处逃跑。尽管他们祈求神明的原谅，洪水还是不停地上涨。博奇卡十分同情他的人民，便用他的金手杖打碎了阻挡洪水流动的岩石，疏通水路。他还命令奇查昆将大地扛在肩上。但奇查昆扛累了的时候就换了个肩膀，这时地震就发生了。

博奇卡

博奇卡的传说可能是根据真实事件改编的。波哥大的大草原上住着穆伊斯卡族印第安人，他们属于奇布查语族，这个家族还有一部分分布在东科迪勒拉山脉附近高原上。博奇卡是这个家族的创始人、立法者和穆伊斯卡人的保护者。尽管他是否到达过大草原尚无定论，但可以确定的是他通过哥伦比亚的东部平原成功占领了索加莫索和人口众多的穆伊斯卡族所居住的美丽神圣之地。博奇卡参与了洪灾后疏通丰萨河河道的工作，并在回到索加莫索以后去世了。他死后，人们将他奉为神明。随着时间的流逝，最有名的地方都为他建起了华丽的神庙。供奉着太阳的索加莫索神庙声名远扬，成为当地的宗教圣地。

波伊塔塔

瓜拉尼神话，和洪水的传说相关。在宇宙的洪灾中，很多动物都被水淹死了。只有一小部分动物活了下来，波伊塔塔就是其中之一，它是一条巨蛇，悲剧对它而言就是一场盛宴，因为它是靠吃死去的动物为生的。它觉得最美味的食物就是眼睛，因为眼睛是光做成的，吃下眼睛，光也会被吸收掉。光一到它的肚子里便开始燃烧，它的眼睛也开始发光，直到它的整个身体都燃烧起来。很多看见它的人都会失明。

布菲奥

巴西，亚马孙流域印第安神话。一种半人半河豚的生物。白色的布菲奥会帮助渔夫，并捞起被水淹死的人。红色的布菲奥会寻找人类并和他们交合。女人即使不在水中也是危险的，因为变成人去往城市的雄性布菲奥往往会被经血的味道所吸引。他们经常参加宴会，爱上年轻的姑娘，并让她们怀孕。这些女人生出来的孩子会长成布菲奥的样子，所以人们会把这些孩子扔到河里。雌性的布菲奥会攻击独居的男性，并将他们绑架。被绑架的人后来都在离失踪地点很远的地方被找到，他们自己也不记得是如何到达那里的。布菲奥的肉不能吃，但是能做成一种难喝的魔法水，异性喝了以后便会爱上对方。

◀《奥雷松印第安人在亚马孙的住所》，巴西，作者里乌根据照片所作。《环游世界》，旅游杂志，1881 年。

山羊精

巴西。它在半夜会变成母亲子宫中的胎儿，在满足了对羊水的渴望后它还会将胎儿吃掉。

山羊精

来自非洲，它长得像山羊，行为举止像妖精。

罪人

土著神话。另一个世界的亡灵。惨死的人（罪人）是不会被神所接受的，这些亡灵必须在活人世界中游荡一个季节以洗清自己的罪恶。惨死的情况包括：为爱自杀、因盗窃而死、意外死亡……这些惨死的人必须带一个人和他一起走，并偷走那个人的灵魂以完成自己的救赎。人们可以通过祈祷远离他们。

科奎纳

阿根廷。位于西北方，能保护羊驼、原驼和其他动物，居住在安第斯山区南部的神。据说他会在夜间赶着牲口，在山间运送用蛇扎起来并装满金银的口袋。碰到他的人都会变成空气。他会根据猎人和牧场主的行为给予他们奖励或惩罚。

科斯特

哥伦比亚。他会把山中迷路的印第安人绑起来带回家，

科斯特

尽管他有着人的样貌，我见过他的手臂中却长着几把能切开一切的大刀。

▲ 印加战士古雕像。

把他们阉掉然后养肥。当他们足够肥了以后，科斯特就将他们杀掉，吃他们的肉，喝他们的血。科斯特的母亲是一个干瘦的老太婆，因为她通常只能啃剩下的骨头。由于科斯特总是不给她足够的食物，所以老太婆对她的儿子十分不满，于是她决定帮助一个印第安人逃出去。逃掉的印第安人将发生的事情告诉了村子里的人。到了晚上，五十多个印第安人带着卡宾枪乘科斯特睡着的时候将他杀死了。

科图佩

阿根廷和智利。这是一种巫医用来治愈孩子们“眼睛的恶疾”的法术。

库努皮什科

厄瓜多尔。它是撒旦的使者。在“聋人国”没人知道为什么每个人都会遭受这种疾病的困扰。在临近丛林的河边有一棵茂密的树木，每年都有那么一天，树的叶子会落到水中变成鱼。这些鱼会相互吞食，直到剩下一条鱼为止。然后这条鱼会变成一只巨大的黑鸟，它难听的叫声在数公里外都能听到。这个怪物就是库努皮什科，它伪装成鸟的样子，实际上是撒旦派来的地狱使者。它的存在是为了消灭违抗世界的制造者帕查鲁拉克所制定的规则的人。它在黄昏出生，绕着圈飞翔，它绕的圈会越来越大，还大声怪叫着划出自己的势力范围。

库鲁皮

瓜拉尼文化的神。他是一个长着大胡子的魁梧壮汉。午休时分，他会在山间用四只脚走路。他尤其喜欢追捕那些一看到他就吓坏了的女性。据说他的身体是一整块骨头（没有关节），他的脚则是反着长的。他吃人，尤其喜欢吃小孩子和女人。

库鲁匹娜

巴西著名的妖精。他是一个绿色的矮人，长着一头似火的红色长发，说话的声音怪异。他是狩猎的保护者，会采取一套独特的方法惩罚捕猎超出自己实际需求的人。人们可以和他讨价还价，他会接受（没加大蒜或胡椒的）食物或烟草。

钦切

哥伦比亚。它是印第安人的噩梦，是一种和狗一样高，长着蟹脚，居住在沼泽中的动物。

切鲁夫

阿根廷。一个食人巨怪的名字，他居住在山中，能引发地震和使火山爆发。

切赫

委内瑞拉。安第斯山文化中的农作物之神。人们向他询问未来的收成，向他献祭，以求得丰收。他能为人提供好处，也能对人进行惩罚。他住在荒郊和湖泊。

奇奇

阿根廷、玻利维亚、秘鲁。他是祭品之父，人们在做某件大事前会祈求他的庇护，因为如果他们不这么做，事情就会往反方向发展。这个来自卡尔查基的恶魔，是战争、干旱、飓风、瘟疫、地震等一切人类不幸的罪魁祸首。

钦川

巴塔哥尼亚神话。体形和大鸽子差不多的夜行鸟。阿劳干的巫师将它们变成了恶灵，它们长着人的头，还有一对可以像翅膀一样扇动的大耳朵。据说，它们喜欢在病人身边盘旋，因为当病人独处时，它们就能伺机将病人杀死，吸食他们的血。

楚拉查基

巴西，亚马孙河流域印第安神话。他是双性人物，即恶魔或妖怪。他有一只人脚，一只兽脚（鹿、羊或其他动物）。他是动植物的保护之灵，会惩罚狩猎过多的人，同时也会保护巫医。他喜欢捉弄印第安人，让他们在丛林中迷路，并以此来取乐。但他不会伤害他们，因为他是无害的。他代表了

库鲁匹娜

库鲁匹娜的脚是反着长的，因此他不知道自己从哪里来，也不知道自己要到哪里去。

钦切

他有一个什么刀都切不开的硬壳。

▲《跳舞的巴西土著》，刊载于《风景如画的商店》，巴黎，1843 年。

社会的双重性，他住在荒无人烟的地方，无父无母。想要吓跑他并不是一件难事，只要画出十字架的样子或点燃烟草，让烟雾散开就行了。

精灵

哥伦比亚。他喜欢抓小孩子，会将他们带到山上去，让他们远离家人，并让他们吃马粪。只有音乐能赶走他。

埃拉尔

阿根廷，德卫尔彻神话中的中心人物。他是巨人诺斯特克斯和云的儿子，代表创造和教育的英雄。

埃梅塞克

他的魔力能控制顽固或隐形的敌人，抵消对方的伤害力，并让对方成为自己的奴隶。

埃梅塞克

亚马孙河流域，舒阿神话。恶灵，死亡之人的复仇之灵，来自阴间，他重回人间以继续未竟的战斗。

菲拉

阿根廷。阿劳干文化中的神话生物。他身高半米，有一双大脚和一双强壮的手臂。他面目可憎。他扭曲的心态让他非常享受在部落成员中散布邪恶。他的口臭能让人的肢体扭曲。他住在沼泽地区，会在洗澡时唱歌以吸引人们接近他。人们可以通过树根上的沉积物追寻他的踪迹。

▲ 菲拉在安科普的雕像，智利。

弗鲁弗厄

阿根廷和智利。与风有关的神话生物。它是一只身上覆满鳞片的鸟，人只有在背光的时候才看得到它。它居住的巢穴不为人所知，但是据说它的叫声在地球上的任何地方都能听到。

猫

安第斯山传说。猫，尤其是黑猫，是带走罪人的恶魔的化身。家中养一只猫可以作为抵抗恶灵的盾牌。为了避免猫带来的问题，最好为它们施洗，并将它们的尾巴和耳朵尖折断。被主人虐待的黑猫是最危险的，它们会在夜间十二点变身，以走路时留下带火花的脚印来召唤魔鬼。

▲ 黑猫，迷信的象征。

杰帕

哥伦比亚。它是住在水塘中的危险的蛇，以当地居民为食。

瓜尔米瓦拉君

厄瓜多尔。夜间出没，也被称为“飞女”。她出现时，狗会吠叫，并和她打招呼，人们则赶忙出来看她飞翔。她会引起人们的好奇心，但不会让人感到害怕。她会在只能照亮自己，无法照亮周围景色的篝火中飞行。她是一个女巫，是古老神明的女儿。她面容姣好，有一头红色的长发。她住在晨星之中，当月亮不在的时候她就会从那里出来。没人知道她为什么出现，也不知道她出现的目的是什么。

哈图鲁纳

厄瓜多尔。盖丘亚族版的狼人故事。他是一个能在两种形态中随意切换的巫师：一种是哈图（狼），另一种是鲁纳

维谷卜

在智利一侧的科迪勒拉山脉上，人们很容易在小道上找到大量动物的尸体和骨骼，这是土著居民献给维谷卜的祭品。

（人类）。他喜欢黄昏，在这时他可以变成凶猛的狼，在荒地潜行，寻找受害者取其心脏。没人能逃出他的攻击。

海人

巴西。他常在海滩附近游来游去，吞食游泳者的脚趾、鼻子或整个身体。

华拉塔塔

阿根廷和玻利维亚。他是风神，栖息在山丘或峡谷。当他睡觉时，湖泊和河流中的水都十分平静。他的妻子是帕查玛玛，能通过将湖水变成雨水来灌溉万物。

维谷卜

智利。他是邪恶的守护神，有着人或动物的外形。他会参与毁灭所有人类建造的东西，并将疾病带给人类，阻碍人类正在建造的项目的进程。

伊格普里亚拉

巴西。他是住在河两岸的人形生物。在抓捕受害者时，他会紧紧地抱住他们，并用力地亲吻他们，最后会因用力过猛而将他们杀害。

▲ 盖丘亚文化中神的象征物。

英蒂

他是盖丘亚文化中的太阳神，是万神殿中的首神，也被称为“维拉科查的仆人”。英蒂是水、土、火三个创造宇宙的元素的至高神。他与自己的妹妹奎拉（月亮）结为夫妻。闪闪发光的金色圆盘代表英蒂，银色圆盘则代表奎拉。英蒂受到人们的崇拜，人们向他祈祷以求获得好收成，或者治愈疾病等。

伊兰帕万

巴西，亚马孙河流域印第安神话。它是恶魔，但它的外表是一个肩上站着一只金刚鹦鹉的美丽女人。它会勾引独自穿行丛林的男人，一旦与他们发生关系，它就会向他们展示自己的真实身份。如果他们受到惊吓，它就会将他们殴打致病、致疯或致死。它也可以以男人的形象出现在女人面前，做出上述行为。

伊冯彻

阿劳干文化中的神秘生物。伊冯彻是一个头扭向身后的妖怪。他是一个女巫的儿子和奴隶，只用一条腿走路，另一条腿因从后颈长出来而不能走路。由于他的母亲常用棍子打他，因此他的身体也是肿胀的。他不能说话，被打的时候也没有怨言，而且他还是个聋子。他对人无害。

哈贝乌撒

巴拉圭，瓜拉尼文化。图帕逆反的儿子。他由于不小心毒死了自己的兄弟而被家人唾弃。后来，他自杀溺亡了，他的身体变成了螃蟹，从此横着走。

瓜利乔

玻利维亚和智利。阿劳干文化中邪恶的守护神。

瓜利乔

也可以用来称呼一些使别人坠入爱河的饮料。

卡里西里

玻利维亚。他有一头金发，身材高大，本质邪恶，在夜间出没。碰到他的人会觉得头晕，他会吸干人身体内的所有脂肪，使受害者处于极其痛苦的状态。

卡松卡蒂

巴西，亚马孙河流域印第安神话。他可以变成骡子或人类的样子。他两边膝盖的中间各有一个洞，每当他活动的时候，这两个洞就会发出很大的声响。他喜欢杀人，然后将他们的骨头磨碎。

卡特沃耶里

巴西，亚马孙河流域印第安神话。他们身形矮小，全身

卡特沃耶里

他们会攻击任何他们碰见的人类，用有力的双手抓住他们，杀死他们，并将他们变成另一个卡特沃耶里。

均为黑色，长着翅膀。夜间他们在空中飞翔时会发出一道光。

科克斯克

阿根廷。根据德卫尔彻神话，他是雪的兄弟，冰的主人。

科赫

阿根廷。在德卫尔彻神话中，他是巴塔哥尼亚的创造者。

库马雷

委内瑞拉。瓦劳族印第安人。他是主神，又被称为“住在天上的幸福”。他有着白色的身体，长长的头发，大大的眼睛，他的耳朵也很大，一直从东边延伸至西边，还戴着闪亮的耳坠。他穿着一身长袍，浮在空中，使微风轻拂，河水荡漾。他走路时则会产生地震。

库瓦

委内瑞拉，海崴族印第安神话。世界的创造者，他用黏土创造了第一个人类，但是水把黏土泡化了；他用蜜蜡做了第二个人类，但是太阳把蜜蜡烤化了；最后，他用木头做了第三个人类，并让一只老鼠负责区分人类的两性以保证人类可以繁殖。

毛亚

巴西。他们是夜间游荡的印第安长老和智者的灵魂，他们会跳到人或动物的一条腿上并像马丁塔佩雷拉一样喊叫。

巫医

阿根廷和智利。对阿劳干人来说，她们是巫医。她们组成了一个阶层，担任首领的参谋。她们的能力主要包括研究药物（医生）以及联络灵魂（祭司）。她们能带来和平或引起战争，能降雨，能协调人类和魔鬼的关系。她们独自生活，退休后到山洞中过着禁欲的生活。一般来说只有女性可以通过巫医接收仪式获得这一职位。

巫医

巫医通过睡梦中获得的幽灵的启示来获得各种能力。因此年长的巫医是人们长期的向导。她们能治病、控制天气、预测未来、发现秘密……她们会研究无数的配方、祷文、法术、咒语、歌曲和舞蹈。她们也知道植物的价值，对人体的解剖知识了解得很深。

▲ 一幅印第安人看巫医作法的古画。

马昆

智利。这是巫师用来飞行、照明、感知人类存在的马甲。这件马甲是用死人皮和草鞣制的。

马伊普

阿根廷。在德卫尔彻神话中，他是黑暗的儿子，三个恶灵之一。他能够杀死人和动物，熄灭火焰的寒风是他的象征。

玛玛奎拉

印加文化中的月亮母亲。她是太阳的妻子、天空的母亲。在太阳神殿中也有她的雕像。女祭司们会向她祭拜，沿海地区都盛行这种崇拜。

丛林母亲

哥伦比亚。负责照看山岳丛林的神。她会抓捕猎人、渔民和木工。她有着女人的外貌，手指瘦长，身体盖着树叶，一头苔藓似的长发盖住了她的脸，外人只能看见她巨大的尖牙和发红的双眼。她住在山上，当风暴来临时，她会用恼人的怪叫传播恐惧。她会让小孩迷路，并将他们藏在山中瀑布的后面。她还会尾随坏人，让他们在山上迷路。驱赶她的方式就是侮辱她，并且不要表现出恐惧。还可以用烟草的烟雾或圣牌赶走她。

曼科·卡帕克和玛玛奥克略

秘鲁。据印加神话中的帝国起源传说，他们是地球最初的居民，太阳的孩子，他们出生在的的喀喀湖。曼科·卡帕克通过使自己的金手杖来创造事物，他让水流形成了小溪，为人们盖起了房子……玛玛奥克略则教会了女人如何制作食物。

曼科伊特

巴西，亚马孙河流域印第安神话。人形的强大恶魔，一

曼科·卡帕克

印加王朝有着传奇的过去，而后消失。一般来说，历史学家都认同将印加时代分为两个阶段：传奇帝国和历史帝国。第一阶段约从一千二百年前的曼科·卡帕克时代开始，随后相继出现了七个印加王朝：辛奇·罗卡、略克·尤潘基、迈塔·卡帕克、卡帕克·尤潘基，印卡·罗卡、亚瓦尔·瓦卡和维拉科查。曼科·卡帕克征服了库斯科，在这个城市的低地建立了“哈林库斯科”，其他人则占领了高地，建立了“哈南库斯科”。

头蓬发，衣着老旧。看见他们的人会立刻死去。他们住在河边的巨石上，喜欢抓小孩的灵魂。

长毛怪

巴西。他是来源于非洲的多毛妖怪。长毛怪是一个黑色的老者，随时准备切下并吞吃小孩的阴茎。

马兰加图

巴拉圭，瓜拉尼文化。图帕的儿子。他正直、善良，是梦之女神克拉纳的父亲。

马雷瓦

委内瑞拉，瓦劳族印第安神话。他是雷之子，是火的唯一所有者，居住在山洞中，远离人类。一个瓦劳族的年轻人曾偷了他的两块炭火，并告诉人类火的知识。

马黛茶

阿根廷。这种植物的起源和很多神都有关。有一位叫图谱的善良的守护神来到一个贫穷的老者家里，尽管老人生活艰苦，但老人还是给了图谱食物和水，并让图谱留宿。为了对老人表示感激，图谱给了他马黛茶。另一个版本则说马黛茶是属于亚斯和阿拉依的（月亮和云），她们在森林中受到了猎豹的袭击，一个猎人将她们救下了。为了感谢猎人，亚斯和阿拉依把拥有神奇疗效的马黛茶给了他。最后一个版本则是，一天晚上，战士马黛正在休息，这时他看见了苏马女神，女神给了他一株草，让他种下。后来这个战士用药草的叶子做出了一种美味的饮料，这就是马黛茶。

▲植物马黛的花朵和果实。

马丁塔佩雷拉

来源于亚马孙地区的神话。他是一个只有一条腿，总是戴着一顶红帽子的印第安人。他常在一个又老又丑的女人的陪伴下挨家挨户讨要烟草。据说能成功摘下他帽子的人能够获得幸福。

米拉洛波

米拉洛波是一个有着海狮身体的人类，他的皮肤闪闪发光。

米拉洛波

智利。海洋之主，也是海洋生物的管理者。他是神蛇大战中，人类女性和海豹交配的产物，他住在海洋的最深处。亨丘拉是一个巫医的女儿，也是他的情人，两个人经常在荒凉的地方散步。米拉洛波还是品科亚和美人鱼之父。

米基洛

米基洛

夏天午休时分出现的小精灵，专门吓唬田野间的孩子。

阿根廷。他十分顽皮，据描述，他身披斗篷，头戴一顶黑色的大帽子。他的一只手是铁做的，另一只是羊毛做的。据说他常常出现在人类面前，问人们选被他的哪只手打。如果人类选择了羊毛手，他们会被狠狠地揍一顿；如果选择了铁手，米基洛只会轻轻地拍拍他们，然后离开。

米罗尼

巴西，亚马孙河流域印第安神话。以骡子的外形出现的恶魔，他眼似铜铃，阴茎巨大。米罗尼会攻击树林中独自行走的人，并将自己的阴茎插入这些人的身体。这些人会因此而死去，而复活后，他们也变成了米罗尼。这种恶魔只袭击男性，因为女性的乳房让他们感到恐惧。

莫恩

哥伦比亚神话。他是一个能预见到西班牙人的到来和战争的到来的巫师。他住在山上，变成了河神。据描述，他是一个身材高大、面容苍老的印第安人，长得像撒旦。他全身毛发又粗又硬，双眼发光，嘴巴巨大，指甲极长。据说他十分贪玩，喜欢女人，生活放荡，经常抓捕年轻漂亮的女性。此外他还会吃人，他会吸小孩的血并烤他们的肉吃。但他也有好的一面——负责保护鱼类和渔民。

娃娃

厄瓜多尔。山区的农民会举行一种生育仪式，在这种仪式中他们会用土豆制作娃娃。印第安女性会带着这些娃娃睡觉以求怀孕，因为他们相信所有的物品，包括无生命的物体都是有灵魂的。这是一个简单的愿望：如果一个不孕的女性坚持抱着娃娃摇晃一段时间，她就真的能怀上一个宝宝。

奈普

巴西。据瓜拉尼传说，伊瓜苏大瀑布的产生是因为奈普没有回应神的示爱。奈普是河岸边的一个美丽少女。奈普爱上了一个凡人，并和他坐着独木舟私奔了。愤怒的神因此造出了瀑布来阻挡他们的去路。

纳图塔塔

巴西。常在田野中游荡的幻影。

诺斯特克斯

阿根廷。在德卫尔彻神话中，他是居住在由科赫创造的岛屿上的巨人之一。他绑架了云，生出了埃拉尔。后来他杀死了云，并追着埃拉尔来到了巴塔哥尼亚高原。

纳图塔塔

他的出现揭示了宝藏的埋藏之处。

努西

哥伦比亚。它们是住在江河最深处的鱼。它们在夜间出没，有着火一般明亮的眼睛。

努西

所有在它的井中洗澡的人都会被吃掉身体和灵魂。

奥托米亚

哥伦比亚。它们是住在山丘上的动物，在山洞中诱惑人类，并像牛虻一样吸人类的血。

奥多沙

委内瑞拉。恶灵、森林和风的主人，山岳的恶魔，梦境之主。他会将刺刺进夜间出门的人的舌头。

▲ 卡拉萨萨亚神庙的莫诺利托·贝内特，玻利维亚。

奥萨巴拉

哥伦比亚。它们是生活在沼泽地里，长得像皮皮奥的蛇。

奥斯马

委内瑞拉，尤卡帕族印第安神话。他是农业神，头发很长，装饰着花朵和玉米粒。他让松鼠作为他和印第安人之间的翻译。他教印第安人耕种土地。当他决定离开时就变小，直到土地将他吞没。由此还产生了第一次地震。

奥耶查里

巴西，亚马孙流域印第安神话。他们是身上有着条纹的巨型恶魔。他们住在河流和小溪边，能将找到的食物残渣收集在一起施巫术，让吃过原食物的人得病。

帕查玛玛

阿根廷、玻利维亚和秘鲁，盖丘亚远古神。至高神，是大地和繁育之母。“帕查”的意思是“宇宙”和“时间”，“玛玛”的意思是“母亲”。她住在山巅，那里有一个湖心岛。她可以和圣母玛利亚相联系。在八月的第一天，为了庆祝，人们会将一个装着食物、古柯叶、酒精、果酒和雪茄的泥罐埋在土里供奉她。她的祭台被称为“阿帕切塔”，这是一座用白色石头堆成的小山。在祭台前，印第安人会留下他们的祭品，祈求好运，以保证旅途中能身体健康。

帕查库提

秘鲁。他是印加文化中的万物之神，最高的创造者。他有两个孩子：印加和玛玛乌奇科。

帕基

巴西，亚马孙河流域印第安神话。它是条水蟒，和津吉一起住在河中，是水之主。它的尾巴能产生漩涡，因此水手们必须安静地航行，以免惊扰到它。它登陆时飓风也会随之而来。

帕基奥

巴西。亚马孙河流域印第安神话。一种和猎豹一样大的动物。据说人吃过致幻剂后它就会出现，它是人和阴间对话的媒介。

帕基奥

它在人类中的出现预示着战争的开始。

鹦鹉

玛雅文化。鹦鹉在玛雅文化中具有较大的象征意义。它的红色羽毛象征着火和太阳能量。对于生活在赤道附近和热带地区的美洲部落而言，它的羽毛在宗教仪式中具有装饰作用。

品科亚

智利。她是沿海鱼类和其他海洋生物的守护神。女巫师们能用自己的能力控制她，通过某种带有魔力的播种方式和其他仪式，女巫师们能驱动品科亚让捕捞海域的物产更为丰富。品科亚是米拉洛波的女儿。

品科亚

她总是以裸体的形象出现，向人展示她曼妙的身材和一头小麦色的秀发。

皮皮奥

哥伦比亚。一种长着兽头的蛇，它居住在靠近河流处的山洞中，会吞食人类。

皮鲁里

厄瓜多尔。这是一种在纪念已故之人的节日上玩的游戏，目的是在守灵期间用掷骰子的方法与死者交流。人们整夜不能睡觉，并用死者的物品作为赌注。点数最大或者骰子堆在一起（骰子垂直摞在一起）的人就赢了。这个仪式的目的在于减轻人们的悲伤、焦虑、恐惧，以及消除其他所有因为死亡导致的情绪。他们相信掷骰子的运气代表了他们和死者关系的好坏。他们会借助这个机会消除分歧，让逝者安息。

皮什塔科

安第斯神话。以杀人并提取受害者的脂肪进行售卖为

庞贝罗

他似乎来源于巴西，因为他带有明显的非裔巴西人的特征，而且“庞贝罗”在葡萄牙语中意为“间谍”。

生的人。这些脂肪会被用于制作钟表和机器的润滑剂或者药品……他们一般住在边远山区，人烟稀少的地方。

皮斯布拉

哥伦比亚。一种能变形的动物。它经常四处走动以寻找喧闹声。它能在很远的距离听见人的声音，听见以后它会追上这个人，并让他彻底消失。

庞贝罗

巴西。他是外形未知的妖精。他是鸟之主，还负责掌管夜晚。很少有人看见过他，但是人们都对他的名字十分熟悉。他能够很轻松地变成一个印第安人、一棵树或是一种动物；他能隐形，穿过锁眼，用四只脚掌疾驰，或是模仿鸟类的歌唱……他住在山上，常在午休时分寻找小孩子，并绑架他们，然后将这些疯掉或死掉的小孩丢在离他们家很远的地方。晚上他会抚摸女性并占有她们。他很爱捣蛋：弄乱屋子、弄丢钥匙、驱赶动物、偷烟草、撒玉米……

波拉斯

巴拉圭，瓜拉尼文化。她是图帕的女儿，是美丽之母或美丽女神。她具有强大的力量。她为了从她七个邪恶的哥哥手中救回自己的部落而牺牲。

泉眼

泉眼

掉到泉眼中的人会得恰乔病，这种病会使身体脱水，无药可救。

它是水的眼睛，地下水从此涌出。黄昏时刻这里会变成魔鬼的领地。没人敢靠近此地，因为魔鬼会抓住他们并将他们带到地下世界去。因此它的伪装十分多变而有效：如果它想抓住一个男人，它就会变成一条美人鱼；想抓住一个孩子，它就会变成一个娃娃。

普鲁

委内瑞拉，萨里瓦印第安神话。他是一切美好事物的神。

卡尔恰查

安第斯神话。他是一个外形很普通的人，因为乱伦的关系，到了晚上他会变身，这是神对他的惩罚。到了晚上，他会变成羊驼来吓走人类。他的叫声恐怖，想要抓住他必须结伴协作：先用绳子将他套住，然后等到白天他就变成原来的样子了。

奎邦戈

巴西的一种神奇动物，起源于班图。它有一个大脑袋，人的身体，后背中间有个像袋子一样的洞，当它脖子扭伤时洞就会打开。

奎邦戈

它会将它抓捕的孩子装在袋子里，然后吃掉。

兰特乌龙科

阿根廷。它是虎皮的一部分，具有魔力，能将人类变成老虎。人如果在这块皮上翻身，并秘密祷告，当他再次站起来时，就会像猫科动物一样起身。这实际上是人和魔鬼结成的契约。

▼ 古蒂瓦纳库文化中的雕像。

萨查鲁纳

他是有着人类外貌的盖丘亚人物，居住在丛林中。他只穿一块遮羞布，身材高大肥胖。虽然不会说话，但他能听懂人类的语言，并能够通过心灵感应的方式与对方交流。他的脚跟长在人类脚掌的位置。印第安人害怕他，因为萨查鲁纳会将人们抓到他的山洞里，用无声的心灵交流威胁人们。一旦进入了他的山洞，他就会强迫人们不断和他交媾。很少有人能侥幸逃脱。

萨恰约吉祖佩

阿根廷。这是一则带有善意的神话。传说田野中游荡着一个幽灵叫萨恰约吉祖佩，能找到他的人就能得到他赠送的礼物。

萨拉曼卡

阿根廷和智利。这是周六夜间练习巫术的秘密地点。术士、占卜师、巫师、与他们合作的动物以及被召集的灵魂在那聚集，他们在那里消磨时间或谋划邪恶的计划。他们用人油做的灯照明，在那里念咒语，进行各种诅咒。这个地方只有知道密语的人才能进入，其他人都看不见入口。成功进入后人们还需要穿过一片可怕的迷宫才能到达萨拉曼卡。在迷宫中还必须避开阿伦科——一只散发着恶臭的山羊，以及一条巨大的挂蛇（它的口中不断滴出鲜血）和一只眼睛发光的蜥蜴。

圣拉穆尔特

阿根廷。人们也称他为“善亡之主”或“死亡之主”。异教徒会崇拜他，以求得到工作或保住现有工作，找到失去的东西，获得爱情，以及成功报仇，一雪前耻等。

萨希蒂

巴西，亚马孙河流域印第安神话。他是极瘦的恶魔，当他在人前出现时，他会将人切成块，之后再将其组合起来，吹口气让人复活。受害者由于受到过度惊吓，往往回家后就生病去世了。

尚卡蒂诺

巴西，亚马孙河流域印第安神话。他们是住在漩涡中或河滩上的恶魔。他们会等待旅人靠近，然后将他们溺死再吃掉。

苏拉纳贝

哥伦比亚。所有人都害怕它，因为曾经有四对双胞胎一起挑战它，而它用矛把他们全都杀了。苏拉纳贝杀害他们的地方变成了一个湖泊。

苏拉纳贝

吞食人类和动物的大蠕虫。

▲ 在巴西奥亚波基的激流中划船。根据克雷沃兹博士的草稿，由里乌作图刊载于《环游世界》，1880 年。

塔莫里亚约

委内瑞拉，尤卡帕印第安神话。住在云中的创造神。他创造了第一个人，完成之后，他问这个人是否需要伴侣。这个人说需要，于是塔莫里亚约又将一棵树劈成两半，然后把每一半都变成了一个女人。塔莫里亚约举起了女人中的一个，轻触了她一下，微笑着赋予了这个身体灵魂。塔莫里亚约既惊讶又满足，于是对树的另外一半也做了同样的事情。不久以后，被创造的第一个人成功让这两个女人怀孕了，这就是尤卡帕族的起源。

蒂姆比奥

哥伦比亚。晨曦时分，能够在荒无人烟的街道上听见他们的哀鸣，他们身上的枷锁的声音十分恐怖。

蒂姆比奥

来自被西班牙人征服之地的恶鬼。

蒂乌米亚

哥伦比亚。印第安人做了一个巨大的木头玩偶丢入河里，

因为他们认为蒂乌米亚会用鱼叉把它插起来。蒂乌米亚果真这么做了，但是他却无法将玩偶从鱼叉上取下来，也不能吞下它。他强行把这个木偶连同鱼叉吞了下去，于是印第安人看准时机抓住并杀了他。

特劳科

智利。长得像栖息在森林中的小精灵的神话人物。他穿着爬藤植物做成的衣服，戴着一顶圆帽。他吃带刺灌木丛的果子，力量巨大。看到他的人下场会很惨（仅仅是被人看了一眼，他就会出于憎恶揪掉人的嘴巴或脖子）。他非常喜欢处女，并且会释放出一种勾引她们的液体，这种液体是没有解药的。当母亲们感觉他出现在附近时，就会在桌上放一把沙子。特劳科非常喜欢数颗粒状的物体，他在数数的时候会忘记那些处女。

特劳科

一般来说，他的存在会招致恐惧，也是一些单身女性为了解释怀孕时用的借口。

图梅兰杜

巴拉圭，瓜拉尼文化。他是图帕的儿子，是一个伟大的智者和预言家，是智慧之父。

屯什

来源于秘鲁丛林印第安人的传说。他是一位老人、性犯罪者，在强暴受害者后，还会将她们吃掉。

图帕或图帕维

巴拉圭，瓜拉尼的最高神。他创造了光和宇宙，住在太阳里，和阿拉西结了婚。他们又一起创造了江河大海、树林、群星和所有宇宙中的物质，也包括第一个人。他们用混合黏土加上神草汁、夜行鸟的血液、敏感植物的叶子和一只蜈蚣创造了第一个人。然后人类之母西帕维和人类之父鲁帕维诞生了，美洲种族的历史由此开始。

乌玛女巫

平常她会把头藏在身体里。这个能飞的器官集中了她所有的生命。她的身体中则有着潜藏的生命，这从她脖子冒出的血就可以看出。她只在夜晚出没，当她找到一个人时，就会开始战斗，人们只有把灰烬抹在女巫血液涌出的地方才能赢。如果女巫成功地从人的两腿间穿过，这个人就会被杀死。想要对抗她，人类必须用刺当武器，用刺覆盖肩膀和腿的内侧。

乌苏苏

巴西，亚马孙流域印第安神话。它是一只怪鸟，晚上会飞进人类的家里，找到谁就吸谁的血。它住在山丘之巅，有白羽毛和长喙。

维拉科查

印加神话。他是安第斯文化中的创造神，世界之主。他创造了人类并回访过他们。人类并不认识他，因此没有祭拜他。作为惩罚，他向人类送去火雨，将坏人毁灭了。他离开的时候曾承诺会再回来。他是蒂亚瓦纳科人的第一个神，从的的喀喀湖来。他从水中升起，创造了天和地。

维拉科查

他是游牧民族的神，有一个长着翅膀的伙伴英蒂鸟，他是伟大的先知。

▼ 维拉科查神的塑像，位于太阳门，卡拉萨萨亚神庙，玻利维亚。

亚库鲁纳

巴西，亚马孙流域印第安人神话。他们的外形和人基本一样，只是稍有不同。他们是一群反社会的生物，最后都变成了恶魔。他们还会和人类性交，之后再将人类拽入河底。他们把蛇当作床，把水龟当桌子，把动物的皮当衣服。想要远离他们的伤害就要向巫医寻求帮助。

亚瓜希米

安第斯山神话。她是一个年轻美丽的女

子，被赋予了无尽的诱惑力。她穿着一身镶金边的白裙子，裙子上有印加文字。如果碰到了一个男人，她首先会好好爱他，毫无保留地满足他，最后再将他吃掉。

叶泰塔

人们会对小孩子说他们会在接收仪式的小屋中受到惩罚，尤其是坏孩子。

耶斯泰

阿根廷。他是动物的守护神，他会保护那些打猎仅为果腹的猎人，同时惩罚那些贪心的猎人。他最喜欢的食物是玉米炒面粥、烤玉米粉、奎提塔科粉和甜角豆。

耶西雅泰尔

巴西。他是一个有着金色头发、浓密胡子的矮人。他经常在田间走来走去，不穿衣服，只戴着一顶秸秆做的帽子，手中拿着一根有魔力的金手杖。他住在丛林中，拐骗小孩。耶西雅泰尔会和小孩们玩一会儿，之后再把他们包在藤蔓中，抛弃在山里。他性欲极强，常常绑架美丽的少女来满足自己。但他和少女们结合生下的孩子是不被人们认可的。

叶泰塔

阿根廷和智利。这是一个用来吓唬小孩子的恶灵。一般某个家庭成员会打扮成叶泰塔的样子，当小孩子受到惊吓后，他就会告诉孩子“我不是叶泰塔，但是如果你不听话的话，真正的叶泰塔就会出现”。

美洲神话故事

水牛

印第安文化的核心之一，也是他们精神信仰的重要组成部分。在苏族中流传着“白色水牛”的传说，据说它给了印第安人一只神圣的烟斗。印第安人把水牛当作神来崇拜，认为它有强大的生存能力和求生精神。它尤其受到平原地区的部落的崇拜。

鹰眼和白水牛

亚利桑那，霍皮族传说。鹰眼是一个勇敢的红皮肤小男孩，他希望自己快快长大，这样他就能去狩猎了。因为这项活动只有成年人才能参加，除了要满足年龄以外，他们还要在一个经验丰富的猎人手下学习六个月以上的狩猎技巧。鹰眼会帮助母亲和兄弟鞣制皮革或腌制食物。他还能识别不同

▲ 图萨印第安玩偶，作者杰西·瓦尔特·福克斯，1894 年。

动物的脚印，听得出动物交配的声音，也练习过如何使用弓箭。尽管他能力突出，猎手们还是拒绝带他去狩猎，于是鹰眼决定偷偷跟着猎手们行动。

他偷偷踩着猎人们的脚印跟着他们。下午，猎人们到了山里，他们先准备好篝火以抵御寒冷，然后烹煮食物，最后再猎鹿。

鹰眼忘了携带用来生火的火绒和燧石，他又冷又饿，很想去温暖的营地和猎人们待在一起。然而由于害怕自己会因叛逆行为遭受惩罚，他又犹豫了。突然，一只美洲豹的吼声传到了他的耳朵里，他快速跑到了营地。猎人们因为他的叛逆行为十分生气，棒打了他一顿，并嘲笑他大惊小怪。

第二天，猎人的首领命令其他人去狩猎，鹰眼则被留下来看守营地。小男孩十分不情愿，没过几分钟他就离开了营地。不一会儿一场暴风雪来临了，视线变得模糊不清，他迷路了。后来雪终于停了，朦胧之中，他看见一头巨大的白色水牛的轮廓（要知道水牛对所有红皮肤的部落来说都是一种神圣而充满魔力的动物）。鹰眼吓坏了，但是他仍然鼓起勇气，小心翼翼地靠近水牛，水牛引领他回到了营地。小男孩得救以后水牛便消失在朦胧的迷雾中了。

鹰眼回到营地以后把他的故事讲给了大人们听，可是

熊

它与勇气、自给自足、智慧、直觉、梦境和治愈力相关联，也是内省的象征。

郊狼

象征魔力、特殊能力，也是智慧的最重要标志之一，它的出现可能预示着陷阱。在皮马族的传说中，人类的创造者决定用熟黏土创造人类，郊狼就参与了这个过程。一开始它草草地就对创造者说人类已经做好了（白种人），后来它又说还应该把黏土在炉子里多放一下（黑种人）。

大人们都不相信他的故事。他们的首领，一个曾在南方游历过的勇士，给他们讲起了另一个故事。从前有一群白皮肤的人，他们走到哪里就杀到哪里。在一个寒冷的冬天，鹰眼的爷爷和他的家人为了躲开这些凶恶的敌人逃跑了，不久后他们就迷路了。由于身上也没有足够的干粮，于是他的爷爷就打算猎一只动物来充饥。他四处寻找却毫无所得，就连回到家人身边的路也找不到了。绝望之际，他的面前突然出现了一头白色的水牛，水牛引领他找到了回到家人身边的路。首领据此认定鹰眼将来会成为一位伟大的巫师或领袖。

舒斯瓦普瀑布

加拿大。奥肯那根和舒斯瓦普族传说。很久以前，在世界之初，老鹰、熊、麋鹿、狐狸、郊狼和其他所有的动物都和谐地生活在一起。郊狼独自住在一个风景宜人的地方，它感到十分孤独，于是决定邀请所有的朋友来参加聚会，如果这次聚会举办成功，那就一年举办一次。效狼开始准备了起来。很快它就在河流里做好了湍流，随后又把它变成了瀑布；它在瀑布上架上小锅，又建了一个捕鱼的陷阱；在瀑布的边上，它做好了石头椅子，这样他就可以欣赏鱼如何跌入它的陷阱，然后被它做成美味了。

快到聚会的日子了，郊狼向朋友们发出了邀请，朋友们很快便确定它们将要出席。当大家相聚在河边时，所有的动物都被郊狼设计的装置惊呆了。一切都如郊狼所想的那样，聚会进展得十分完美，大家都在瀑布边上住下了。鲑鱼纷纷掉入郊狼的陷阱里，鱼在锅中烹煮，动物们在岸上跳舞、玩耍。当聚会结束时，朋友们一一向郊狼告别，对它表示感谢，并保证明年还来。

纳纳伯周

齐佩瓦族动物的守护神。

纳纳伯周的决定

为什么水牛有“驼峰”？

在很久以前，水牛是没有“驼峰”的。它非常喜欢在草原上奔跑，而它的追随者狐狸则会跑在它的前头，通知其他更小的动物：强壮的水牛就要来了。一次水牛又出去跑步，它这次要去的地方有很多小鸟会在地上筑巢，小鸟感受到了威胁，就想努力引起狐狸的注意，但狐狸还是忽视了它们的存在。水牛沉重的双腿踩踏了这片土地，它对惨叫和哭泣没有丝毫怜悯。

纳纳伯周知道了这件事情，他对这些不幸的动物和它们的悲惨命运感到十分难过。他愤怒地决定就此事采取行动，直面水牛，主持正义，他重重地用手杖打向水牛的肩膀。水牛害怕了，于是将脑袋藏在了两肩之中。纳纳伯周对它说：“你，从今天开始，将永远肩负一个‘驼峰’，并因羞耻而低头。”

▼ 科尼利厄斯·克里格霍夫《加拿大的冬天，齐佩瓦族印第安人》，1865 年，布面油画，35.6 厘米 ×55.5 厘米。

目睹发生的事情后，狐狸惊恐万分，赶紧逃离了愤怒的纳纳伯周，它们在地上挖了个洞并藏在里面。纳纳伯周找到了它们，并对它们说："你们对鸟儿如此残酷，作为对你们的惩罚，你们将永远活在冰冷的地下。"

从此以后，狐狸的巢穴建在了地下，水牛也有了"驼峰"。

为什么豪猪有刺?

在世界之初，豪猪身上并没有刺。一天，豪猪正安静地待在树林里，这时一只熊看到了它，想把它吃掉，豪猪及时爬上树顶躲过了一劫。第二天，豪猪在经过带刺的灌木丛时发现荆条很碍事，突然它灵光一现，想到了一个好主意。它摘下了一些带刺的荆条，并将它们披在背上保护自己，然后静静地等待着。当熊又向它扑过来时，豪猪便像球一样蜷缩起来。熊被刺扎伤了，不得不放弃吃豪猪的主意。

纳纳伯周在目睹所发生的事情后唤来了豪猪，并问它是如何想到这个妙计的。豪猪说，它自己的身体被荆条刺伤后，它便想把荆条变成自己的武器，因为它不想继续成为熊的攻击目标。

▼ 三个基奥瓦印第安人的画像。

纳纳伯周在豪猪的背上抹上泥土，将带刺的荆条插入泥土中，并让泥土变成了豪猪身体的一部分。当它回到树林的时候，狼出现了，这时狼还不知道豪猪的身体已经发生了变化，它扑向豪猪，结果被刺扎了。熊再遇见豪猪，也不敢靠近它了，因为它已经见识到豪猪刺的厉害了。从此以后，所有的豪猪身上都有刺了。

太阳之妻、蜘蛛奶奶和双胞胎

北美，基奥瓦族传说。有一个小女孩常趁妹妹熟睡时离开摇篮，爬上树，然后挂在树枝上玩耍。一天，一只红色的鸟儿在树顶栖息，为她歌唱。小女孩被鸟儿吸引，她站起来离开摇篮想要去抓鸟，小女孩越往上爬，树就越往上长，她离鸟儿就越远。

当小女孩到达鸟儿的位置时，她已经变成了一个女人，并爬到了太阳的家里。鸟儿变成了一个男人，这个男人正是太阳。太阳对女人说，他从高处看见了她，并爱上了她。他们决定结婚，男人的唯一请求就是女人永远也不要拔花园里的一株植物。

后来女人生了一个儿子。她大部分的时间都一个人待在家里，没有家人的陪伴，她感到既孤独又伤心。出于好奇，她拔下了太阳不让她拔的那株植物，结果露出了一个洞，从洞里，她看到了自己生活过的村子。她太思念家乡了，于是从洞里面放下一根绳子，带上儿子顺着绳子往下滑。这时太阳突然出现了，看到眼前的场景，太阳十分愤怒，他扔下一个戒指切断了绳子，女人和她背上的儿子便掉入了虚空之中。

女人摔死了，但是婴儿还活着，因为他摔在了妈妈的身上。小婴儿被蜘蛛奶奶发现了，蜘蛛奶奶决定把孩子放在自己的帐篷中抚养长大。孩子逐渐长大了，一天，蜘蛛奶奶把太阳的戒指交给他，并告诉了他过去发生的事情。

蜘蛛

无毒蜘蛛（毒蜘蛛包括黑蜘蛛、狼蛛等）是信使和正面象征。它们的出现预示着有人在说谎。

◀ 不同时代的动物石刻。

羚羊

常充当人类的信使或顾问。如果一个印第安人在十字路口迷路了，他只需寻找羚羊的脚印就能找到正确的路。

奶奶让男孩发誓永远也不要把戒指扔向空中，可是小男孩还是这样做了。戒指又重新掉回男孩身上，将他变成了两个一模一样的人。两个孩子回到奶奶家中，奶奶一看见他们就知道发生了什么。从此以后两个男孩形影不离。一次他们偶然碰见了一伙强盗，兄弟俩害怕地躲进了一个很黑的山洞里。强盗们在山洞口点了一团火，想要用烟雾使兄弟俩窒息，兄弟俩在洞中念出奶奶教过的咒语，成功地让浓烟消散了。强盗们确信兄弟俩已死，便扬长而去，在他们走后，兄弟俩才走出山洞。

历经千辛万苦之后，兄弟俩终于找到了自己的家人，并向蜘蛛奶奶告别。蜘蛛奶奶很伤心，于是他们便一起搬到了他们母亲曾经生活过的村庄居住。传说，其中一个兄弟到河里洗澡时变成了一种水生动物，另一个则成了受人尊重的领袖。当他为要事忧心忡忡时，便会走到河边，同一只主动向他游过来的水生动物谈话。

▼ 纳瓦霍族印第安人拿着长矛和盾。

勇敢的羚羊的心脏

纳瓦霍族印第安传说。很久以前，有一个人快乐地生活着，他和妻子新婚燕尔，不久后儿子的到来又给他增添了许多欢乐。他的名声、勇敢和荣誉让长老理事会将他选为部落的领袖——“勇敢的羚羊”。他公正地治理部落，整个部落充满了快乐、和谐与和平。一天早上，他的妻子突然昏迷不醒，他赶紧请来部落中的萨满巫师。巫师诊断过后告诉他，他的妻子误食了某种有毒的植物，已经陷入永恒的睡眠之中。羚羊向他寻求解药，但是萨满巫师也束手无策。

由于羚羊还没有辞职，所以他便向部落中的长老寻求帮助。长老告诉他，有一个住在隐秘岩洞的巫师种了一种神奇的植物，这种植物能解开所有的毒。但是巫师不会将他的植物交给任何人，因为他觉得没人配得上这株植物。此外，去往岩洞的路途中也充满了阻碍和危险。然而羚羊什么也顾不上了，他只想找到这个巫师并且得到那株植物。

他没日没夜地跋涉了几天，直到精疲力竭，意识逐渐模糊。他醒来时遇到了一头大熊，他不得不和这头熊搏斗。后来他朝着瀑布的顶端向上爬，此时一只秃鹫正在等着他，一只老鹰正在追击他。他爬到了一个掩盖在瀑布水帘后的洞穴里，在那里，他找到了那个巫师。他请求巫师给他那株植物来唤醒他的妻子，巫师对他说："所有秘密都会在我眼前现形，我知道你一路上所经历的一切，也知道神灵在暗中帮助你。他们给了你猎豹的速度好让你从紧跟你的熊的身边逃脱；后来他们又赐予了你熊的力量好让你爬上瀑布；再后来，他们又给了你郊狼的狡猾让你打败老鹰；最后，他们还给了你老鹰的视力，让你能到达我的洞穴。这些神灵与你同在，但是在艰难的冒险后，你已累得半死，你难道不觉得把神草给你自己用是更好的选择吗？"羚羊拒绝了巫师的提议。巫师要羚羊给他一些东西用来交换神草，于是羚羊决定用自己的心脏与他交换，他还表达了自己十分感激帮助过他的神灵。后来，巫师宣布，羚羊是唯一一个配得上神草的人，因为他有一颗纯洁真诚的心灵。

巫师主动提出陪他回到村庄为他的妻子治病。他领着羚羊穿过一条只有他知道的秘密小径，他们很快就到达了羚羊的村落。巫师把神草给羚羊的妻子闻了闻，羚羊的妻子很快就从睡梦中醒了过来，之后，这个神奇的巫师就从人们的视野中消失了。

▲《讲给孩子听的易洛魁族传说》插图，梅布尔·佩维尔，1917 年。

▲《讲给孩子听的易洛魁族传说》插图，马贝尔·皮尤斯，1917 年。

七个易洛魁族的舞者

很久以前，七个小孩子组成了一个秘密的组织：每到夜晚他们就围着篝火聚在一起，随着鼓点舞蹈。一天，他们的小领袖建议大家下次在篝火边聚餐，而且每个人都必须向自己的妈妈要一点食物带到宴会上（玉米、兽肉、可可果实……）。但是，妈妈们都拒绝了他们的要求。小孩子们因为要不到聚会的食物都郁郁寡欢。他们在湖边的秘密地点见面，小领袖告诉他们，这次他们要尽全力跳舞，并且在跳舞的时候仰望天空。同时也告诫他们千万不要在跳舞的时候回头看，就算爸爸妈妈叫他们回家吃饭也不可以回头。他拿起了鼓，当他开始击鼓时，一段充满魔力的旋律响起了。就这样，孩子们一直跳舞，直到他们觉得自己的身体都变得轻飘飘的，并向天空飞去。

他们的父母看见他们在树冠上跳舞，便命令他们赶紧回家。其中一个孩子回头看了一眼就立刻变成了一颗闪亮的小星星，其他人也一样，纷纷变成了星星点缀在空中。因此，当人们在寒冷的冬夜抬头看见天上一闪一闪的星星时就会说，这些小星星正是那七个孩子变的。

双胞胎之谜与人类的起源

北美，易洛魁族传说。在世界之初，一个女人怀上了一对双胞胎，她从天上摔下来，从一个洞里一直掉到了我们的世界。那时，我们的世界还是一片沙漠。两兄弟之一（哥哥）从母亲的身体中挣脱出来，母亲因此而死，他也带着邪恶的本性降临于世。他的弟弟则本性善良，在出生以后致力于万物的培育。

邪恶的哥哥尝试模仿他的弟弟，但是只创造出了爬行动物和人类。为了修补人类的缺陷，善良的弟弟赋予了人类灵魂。哥哥为了统治世界向他的弟弟发起了挑战，但是最后却被弟弟击败了。从此以后，他就注定成为亡灵世界的统治者，并永生无法改变自己的邪恶本质。

易洛魁族

易洛魁族印第安人的社会是妇女当权，无论是家庭内部事务还是政治事务都由女人做决定。

马塔科人创世的故事

马塔科族印第安神话。很久以前，天空在上面，大地在下面，中间是风的领土，云层和每层空气中都生长着独特的生物。一棵大树将不同的世界连接起来，树冠是物资最丰饶的地方。地面上只有男人，他们常常爬到生命之树上摘取食物果腹。

一天，他们没有遵照传统，也没把最好的东西分给爬树最辛苦的人，老人们抱怨连连，随后一场大火烧毁了一切。其中一些人死去了，同他们的祖先一样变成了星星或星座，在银河系漫游。

那些活下来的人为了避难则钻到了地下，之后又从甲虫的孔洞中爬了出来。他们通过一起向南瓜罐中射精来繁育后代。一次，他们发现自己捕获的猎物经常毫无缘由地消失。鹞鹰告诉他们这是因为有奇怪的生物从天上下来把它们偷走了，男人们于是向天空射了一阵箭，然后就有几只奇怪的生物从天上掉了下来，钻到土里去了。犰狳用指甲将它们拉出来，发现这些生物长了两张有牙的嘴，一张嘴在脸的正中间，另一张在身体的中间，两张嘴巴都可以用来吞食偷走的食物。

寒冷使这些生物靠近男人生的火，这时一只鹰向它们扔了一块石头，石头砸掉了它们身体中间那张嘴巴的牙齿，仅剩下一颗变成了阴蒂，从此这些生物就变成了女人。从此以后，男孩和女孩都可以通过男人和女人的结合诞生了。所以女人的能力来自天空，男人的能力来自大地。

▲ 根据马塔科人创世的故事创作的绘画作品。

阿帕切人创世的故事

迈杜族传说。最初，世界浸渍在一片黑暗之中。黑暗中出现了一个白色飞碟，飞碟上坐了一个小人儿，他就是造物主。他看向四周，目光所到之处都变得明亮起来。他创造了云，又用自己脸上的两滴汗水将云朵填满，汗水变成了一个男人和一个女人。然而云朵很小，他们决定用汗水创造土地。

造物主用他的脚推了一个泥球，泥球逐渐变大。但是泥球里面没有山，没有河，也没有花草树木……而且它还不断地震动，因此造物主找了四根柱子将它撑了起来。这时，一些身体有残缺的人类出现了（他们没有眼睛、嘴巴、鼻子……），他们帮着造物主一起将天空置于大地之上。从太阳和云中出来的女人用四块热石头一起建造起了一个“汗水屋”，身体有残缺的人类一个个进入了屋子，出来的时候他们的面容都被修复成形了。于是造物主开始分配任务：天空由男孩负责（管理其他人类），大地由女孩负责（生育和收成），花粉由女孩负责（照顾即将降生的人）。

当造物主继续将世界变得多姿多彩时（动物、植物、地形……），突然天降大雨。于是他就创造了一棵巨大的树，让他的帮手们得以获救。十二天以后，大水退去了，所有人都降到地面上，造物主则给他们分配了不同的任务来创造一个完美的世界。造物主和从云中出来的女人相互摩擦身体，火花迸溅，点燃了他们准备好的木块。造物主把火交给人类，随后就带着从云中出来的女人离开了。

格洛斯卡普和玛尔苏

阿尔冈金印第安神话。会撒谎的格洛斯卡普因他的狡诈而为人赞扬，对很多部落而言，这是一种美德。他有一个双胞胎弟弟，即灰狼玛尔苏，与哥哥相反，他代表一切邪恶。

玛尔苏问格洛斯卡普怎么样才能杀死他，哥哥为了证实自己的诚意，便告诉弟弟唯一能杀死他的方式就是用猫头鹰

海狸

关于这种动物，说法各异。它既具有正面象征意义，但同样也充满矛盾和困惑。它是工作、智慧和独立的象征。

▶ 有帐篷和马的印第安原住民村落。

的羽毛触碰他的皮肤。作为交换，玛尔苏告诉格洛斯卡普如果用蕨根打他，他就会死。

邪恶的灰狼玛尔苏用弓箭射杀了一只猫头鹰，趁哥哥熟睡的时候，他拿着从猫头鹰翅膀上摘下的羽毛拂过哥哥的身体。很快格洛斯卡普就死了，不过没一会儿他又复活了。然而玛尔苏下定决心要终结哥哥的性命。

格洛斯卡普走进森林，在小溪边坐了下来，并喃喃自语道，其实只有灯芯草才能杀死他。他知道海狸正藏在灯芯草丛中偷听，并打算告诉玛尔苏偷听到的秘密，因此故意编了一个谎话。果然，海狸把这个“秘密”告诉了玛尔苏。邪恶的玛尔苏知道后欣喜若狂，并向海狸承诺将给它一切它想要的东西。海狸说它想要一双鸽子的翅膀，可是玛尔苏嘲笑了他。海狸非常生气，于是跑到格洛斯卡普那里告诉了他之前发生的一切。

格洛斯卡普挖出了蕨根，又跑到森林深处找到了弟弟，然后用这足以令他丧命的植物打了他，邪恶的玛尔苏就此而亡。

鹰母

因纽特传说。一个猎人实在是太饿了，不得已之下他射杀了一只老鹰当食物。然而在回家的路上，他越想越后悔，觉得不应该杀死这只动物。于是他把老鹰做成了标本，并把标本放在了一个荣耀之地。每次他带食物回家之前，都会把第一口食物献给老鹰。

一天，这个猎人在暴风雪中迷路了。当他等待暴风雪结束时，两个男人找到了他，并把他带回了自己的村子。两个男人都带着覆盖着羽毛的手杖。到了村子以后，猎人看见了一个全身黑色装扮的女人，他被告知这是他之前杀死的老鹰的母亲。鹰母对猎人说，他对她的儿子很好，也恰当地对猎人表达了敬意。她向猎人展示了鹰之舞，并要他记住这种舞蹈，然后把这种舞蹈传承下去。

舞蹈结束后，鹰的村庄消失了，猎人发现自己又重新站在了暴风雪中。他回到了自己的村子，并将他和鹰母相遇的故事告诉了村里人，此外他还教会了他们鹰之舞。每年他们都会像鹰母指示的那样跳这种舞。他们再也不猎鹰了，而他们的渔网和捕猎的陷阱总能收获满满。

鹰

在北美的印第安部落中，鹰是好运的象征。人们十分崇拜鹰，并赋予了它许多象征意义，毕竟鹰是双翼最大且飞行高度最高的鸟类之一。它能保护人类，为人类带来智慧和财富。当一只老鹰在附近时，若人们进行祈祷，就可以知道神明有没有听到自己的祈祷。鹰是印第安神唯一的信使。鱼鹰则与之相反，是邪恶的象征以及即将临近的危险和致命事故的信使。

◀ 装饰丰富的鸟的木雕。传说中的鸟常被赋予特殊能力。

赛德娜——海的女儿

赛德娜

她住在海洋深处，是海豹、海象和鲸的守护神，同时也负责灵魂的最终审判。

因纽特神话。赛德娜是一个年轻漂亮的少女，尽管她身边有很多与她年龄相仿的人，却没有人愿意和她结婚。一天她从家里远远地看见了一艘外来的船停靠在岸边，船的主人是一个英俊的猎人。猎人也看见了她，并疯狂地爱上了她。她被猎人的花言巧语和金银财宝的承诺诱惑了，于是跟着陌生的猎人上了船。然而，她没想到，这个男人竟然是只鸟变的，而这只鸟就这样将她诱惑了。

她的父亲发现女儿失踪了，便冒险出海寻找女儿。赛德娜被找到的时候正独自待在那里，父女俩抓住机会逃离了那里。

鸟回来以后知道情人逃跑了，十分生气，便出去寻找她。鸟用自己的神力在海上兴风作浪。父亲发现这一切都是海洋的神秘力量导致的，因为海洋想要得到他的女儿。父亲十分害怕，不得已之下将赛德娜扔出了船，将她献祭给海洋。赛德娜十分绝望，她用尽全身的力气游到了船边，紧紧抓着船不放，她的父亲却拿起斧头将她的手指砍断了。

赛德娜的大拇指变成了海豹，食指变成了奥库（海洋深处的海豹），中指变成了海象，剩下的手指变成了鲸。海洋接受了献祭，平息了风暴，一切又回归了平静。

从此以后，赛德娜，也就是海豹女王，在海洋深处生活了下来。她居住的地方叫阿德利登，在那里，所有亡灵，甚至一些活着的人类终有一天都要去接受最终的审判。

情人路

古巴。一个年轻人的第一个女儿刚刚降生，他十分高兴，便与部落的同胞一起庆祝，并给女儿取名叫夸里娜。所有人都向他送来贺礼和祝福，直到一个老人对他说，一定要小心照看这个女孩，不能让她爱上任何人，否则就会招致不幸。

夸里娜一天天长大，变得越来越美丽，以至于很多印第安年轻人都爱上了她。她的爸爸谨记老者的预言，将女儿藏在尤穆里山谷的一个山洞里。一个叫内利的少年听闻她的美貌，只是听到别人的描述他就已经不可自拔地爱上了她。他一心想着去看她，终于有一天他不想再忍受这种爱恋的煎熬，便决定出发去寻找他的梦中情人。

经过了一段艰难的行程，他终于到达了山洞的洞口。这时大地开始震动起来，但这无法阻挡少年继续前进。终于少年和少女相见了，少女也同样爱上了他。少年靠近她，她却看向了不远处的一座山，一个白发老者正对着她微笑。夸里娜和内利拥抱在了一起，突然之间，地动山摇，这座山裂成了两半。一条深至地心的巨大裂缝出现在他们脚下，他们相拥着坠落下去。这个地方就是今天的尤穆里山谷，据说在月圆之夜，如果风很大的话，能听见风在呢喃着这对恋人的名字。

尤穆里山谷

尤穆里山谷位于马坦萨斯市附近，是古巴最美丽的景点之一。在峡谷底部有一条同名的河流，河流两岸有古巴原住居民的聚居地。山谷被高达一百五十米的山脊包围，向西部中断。许多山峰的顶峰都是绝佳的自然观景台，可以从上面领略山谷的风光。

▼ 德庞泰利《位于中美洲野外地区的藤桥》，画作在《插图》通用期刊上刊载，巴黎，1860 年。

塔依诺人

“好的”和“高贵的”这两个词组成了加勒比海这个崇尚和平的地方的居民的名字。他们崇拜自然神，尤其是海神和生育神。关于他们的神话故事有很多，但是来源却并不可靠，因为这些神话故事并没有书面记载。

彩色鸟

古巴。塔依诺传说。国王的生日到了，鸟儿们都成群结队来参加庆典。它们飞越沙漠，穿过云层，到达了国王的宫殿。每只鸟都坐在自己的位置上，并按顺序逐一亲吻国王。然而一只叫奥德雷尔（美丽的近义词）的漂亮白鸟却没有这么做，它态度傲慢，并没有向国王致敬。

其他的鸟既嫉妒它的美貌，又为它的骄傲感到恼火，纷纷批评它，只有国王在看到它如此洁白无瑕后将它叫了过去。奥德雷尔这才走近国王并向国王鞠躬行礼。其他的鸟为了表示抗议，向它撒去灰烬、可可豆、硫黄、墨汁……最后奥德雷尔的羽毛变得五彩斑斓，如同彩虹一般，比它全白的时候更加美丽了。

国王惊艳于它的美丽，给它戴上头冠，并任命它为自己的官方使者，因为它没有跟任何鸟儿争吵。正是丑陋的鸟儿们的嫉妒导致了五彩鸟儿的诞生。

日夜传说

多米尼加共和国，塔依诺传说。太阳爱上了山岳，他把彩虹送给她，为她点缀蓝天。山岳则戴上了云雾项链，让自己在太阳面前看起来更妩媚动人。

一次，太阳发现他的爱人山岳的身上有一个植被浓密的洞穴，阳光怎么也无法进入，这是他无法容忍的。他聚集了自己所有的能量，释放了所有的光束，却仍然无法照射到这片区域。

他决定叫他的弟弟风来帮忙，在雨的协助下，风终于通过破坏这片区域附近的植被成功地进入了这个地区。但是山洞仍是紧闭的，没有丝毫光亮。

当风雨平静下来后，从山洞的阴影中走出了一个空灵的女子，她一丝不挂，头发极长，她是一只角鸮变成的。听到她的尖叫声，太阳立刻来到这里，想用他的火眼将她烧焦，她拼命躲了起来。从此，她的双脚永远被盘绕的根牢牢地捆在地上。

她用眼睛向太阳投掷冰矛，对太阳发起挑战。山岳为了保护自己的爱人，不断保护着她和她的孩子。太阳恢复了理智，但是角鸮永远瞎了，脚也折断了。下雨的时候，她黑色的头发覆盖了一切——夜晚诞生了。

从此以后，太阳升起，亲吻山岳，用天空和彩虹环绕着她。随后，太阳落下，为黑夜让路。

彩虹马

危地马拉。一个老人在山脚下有一个农场，他和三个孩子一起住在农场里。一天晚上他们听见菜园里有声音，便提着油灯和猎枪出门察看。眼前的景象让他们大吃一惊：一群色彩各异的马踩烂了所有的蔬菜。他们开枪射击，可是很快就发现子弹根本伤不到这些马。这些马玩累了以后就离开了，只留下一片狼藉的菜园。

人们不得不重新播种，并决定一定要轮流看守，保护好种下的菜。一天，轮到大儿子守夜了，但他却沉沉地睡了过去。第二天早上起来一看，整个菜园又被糟蹋了。同样的情况也发生在了二儿子身上。小儿子守夜时将吊床挂在两树之间，并在吊床上铺满荨麻叶。他睡下了，当他快进入梦乡的时候，叶子的摩擦声又把他弄醒了。突然之间，神奇的马儿们又进入了菜园，开始踩踏蔬菜。小儿子拿起绳子，扔向了最漂亮的那匹马。被套住的马不断挣扎，但是它发现自己无法逃脱，便逐渐冷静下来，变得十分温驯。其他的马都害怕得逃跑了。被抓住的马提出了一个交换条件：如果男孩放它走，它就满足男孩的一个愿望。然而男孩并不信任它。为了使他相信，马唱起了歌，一时间，园子里的蔬菜生长了起来。于是男孩让马承诺永远不再回来踩踏他父亲的菜园，然后就将马放走了。

▲《马群》，刊载于《环游世界》，巴黎，1860 年。

父亲和两个哥哥检查完园子的状况后，父亲高兴地跑去拥抱了小儿子，而两个嫉妒的哥哥则离开了家。父亲因儿子们的离去悲伤不已，没多久就病倒了。小儿子便独自出门寻找自己的哥哥。两个哥哥看到弟弟来了，狠心将他扔进了一口很深的井里。男孩想起了那匹神马，于是呼唤它的名字，神马瞬间赶到他的身边救出了他。他再次去找哥哥们，于是两个哥哥决定把他当成仆人使唤。一天，他们看到一个告示上写道：明天能够在骑马大赛中赢得金戒指的人就能迎娶公主。这是一个艰难的挑战，但两个哥哥决定参加，让弟弟留下做饭。

为此，小儿子再次召唤了他的朋友，让他的朋友去参加比赛。参赛者陆陆续续到达了宫殿，但是没有一个能够得到金戒指。小儿子是最后一个到达的参赛者，他身穿金灿灿的丝绸礼服，骑着一匹像彩虹般耀眼的骏马，他最终赢得了金戒指，在场的所有人都惊呆了。婚礼在比赛结束后的第二天举行，他联系了自己的父亲和哥哥们，并原谅了他们。彩虹马则像变魔法一样消失了。

大帽子先生

危地马拉。那是一个晴朗的夜晚，整个城市都十分寂静，很少有人敢去旧教区附近闲逛。突然，骡子的蹄声隐隐约约响了起来，有人来了。狗的吠叫变成了嚎叫。一个烧炭工样貌的人出现了，他身穿黑衣服，头上则戴着一顶几乎把他整个人都遮起来的宽檐大圆帽。这个矮小的男人在一个老鸽房前停了下来，他把骡子拴好，便开始唱起了情歌。

邻居们对这个勇敢的绅士议论纷纷，他们认为他是在对一个绿眼睛，有着蜜色长发的美丽少女歌唱。这个神秘的爱慕者一遍遍地唱着小夜曲，在少女的门前等待。与此同时，少女也被这个追求者的歌声打动了，尽管他们素未谋面。有一天，她终于打开了窗户，让这个爱慕者进来。

所有人都想一睹这个追求者的样子。一天晚上，一个老太太躲在窗户后，终于看见这个戴着大帽子的烧炭工从窗户进入了少女的家中。

邻居们纷纷跑到少女的家中警告她的母亲她的女儿所面临的危险。他们建议少女的母亲直接搬家，如果现在她们不赶紧解决这个问题，日后这个妖怪会让她们永无宁日的。因此，少女去了修道院生活。大帽子先生找不到他的爱人了，他很害怕，他想离开这个地方，结果却迷路了。同时，这位年轻的女子也在神坛前默默祈祷，她很想念她的爱人。她在房间睡觉时还能听见他鞋跟的嗒嗒声和他充满爱意的声音。

因为被困在修道院的墙内，这个美丽的少女逐渐失去了活力，有一天她永远地闭上了眼睛。痛苦的母亲将少女的尸体带回家，为她守灵。很多朋友都来与她进行最后的告别。夜幕降临，一

大帽子先生

这个故事的另一个版本为安蒂奥基亚的麦德林（哥伦比亚）的人们所熟知。这个人骑着一头黑色的骡子，戴着一顶宽檐帽，穿着一身黑色外衣。他还牵着几条狗飞速驰骋，在大斋节出现。没人知道他从哪里来，要到哪里去。很多人都想问问他，但是每当人们听见他的坐骑的隆隆奔跑声，叮当作响的链条声和狗吠声，就都不敢去冒险了。

▼ 边弹琴边唱歌的大帽子先生。

个小小的人儿带着他的吉他和四头骡子出现了。豆大的泪珠从他的帽子下滑落。他流下的是被无情碾碎的痛苦之泪。他的哭声响彻整个街道，所有人都因他的痛苦而哀悼流泪。

没人记得他的哭声什么时候停下来的，但是自此以后，每到圣塞西莉亚之夜，这里都会出现四匹载着碳的骡子，它们被拴在灯柱上。据说大帽子先生的心和灵魂永远也不会忘记他曾爱过的女人。

哭泣的女人

哭泣的女人

墨西哥也有关于哭泣的女人的传说。萨阿贡在他的史书（第一册，第四章）中提到了奇瓦科特尔女神，书中写道："她多次出现，穿着宫廷服饰，据说到了晚上她还会哭喊、嚎叫……"

危地马拉。一天晚上，四个祭司望着月亮和星空，企图寻找宇宙的秘密。突然之间，他们听见一声悲怆的哀鸣，像是一个女人发出的痛苦的声音。他们以为这是奇瓦科特尔的声音，因为他们希望奇瓦科特尔能给他们启示。他们向东看去，结果只看到了一个穿着白色拖地长裙的人影。

当所有人都陷入沉默时，祭司们解释道，那声哀鸣和人们看到的人影意味着世界将要被毁灭。他们通知了皇帝莫克祖玛，对他说道："会有一群从东方来的人，他们会征服你和你的人民。一个悲伤的时代即将到来，你的人民即将消失，我们的神将会屈从于其他的神。"

▶ 莫克祖玛皇帝的画像，杜兰手抄本，第 68 章。

西班牙人到来的时候，一个穿着白衣服的女人出现了，风吹着她穿过街道。她从灵魂深处发出了一声哀号，她不断地重复着一句话，直到她走到湖边便消失了。

“啊！我的孩子呀……”

所有人都像惧怕幽灵那样惧怕她，他们认为她的出现预示着死亡的来临。有人说她是一个绝望的女人，有人说她是带着孩子被抛弃的情妇……然而最广为流传的故事版本是，她曾是贵族家的女仆，因遭到贵族的诱骗而怀孕，随后她在怀孕期间被贵族无情地抛弃了，从此以后人们就叫她“哭泣的女人”。

第四个太阳

墨西哥，纳瓦特尔传说。神因创造出了水、火、土和亡灵之地（米克特兰）而十分满足。但是他们发现太阳的光照既不充足也不温暖，于是他们聚在一起，商量着重新创造一个新太阳。特斯卡特利波卡主动请求神把自己变成太阳去照亮大地。因此他成了第一个太阳，开始了第一个时代。

魁札尔科亚特尔看到以后也想照亮世界，于是跑到特斯卡特利波卡所在的地方用一记强攻打败了他，让他掉到了水里。羽蛇神变成了太阳。这是第二个太阳。

特斯卡特利波卡变成了老虎，一爪击败了魁札尔科亚特尔，魁札尔科亚特尔愤怒地掀起了飓风。人类惊恐地四散逃跑，于是神将他们变成了猴子。因为人类已经被创造过两次但依然不是很成功，所以诸神感到很灰心。突然特拉洛克宣布他将成为太阳，照耀大地。于是他成了第三个太阳。

一切似乎都进展得很顺利，然而特拉洛克又是雨神，担负着降雨的任务。太阳的炙热让雨水变成了火焰，火从天而降，将河流变成了熊熊燃烧的火河。整个世界的生灵都在东窜西逃，于是神又将他们变成了鸟，让他们能够得救。诸神正在发愁，这时魁札尔科亚特尔向水之女神查尔丘特里魁提

太阳

在纳瓦特尔族眼中，这个星体是一个伟大的战士。他们每天日出时都会想起这个神话故事：每天太阳都像一只胜利的鹰一样，从天空升起，打败出现在夜晚的其他星体。

▶ 魁札尔科亚特尔神和特斯卡特利波卡神的画像，波旁家族手抄本。

议，让她作为太阳发光。这是第四个太阳。

结果并不顺利，因为常年的洪水和降雨让人类不得不请求神把他们变成鱼以获救。于是神将人类变成了鱼和其他各种水生生物。因为天天下雨，天空最终坠落到了大地上。魁札尔科亚特尔和特斯卡特利波卡便变成大树以支撑天空。诸神都十分伤心，因为他们没能成功地创造太阳，并且人类也因此而灭绝了。

第五个太阳

墨西哥，纳瓦特尔神话。在第五个太阳照耀大地的时候，出于对魁札尔科亚特尔的崇拜，众神聚在一起，决定重新创造能在大地上居住的人类。魁札尔科亚特尔找到了米克特兰堤库特里，并告诉他，他想要由米克特兰堤库特里看守的骨头。但是米克特兰堤库特里不愿意把骨头交给魁札尔科亚特尔，他要魁札尔科亚特尔先通过一项试炼。

他要求魁札尔科亚特尔让他的蜗牛发出声音，并且让蜗牛在壳内走四圈。但是蜗牛身上没有可以钻进去转圈的洞。

第五个太阳

这则神话是为纳瓦特尔的贵族服务的：为了不让人类死亡，太阳必须保持活力。战争为神提供食品，胜利的军队会成为人类的救星，因为他们通过自己的努力供养了第五个太阳。

▲ 托兰波瓦利历法的一部分，理论上来说是关于第五个太阳的传说。

于是魁札尔科亚特尔让虫子在蜗牛壳上打孔，并让蜜蜂钻到壳里发出声音。听到声音以后，米克特兰堤库特里别无他法，只好将骨头交给了魁札尔科亚特尔。但是很快他就后悔了，因为这些骨头属于过去的几代人，而他们的骨头本应留在米克特兰。

魁札尔科亚特尔没有让步，他走向了那些骨头的存放之处，并让这些亡灵相信他是来将他们复活的。男人的骨头和女人的骨头是分开的，他把骨头捆起来带走了。魁札尔科亚特尔从米特克兰回到陆地上后，米克特兰堤库特里仍想收回他的珍贵物品，于是便命令仆人挖了一个洞。他们快马加鞭，跑到了魁札尔科亚特尔前方，并在路上挖了一个洞，于是魁札尔科亚特尔摔死在了洞里。魁札尔科亚特尔摔进洞里时，他拿走的骨头散落一地。

然而魁札尔科亚特尔又复活了，他重新拾起了剩下的残骸。奎拉茨利正在等他，她负责将骨头磨碎，并放入一个奇异又美丽的容器中，魁札尔科亚特尔此时终于能休息片刻了。

诸神相聚，魁札尔科亚特尔把自己的血倒在骨头上。大家一同进行了忏悔，最终他们宣布了人类的诞生。

维乔尔人的玉米

墨西哥。维乔尔人每天都吃同样的食物，但他们十分满足，他们喜欢用各种不同的方式烹制食物。一个少年听说用玉米可以做成玉米饼、玉米汤等各种美味佳肴，但是玉米在山的另一边才能找到。少年没有灰心，他循着蚂蚁活动的路径寻找玉米，因为他知道蚂蚁是玉米的守护者。

走了一段路后，少年觉得困了，便睡着了。蚂蚁吃光了他所有的衣服，只留下了他的弓和箭。没有衣服，食不果腹，少年的心情十分郁闷。这时一只鸟儿落在了附近的一棵树上，他举起弓，搭起箭对准了鸟儿。谁料鸟儿竟然厉声训斥他，说自己就是玉米之父。鸟儿将少年带至自己的家中，

维乔尔人的玉米

果实的播种、生长和收获往往伴随着各种祭礼仪式，因为神能降水促进庄稼生长，但神也能降下冰雹、暴雨或干旱而破坏庄稼。因此人们有必要进行这些仪式以博得诸神的欢心，避免灾难的降临。

少年看到了自己梦寐以求的玉米。他还见到了鸟儿的女儿们，那是五个美丽的少女，分别叫白玉米、蓝玉米、黄玉米、红玉米和黑玉米。

蓝玉米用她的甜美长相俘获了少年的心，很快他们就结婚了，然后一同回到了少年的村庄。由于他们没有房子，所以只能在祠堂里住了一段时间。后来他们有了房子，神奇的事情发生了，这对新婚夫妇的房子每天都堆满了玉米，玉米像花儿一样装点着房子。人们从四面八方赶来，蓝玉米便将玉米赠予他们，让他们满载而归。少年的妻子教会了他如何播种和照料玉米。许多动物在尝到了这种新食物的美味后也纷纷想来偷玉米。蓝玉米教人们在玉米地周围点起火堆来驱赶偷玉米的动物。据老人们说，当蓝玉米教会人们关于玉米的一切知识后，她就将自己磨碎，制成美味的玉米粥送给人类。

▲ 森特托尔的画像，阿兹特克玉米神。

森特托尔

这是一个由主管农业的神组成的特殊群体，因为他们每个人都代表玉米的一部分。玉米的创造者是森特托尔，但是玉米的主神是奇科美科瓦特，和西洛嫩一样，她代表绿色的玉米穗。

西泰巴

墨西哥，玛雅神话。从前有一个村庄，村庄里住着两个女人：克什班和伍兹科勒尔。克什班美丽动人，但由于她十分多情，村民们并不喜欢她。伍兹科勒尔也很美丽，她的庄严更为她赢得了邻里间的尊重。克什班性格谦卑，对穷人充满同情，而伍兹科勒尔却十分鄙视穷人。

克什班在动物们的陪伴下孤独地死去了，她的遗体散发出了浓烈的馨香，以至于整个村子都充满了香气。她的葬礼只有一些衣衫褴褛的人参加。不久以后，处女伍兹科勒尔也去世了，而她的尸体却散发出了让人难以忍受的臭味，这种恶臭让整个村子里的花朵都枯萎了。所有人都觉得这是魔鬼的味道。随着时间的推移，克什班变成了一朵简单又芬芳的花朵，而伍兹科勒尔则变成了蓟花，身上开了一朵无味的美

丽花朵。变成蓟花以后，她仍然嫉妒克什班，她以为只要和男人寻欢作乐就能和克什班一样香了，但她并没有发现克什班的美德在于她的慷慨。伍兹科勒尔在恶灵的帮助下又变成了人类，名叫西泰巴。从此以后，她专门勾引男人，并在热恋中将他们杀死。

西泰巴

据说在克什班墓上长出来的花朵就是现在的茴香花，它谦卑美丽，常长在小道上，以及龙舌兰的叶子之中。扎卡姆是长在伍兹科勒尔墓上带刺又难闻的仙人掌的名字。

水和爱情

墨西哥。博洛琴是一个会周期性缺水的村落，尽管村子里有九口井，然而这一状况并未改变。村落的首领是一个机敏而勇敢的战士，他爱上了一个美丽的少女，而少女也钟情于他。但少女的母亲很怕失去女儿，于是便决定将女儿藏在她所知道的最隐秘的地方，这样首领就找不到她了。

少女的消失让首领几乎将他的村子抛在脑后，他请求神明和他的人民帮他寻找他的爱人。有人在附近的一个山洞听见了啜泣声，搜索就从此处开始。首领爬进了山洞，只看到了一块巨大的石英岩，但啜泣声还隐约可以听见。他们用树木和藤蔓做了一架巨大的梯子，然后爬上了岩石。透过巨石的裂缝往里看，他们找到了少女。少女被救了出来，首领也重拾快乐。在洞中，他发现岩石中形成了七个池塘：查查（红水）、普库埃拉（像海一样有波浪）、萨拉巴（瀑布）、阿卡巴（黑水）、乔科哈（热水）、奥西哈（乳白色水）和奇美莎（有很多昆虫）。

从此以后再也不会干旱了，人们甚至不记得查克[1]以及他曾经时不时用干旱惩罚他们的伎俩了。

恶魔塔楼

波多黎各。为了防御海盗的攻击，这个国家的首都被环

① 墨西哥文化中的雨神和雷神。

绕着城墙的要塞和无数瞭望塔包围起来。其中有一座瞭望塔孤独地矗立在一个偏僻的悬崖边上。一天晚上，战士弗洛德阿扎哈尔正在值夜班。一般情况下，战士们都会轮流喊出对接暗号，然而轮到这座瞭望塔的时候，却没有人回应，只有风的低鸣和海的呢喃在空中飘散。

弗洛德阿扎哈尔是一个长相十分俊美的西班牙士兵，而戴安娜是一个非常漂亮的混血少女，他们俩相爱了。这对爱人只要能相互看到彼此就十分满足了，因为军规限制，少年不能和少女在一起，而少女的母亲也禁止她接近少年。因此，他们只能用吉他和歌唱传情达意，秘密交流：

恶魔塔楼

它位于厄尔埃斯皮贡镇，是圣克里斯托瓦尔的一个堡垒，它负责保卫波多黎各圣胡安市的老城区。塔楼的作用是保卫城市免受入侵者的攻击，但是同样它也能起到保护北部海岸的作用。这座塔楼的建设始于1634年，完工于18世纪。

明天入夜之时，
去找你的爱人吧，
因为不在你的怀中，
他的心就会枯萎死掉。

第二天晚上，戴安娜悄悄地爬起来，她偷偷跑出房子去寻找她的爱人。当他们在瞭望塔相见时，他们决定一起私奔，这样他们就可以永远在一起了。戴安娜为他带了一套平民的服装。他将步枪、子弹盒以及制服都放在瞭望塔里，他们趁着夜色悄悄地逃进了山林里。他们在山林中盖了房子，共度一生。

据说现在每到夜晚还能听见瞭望塔里传出的吉他声和在风中消散的笑声。最普遍的说法是，这声音是戴安娜和弗洛德阿扎哈尔在嘲笑编造出恶魔塔楼传说的人。

科赫创造世界

世界之初，一切都处在黑暗之中，科赫神就在这黑暗中住下了。很快，痛苦和孤独感袭

巴塔哥尼亚

巴塔哥尼亚地区的名字来源于德卫尔彻印第安人。他们身材高大，被第一批到达这片地区的西班牙人称为“巴塔哥尼亚人”，而巴塔哥尼亚正是这一时期小说中一个十分著名的巨人的名字。

传说

当征服者到达美洲时，这个新世界让他们眼前一亮，他们的想象力也变得丰富起来。印第安人的几个异域词或手势已经足以让他们创造一则传说。到处都是传说，例如锡沃拉的七座城、青春之泉、黄金岛等。

▼ 弗兰西斯科·约书亚·毕加索《巴塔哥尼亚营地》，刊载在书籍《1876—1877 年在国家政府的支持下游历巴塔哥尼亚南部地区》。

来，他哭得很厉害，以至于眼泪变成了海洋。他发现海水正在泛滥，将要淹没一切，于是发出了一声叹息，由此又产生了风。风吹散了云朵，搅动了海洋，于是出现了光。他很想看到世界变化的结果，于是用力打了个响指，太阳便从他指间摩擦的火花中诞生了。太阳又促使了云的形成，云又带来了暴风雨。于是，光、雷、闪电一起出现了。

科赫决定完成他的作品，于是让一座小岛从水中升起，岛上还出现了所有的动物。这个岛一派祥和，景色秀美，然后巨人出生了，他们是黑暗的儿子。一个巨人抓走了一片云，云的姐妹们到处都找不到她，于是她们愤怒地掀起了一场巨大的暴风雨。科赫得知了这件事，便向绑架者施加了惩罚：如果云怀孕了，她所生的孩子将有比他父亲更强大的能力。

巨人知道后十分害怕，因为他已经让云怀孕了，于是他决定待孩子出生后把云母子一起除掉。一个小动物救下了婴儿，并在数百个小动物的陪护下，将他送到了海的另一边的陆地上。一只美丽的鸟儿拾起了婴儿，并飞向了西方，把他带到了巴塔哥尼亚的拯救之地。

金花的起源

▲ J. 麦克纳布《蒲包花》，1833年，发表于《柯蒂斯的植物杂志》，第60卷。

阿根廷。一个年轻人正在放牧，突然他在地上发现了一些动物的遗骸。这些零散的遗骸留下了一条踪迹，这引起了他的注意。他跟着踪迹前行，直到爬进一个神奇的山洞中，更神奇的是，他发现手上沾着的不是碎石而是金粒。

他回到村子，将这件事告诉了他的朋友们，于是他们决定一起到这个地方去寻宝。当他们一行到达山洞门口时，突然出现了一个奇怪的生物，它一半是人一半是森蚺。所有的人都死了，只有这个放牧少年还活着。在这之后，他聚集了一群人，他们一起抓住了这只怪物。人们拿着大棒围住它，然后把它装进一辆木轮马车，准备杀了它。怪物无法继续抵抗，于是请求人们不要杀它，因为它可以给他们足够的金子，如果他们杀掉它的话湖水就会泛滥，淹没土地和房子，让他们变得一无所有，它的死亡还会带来地震。

这个野兽开始吐出金粒，人们大把大把地抓起金粒，然后又重新将怪物装上车，将它带回洞里。但是当人们到达山洞时，一切景象都变了，他们再一看车，这个神秘的怪物已经消失了。当他们再看那些金粒时，它们全部变成了花朵。森林里到处覆盖着这种花朵，它们被人们称为库拉姆卢或蛇卵。

蜂鸟的诞生

阿根廷。很多年前，派内米加和派内弗鲁过着快乐和谐的生活，她们是一对美丽的姐妹。后来她们分开了，因为派内米加和一个印加王公结婚并离开了家乡。很快派内米加就怀孕了，祭司预言她将会生出一男一女，俩人都有

蜂鸟

很早以前蜂鸟就吸引了哥伦布的注意，他曾在他的航海日记中简略地描述过这种异域动物。蜂鸟科包含三百多个品种，它们多栖居于美洲的热带环境中。蜂鸟一词来源于纳瓦特尔语。蜂鸟有着昆虫身体般的金属光泽。人们看不见它们翅膀的扇动。蜂鸟主要以花蜜为食，它们不像其他鸟类那样那么难以接近。

一缕金色的头发。分娩的时候快到了，派内弗鲁来到宫殿陪伴她的姐姐。

然而不好的事情发生了，因为派内弗鲁十分嫉妒她姐姐享受着荣华富贵，尤其嫉妒她有了身孕以及印加王公对她的宠爱。虽然派内弗鲁将自己的嫉妒藏了起来，但是内心深处却十分受伤。

侄子和侄女的出生让她发狂，于是她想尽办法让姐姐相信自己生出了一对猫，同时，她又将刚出生的孩子装进箱子，丢到了河里。派内米加对发生的事情十分害怕，因为她知道丈夫永远也不会原谅她了。印加王公知道以后，杀死了猫，将派内米加撵到山洞中居住，并告诉她他永远不再见她。而派内弗鲁则留下来和王公一起生活。

装着婴儿的箱子在河上顺流而下，箱子被太阳神安图从天空降下的大泡沫保护了起来，直到一对老夫妇发现了它。老夫妇打开箱子一看，是一对漂亮的龙凤胎，他们各自的那一缕金发十分亮眼。从此以后老夫妇便开始精心照料这两个孩子。

一次，印加王公想起了派内米加，内心有些不安，便去河岸边散步，这时他看到了两个孩子在树林里玩耍。他记起了祭司的预言，心想这可能是自己的孩子，于是抚摸了他们的头发，由此发现了他们各自的那一缕金发。于是，他们三人相认了，少年谴责他父亲将他母亲从宫殿驱逐了出去，并要求他把她接回家。派内米加回家了，他们一家四口再也没有分开过。

两个孩子把派内弗鲁绑在一块巨石上，作为对她的惩罚。少年向天空抛起一块透明的石头，祈求安图的裁决。一道闪电打在派内弗鲁身上，将她烧成了灰烬。她的一小块心脏没有燃尽，变成了蜂鸟。据马普切人说，蜂鸟的出现预示着死亡。

亡故的科雷亚

阿根廷。一个在拉美出生的欧洲青年被强行招募参战。他的妻子科雷亚在听到这个消息后深受打击，因为她的丈夫必须拖着虚弱的病体加入军队。因此，她带着儿子，一路跟随丈夫所在的部队。走了很久以后她又累又渴，精疲力竭，一不小心就从一座小山丘的顶部失足摔了下去。

几个脚夫发现一些吃腐肉的动物聚在山丘上，于是走了过去，他们发现了死去的母亲，但孩子还活着，孩子正在吮吸亡母的乳房。他们抱起孩子，将这位母亲埋葬了。故事传开以后，人们会专程到“亡故的科雷亚”墓前朝圣。随着时间的流逝，这里逐渐变成了一个祭祀场所。人们从乡间到这里祈求她为庄稼提供庇护；脚夫们则把她当成他们的守护神；身体虚弱，无法给婴儿提供充足营养的母亲也会来到这里诚挚地祈祷，希望奶水变得充足。

亡故的科雷亚

这个印第安传说无法被天主教教会重新解读，因为在天主教中没有与之对应的讲述吮吸尸体奶水的故事（从死亡中夺取生命）。

乌安皮

阿根廷，卡尔查基传说。几个部落的统治者是一个凶残的猎手，他既不感激动物，也不尊重动物的幼崽和怀孕的母兽。他的残忍捕杀导致这个地区的动物日渐稀少，居民也不断减少。

一天早上他又去狩猎，在途中，他碰见了拉斯拉特——鸟类的守护神。拉斯拉特对这个猎人的过度杀戮十分愤怒，因为他毫无节制，对幼崽毫无怜悯之心，尤其缺乏对大地母亲的尊敬。拉斯拉特警告他，如果他继续这样肆意妄为，等待他的将是极大的惩罚。

这个猎人在听到这种威胁后十分害怕，收敛了一阵，但是没过多久他又故技重演。于是，大地母亲变成了人的样子，告诉他，如果他继续毫无节制地杀戮，她就不再为他提供食物和抵御严寒的衣物。大地母亲消失后，一阵叫乌安皮的飓风在这个猎人统治的地区刮了起来。从此以后，在安第

五弦琴

这个词起源于盖丘亚语的chajhucu，它的意思是“快乐的”“爱闹事的”“多话的”以及“舞蹈的”。拉丁语中的changere一词也有相同的意思。

斯的山谷中总是刮着风，还有一个声音在要求人们对动物怀有同情之心，尊重狩猎法则，还不断提醒大家那个残忍狩猎者所受到的惩罚。

犰狳是如何学会唱歌的

玻利维亚。一只情感真挚的老犰狳十分爱好音乐。虽然青蛙们经常嘲笑它不会唱歌，但它还是喜欢花很多时间听青蛙唱歌。一天，一群快乐的金丝雀来了，它们美妙的颤音使犰狳陶醉，而青蛙们则嫉妒得要命，因为金丝雀的歌声实在是太美妙了。

渴望音乐的犰狳跑到一个魔法师的屋子前，告诉他自己想像金丝雀、青蛙或蟋蟀一样唱歌。魔法师答应了他的请求，但是犰狳必须用自己的生命和他做交换。第二天，犰狳出现在青蛙的水塘边放声歌唱，声音十分美妙。嫉妒的青蛙们跟在它的身后，没有发现自己已经变成了五弦琴。

黄金岛

哥伦比亚。这个故事要从瓜塔维塔城讲起。一个酋长的妻子因为通奸而受到极大的惩罚：一群印第安人日夜对着她唱着歌谣，歌谣里讲述了她所犯罪行的每个细节。他们就这样一直折磨她。

绝望和歉疚使她投湖自杀，她的小女儿也和她一起被淹死了。此后，酋长十分内疚，想要弥补他害死妻子的罪过，便向他信任的祭司请求帮助。祭司们告诉他，他的妻子在湖底世界的美丽宫殿中生活着，只要酋长将全世界的金子都给她，她的灵魂就会得到救赎。

酋长每年都会举行好几次这样的仪式：人们将祭品带到湖边，背着湖水扔进去，而酋长则脱下衣服，在身上涂满

黄金岛

征服者贡萨洛·希门内·得克萨达斯带领不到二百个士兵很快就让约一百万的奇布查人投降了。但是他从未找到黄金岛的财宝，最终不得不接受一个军事荣誉头衔。

一种天然胶水。人们向他的身体抛洒金粉，之后他就登上一个木筏，向湖心前进，他会在湖心进行哀悼、祈祷。之后他会洗下身上粘着的金粉。就这样他不断地举行这个仪式。

由此就产生了黄金岛的传说，但没人知道这个湖在哪里。一些野心十足的征服者怎么也找不到传说中的宝藏，有的在永无止境的寻找中失去了耐心，有的甚至还失去了生命。

芙拉－特纳的传说与人类的起源

哥伦比亚，穆扎族传说。尽管阿勒神创造了世界后十分激动，但是他发现他的创造有些缺陷。在河边，他看见了几株灯芯草，他随意摘下了其中一株，创造出了一个十分美丽的人，给她取名为芙拉（女人）。他又想用另一株更大的灯芯草做出一个女人，结果做出了特纳（男人）。他冲着男人和女人咳嗽一下，他们就有了生命，变成了一对漂亮的人类伴侣。阿勒神告诉他们，只要他们对他一直保持尊重和忠心，他们就会过上幸福的生活，没有痛苦、疾病、死亡……从此，这对伴侣就在一个风景如画的山谷内过上了真正的幸福生活。

但是有一天，出现了一个俊美的年轻人，他名叫泽比。他在寻找一件独一无二的珍宝，这件珍宝能让人永葆青春、美丽和幸福。他请求芙拉帮他一起寻找，她同意了。他们一起寻找了很多年，但是一无所获。在这段时间中，芙拉逐渐被泽比吸引，并勾引了他。由此，她破坏了保持忠心的神谕。作为惩罚，芙拉开始有了内疚和悲伤的情绪，一直对自己违反阿勒神的命令心怀愧疚。她抛弃了泽比，回到了家中。她的丈夫一见到她就知道发生了什么，同时他也看到了妻子的罪恶带来的后果：衰老和疾病。

她一天天老去，悲伤和羞愧占据了她的整个灵魂。特纳无法继续忍受这种痛苦，于是决定将刀插入心脏结束自己的

芙拉－特纳

著名的哥伦比亚穆索祖母绿宝石是世界上最精致美丽的宝石，因为这些宝石实际上是不忠女神悔恨的眼泪变成的。泽比的血变成了米内罗河，被用来寻找、分拣、洗涤、磨光绿宝石。

奥里诺科河

有关奥里诺科河的记载曾出现在哥伦布第三次航行的相关记录中，但是人们公认迪亚哥迪欧尔达斯，也就是埃尔南·科尔特斯的同伴才是第一个在墨西哥征服战中发现这条大河的人。他从奥里诺科河的湍流段一直探索到入海口。

生命。特纳死后，芙拉连续几天不吃不喝，只是将丈夫的尸体抱在怀中。

芙拉不停地哭泣，但是得不到丝毫安慰。她的每一滴眼泪都变成了一件珠宝。同时，阿勒神将泽比变成了一块大石头，让他永远满心苦涩地看着他的爱人哭泣。泽比请求阿勒神原谅他，并请求阿勒神赐予他在困难时刻帮助芙拉的力量。阿勒神同意了他的请求：石头中迸出一条瀑布，分开了芙拉和特纳，并将他们变成了名为芙拉－特纳的大石头，永远提醒人们关于人类的悲惨结局。

奥里诺科河是如何诞生的

哥伦比亚，叶克瓦纳传说。瓦纳迪创造了人类、植物和动物，然而一开始，地球上只有一条河。据传说，叶克瓦纳族印第安人是地球上最早的也是唯一的居民。但是由于地球上只有一条河流，随着它的河床逐渐改道消失，人们逐渐死于干渴。

印第安人决定派神蚁卡西什去寻找水源。它出去寻找了数日，而在此期间，不少印第安人又脱水而死。几天后，

▼ 奥里诺科河一瞥，古董版画。

神蚁终于找到了水源，这是一条很大的河流，它的浪花像海浪一样翻腾。

神蚁回到村庄后，告诉了人们通往大河的道路，但是水离他们住的地方仍然十分遥远。部落中的一个巫师向瓦纳迪祈祷，瓦纳迪被他的虔诚所感动，于是用自己右手的两根手指由东到西划了一条沟壑，水渗出来，形成了奥里诺科河和它的支流。奥里诺科河就是瓦纳迪用手指划出的沟壑。

光的传说

哥伦比亚，穆伊斯卡或奇布查人传说。一个酋长和他的侄子一起掌管一片土地，这片土地常年被黑夜笼罩，因此部落里的人们生活在悲伤和恐惧之中。

为了改变这个可怕的处境，酋长决定让他的侄子到天上去寻找光，并把光带到地上来。少年向高处一跃，随着一道亮光掠过，他变成了太阳。酋长并不满意，因为一天中仍有一半时间是黑夜，于是他提醒侄子，大地上还有人类因为寒冷和悲伤而死。他决定和侄子一同去寻找光，于是他也纵身一跃，在天空中消失了。酋长捡起了空中所有剩余的光，把光变成了月亮，他希望月亮能让人们在没有太阳的时候也无忧无虑。

匹娜卡和玉米的起源

哥伦比亚。很多年前，奇布查人生活在痛苦之中。匹娜卡是一家之主，他十分担心自己的家人，于是决定用自己最后的几件斗篷去换一些金子，然后将它们打造成神像，再卖出去。第二天一早他就去了集市，成功地换到了一些泪滴形状的金粒。然而在他回家的途中，他掉进了一个巨大的水洼中，一只鸟飞来抢走了他放金粒的袋子。在鸟儿逃跑的过程中，几粒金子掉了下来。匹娜卡起身打算捡起掉下来的金粒，这时候波齐卡出现了，他请求匹娜卡不要捡金粒，而是

玉米的起源

不久以前人们还相信玉米是源自墨西哥的一种新谷物，而最新的关于玉米起源的研究发现，有迹象表明玉米在南美起源更早，准确地说，是在巴拉圭北部、巴西的马托格罗索地区和玻利维亚的奇基托斯。

▲ 弗洛伦提诺手抄本中玉米的储存图。

将它们埋起来，因为十五天后他再次回到此地时就会有意外收获。

十五天过去了，匹娜卡在波齐卡让他种下金粒的地方发现了一株茂盛又美丽的植物。这株植物上挂着金色的谷粒，这就是玉米。从此以后，匹娜卡的家庭和许多家庭都开始种植玉米，而饥饿也就随之远离了奇布查人。

高处的盛宴

智利。动物们将要在天上举办一场宴会，因此蟾蜍便开始提前练习唱歌。一天它碰见了一只秃鹫，便跟秃鹫炫耀说，宴会邀请它用歌声给活动增添乐趣。秃鹫十分怀疑，回答它说，自己也被邀请做同样的事情了。第二天，秃鹫将自己的黑色羽毛清洗干净，准备赴宴，一整晚它都在调试自己的吉他。蟾蜍和秃鹫又碰上了，赴宴途中蟾蜍要秃鹫先走，因为自己走得很慢。但是趁秃鹫一不注意，蟾蜍就钻进了秃鹫的吉他里。

当秃鹫到达天空时，其他动物纷纷询问它蟾蜍在哪里。它回答说，它觉得蟾蜍根本就不会参加宴会，因为它跳得太低了，够不到天空。动物们又问它为什么不带上它一起来，秃鹫则回答说它不喜欢负重。秃鹫将吉他暂时放下，蟾蜍便抓住机会从藏身之处跳了出来，出现在宾客们面前。动物们对蟾蜍的弹跳力十分惊叹，而秃鹫却满腹狐疑地看着它。在宴会上大家一同享受美食，唱唱跳跳，动物们都展示了自己的特长：秃鹫弹着吉他，蟾蜍不知疲惫地歌唱。宴会结束了，蟾蜍又看准了机会重新钻进了秃鹫的吉他里。

返程的路上，秃鹫发现自己的吉他变得很重，它仔细一看，原来蟾蜍正缩成一团，躲在吉他的底部。它不断地晃动吉他，直到蟾蜍从空中掉下去，摔在一块石头上受伤了。蟾蜍花了很长时间才恢复健康，而这次它摔得太厉害，以至于它的后背上永远留下了黑色的斑点和一些无法消除的凸起。它再也无法像过去那样轻松地歌唱了，而且它的呱呱声也时常走调。

▲ 两只秃鹫，老式自然主义插图。

光之神

智利，马普切传说。在火种出现之前，马普切人住在山洞里，总是对火山爆发和地震提心吊胆。他们只能吃生食，和家畜挤在一起取暖。

他们的神和恶魔都是发光的，就像切鲁贝（熔岩之神）一样。太阳和月亮是善良的神，生命的制造者，他们的祖先则住在夜空中，每个祖先都是一颗星星。

卡莱乌一家住在一个山洞里，卡莱乌看到天空中划过一颗拖着金色尾巴的闪亮星星，他没有把这件事告诉任何人，因为他并不清楚这意味着什么。但是没过多久其他的印第安人也看见了这颗星星。还没到夏末，女人们（他的妻子和女儿）就已爬上山，到森林里寻找果实以便留到秋天充饥。到了晚上，她们藏在一个洞穴中，在那里她们发现了带着金色尾巴的星星。

大地开始颤抖，随后一阵石头雨从天而降，砸在地上火花四射。她们认为这是祖先们给她们的礼物。一颗火花掉到了一块干柴上，很快柴火就燃烧了起来。女人们一直静静地看着这火光，直到男人们找到她们。他们将小树枝点燃，在返程途中照明。正是在这天晚上，他们发现了燧石可以用来生火、照明、取暖和烹制食物。

森林中的火灯

智利，马普切传说。火山中住着一个巫师，他因自己的邪恶而痛苦，因为所有人都害怕他，而且无论什么事情，人们都将自己不幸的原因推到他的身上。夜幕降临之后，他在山顶留下一些残存的火焰后就下山喝酒去了，火焰能让他在返程时找到回去的路——山顶上到处都是星星点点的红色火光。

他很爱喝奇布查人的苹果酒，喝醉以后他心情十分郁闷，他很想知道自己为什么是邪恶的。他满心忧愁，伤心得放声大哭。他从山坡爬回了家，但是到家后他忘记扑灭山坡上的红色火焰了。此时正值干旱时节，点点火星在黑夜中闪闪发光。

不久后雨季来了，这次的雨季比往年长很多，巫师十分

▼ 马普切人最大的恐惧就是火山爆发，直到岩浆的火花将火种带给他们，他们的恐惧才得以减少。

生气，因为下雨了他就不能点燃火焰下山喝奇布查酒了。喝不到酒，他就浑身不舒服。他生气地乱扔石头、灰烬和岩浆，在充满恐惧的印第安人面前，将他的手指埋在土豆地里，让这年的庄稼腐烂。村子里的人们聚在一起想办法对抗将至的饥荒，于是他们决定联合这片土地上和森林里的所有生灵将巫师赶出这片地区。

每个家庭都请求他们的动物守护神帮助他们，他们甚至和所有的动物以及树林里的树魂进行了对话。一个树精提议熄灭巫师所有的红色火焰，这样他就会自己去其他地区了。整个村子都开始酿造大量的奇布查酒，人们酿了一坛又一坛，酒发出的浓烈香气飘到了山顶，巫师醒了过来。他走向村子前点亮了许多火焰，因为他知道自己一定会喝得酩酊大醉。火焰在树的努力下一点点熄灭。巫师迷路以后，精疲力竭地坐在地上，再也不烦扰任何人了。他身上掉下的火星都变成了风铃草（从林中的红色风铃草）。

马普切人

“马普切”的意思是“地上的人类”，它来源于凯凯和藤藤双蛇大战的神话传说。凯凯和藤藤争辩不休，争辩的内容是谁引出了长达三个月的大雨，使它们不得不躲在靠近比奥比奥河附近的一个小山丘上。从此以后它们就在地球上住下了。它们一直抵抗西班牙的殖民统治，而它们的语言深沉、甜美、丰富，为西班牙语补充了不少外来语。

带来火的鸟

厄瓜多尔。舒阿人只能吃生食，无法照明，因为他们不知道如何使用火。塔奎亚发现了火，由此改变了这一现状。

一次，她正在菜园里劳作，突然她发现一只翅膀被雨水打湿而飞不起来的鸟。她觉得这只小鸟很可怜，便将它带回了家，让它在火边烘干翅膀。小鸟摇晃着翅膀，结果一不小心点燃了翅膀。小鸟立刻飞了起来，之后又落在村子附近的树枝上。舒阿人从他们的茅屋中跑出来，为上天带来的礼物感到高兴。他们拿着小树枝取火，以便将火带回家去。从此以后人们就开始用火烹饪食物，在夜间照明，在篝火边聚会。

森林中的火灯

马普切将奇布查酒称为穆泰，这是一种用苹果做的酒精饮料。对马普切人而言，肉桂树十分神圣。风铃草是一种长在智利南部的攀缘植物，它会开出红色的花朵，除了稀有的红色品种以外，风铃草还有白色和粉色的品种。风铃草花是智利的国花。

农奎，植物的创造者

厄瓜多尔，舒阿传说。当舒阿族印第安人开始在厄瓜多尔住下时，缺少食物，因为这片干旱的土地寸草不生。努斯

舒阿族印第安人

舒阿族，也被称为吉巴罗，他们好战，是嗜血一族，因此其他族的印第安人十分害怕他们。深入了解他们，你就会知道这是由两个原因引起的：一是他们会制作一种致命的毒药，并将毒药涂在长矛尖端；二是他们的传统是砍下敌人的脑袋，用以祭奠亡魂。

是一个不断为自己的孩子寻找食物的女人，她沿着河道一直走，直到精疲力竭才躺在了地上。她醒来时看见河面上漂着几种陌生的食物。她尝了一下，发现这些食物又甜又能提神。她赶紧带着食物往回跑，想给孩子们充饥，但快到家之前，她碰见了植物女神农奎。农奎说她已经了解努斯的村子的情况了，为了嘉奖努斯的勇敢，她的村子永远也不会再缺食物了。

神奇的事情发生了，一瞬间整个村子就布满了芳香的枝叶，周围是一片美丽的风景。村民们再也不会挨饿了，而厄瓜多尔也被繁茂的丛林所覆盖。

乔装的鹦鹉

乔装的鹦鹉

部落中的祖母们会这样讲述这个故事：那些神秘的鹦鹉是古老丛林中的神，鹦鹉们将美德和善传给了后代。

厄瓜多尔。一场洪灾过后，只有一对兄妹活了下来，他们躲在一座神山上，水上涨，山也跟着长，因此山顶成了一座永远都不会被淹没的孤岛。当整个世界都被洪水覆盖时，他们躲到了岛上的一个山洞里，但是没过多久他们就发现没有食物果腹了。

他们在有限的空间内到处寻找食物，但是没有找到任何可以吃的东西。一天下午当他们回到山洞时，竟然惊讶地发现了一堆铺好的新鲜叶子，上面有水果、肉、玉米和所有他们在饥饿和绝望的日子中幻想的食物。

从这天开始，每天都会发生同样的事情，他们一醒来就会发现不知从哪来的新鲜食物。孩子们的好奇心越来越重，一天，他们藏在荆棘丛中，想看看到底是谁在为他们提供食物。等了一会儿后，几只乔装成人类的漂亮鹦鹉出现了。两个孩子从藏身的地方跑出来，笑着嘲弄鸟儿的外表。鹦鹉们很生气，于是把食物拿走了，并决定再也不回来了。

孩子们意识到自己辜负了鹦鹉们的好心，于是整天哭着向东南西北风祈求鹦鹉的原谅。鹦鹉回来了，和孩子们成了朋友。一段时间以后，孩子们想在洪水退去后回到自己的家里。他们想带走一只鹦鹉，继续欣赏它美丽的羽毛。没想到他们一下山，整个鹦鹉群竟然都跟着他们，等到了山谷以后，这些鸟儿就变成了漂亮的人类。

马黛茶

巴拉圭，瓜拉尼神话。孤独的月亮想到大地上来，她想在草原上漫步，再下山到海边去。

她觉得自己被囚禁在了狭小的空间里，于是流下了银色的泪水，而她的泪水引起了云的同情。云决定组成一片厚厚的云幕，让夜晚比狼的嘴巴还黑，这样月亮就能神不知鬼不觉地到地上去了。

月亮飞了下去，触摸着满是鲜花的小山。当她来到一条河边时，看见水中倒映着她圆润苍白的脸蛋，她下到河中洗了一个澡。这时出现了一只猎豹，猎豹看见了她，以为她是一块玉米饼，所以就扑向了她。一个猎人正好路过，用刀阻止了猎豹的攻击，随后猎人就把月亮带回了家，并把自己的最后一根玉米给了月亮。

月亮到了猎人家，内心为救命恩人不稳定的生活处境苦恼着，她再次流下了银色的泪水。晨曦出现之时，这些泪水发芽了，并在猎人家的门口长出了一大片神秘的灌木。猎人很饿，于是摘下灌木的树叶，煮成茶，喝完以后他感到神清气爽。后来这种灌木四处生长，越来越出名，成为人们所熟知的马黛茶。

马黛茶

马黛茶的来源带有神话色彩。一首巴拉圭的诗将这种茶看作是圣托马斯送给印第安人的礼物：为了记住我，我送你们一样礼物——巴拉圭茶就是我给你们的祝福。

玉米的起源

巴拉圭，瓜拉尼文化。在很久以前曾经发生过一次严重的旱灾，所有的河流都在旱灾中干涸了，鱼儿缺水而死，鸟儿也渴死了，饥荒的恐怖笼罩了大地。

印第安人请求图帕带来降雨，但是太阳仍然不断地炙烤着大地。两个战士——阿瓦蒂和纳，被孩子们的哭声触动了，决定采取行动。一个巫师告诫他们，不要忘记图帕的帮

瓜拉尼族

这个民族占领了巴西南部、阿根廷北部和巴拉圭之间的领土，现在他们的语言得到了正式承认。

▶《人和玉米》，费耶瓦里·迈耶手抄本。

助是必不可少的，而图帕正在寻找一个愿意为其他人献身的人：一株能让所有人果腹的植物会从牺牲者身上长出来，即使经历干旱，这株植物也不会枯萎。

两个战士商量后都认为他们其中之一必须活下来，寻找一个地方埋葬牺牲的朋友，这样才能让植物长出来，并用他的牺牲换取另一种形式的永生。两个伙伴四处寻找，终于找到了一个合适的地方，阿瓦蒂决定牺牲自己。纳一边哭着，一边挖好墓埋葬了自己的朋友。他每天都去坟墓看一看，并用自己从河里带来的水浇灌墓上的泥土。图帕的诺言兑现了，一株植物破土而出，开花结果。纳带着人们来看这株植物，并讲述了事情的经过。巫师也在人群中，他证实了纳所说的话，并要大家好好耕种和培育这种作物来纪念阿瓦蒂。巫师还向他们承诺，图帕会带来降雨，这样村子的人们就再也不会挨饿了。

印加王

帕查库提是历史上的第一位印加王，他在位时印加王国开始扩张，逐渐进入帝国阶段。在打败昌卡人以前，他被称为印加王尤潘基，后来人们开始叫他帕查库提，意为“改变大地的人”。他的统治时期从 1438 年开始，至 1471 年结束。他的儿子图帕克 · 尤潘基继承了王位。

印加王

秘鲁，印加文化。帕查库提王在一次日月交叠的美丽日食之日得到了两个孩子。太阳和月亮的合体诞生了一个男人和一个女人，那时他们还住在野外，但是他们注定要统治世界。

太阳的儿子站在山巅，向人们演讲，诉说他为建立一个有序而公平的社会而工作的愿望。男人们跟随他，叫他“印加王”。此时他的妹妹也在对女人们演讲，女人们叫她“玛玛乌奇科”，意为“母亲”。所有人都很崇拜印加王，在他的努力下，人们创造了城市库斯科，然后进行城市规划，发展农业……最终创造了一个新社会。帕查库提由此认定，他的儿子已经完成了自己的使命，因此想要他回到王国。后来，印加王病了，他的人民陪伴他走完了人生最后的旅程。此后人们逐渐遗忘了他，但是他的旨意却一直被人们坚定地执行着。

俘虏

秘鲁，印加传说。图帕克·尤潘基是太阳的儿子。一次，当他与人民庆祝击败反叛部落时，一只受伤的大秃鹫从山巅掉下来摔死了，在雪地上留下了血迹。祭司看到后说这是一个不祥的征兆，代表着侵略者将至。宴会继续进行，按照惯例，人们会将一个美丽的少女作为俘虏献给君王。这个少女讲述了自己远离爱人，不得不向征服者献身的悲惨遭遇。她望向人群，人群中没有爱人的身影。她想，爱人可能和她一样已沦为阶下囚。

到了晚上，营地的警报响了起来，因为这个美丽的少女竟和她的爱人一起逃跑了。在逃跑过程中，她的爱人为了保护她而被杀死了。

图帕克·尤潘基下令杀死这个不忠的女俘虏。她在听到这个判决后却十分愉快，因为这样她就能和自己的爱人重新相聚，并得

▼ 马丁·慕鲁阿德·帕查库提和他的继承人图帕克·尤潘基。

瓜马苏里

阿塔瓜、瓜马苏里、卡特奇的故事和瓦马丘科印第安人的创造史，是由秘鲁北部第一批奥古斯丁教派信徒收录的，他们叙述的角度受到了基督教的影响。

传说中的大部分事件发生在瓜卡彭戈的瓜兰加地区：瓜马苏里的降临、考塔关的引诱、卡特奇和皮乌拉的出生（破壳）。卡特奇对瓜切明人的屠杀发生在整个省内，所有能救瓜切明人性命的人都被驱逐出去了。

到永恒的爱了。从此以后，在这个少女死去的地方总能看到一块和她外形相似的石头。但是，没有人敢在晚上走过那里，否则他们就会被石头幽灵给吞掉。

瓜马苏里与创世的故事

秘鲁。瓜马苏里被创造神阿塔瓜派到瓜切明人居住的地区去帮他们务农。瓜切明人的居住地有一个隐居的少女，瓜马苏里勾引她，并让她怀孕了。少女的哥哥们得知了事情的来龙去脉，便将始作俑者抓住杀死了。他们烧掉了瓜马苏里的尸体，将他的骨灰抛向天空，把他还给了阿塔瓜。

在紧密的监视下，少女生下了两个蛋后就去世了。瓜切明人将两个蛋砸烂，但是碎掉的蛋中居然生出来两个说话怪声怪调的小孩。瓜切明人把小孩带走，交给孩子的姨妈抚养。

其中一个孩子叫皮乌拉，而另一个孩子成了受人敬畏的偶像——伟大的卡特奇。卡特奇四处寻找母亲的遗体，找到后他抱了一下母亲，母亲就复活了。卡特奇的母亲给了他一根瓜马苏里留下的绳子，并让他杀了瓜切明人。卡特奇杀了很多人，并将自己无法杀掉的人都驱逐到了其他地方。他完成任务后便到天上去告诉阿塔瓜，大地上已经没有瓜切明人了。卡特奇请求阿塔瓜创造印第安人来开垦土地。阿塔瓜要他去瓜卡特的高地，只要用金银吸引他们，高地上的印第安人就会和他一起离开。

玛丽亚·利翁莎

委内瑞拉，卡克蒂奥族印第安传说。一个印第安首领十分不幸，他有一个漂亮的女儿，可是她清澈的双眼被认为是部落的不祥之兆。尽管如此，首领还是没有杀死自己女儿的勇气，于是他将女儿藏在了家里。她逐渐长大成人，一天她去湖边散步，湖水中倒映着她的面庞，她的容貌被湖中之主——一条水蟒看见了。水蟒爱上了少女美丽的容颜，并绑架了她。水蟒因此受到了惩罚，它的身体不断变大，直到覆盖了整个湖泊。水蟒庞大的身体将所有湖水挤了出来，让部落遭受了水灾。这个印第安村落就此消亡了。水蟒的身躯不断膨胀，最后爆裂身亡，于是少女变成了湖泊之主，成为鱼的守护神。时间流逝，她的能力不断变强大，能影响环境、植物和动物。

人们对玛丽亚·利翁莎的崇拜早于15世纪西班牙人到达委内瑞拉的时间。现在居住在亚拉奎州的印第安人崇拜自然之神和爱之神亚拉。亚拉的神话被天主教加以修改，并用贞洁的基督教少女替代她，为她命名“我们的玛利亚·利翁莎·普拉多·塔拉贝拉·尼瓦尔夫人”。然而，经过时间的流逝，她以玛利亚·利翁莎的名字为人所熟知。

梅里达

委内瑞拉，米里普伊印第安人。加勒巴是第一个森林的女守护神，她是太阳和月亮的女儿。她看见了五只飞翔的白鹰，并爱上了它们的羽毛，于是跟在它们身后穿越了谷地和山川。她在一块巨石上停了下来，看着鹰越飞越高，最后消失了。她召唤了奇亚，鹰又重新出现在她的视野中，它们落在一块峭壁上，一动不动了。加勒巴靠近它们，想拔下几根羽毛作为装饰，突然她的手被一阵冷气冻僵了，五只鹰也变成了五个巨大的冰雕，加勒巴害怕得逃走了。鹰又重新醒过来，扇动它们的翅膀，整个山上都盖满了白色的羽毛。这则故事讲述的是从委内瑞拉的安第斯山一侧的梅里达城，可以看见的五块常年覆盖着雪的岩石。据说这里的风声正是美丽的加勒巴在吟唱悲伤而甜蜜的歌谣。

罗比内·特斯塔德，《自然历史秘密》

其他地区的神话

▲猎人与羚羊，山中岩画，南非。

非洲神话

丨非洲神话中的神明与神奇生物

阿巴西

尼日利亚。阿巴西是创造神。阿巴西想让一个男人和一个女人开垦大地，但他的妻子阿泰建议，不能让他们劳作，也不能让他们生育后代，因为阿泰担心他们会创造出比神更加有智慧的生物。这对人类伴侣遵照神的旨意生活。但是没过多久，他们就感到十分无聊，于是开始干一些农活，女人也怀孕了。阿泰十分愤怒，惩罚了他们，并在他们的后代中播下了不和的种子。

阿多拉

刚果和乌干达。他是二元神、天地的创造者，既代表善，又代表恶。

阿加尤

尼日利亚。他在奥里沙文化中象征父权，是非洲战神之父。

阿雷巴蒂

刚果，皮米亚族神话。他是天空和月亮的创造神。人们认为他是人类的创造者，他将兽皮盖在人形黏土身上，再将血注入进去。

阿萨

肯尼亚。他是力量之神、双性神，既代表残忍，又代表慈悲。

巴巴卢耶

尼日利亚，奥里沙文化。他是疾病之神，人们向他祈求健康，并用两只狗作为他的象征。他负责将亡灵引入坟墓。

比洛科

刚果。他们是住在森林树洞中的精灵。他们穿着野生的树叶做成的衣服，没有头发，全身都长着草。

班巴

刚果。世界的创造神。传说，世界之初只有黑暗，班巴独自一人在黑暗中生活。有一天他感到身体不适，于是开始呕吐，从他的呕吐物中诞生了太阳。有了太阳，光就能照耀大地，河水也可以蒸发。他继续呕吐，由此诞生了月亮和星星。他再次感到身体不适时，生物、自然现象和人类诞生了。这些生物一出生就有繁殖能力。在创造的过程中，只有闪电出现了问题，它把自己关在天空中，让人类得不到火。于是班巴命令他的三个儿子完成闪电的工作。

奥根内

尼日利亚。他是和宇宙紧密相关的神。这是一个远离人类的神，因此并没有太多人崇拜他。

比洛科

他们都长着一张大嘴，可以用来吃活人和死人。他们会向人类展示他们又长又锋利的爪子，并用以向人类施咒，人类无法抵抗他们的魔法。

非洲战神

尼日利亚，奥里沙文化。他是闪电、雷、火和世俗快乐之神，人们用一对斧头代表他。

查库

尼日利亚。他是代表太阳和雨水的创造神，是一切美好事物的源头。传说，这个神向大地送去了一个信使，来教会人类死后如何复活。人们必须将尸体放在地上，并用灰将尸体覆盖起来，这样死去的人才会复活。但是信使花了太久的时间才到达地面，以至于他忘记了神的嘱托。由此他向人类传递了错误的信息，那就是：必须将尸体埋在土里才能使人复活。从此以后死去的人就被埋在了土里。

登格

苏丹。他是天空之神、生育之神和雨神。

德约克

乌干达和刚果。他们是代表祖先的精灵。他们通常的形象是蛇和大石头。当庄稼需要雨水的时候，人们就会通过祭祀向他们求助。

德茜瓦

津巴布韦。她是善良的女神。

埃奇

尼日利亚，奥里沙文化。它是神和奥里沙人之间的纽带。

埃科

东非。埃科是处女，从天而降，生下了一个儿子。她的儿子与一个女人结婚，并成为人类之父。

埃雷古拉

尼日利亚，奥里沙文化。埃雷古拉负责掌管通往世界的道路和门，也是人和神之间的协调者。

恩加

他是至高神，生死之主。他的形象通常有两种：一个是黑色的恩加（善良的），另一个是红色的恩加（爱报复的）。黑色的恩加会在雷鸣中出现，他也是滋润庄稼的雨水的携带者；红色的恩加会在闪电中出现，他会带来干旱、饥饿和死亡。

恩加

恩加是三个最早出现的人类的父亲。他把他们派到大地上去，同时分别给了他们一件礼物：大儿子得到了狩猎的弓箭，二儿子得到了种地的锄头，三儿子得到了一根驱赶羊群的杆子。

埃克苏或哈西亚

尼日利亚，奥里沙文化。他是一个恶魔，人们祭拜他主要是出于对他的恐惧而非崇拜，所以必须用鲜血来祭祀他。

法罗

马里。天空之神和水神。这是一个关于法罗如何怀上宇宙之石，并生下所有人类祖先的有趣故事。他负责阶段性地对宇宙进行调整，于是他会每四百年回一次地球，确保一切运转正常。法罗创造了水、词汇、工具、农业和渔业。无处不在的幽灵是他的信使和代表。

伊法

尼日利亚，约鲁巴传说。他是智慧、知识和预言之神。

伊玛娜

卢旺达。她是善良和慷慨之神。

伊玛娜

一开始，人类是永生的。在伊玛娜狩猎的时候，一切生物都会躲起来，而死亡（野生动物）就无处躲藏了。一次，一个老太太走到了菜园里，想躲开伊玛娜的死亡立刻钻进了老太太的身体里。老太太去世了，在她被埋起来几天以后，墓地出现了裂纹，因为她曾尝试和死亡斗争。又过了三天，裂纹没有继续出现，因为死亡获胜了，从此它对所有人都毫无怜悯之心了。

杰萨纳

津巴布韦。她是闪闪发光的金月亮女神，也是庄稼之神、畜牧之神和儿童健康的守护神。

康格

布须曼文化。他是万物的创造神。因为最早的人类不服从他的意志，他无法忍受最终离开世界，此外他还把火和破坏送到大地上。他是自然变化之神，螳螂和蠕虫是他的化身。

卡伦加

安哥拉、刚果和赞比亚。他是祖先之神。他能看见一

拉蓬戈

约克神有一个女儿叫基拉克，一天她进入了森林，独自生出了拉蓬戈，但人们认为拉蓬戈是魔鬼卢班加的儿子。拉蓬戈出生时，手腕和脚踝上都挂着铃铛，他陶醉在铃铛的声音里。最后他成了部落的首领。

切，知道一切。他是亡灵的法官，富有同情心、充满智慧。

昆瓦姆

中非，皮米亚文化。昆瓦姆是统治天空的创造神，彩虹是他的化身。晚上他会捡起星星的碎片，将它们扔向太阳，这样太阳就能在第二天继续用充足的光照耀大地。他分别用白色、黑色和红色的黏土做出了不同肤色的人，皮米亚人就是红色黏土做成的。

基安达

安哥拉。他是海洋和鱼之神。

基希

安哥拉。基希属于恶灵。基希是一个双面魔鬼：他有一张人脸和一张鬣狗的脸。

库图关格斯

尼日利亚。他属于梅隆贝拉神话。关于世界起源的口头传说，讲述了人类的诞生、纳普戈斯（身负神圣使命的天空使者）、死亡、邪恶、宇宙以及这个世界和恩赞比的关系。

罗奥

苏丹。罗奥是第一个人类，出生在由他父亲约克神创造的大地上。

勒扎

中非的神。他创造了世界，制定了习俗条例。他掌管天空和大气。

马拉姆博

祖鲁族。她是河流女神。

姆贝雷

他是将黏土做成蜥蜴形状来创造人的神。他将模具放进海里，到了第八天，模具消失了，人浮了起来。

姆博巴

刚果。他是原始神，生死的创造者。他是一个白色的巨人，统治宇宙的混沌。他的儿子是星体和人类。

穆库鲁

纳米比亚，布须曼文化。他是创世神，也是一位英雄，性格宽厚。穆库鲁独自一人生活在天空中，于是他决定通过降下生命之雨治愈弱者、扶助老人。

恩赞比

尼日利亚，梅隆贝拉神话。人类因为生活无忧无虑而感到无聊。恩赞比教会了人们伴着鼓点唱歌跳舞，来给生活增添乐趣。第一个问题随之而来，女人们希望鼓能更大一些，于是她们便向男人提议用大木棉树的木头来做鼓。男人们砍下了神圣的木棉树，做出了一个硕大无比的鼓，在煅烧过程中形成了九座山。恩赞比十分生气，于是拿走了他们的乐器。从此以后，人类再也不能到天上去，恩赞比还降下了疾病、死亡、炎热、寒冷和劳动给人类作为惩罚。

▲ 根据南非布须曼人一次狩猎所作的岩画。

奥巴

尼日利亚，奥里沙文化。奥贡的妻子，掌管风和墓地。

奥巴塔拉

尼日利亚，奥里沙文化。奥巴塔拉是双性生殖的象征，代表了纯洁、智慧、同情和公正。奥洛伦创造了宇宙，奥巴塔拉创造了人类。

奥春

尼日利亚，奥里沙文化。她是河流、知识、爱和生育女神。当人们有经济问题时会去祭拜她。

恩赞比

至高神和宇宙的创造者。他独自在天空生活，便决定创造大地；为了消遣，又创造了人类。他还创造了一棵神圣的大树——木棉树，作为人和神见面的地点。

奥杜杜

他是第一个约鲁巴族的统治者。他通过一条锁链运送了一只公鸡、一小片土地和一颗种子。大地沉入了水中，但是公鸡救起了大地，并将它变成了约鲁巴的领土，而种下的种子则长成了一棵有十六个分枝的大树，这些分枝成了十六个王国。

奥杜杜

贝宁和尼日利亚，奥里沙文化。他是天空之神和世界的创造者。

奥贡

尼日利亚，奥里沙文化。铁神、战争之神和技术之神。他会用他的弯刀排除阻碍和开路。他是非洲战神的敌人。

奥洛多玛雷

尼日利亚，奥里沙文化。他是创造神、全能神和天空之主。

奥洛菲

尼日利亚，奥里沙文化。他是全能神。

奥洛坤

尼日利亚，奥里沙文化。他是海洋之神，他因为人类不够尊重他而惩罚人类。他威胁人类，将用他的巨浪毁灭地球。人类向奥巴塔拉哀求祈祷，奥巴塔拉听见之后，站在人类和巨浪之间。奥洛坤骑在一片巨大的银色浪花上归顺了奥巴塔拉，并放弃了他的毁灭计划。据说每当大海变得凶猛时，就是奥洛坤在搅动海水。

奥洛伦

尼日利亚，恩赞比文化。他是天空之神，人们对他别无所求，只向他祈求祝福。当一个人死去时，他的灵魂会变成先人王国的一部分，而先人王国在天上，负责处理大地上的事务。

奥鲁比拉

尼日利亚，恩赞比文化。他是智慧和占卜之神。他是宇宙创造之时的唯一见证人，因此人们认为他知道所有人的命运。

奥索西

尼日利亚，恩赞比文化。他是保护新战士的战神。他是奥巴塔拉的猎人和翻译，他们之间的关系格外紧密。

奥亚

尼日利亚，奥里沙文化。她是风神和掌管墓地之门的女神。在战争中，她作为一个凶猛的女战士陪伴非洲战神，同时负责分享火。

潘巴

安哥拉和纳米比亚。他是创造神以及生命的支撑之神。

萨哈拉

马里。他是彩虹之神。他站在一棵三叉戟形状的树旁，树边还有一只用来献祭的公羊。

肖克波纳

尼日利亚，奥里沙文化。他是天花之神。

特米和比欧茅

每个人都有两个灵魂：一个永恒的灵魂（特米）和一个会随着躯体的死亡而消失的灵魂（比欧茅）。第一个灵魂会离开死去之人的躯壳，变成一个影子，凡是踩到影子的人都会无法走路，因为影子会攻击活人的灵魂。祖先亡魂的存在可好可坏。一种唤醒这些灵魂的方法就是向地上洒点水，再撒点食物。

肖克波纳

他让人们感到十分恐惧，因此人们会对他的名字避而不谈。他的祭司们有巨大的能力，有些甚至还能制作一种药水——只要将药水丢到敌人家里，敌人就会生病。在天花病消失后，人们对他的崇拜也逐渐消失了。

乌姆林甘吉

非洲南部，祖鲁族神话。他是无处不在的神，以雷鸣和地震的形式出现。他创造出了最初的几株灯芯草，而后从灯芯草中出现了其他的神。

乌姆博特

多哥。他是创造神。

韦莱

他创造了天体、大地和人类。他是双性神，既代表善又代表恶，既代表黑又代表白。

乌沃尔沃

多哥。他是人类的创造神。他先创造了一个女人，随后又和她生了一个儿子，他的儿子就是人类的祖先。

韦莱

肯尼亚。他是万神殿中的至高神。

耶玛亚

尼日利亚，奥里沙文化。大海和湖泊女神，也是母性的主管者，她是万物之母。她是奥洛克姆（海神）的女儿。一切生命都起源于大海，母亲子宫内的羊水就是大海的代表。在出生之前，孩子们会以鱼的形态在母亲腹中逐渐进化，最终才变成人形。她也是女巫之国的女王，内心埋藏着深不可测的黑暗秘密。她的形象是一个乳房丰满的接生婆，人们用镶嵌在贝壳中的白色石头代表她。

叶娃

尼日利亚，奥里沙文化。她是墓地女神。她是奥洛菲的女儿，奥洛菲常宣称他的女儿十分纯洁。一次，奥洛菲和埃奇以及非洲战神在一起，谈论女人的妖艳，奥洛菲旁敲侧击，说自己的女儿是个例外。永恒的诱惑者——非洲战神便去拜访了叶娃，他情不自禁地看着她美丽的脸庞。贞洁的叶娃因非洲战神的行为感到很不自在，于是请求她的父亲将自己送到一个永远平静的地方，从此以后她就成了那里的女神。

非洲神话故事

贝宁

贝宁有60多个部族：丰族、阿贾族、约鲁巴族、巴利巴族，等等。

智慧的考验

非洲（贝宁）。一个村子里住着一个老人和他美丽的女儿。女儿到了结婚的年龄，许多追求者都来向她求婚。但她的父亲是一个多疑又善妒的人，一直拒绝将女儿交给他认为有私心的人。

为了阻止人们追求女儿，他给所有追求者都设置了一项考验：他们必须带来一个只用水做的盒子。追求者中的大部分人都觉得这是一项不可能完成的任务，于是纷纷放弃了求婚的想法，他们认为这个老人根本不想把女儿嫁出去。

直到有一天，一个对老人美丽的女儿爱得十分坚定的年轻人出现了。老人给了他同样的考验，少年则回答说他已经准备好了水盒，唯独需要老人用香烟的烟雾做成一根绳子。老人无计可施，于是将女儿嫁给了少年。这个少年是所有追求者中最聪明也是最善良的人。

太阳和月亮的房子

太阳和月亮结婚了，他们的婚姻十分完美，一起住在地球上的房子里，形影不离。过了一段时间，月亮开始想念她的朋友海洋，于是夫妇俩就邀请海洋来家里做客。

可是海洋太大了，当他想进入朋友的家时，房子根本装不下他。因此房子开始上升，地上则到处都是水和鱼。海洋继续往房子里挤，太阳和月亮不得不跟着上升，他们先升到了天花板，后来又升到了房顶。礼貌的海洋感到十分抱歉，但东道主们也不想失礼，坚持要他进来。

太阳和月亮由此从房顶升上了天空，而他们

卢瓦勒教

宗教的主神是创造神卡伦加和先人的亡魂马汉巴。这些灵魂可以从属于个人、家庭或族群，如果不想给个人或集体带来不幸，就必须小心对待他们。有些恶灵能被巫师操纵，招致疾病。为了破除这种巫术，恢复健康，人们一般会向神医（恩冈）求助，而神医会尽力找出病灶所在。卢瓦勒族人中最常见的占卜手段就是将篮子中的六十件物品倒出来，然后解读它们摆放的形态。

的房子也在海洋中消失了。太阳和月亮就决定以天空为家，从此以后他们就住在天上了。

朗达和恩格莱拉

卢瓦勒故事。朗达的村庄遭遇了饥荒，于是他向妻子寻求帮助，让她和自己一起到田间劳作，以提升效率。他决定杀死一只猎豹，用它的皮换两把锄头。村子里的习俗是以物换物，要两张猎豹皮才能换两把锄头。于是朗达把皮撕成两半，看起来好像是两张皮一样。

恩格莱拉和妻子需要大衣，于是恩格莱拉到市场上想用他的一把锄头换两张兽皮做衣服。朗达和恩格莱拉相遇了，他们交换了物品，各自都以为自己占到了好处。但他们回家后才发现自己被对方欺骗了。没有任何人占到了便宜，他们都感到很后悔，于是向卡隆加请求原谅。

狡猾的兔子的测试

森林的守护神负责组织所有森林居民的生活，并维持大自然的平衡。一次，一只兔子跑到守护神面前请守护神赐予它更多智慧。守护神并不是很在意兔子，但仍要它完成三项测试：用红色的鸟填满南瓜；用公鹿的奶填满南瓜；还要找一条像棍子一样长的蛇。

当兔子坐在湖边思考时，一群红色的小鸟出现了。兔子向它们发起挑战，赌它们能否钻进南瓜里，鸟儿们就这样掉入了兔子的陷阱。没过多久，又出现了一头公鹿，兔子用同样的办法引得它用奶填满了南瓜——以证明自己的能力。过了一段时间一条蛇出现了。兔子对蛇说，有人告诉它有一条和棍子一样长的蛇，但它不相信。蛇于是将自己的身体拉长，给兔子看看自己有多长。兔子则乘机捆住了它。

兔子完成了这三项测试，便向守护神索要回报，神十分惊讶并决定不再给它更多的智慧了，否则兔子也许会抢走自己在森林中的地位。

瓦必玛——有着美丽牙雕的女人

很多非洲部落都有一种传统习俗，那就是在牙齿上进行雕刻，以凸显年轻人的俊美。这种习俗的一个突出特点就是，被雕刻的牙齿都是分开的，以便给修补留有余地。人们还会用宝石点缀其中，或者用浮雕来装饰它们。

传说，刚果的一个村子举办了一场比美大赛，牙齿最漂亮的年轻人将成为赢家。瓦必玛是一个巫师的女儿，她的牙雕十分美丽，声名远扬，人们都觉得她的牙雕是最好看的。但是少女还是不满意，于是去邻村找了一个牙雕手艺人，想让她的牙齿看起来更加完美。手艺人为少女的牙雕进行了润色，但是嘱咐她一定不要在比赛以前张开嘴巴。

少女在树林里散步时遇见了一群正在玩耍的朋友，她们相互展示着自己美丽的牙雕，只有少女沉默不语，紧闭嘴巴。其他年轻人气坏了，她只好妥协，向她们展示了刚刚雕刻的牙齿。所有人都被她的牙齿惊艳了，但是泽利塔马，另一位很有实力的参赛者，则将她抓起来丢到了附近的一条河里，想要淹死她。此后泽利塔马禁止其他人谈论所发生的事情，并用死亡威胁她们。

到了晚上，巫师四处寻找自己的女儿，他问遍了女儿的朋友们，但是所有人都说没见过她。就这样，邪恶的泽利塔马被选为最美丽的少女，并且成功嫁给了附近村子里一个既俊美又富有的年轻领袖。一天下午，这个少年在瓦必玛溺死的地区散步，他听到了一条美人鱼的声音。他把这事告诉了村里人。

到了晚上，所有人，包括瓦必玛的父亲在内，都知道了这件事。巫师因为思念自己的女儿从未停止过哭泣。

老巫师去找这个年轻的领袖，请求他帮忙抓住这条美人鱼。于是他们俩一起走向河边。尽管美人鱼没有出现，他们仍没有放弃努力。一天早上，他们终于看到美人鱼从水面跃起。在几个渔夫的帮助下，他们抓住了她。果然，美人鱼就是瓦必玛。在讲述完发生的事情后，她又重新变回了一个美丽的女人。泽利塔马和当时的其他年轻人被定了罪，然后被活活烧死了。年轻的领袖则和有着美丽牙雕的瓦必玛结婚了。

波利尼西亚与澳大利亚及其他地区神话

神明与神奇生物

巴江

马来西亚。他是化身臭鼬的恶灵。

巴江

据说晚上听见他的嚎叫声，就意味着一个小孩子将要死去。他会从婴儿的肚子中出来，只有巫师训练过的狗才能发现他。

巴龙

巴厘岛。巴龙既是和柠檬相关的女人的守护神，也是和老虎相关的男人的守护神。

巴塔拉古鲁

印度尼西亚。他是大地的创造神。

丹阳德萨

爪哇。他是住在每个村子里最高、最粗的树里的守护神。

丹阳德萨

据说一切的好事都来自他，得罪他的人会受到惩罚。他常用糟糕的收成作为惩罚。

戴杰

斐济。他是蛇形的神，他会在人死后惩罚懒汉，奖励勤劳的人。

姜戈

澳大利亚。她是生育女神，她在世界之初与妹妹一起为世界创造生命。

德鲁帕迪

爪哇。她是一个优秀的弓箭手，坚战王的妻子。她将自己打扮成战士以便参加战斗。

杜尔迦

巴厘岛。她是死亡和疾病女神。她的另一半是瓦卢纳。

汉图阿依来

马来西亚。他是海神。

哈里米亚

澳大利亚。佩林迪的孪生兄弟，但是佩林迪虐待了他。哈里米亚十分伤心，于是躲到沙子底下去了。苹果树和黑莓是他的保护者。

豪乌

澳大利亚，毛利神话。他是风神。

哈乌美亚

夏威夷。她是接生女神，会帮助产妇分娩。

豪美亚

澳大利亚，毛利神话。她是一个有食人癖的女人，她吞食了自己的孩子。她的丈夫知道后强迫她将孩子吐了出来，之后就离开了她。她从此就以乌鸦的形态继续生活。当她的丈夫发现她跟在身后时，就会让她吞下一块热石头来杀死她。

伊娜

波利尼西亚。她是海神、治愈之神和死亡之神。她还是打败了月亮的双面女巫。

基尼格

它长着猫的头和躯干，人的四肢。它四处游荡，杀死无辜的人类、动物和鸟。基尼格最终被猫头鹰和乌鸦所杀，它们在基尼格去井里喝水时设下了埋伏。

拉贾古鲁

他用训练过的狗抓取灵魂，并让灵魂迅速死亡。

▲ 澳大利亚当地居民的木质面具。

卡拉

爪哇和巴厘岛。他是时间和死亡之神，人寿将尽时他就会出现。

卡拉马努和基里奥阿

波利尼西亚。它们是两只以女人形态出现的蜥蜴，它们会囚禁亡魂。

卡波

夏威夷。她是生育之神。

基尼格

澳大利亚。它是杀气腾腾而且无情的野兽。

尼根迪

斐济。她是教会人类用火的生育之神。

佩林迪

澳大利亚。他是哈里米亚的双胞胎哥哥，非常邪恶，他经常在女性面前虐待、诋毁哈里米亚。

普库韦

澳大利亚。她是住在天上的祖母的灵魂，也是巫医女神。

拉贾金

马来西亚。他是风神。

拉贾古鲁

马来西亚。他是狩猎之神。

拉贾达因达

马来西亚。他是雷神，也是其他神的间谍和信使。

拉卡

波利尼西亚。他是风神。

拉蒂姆巴蒂多阿

斐济。他是吞食死者世界的神，他没有双臂但有一对翅膀。

乌玛

巴厘岛。她是米之女神。

瓦蒂里

澳大利亚，毛利神话。她是女神，但她降临大地和人类结婚，并教会人类使用弓箭。

瓦卢纳

巴厘岛。他是海洋之神、雨神和水神。他统治着西方，他的伴侣是杜尔迦。

幽威

澳大利亚。它是最可怕的生物。它有七米高，长着七条腿，有青蛙的脑袋，还有一条尾巴。它会攻击并吞食碰到的一切活物。

乌鲁鲁

在澳大利亚沙漠的中心，矗立着一块红色的土丘乌鲁鲁，这是澳大利亚原住民称为“梦之时期”的中心，是一切开始的起点。乌鲁鲁国家公园是澳大利亚游客最多的地方之一，它的位置几乎可以说是澳大利亚的地理中心。在这里，人们能看到著名的艾尔斯岩（乌鲁鲁），这是土著传说的象征。艾尔斯岩是世界上最大的单体岩，面积约十平方公里，有三百多米高。

澳大利亚神话

| 梦之时期（楚库帕）

澳大利亚，阿南格土著文化。对阿南格人来说，“梦之时期”是一段神奇的时期，地球和自然正是在这段时期形成的，现在的世界则是在万第纳（创造之灵）的创造下诞生。

世界之初，唯一的生命就是一团有感知力的巨球，它由不成形的生物（植物、动物、人类）组成。创造神揉捏它，并将它雕成各种各样最基本的自然体，由此万第纳诞生了。

神的精髓开始在所有生命体和非生命体间散播（人类、动物、植物、矿物、星星、空气和水），最终它变成了一个

整体，那就是生命。

有了神赋予的智慧，万第纳人一起创造了今天的世界。他们跋涉千山万水，塑造了广阔的澳大利亚，创造了河流和山川，在部落之间建立了亲缘关系，让人们保持团结并热爱自然。

在“梦之时期”结束后，万第纳人消失了，将世界留给了现在的人，而后世之人则肩负着守护创造成果的任务。他们创造了神圣的乌鲁鲁山。因为每个人都与这里的动物或植物建立了联系，所以阿南格族人从此要承担起守护乌鲁鲁岩石的神圣责任。

图腾

所有澳大利亚的原住民部落都觉得自己和自然之间有种神圣的联系。他们认为自己是自然的一部分，人类并不是万物的中心。他们通过图腾来表达崇拜（石头、雨水、花朵、动物……）。他们的目标是实现人与人的和谐以及人与自然的和谐。

伊希的光

澳大利亚，卡劳尔土著文化。在“梦之时期”，女神伊希一直在睡觉。一些小噪声吵醒了她，她睁开了眼睛，世界便亮了起来。她十分好奇，于是降落到大地上。她四处走动，她的双脚踏过之地，便有植物开始发芽。

她在旅途中对抗了许多恶灵与黑暗，最终都取得了胜利。她创造了贪玩又美丽的昆虫，并以此来忘却糟糕的记忆。她还创造了水（水中诞生了鱼），总而言之，她创造了所有的生命。

在让一切充满光和生命后，伊希便完成了自己的任务，离开了大地。她变成了太阳，但保证每天都会回来看看自己创造的生灵。

她创造了一个男人，让他独自生活。但她发现这个男人并不开心，于是她又给他找了一个伴侣，他的伴侣是用最美的花儿的花茎做的。

鸭嘴兽的故事

澳大利亚。在人类被创造出来以前，澳大利亚住着一个叫鸭嘴兽的奇怪生物。尽管它的皮很像哺乳动物，但它却仍像鸟儿一样下蛋，像鱼一样行动。总而言之，它的各种能力让所有动物都与它相关联。

比亚姆是地球和物种的创造神，他建立了三个不同的部落：哺乳动物和爬行动物的部落（由袋鼠领导）、鸟的部落（由鹰领导）以及鱼的部落。它们一直都和平共处，直到有一天它们开始争论哪个部落拥有最至高无上的地位，并且都认为鸭嘴兽属于自己的部落。

鸭嘴兽感到十分窘迫，因为它并不想选择，它认为自己属于所有的部落，并且也爱着自己的与众不同。它对大家的热情接纳表示感谢，但是它拒绝和任何部落联合，也不想和任何部落分开。它劝说大家，部落与部落之间虽然各不相同，但并没有优劣之分。它给大家上了宝贵的一课，那就是：地球上的所有生物都是一样的，大家必须保持团结才能维护世界的平衡。

▲ 图中描绘了澳大利亚的各种生物。